1871

MIDDLEMARCH

米德鎮的春天

(繁體中文首譯本|下冊)

George Eliot 喬治・艾略特

陳錦慧——譯

第五卷　死亡之手

第四十三章

這座雕像價值連城，它是許久以前，
用最上等的象牙，以愛雕刻而成。
它談不上時髦，卻有著豐滿女子
婀娜高雅的線條，永遠不退流行。
那件陶瓷也不便宜，是設計精巧
的琺瑯作品，適合貴族收藏。
你看，那笑容完美無瑕，
是彩陶之中的稀世珍品！是件
配得上最豪華底座的桌上擺飾。

多蘿席亞通常跟丈夫一起出門，偶爾也會獨自搭馬車前往米德鎮，買些東西或做些善事，就像住在鎮上方圓五公里之內的仕女們會出門辦的那些小事。李德蓋特來紫杉步道造訪的兩天後，她決定利用這樣的機會出門，期望能跟李德蓋特見上一面。她想知道丈夫是不是發現病症惡化卻瞞著她，或者他是不是執意要知道自己還能活多少；向別人打聽丈夫的事，她幾乎覺得有點愧疚，然而她更害怕自己被蒙在鼓裡，會因不知情而做出不公平或冷酷的事，就顧不得那麼多。她可以確定丈夫感受到危機，因為隔天他就開始用新的方法整理筆記，在執行他的計畫時，安排給她的工作也不一樣了。可憐的多蘿席亞如今需要更多的耐心。

她的馬車大約四點鐘抵達李德蓋特在洛威克門的住宅，她忽然有點擔心他不在家，暗自希望事先知會過他。他果然不在家。

「李德蓋特太太在嗎？」多蘿席亞忽然想到李德蓋特新婚不久，而她應該沒見過他太太。

僕人說李德蓋特太太在家。

「如果她允許，我想進去跟她聊聊。請你問她……嗯，問李德蓋特太太能不能跟我見一面，幾分鐘就夠了。」

僕人進去通報時，多蘿席亞隔著敞開的窗戶聽見音樂聲，男人的歌聲唱了幾句，緊接著是一段鋼琴急奏，但那段急奏戛然而止；然後僕人回來說，李德蓋特太太樂意跟卡索邦太太見面。

客廳門打開，多蘿席亞走了進去。這時形成的對比畫面在鄉間地區不算罕見，畢竟當時各階級之間的服飾比目前更涇渭分明。在這個氣溫適中的秋日裡，多蘿席亞身上穿的是什麼質料，只能請熟諳布料的人為我們說明；那是一種白色的薄毛料，摸起來柔軟，看起來也輕盈，那料子看上去總像剛清洗過，有著樹籬的清新氣息，樣式近似毛皮大衣，只是衣袖的款式已經褪了流行。不過，如果她扮演的是伊摩琴、或凱圖的女兒[1]，出現在靜肅的觀眾面前，那身衣裳倒未必不合時宜。她的優雅與端莊展現在四肢

---

1 伊摩琴（*Imogen*）是莎士比亞劇本辛白林（*Cymbeline*）的女主角。凱圖的女兒瑪西亞（Marcia）是英國作家約瑟夫・艾迪生（Joseph Addison，一六七二～一七一九）創作的悲劇《凱圖》（*Cato*）的女主角。

與頸子，寬邊圓帽圈圍住她簡單的中分髮型和坦率的雙眼，是當時女性常見的頭飾，比起我們稱為光環的金黃色木盤，倒不算古怪。

在屋裡那兩名觀者眼中，多蘿席亞比任何戲劇的女主角都叫他們感興趣。對於蘿絲夢，多蘿席亞是郡裡女神般的存在，跟米德鎮的凡夫俗子不可同日而語。她任何微不足道的舉止或儀表，都值得她細細觀察。再者，有機會在多蘿席亞面前展露自己的手采，蘿絲夢也是滿心歡喜。沒有經過最高水準的裁判打量，再典雅的儀態又有什麼用？蘿絲夢在高德溫爵士府上受到盛讚，因此自信滿滿，覺得出身高貴的人都會對她留下好印象。

多蘿席亞秉持一貫的單純善意伸出手，以欣賞的目光望著李德蓋特的美麗新娘。她意識到有位男士站在客廳另一端，視線邊緣只隱約看見一個穿著外套的身影。

那位男士專注凝視其中一位女子，沒有注意到兩位女士之間的對比。任何冷眼旁觀的人都會覺得那對比著實鮮明。她們個子都不矮，視線大致等高。蘿絲夢孩子般的金髮盤成華冠般的髮辮；身上的粉藍色洋裝，剪裁合宜，樣式新穎；任何裁縫師看到都不免驚嘆，一眼就能看出那刺繡寬領要價不菲；纖細的手指被戒指襯托得更為柔嫩；還有那控制得宜的造作忸怩，是用來取代樸實的昂貴裝飾。

「非常謝謝妳撥空見我，」多蘿席亞馬上致謝。「如果可能的話，我希望回家以前能見李德蓋特先生一面，所以希望妳能告訴我，哪裡可以找到他，或者，如果他很快會回來，妳能允許我在這裡等他。」

「他在新醫院。」蘿絲夢說。「我不確定他什麼時候回家，不過我可以派人去找他。」

「要不要我幫妳去請他回來？」威爾走上前，早先他趁等多蘿席亞進門的空檔，拿起自己的帽子。

多蘿席亞見到他吃了一驚，兩頰泛紅，卻還是帶著真誠的笑容向他伸出手，說，「剛才沒發現是你，沒想到會在這裡見到你。」

「可以讓我去醫院告訴李德蓋特，妳要見他嗎？」威爾問。

「派馬車去接他會快一點，」多蘿席亞說。「能不能麻煩你去跟車夫說一聲？」

威爾走向門口時，多蘿席亞的腦海瞬間閃現許多相關記憶，連忙轉身說，「謝謝你，我自己去好了。我想盡快回家，不能耽擱太多時間。我直接搭馬車去醫院見李德蓋特先生。李德蓋特太太，請別見怪，非常謝謝你。」

她的模樣顯然是突然想到了什麼，離開的時候幾乎沒有意識到周遭的一切，沒有發現威爾幫她拉開車門，舉起手臂讓她扶著上馬車。她扶住他的手臂，卻沒有說話。威爾覺得心煩意亂情緒低落，也不知道該說些什麼，他默默送她上馬車，彼此告別，多蘿席亞就走了。

前往醫院的那五分鐘路程裡，多蘿席亞終於有時間思索一些之前沒想過的事，她之所以決定離開李德蓋特家，又顯得若有所思，是因為她突然警覺到，如果她跟威爾之間再有任何不能向丈夫提起的互動，就是一種欺騙；而她這次出來找李德蓋特，已經算是隱瞞了。這是當時她腦子裡最明確的念頭。不過，還有另一股模糊的不快催促著她，現在她獨自坐在馬車裡，腦海又響起那男子的歌聲與伴奏的琴音。當時她沒有多加留意，這時才回神過來，她發現自己有點驚訝，不明白為什麼李德蓋特不在家的時候，威爾會在他家跟他太太獨處；接著她不免又想到，威爾也曾經在相同情況下與她獨處，那麼這件事又有什麼不恰當呢？可是威爾是卡索邦的親戚，她必須對他展現善意。儘管如此，當時卡索邦的某些反應，她或許應該解讀為：他不喜歡威爾在他外出時來訪。

「也許我很多事都做錯了。」可憐的多蘿席亞自言自語，她連忙擦乾撲簌簌滾下來的淚水，有種不明原因的煩悶，威爾在她心中的形象向來是那麼清透明亮，現在好像不知為何污損了。馬車已經停在醫院門口，不久後，她跟李德蓋特走在草地上，總算恢復當初促使她來找他的堅定心情。

在此同時，威爾悒悒不樂，但他很清楚原因。他見到多蘿席亞的機會微乎其微，好不容易第一次遇見她，情況卻是對他那麼不利；不只是因為她不再像以前那樣，將全部心思放在他身上，也因為她見到他的時候，他看起來也不是把全副心思放在她身上。他覺得跟她之間的距離變遠了，因為他被拋進米德鎮各個圈子裡，那些都跟她的生活沾不上邊。可是錯不在他；當然，自從他在鎮上找到住處，就盡可能結交各界人士。因為職務的關係，他需要認識所有人，知道所有事。在這個地區，李德蓋特比其他人都值得結交，而他的妻子碰巧喜歡音樂，也是個值得拜訪的對象。這就是威爾的女神不期然降臨時，見到的那一幕的始末，實在太令人痛心。

威爾很清楚，如果不是為了多蘿席亞，他不會留在米德鎮。然而，他在那裡的處境卻會危及他跟她之間的關係。因為在追求共同利益這件事情上，慣性思維形成的障礙，比英國和羅馬的嫌隙更致命。關於階級和地位的偏見，完全呈現在卡索邦那封專橫的信件上，一點都不難蔑視。可是偏見就像發臭的物品，有著具體又不可捉摸的雙重存在，具體得像金字塔，不可捉摸得像回響過無數次的回音，或者像記憶中暗夜裡的風信子香氣。威爾天性敏銳，能夠捕捉到最微妙的存在；感知力比他遲鈍的人，絕不會像他一樣，發現多蘿席亞心中有始以來第一次意識到，無拘無束跟他相處似乎不太恰當。另外，他送她上馬車時，兩人的沉默之中有著一絲冷意。也許卡索邦基於憎恨與妒意，再三向多蘿席亞強調，威爾的社會地位已經不如她。該死的卡索邦！

威爾重新回到客廳，拿起帽子，帶著慍怒的表情走向坐在針線桌旁的蘿絲夢，說：「音樂或詩歌被干擾就索然無味，我能不能改天再來把〈愛人遠在天邊〉唱完？」

「如果你肯教我，我會很高興。」蘿絲夢答。「不過我相信這是個美麗的干擾。我很羨慕你認識卡索邦太太，她是不是很聰明？她看起來是個聰明人。」

「說實在話，我沒想過這個問題。」威爾悶悶不樂地說。

「我以前問特提厄斯，她漂不漂亮，他也是這麼回答我。你們這些男士跟卡索邦太太相處的時候，都在想些什麼？」

「只想她本人，」威爾不介意刺激美麗的蘿絲夢。「我們看見完美的女性，不會去想她的特質，只意識到她的存在。」

「以後特提厄斯再去洛威克，我可要吃醋了。」蘿絲夢露出酒窩，說得雲淡風輕。「等他回到家，眼裡已經看不到我了。」

「到目前為止，李德蓋特還沒發生這種現象。卡索邦太太跟其他女人完全不一樣，沒辦法拿她們跟她做比較。」

「看來你是個忠誠的仰慕者，我猜你經常看見她。」

「沒有。」威爾幾乎怒氣沖沖。「仰慕通常屬於理論層次，與實踐無關。不過此時此刻，我實踐得過頭了，我真的必須狠下心告辭。」

「改天找個晚上的時間過來好嗎？特提厄斯一定也喜歡那首歌，他不在，我沒辦法盡情享受音樂。」

那天李德蓋特回到家，蘿絲夢雙手提著他的外套衣領站在他面前，對他說，「卡索邦太太來的時候，威爾正好在這裡唱歌。他好像不高興，你覺得他是不是不喜歡她看見他在我們家？不管他跟卡索邦是什麼親戚，你的地位總是比他高吧。」

「不會。如果他真的不高興，一定是為了別的事。威爾有點像吉普賽人，不會在乎那些俗套。」

「除了懂音樂之外，他個性不算隨和。你喜歡他嗎？」

「嗯。我覺得他是好人，多才多藝，華而不實，但不討人厭。」

「我覺得他愛慕卡索邦太太。」

「可憐的傢伙！」李德蓋特笑著捏一下妻子的耳朵。

蘿絲夢覺得自己慢慢弄懂世間的大道理，尤其明白了女人即使嫁作人婦，還能繼續征服並擄獲男人。這種事少女時期的她是無法想像的，只能像看古裝悲劇那樣霧裡看花。當時的鄉下姑娘就算在雷蒙太太的學校受過教育，也很少閱讀拉辛[2]以外的法國文學。報章雜誌也不像這個時代一樣，將它們目前燦亮的光輝照射在生命的醜聞上。儘管如此，一個女人如果把心思和時間都用來培養虛榮心，那麼只需要一丁點暗示，就能想像出無邊風月，尤其在關於收服無限多愛情俘虜方面。端坐婚姻的王座上，有個王儲般的丈夫——他本身就是妳的子民——隨侍在側，還能繼續施展魅力。妳的仰慕者永遠匍匐在腳下仰望，為妳夜不成眠，該是多麼愉快的事啊！如果他們甚至食不下嚥，就更美好了！可是現階段蘿絲夢的愛情主要目標是她的王儲，只要享有他不變的臣服，她就心滿意足。

當他說，「可憐的傢伙！」她假裝好奇地問：「怎麼這麼說？」

「一個男人如果喜歡仰慕妳們這種美人魚，他還能怎麼辦？下場一定是無心工作，債台高築。」

「我相信你不至於無心工作，你一天到晚待在醫院、幫可憐人治病，或思考醫生之間的爭執。回到家又老是抱著顯微鏡和小玻璃瓶，承認吧，那些東西在你心裡比我更重要。」

「難道妳就這麼一點野心，希望丈夫只是小小的米德鎮醫生？」李德蓋特雙手搭在妻子肩上，深情而鄭重地望著她。「我來念幾句我最喜歡的詩給妳聽，是以前詩人寫的：

> 我們做那麼多引以為傲的事，
> 為什麼要被遺忘？有什麼比得上

創造值得書寫的功績，或寫出
值得傳誦、令世人快慰的典籍。[3]

小蘿，我想要的，就是做出值得書寫的功績，再親自寫下我做出來的事。小乖乖，男人為了達成那樣的目標，必須勤奮努力。」

「當然，我希望你在科學上有所發現，沒有誰比我更希望你能在米德鎮以外的地方，得到更高的地位。我可從來沒有妨礙過你的工作，可是我們也不能像隱士一樣遠離塵囂。特提厄斯，你對我沒什麼不滿吧？」

「沒有，親愛的，我對妳太滿意了。」

「不過卡索邦太太找你有什麼事？」

「只是問問她丈夫的身體狀況。我猜她也許能幫上醫院的大忙，她可能會一年贊助我們兩百鎊。」

---

2 Jean-Baptiste Racine（一六三九～一六九九），十七世紀法國劇作家。

3 摘自英國詩人薩繆爾．丹尼爾（Samuel Daniel）的長詩〈穆索菲勒斯〉（Musophilus: Containing a General Defence of Learning）。

第四十四章

我不願沿著海岸緩緩前行，而要
依靠星辰的引導，揚帆無邊汪洋。

多蘿席亞跟李德蓋特一起走在醫院那片栽植月桂樹的草地上。李德蓋特告訴她，卡索邦的健康狀況沒有任何變化，只是急於探詢自己的病情，心理上不免焦慮。她聽完後靜默幾分鐘，回想著自己是不是說或做了什麼，丈夫才會產生這種焦慮。

李德蓋特目前有個最關切的目標，於是大膽把握機會提出來，他說：「不知道妳或卡索邦先生是否有注意到我們這所新醫院的需求，我選擇在這種情況下提起這個話題，實在有點自私，但這不是我的錯，實在是因為其他醫界人士為醫院的事爭執不休。我覺得妳向來關心公益，因為妳結婚以前，我有幸在蒂普頓農莊見過妳，當時妳問我，破敗的屋舍對窮苦人們的健康有什麼不良影響。」

「的確是那樣。」多蘿席亞眼神發亮。「如果你能告訴我該做點什麼來改善目前的狀況，我會很感謝你。我結婚以後，就沒有機會接觸那一類的事，我是說……」她遲疑片刻，又說，「我們村莊裡的人，生活還算過得去，而我自己事情也多，沒有多餘的心力去關心那些事。不過在這裡，在米德鎮這麼大的地方，一定有很多事可以做。」

「多如牛毛。」李德蓋特顯得精神一振。「當務之急就是這所醫院。醫院能夠建成，主要是布爾斯妥德努力的成果，他也負擔了大部分的經費，他當然很希望能多出一點力，可是這麼龐大的計畫不是一個人能夠獨力完成的，現在又有一群心胸狹窄的卑鄙對手，煽動鎮民反對醫院，那些人巴不得新醫院計畫失敗。」

「他們為什麼這麼做？」多蘿席亞真心感到訝異。

「首先，主要問題在於布爾斯妥德的人緣不好，鎮上有一半的人可以不惜任何代價阻撓他。在這個愚蠢的世界，只要不是自己同黨做的事，多數人都會盲目地反對。我來到這裡以前，並不認識布爾斯妥德，可以用公正的眼光看待他。我覺得他有些見地，為醫院打下基礎，而我可以讓它為更多人造福。我的想法是，如果有足夠多的知識分子相信自己的觀點，能對醫學理論與實務的改革做出貢獻，而且願意付諸行動，我們很快就能見證醫學的進步。我認為如果拒絕跟布爾斯妥德先生合作，等於放棄讓我的職業為更多人服務的機會。」

「我同意你的想法，」多蘿席亞說。李德蓋特描述的狀況立刻吸引她的注意力。「可是那些人為什麼不認同布爾斯妥德？據我所知，我伯父跟他的關係不錯。」

「大家不喜歡他的宗教觀點。」李德蓋特沒有多做解釋。

「那就證明那些人的反對不足取信。」多蘿席亞以宗教迫害的眼光看待米德鎮這起紛爭。

「說句公道話，他們對他還有別的意見。他個性霸道不愛交際，跟商業界也處得不好。那些人對他有些微詞，我並不清楚具體情況，可是那些事跟在這裡辦一家全郡最有價值的醫院有什麼關係？不過，他們之所以反對，最直接的原因是布爾斯妥德將醫院的方針交由我決定。我當然樂意去做，這是為公眾服務的好機會，我不能辜負他的信任。但他選擇我的後果是，整個米德鎮的醫生想盡辦法反對這所醫院，不但不肯配合，還抹黑整個計畫，阻止各界捐款。」

「太沒風度了！」多蘿席亞氣憤地說。

「做任何事想必都得靠自己的力量克服困難，否則什麼事也做不成。這個地方的人們無知的程度令人咋舌。我什麼都沒做，只是善用了不是人人都能得到的機會。可是我一個人年紀輕輕，初來乍到，碰巧又比本地居民多懂一些，很難不招人眼紅，儘管如此，如果我相信自己可以推廣更好的治療方法，相信自己可以透過觀察與探索，對醫學做出可長可久的貢獻，卻為了一己的安逸裹足不前，那我就是個卑躬屈膝的小人。何況我的堅持與我的薪水無關，不至於引發這方面的質疑，從這個角度來看，事情就更清楚明瞭了。」

「李德蓋特先生，我很高興你肯跟我說這些。」多蘿席亞誠摯地說，「我相信我可以幫上一點忙，我有一點錢，不知道可以拿來做點什麼，變成一種心理負擔。我想我可以每年贊助兩百鎊支持這個崇高目標。你一定是個很幸福的人，因為你知道自己的知識可以造福更多人！如果我每天早上醒來都知道自己也有這種能力就好了。結果總是忙碌半天，卻看不出到底有什麼用處！」

多蘿席亞說到最後，聲音裡藏著一絲鬱悶，但她很快用更歡快的口吻說，「請你找個時間來洛威克，跟我們多說一些。這件事我會告訴卡索邦先生，現在我得趕快回家了。」

當天晚上她果然提了，還說她每年要認捐二百鎊。她一年相當於有七百鎊的自有財產，是結婚的時候設定的。卡索邦沒有表示反對，只是不經意說道，相較於其他公益，這一大筆錢可能不太成比例。但多蘿席亞不明白他的意思，沒有接受這個建議，他也不再多說。他不太在意花錢，也願意捐出去。如果說他會在乎金錢，那也是基於其他問題，而不是對財物的吝惜。

多蘿席亞告訴他，她跟李德蓋特見面的事，也大致轉述了他們之間關於醫院的談話。卡索邦沒有多問什麼，卻認定她去找李德蓋特是為了打聽他們之間聊了什麼。「她知道了我知道的事。」他內心那個始終煩躁的聲音說。可是這個全新認知只是進一步消耗他們對彼此的信任。他不相信她的感情，還有什麼寂寞比不信任更淒涼的？

第四十五章

很多人喜歡頌揚過往的時代，並且慨激昂地陳述當代的弊病。然而，如果他們想批評得透澈，就得借助過去的力量與諷喻。在譴責當代的弊端時，也揭露了自己讚譽的時代的缺失。如此一來，等於宣告不論古代或當代，都有相同的毛病。因此，儘管賀拉斯、尤維諾和柏修斯[4]都不是先知，他們的文字卻似乎一針見血，而且指向我們的年代。

——湯瑪士・布朗爵士《世俗謬論》[5]

李德蓋特向多蘿席亞說明，新建熱病醫院面臨的反對聲浪，正如其他各種反對聲浪一樣，它也可以從不同角度看待。李德蓋特認為那反對包含了嫉妒和愚蠢的偏見。布爾斯妥德不只從中看到醫界的嫉妒，還看到別人阻撓他的決心。那些人會這麼做，主要是憎恨他極力宣揚的重要信仰。這種憎恨理所當然要在信仰之外尋找託辭，而在錯綜複雜的人類活動中，這樣的託辭一點也不難找到。這或許可以稱為牧師觀點，然而，反對的理由可以無限上綱，絕不會侷限於知識的範疇，而是可以永遠汲取無邊無際的愚昧。米德鎮的反對派，對新醫院和它的行政單位的攻詰必然引起廣大回響，因為上天早有安排，不是每個人都有率先發起的能力。不過各個社會階層的代表人物各有千秋，從敏欽的圓滑說辭到屠宰巷坦卡酒館老闆娘多勒普太太斬釘截鐵的斷言都有。

多勒普太太越來越相信自己的論斷，也就是說，李德蓋特醫生就算不親自下毒，也打算讓醫院的病人死掉；這麼一來，他就可以拿他們來切切割割，不需要徵求你的同意，或取得你的諒解。因為大家都知道他想把戈碧太太開膛剖肚。而戈碧太太是帕里街有頭有臉的體面婦人，結婚前就有一筆錢交付信託。以一個醫生來說，這種事很不光彩，畢竟他如果有點本事，就該在你死掉以前弄清楚你出了什麼毛病，而不是等你翹辮子，才在你的五臟六腑找答案。如果這個理由還不夠，多勒普太太倒想知道還需要什麼理由。不過聽她說話的人普遍有個共同感受，那就是她的話就像一座堡壘，如果被推翻了，就有數不清的屍體會被肢解。看看布克和黑爾[6]怎麼把活人送上解剖檯，米德鎮不需要這種絞刑犯！

可別以為坦卡酒館的言論對醫學界無足輕重。坦卡酒館過去叫卡洛普酒館，是一家可靠的老牌酒館，偉大的福利會經常在這裡召開；幾個月前他們才開會討論，該不該辭退長久以來的醫療顧問「甘比特醫生」，換成「這個李德蓋特醫生」，因為他擁有最神奇的醫術，能救回其他醫生宣告放棄的病人；可惜李德蓋特以兩票之差落敗。投反對票那兩個人基於某種私人因素，認為這種起死回生的本事值得商榷，而且可能干預上帝的恩澤。然而，過去這一年來輿論的走向出現變化，而這種變化的指標就是坦卡酒館。

一年多以前還沒有人知道李德蓋特的醫術，對它的判斷自然是眾說紛紜，一切全靠推測。也許是直

4 賀拉斯（Horace，西元前六五～二七）為古羅馬詩人。尤維諾（D. J. Juvenal，生卒年不詳）是羅馬詩人及諷刺作家。柏修斯（Persius，三四～六二）也是羅馬時代詩人。

5《世俗謬論》（*Pseudodoxia Epidemica*）一六四六年出版，是英國作家湯瑪士・布朗爵士（Sir Thomas Browne，一六〇五～一六八二）反駁當時世俗謬誤與迷信的作品。

6 布克（William Burke）與黑爾（William Hare），一八二八年連續在蘇格蘭愛丁堡殺害十六人，出售被害人屍體供做解剖使用。

覺，也許是真知灼見，結論也見仁見智。不過，在沒有證據的情況下，也算是可貴的指引。某些慢性病患者，或像費勒斯東那樣被病痛折磨得奄奄一息的人，都願意立刻試試他的本事。另外，有些人不喜歡清償積欠醫生的診療費，現在都樂意換個新醫生繼續賴帳。或是孩子鬧脾氣需要嚇唬時，就毫不考慮找上李德蓋特，因為如果找他們以前的醫生，免不了要挨一頓訓斥。於是，這些願意找李德蓋特看病的人都覺得他應該很聰明；有些人覺得他處理「跟肝臟有關」的毛病，比別人有一套，至少跟他拿幾瓶「藥水」，無傷大雅；如果無法藥到病除，就重新吃點清血丸，那藥水即使改善不了發黃的皮膚，至少能幫你活命。不過，這些都只是小人物，米德鎮那些好人家當然不會無緣無故換醫生，而皮考克過去的客戶不認為李德蓋特承接了他的業務，他們就有義務接受這個新醫生；他們不以為然地表示：李德蓋特「不太可能比得上皮考克」。

可是李德蓋特來到鎮上不久，就有更多關於他的細節流傳出來，足以引起更明確的預期，也使原本的分歧加深，形成派系。其中某些細節屬於令人一頭霧水卻頗為驚豔的類型，就像沒有對照標準的統計數字，只是留下一聲驚嘆。一個成年人每年吸入多少立方的氧氣，這種數據在米德鎮某些圈子會引起多少顫慄！「氧氣！誰知道那是什麼東西，難怪霍亂已經傳到丹齊克？竟然還有人主張隔離沒有用！」

流傳最快的一件事，是李德蓋特不提供藥品。這種做法得罪了正牌醫師們，因為他們的特殊身分好像受到侵犯。另一方面，身兼藥劑師的治療師也不高興，畢竟李德蓋特自認他屬於這個圈子。就在不久前，這些治療師原本還期待法律站在他們這一邊，因為沒有倫敦醫學博士學位的人，不敢向病患收取藥物以外的費用。可是李德蓋特閱歷尚淺，還沒有能力預見他的新路線，更令外行人不滿，比如專賣高檔食品的雜貨商莫姆西先生，他不是李德蓋特的病人，某天卻親切和藹地問起這個話題；李德蓋特未經細想就魯莽回答，提出最普遍的理由。他告訴莫姆西，如果治病的人得到酬勞的唯一管道，是開出長長的帳單，上面寫滿各種藥酒、藥丸和調合藥劑，不但會貶低他們的人格，也會傷害病人的健康。

「這麼一來，認真執業的醫療人員就可能變得跟庸醫一樣胡作非為。」李德蓋特粗心大意地說。「為了生計，他們不得不給國王的子民過量的藥劑。莫姆西先生，那是很糟糕的叛國行為，以致命的手法危害百姓體質。」

莫姆西是福利會審查員（這天他正是為了出診費問題來請教李德蓋特），他本身患有氣喘，家裡孩子一個接一個出生，因此，從醫療的角度（以及他自己的角度），他的勢力舉足輕重。事實上，他是個出色的雜貨商，頭髮梳成火焰般的金字塔，對待顧客吹捧討好且殷勤周到，善用打趣的口吻恭維人，卻也有所保留，不隨便掏心掏肺。正是莫姆西提問的態度和善又詼諧，李德蓋特才會那樣回答。在此提醒睿智人士，切忌過於草率做任何解釋，否則容易造成誤解，畢竟「說者無心，聽者有意」。

李德蓋特說完後露出笑容，抬腳踩上馬鐙。莫姆西儘管不懂什麼是「子民」，卻笑得更加燦爛，連聲說，「先生，再見。先生，再見。」好像他什麼都明白了。事實上，他被弄糊塗了，多年來他付的帳單上面都是精心製造的商品，因此，他每付出半克朗和十八便士，都確定能回收某種可以度量的物品，他付得心甘情願，覺得這也是他身為丈夫和父親的責任，也覺得超長的帳單代表個人尊嚴，值得自豪。再者，藥品除了對「自己和家人」有莫大好處，還提供他另一種樂趣，那就是敏銳地斷定藥品的直接效果，方便他對甘比特的指示做出明智陳述。甘比特的地位只比朗屈或托勒爾低一點，是個很受肯定的助產士。莫姆西覺得甘比特各方面的能力都很蹩腳，但論及治病本領，他總是壓低聲音說，「甘比特比其他醫生都高明。」比起新來醫生的膚淺言論，這些理由更為充分。

等莫姆西回到店鋪二樓的客廳，向妻子轉述李德蓋特的話，那些膚淺言論聽起來就更不可信了。莫姆西太太向來以生育能力備受肯定，經常性的小病小恙都是請甘比特照看，偶爾也會出現需要敏欽治療的急症。

「這個李德蓋特的意思是說，吃藥沒有用嗎？」莫姆西太太說起話來有點拖拖拉拉。「我倒想問問他，如果我不在博覽會前一個月就開始吃強身藥，怎麼熬得過去？博覽會時，我得為上門的顧客準備多少東西啊！親愛的，」莫姆西太太轉向坐在一旁的女性密友。「大尺寸牛肉餡餅、里肌肉卷、牛腿肉、火腿、牛舌等。不過對我最有效的是粉紅藥水，不是棕色那種。莫姆西先生，像**你**這樣世面見多的人，怎麼有耐心聽那種話。換做是**我**，馬上告訴他，那種話騙不了我。」

「不，不，不。」莫姆西說，「我不會讓他知道我的想法。我什麼都聽，但自己做判斷，這是我的原則。不過他不知道自己在跟誰說話，我可沒那麼容易被洗腦。經常有人自以為是地指點我，他們等於在說，『莫姆西，你是個呆瓜。』但我只是笑一笑，我還就所有人的弱點。如果吃藥會傷害自己或家人，我早該發現了。」

隔天有人告訴甘比特，李德蓋特到處宣揚吃藥無用論。

「是嗎？」甘比特揚起眉毛，帶點審慎的驚訝。他體格結實健壯，無名指上戴著一枚大戒指。「那麼他怎麼治好他的病人？」

「**我**也是這麼說的。」莫姆西太太答。她說話時習慣強調人稱代名詞。「**他**覺得病人花錢，只是請他過去陪他們坐坐就走？」

甘比特也常去莫姆西家，跟莫姆西太太聊養生之道和其他瑣事。他當然知道她不是在諷刺他，畢竟他從來沒有要她為他花的時間和說的話付錢，於是他風趣地答：「嗯，李德蓋特長得挺帥氣。」

「**別人**想怎樣我管不著。」莫姆西太太說，「**我**可不會請他看病。」

於是甘比特可以放心走出鎮上主要的雜貨鋪，不必擔心客戶流失。但他同時也覺得李德蓋特是個偽君子，靠宣揚自己的誠實來敗壞別人的名聲，應該有人揭發他。甘比特對自己的執業狀況還算滿意，他的收費方式很類似零售業，收現金時通常會去掉零頭。他覺得除非有萬全對策，否則不值得花心思去揭發李德蓋特。他確實沒有豐富的學識，還得在同業的輕視下討生活，然而，就算他管肺臟叫「市臟」，接生的本事絲毫不受影響。

其他醫生覺得自己能力更強。托勒爾的患者都是鎮上地位最高的人，他自己也來自米德鎮的古老家族，家族裡有人在法律界和所有比零售業更高尚的領域任職。有別於咱們那位脾氣暴躁的朋友朗屈，他心胸比誰都寬大，不會為那些應該會惹惱他的事生氣。他修養好，話不多卻幽默，擁有一棟不錯的房子，非常喜歡各種運動。他對霍利極為友善，對布爾斯妥德則充滿敵意。說來奇怪，這麼和藹可親的人，治起病來竟然偏好驚悚療法，比如放血、起水泡或禁食，根本不參考自己建立的形象。只是，這種不一致反而讓病人更相信他治病的本事，因為他們經常發現托勒爾平時雖懶散，治病時卻積極不已，沒人像他那麼認真對待自己的工作。他通常來得很慢，但只要出診，一定會露兩手。他在自己的圈子裡非常受歡迎，如果他隨口暗示某個人不好，那種滿不在乎的挖苦語調通常能發揮雙倍效力。

有人告訴他，接替皮考克那個人不打算提供藥品，他自然而然懶得露出笑容，只是應一聲，「喔！」有一天海克巴特在晚宴上邊喝酒邊說這件事，托勒爾笑著說，「那麼狄畢茲那些過期藥品就有銷路了。我喜歡狄畢茲這小傢伙，他走運我很高興。」

「托勒爾，我明白你的意思。」海克巴特說，「而且我完全贊同你的看法。如果有機會，我一定會說出對這件事的想法。醫生應該為病人服用的藥物品質負責，目前公認的這套收費方式的原理就是這個，像這樣打著改革的口號出風頭，實在是最無禮的行為，其實根本沒有真正的改變。」

「海克巴特，你說出風頭？」托勒爾語帶嘲諷。「我不這麼認為。根本沒人相信他，哪有風頭可出？

這件事跟改革無關，問題在於，藥品的利潤是由藥商或病人付給醫生，以及該不該以診察的名義收取額外費用。」

「啊，錯不了。這是你們那些老騙術該死的新花招。」霍利邊說邊把酒瓶遞給朗屈。

平時喝酒相當節制的朗屈，在宴席上總是開懷暢飲，酒過三巡之後脾氣也上來了。「至於騙術，霍利，誰都可以拿這種話來攻擊別人。但我反對的是行醫之人污衊自己的行業，到處搖旗吶喊，一副提供藥品的治療師行事不端似的，我會嗤之以鼻地把這種污名奉還。天底下最小人的行徑，就是以改革者的姿態出現在同行之間，而所謂的改革，只是造謠中傷行之以久的常規。這就是我的想法，不管誰來反駁，我都會堅持到底。」說到最後，朗屈的聲音變得無比尖銳。

「朗屈，你說的這些，我沒辦法苟同。」霍利把雙手插進長褲口袋。

「親愛的朋友，」托勒爾連忙打圓場，他望向朗屈。「正牌醫師們被蹧蹋得比我們慘，要說尊嚴受損，該著急的是敏欽和史普拉格。」

「醫療法令不能規範這種侵犯行為嗎？」海克巴特秉持公正立場，提供自己的見解。「霍利，法規的立場是什麼？」

「在這方面派不上用場。」霍利說。「我幫史普拉格查過了，該死的法官做的裁定只會讓你們碰一鼻子灰。」

「呸！不需要法律。」托勒爾說。「就醫療行為來說，那種做法根本荒謬，沒有病人會喜歡。皮考克的病人習慣放血治療，肯定不能接受。把酒遞過來。」

托勒爾的預言有一部分成真了。如果說不想找李德蓋特看病的莫姆西夫婦，被他的反藥品言論攪得惶惶不安，其他那些請他診治的人，不可避免地睜大眼睛留意他是不是「用了所有方法」；比如與人為善的好好先生波德爾，原本他認為李德蓋特勤懇地推行更美好的計畫，所以相當敬重他。可是他太太罹患丹毒的時候，他內心困惑不安，忍不住告訴李德蓋特，以前皮考克處理過類似症狀，給了一連串大藥丸，他不確定那是什麼藥，只知道效果很明顯，在八月份大熱天得的病，到了九月底米迦勒節就復元了。他一方面不願意傷李德蓋特的心，一方面又覺得任何「方法」都不能錯過，內心無比糾結；最後，他私底下勸妻子服用威京牌清血丸。那是米德鎮備受肯定的藥丸，病人服用後血液能得到清理，追本溯源地根治所有病症。當然，不能讓李德蓋特知道這種配合措施。波德爾自己也不確定這麼做是否有效，只希望能因此得到上帝的賜福。

然而，李德蓋特在剛開始行醫這段不穩定時期，也受益於我們凡人草率稱為「好運」的東西。我猜任何醫生到陌生地點執業，一開始總會治好幾個病症，讓某些人大吃一驚。這些案例可以稱之為命運女神的證書，應該跟手寫或印刷的證書一樣可信。各式各樣的病人在李德蓋特的治療下痊癒，其中有些病症甚至相當危險；於是有人說，這個採用新方法的新醫生至少有一點值得肯定，那就是他能把人從鬼門關拉回來。這一類無意義言論只是徒增李德蓋特的氣惱，因為那正是無能無恥之輩奢求的名聲，而那些對他憤憤不平的同業一定會怪罪到他身上，認為那都是受到他無知吹噓的鼓舞。不過，即使他向來以有話直說自豪，如今也學會適度沉默，因為他知道反駁無知言論就像鞭打煙霧，都是白費力氣。而所謂的好運，都是來自那些無稽之談。

有一回拉爾徹太太發現她的打雜女僕南希．納許出現嚇人的症狀，好心地趁敏欽大夫上門拜訪時請他看看南希，順便開張證明讓南希到醫療所求診。敏欽診察後寫了一份病例，斷定南希得了腫瘤，介紹她去門診就醫。南希的租屋是緊身褡裁縫家的閣樓，她去醫療所時順道回家一趟，把敏欽的診斷書拿給裁縫夫婦看；她就這麼成為教堂巷鄰近商店的話題人物，引來不少同情。一開始人們說她的腫瘤又大又硬，像顆鴨蛋；到了當天下午，腫瘤已經變得跟「你的拳頭」一樣大；聽聞者多半認為腫瘤必須割掉，可是有個人聽說過可以用油脂，另一個說用胭脂紅，只要服用足夠的量，就能軟化並縮小身體裡的任何腫瘤；油脂的功效是讓腫瘤變軟，胭脂紅則是慢慢腐蝕它。

在此同時，南希到了醫療所，那天剛好輪到李德蓋特值班。經過一番問診與檢查，李德蓋特悄聲對醫療所的專職治療師說，「這不是腫瘤，是痙攣。」他開的處方是水泡療法和鐵劑，而後要南希回家休息，同時寫了便條給她口中最好心的雇主拉爾徹太太，聲明她需要營養充足的食物。

可是在閣樓養病的南希病情越來越不妙，起過水泡後，所謂的腫瘤確實消失了，卻只是遊蕩到另一個部位，而且痛得更厲害；裁縫的妻子趕緊去找李德蓋特，他連續到南希家治療兩星期，直到最後她恢復健康，重新回到工作崗位。

可是教堂巷的街坊和其他鄰里仍然說她得的是腫瘤，不只如此，連拉爾徹太太也這麼說，因為她向敏欽大夫轉述李德蓋特的卓越醫術時，他當然不願意說，「這個病人得的不是腫瘤，當初我診斷錯了。」他的回答是，「沒錯！啊！當初我就看出來那只是外科問題，沒有生命危險。」

只是，兩天前，他在醫療所問起他轉介的那個婦人，那位說話不怕得罪人的年輕治療師，向他詳細說明事情經過，聽得他有氣無處發。他暗自覺得，一個普通治療師像那樣公然反駁正牌醫生的診斷，實在不懂禮貌。事後他同意朗屈的看法，覺得李德蓋特根本不把行規放在眼裡。

李德蓋特並沒有用這件事自抬身價，特別是沒有因此瞧不起敏欽。即使在能力相當的人之間，像這種修正誤判的情形是司空見慣的。可是這個神奇的腫瘤病例越傳越廣，畢竟人們認為腫瘤等同於癌症，會到處跑的那種瘤更可怕，最後大家由於藥品問題對李德蓋特產生的偏見終於消失，因為南希原本疼得滿地打滾，李德蓋特卻有妙手回春的本事，短時間內治好她的病，逼得她身上堅硬頑固的腫瘤讓步。

李德蓋特又能怎麼辦？有個婦人讚嘆你的醫術，你要怎麼說她弄錯了，她的讚美有點愚蠢。假使要詳細說明疾病的本質，只會進一步違反醫界禮儀，於是他只能皺皺眉頭，接受沒有事實根據的無知讚揚帶給他的成功展望。

另一個患者比較出名，也就是費勒斯東的遠房表親川姆博爾。李德蓋特希望讓川姆博爾覺得自己比一般的醫生優秀些，只是他這次贏得的優勢也是模稜兩可。這位口齒便給的拍賣商得了肺炎，過去他是皮考克的病人，於是派人請了李德蓋特，也表達了繼續請他看病的意願。川姆博爾身強體健，是測試期待理論的合適對象。所謂的期待理論是允許疾病自行發展，從旁觀察它的各階段變化，記錄下來做為未來的治療參考。根據川姆博爾描述症狀時的態度，李德蓋特推測這個病人希望醫生對他開誠布公，並且將他看做治療時的合作夥伴。川姆博爾聽見醫師說他體質不錯，並沒有太訝異；只要輔以恰當的觀察，身體有機會自癒，如此一來就可以提供完美實例，清楚描繪出這種疾病的各階段進程。李德蓋特還說，川姆博爾可能擁有罕見的心靈力量，才會自願參加這種理性程序，讓自己一時的肺功能失常造福廣大的社會。川姆博爾毫不考慮地答應，從此堅定地認為自己的病是醫學上了不起的大事。

「醫生，別擔心，我不是沒聽過拉丁文說的『自癒力』。」川姆博爾以一貫的優越表達能力說著，只是因為呼吸困難，顯得有點悲慘。於是他勇敢熬過不服用藥物的病程，這期間支持他的首先是溫度計，這意味著他的體溫相當重要；其次是顯微鏡，因為他提供觀察標本；最後是新學到的許多單字，適合用來描述他高貴的分泌物。李德蓋特也很精明，時不時跟他聊些專業術語。

不難想像，川姆博爾成功克服病魔後，逢人就說他如何在一場大病中展現強悍的心靈與體質。對於一個獨具慧眼辨識病人特質的醫生，他也不吝讚賞。川姆博爾為人並不小氣，從來不願虧欠別人，因為他負擔得起。他學到了「期待療法」這個詞，把這個詞和其他新學的術語掛在嘴邊，用來證實李德蓋特

「比其他醫生更有本事，關於醫學上的各種神祕用語，他知道的比大多數同業多」。

這是弗列德生病以前的事，也因為弗列德那場病，朗屈對李德蓋特的敵意多了更確切的私人因素。這個新來者原本就以競爭者的姿態惹人心煩，接著又對前輩提出實務上的批評或非議，更令人討厭。他的前輩辛苦奔忙，事情多得做不完，哪有閒工夫去嘗試沒有經過試驗的理論。李德蓋特的業務在少數圈子推展順利，一開始大家聽說他出身世家，都願意邀請他出席宴會，於是其他醫生不得不在上等人家的晚宴上跟他碰面。跟你不喜歡的人見面，最後的結果未必是彼此產生好感。醫生們史無前例地意見一致，都覺得李德蓋特是個傲慢的年輕人，卻為了出人頭地，對布爾斯妥德巴結奉承，卑躬屈膝。菲爾布勒雖然是反布爾斯妥德陣營的要角，卻經常為李德蓋特說話，跟他過從甚密，人們認為這是因為菲爾布勒立場搖擺。

有了這些充分的前提，當布爾斯妥德公布他為新醫院制定的管理規則時，醫生們的不滿於是爆發，更令人氣憤的是，根據這份管理規則，誰都不能干預布爾斯妥德的意願與好惡。除了梅德利寇爵爺，沒有人願意捐款資助建院工程，理由是他們寧可把錢捐給醫療所。布爾斯妥德自掏腰包承擔所有開銷，慢慢也就釋懷了，因為他覺得這是用金錢換來推動革新理念的權力，排除偏頗幫手的阻礙。但是他為此必須付出大筆款項，工程進度也遲滯不前。葛爾斯負責這項工程，卻沒能執行到底，在內部裝修開始前就辭掉管理職務；有人問起醫院工程時，他總是說不管布爾斯妥德發怒的時候有多愛罵人，還是很注重木作和石砌的品質，對排水管和煙囪也都很有想法。事實上，醫院變成了布爾斯妥德高度關注的標的，他願意每年花一大筆錢獨攬大權，不受理事會的牽制。他還有另一個最喜歡的目標，也需要巨額資金來完成，那就是他想在米德鎮周遭買土地，所以他希望能募到一定額度的捐款，來維持醫院的營運。同時，他構思了營運計畫：這所醫院要專治各種熱症，由李德蓋特擔任首席醫務督導，有權進行各種比較研究。他過去的學習——尤其在巴黎那段期間——讓他明白研究的重要性。其他的兼職醫生可以提供意見，卻不能左右李德蓋特的最後決定；醫院一般行政則完全掌握在五名跟布爾斯妥德交好的理事手上。這些人依照各自的捐款數額擁有一定票數，人數不足時由理事會填補空缺。其他小額捐款人沒有權利參與醫院的管理。

鎮上所有醫生都拒絕到熱症醫院駐診。

「沒問題，」李德蓋特對布爾斯妥德說。「我們有個一流的專職治療師兼藥劑師，頭腦清楚，精明幹練。我們請克拉布斯的魏博每兩星期來駐診一次，他的能力不輸任何鄉鎮醫師。如果有特別的手術，普洛瑟羅會從布萊辛趕來。我的工作量會增加，就這麼簡單，我已經辭掉醫療所的工作了。就算沒有那些人，醫院還是可以蓬勃發展，到時候他們就會願意過來。我們不能停滯不前，有太多現狀需要改革，日後年輕人也許願意來這裡學習。」李德蓋特意氣風發地說。

「李德蓋特先生，你看著好了，我絕不退縮。」布爾斯妥德說。「看見你鬥志昂揚地實踐崇高理想，我一定會全力支持你。我對抗鎮上邪惡心靈的努力，到目前為止都能得到上帝的賜福，我謙卑地相信上帝不會收回這份恩典。我一定可以找到適任的理事來協助我，蒂普頓的布魯克已經答應我了，也保證每年贊助一筆錢。他沒有提到金額，應該不會太多，不過他在理事會派得上用場。」

所謂派得上用場也許是指沒有自己的看法，永遠照布爾斯妥德的意思投票。

醫生們如今幾乎不再掩飾對李德蓋特的反感，史普拉格和敏欽沒說他們不喜歡李德蓋特的學識和他改善治療方法的意向，只說不喜歡他的自負，這點所有人都覺得無可否認。他們含蓄地說他為人傲慢無禮，虛偽做作，不顧後果地追求改革，都只是為了譁眾取寵引人注目，本質上就是江湖郎中的噱頭。

「江湖郎中」這樣的說法一旦拋出去，就很難抹除。那段時間所有人都為聖約翰·隆恩[7]不可思議的行徑焦慮不安，不少「貴族與紳士」都作證指出，他從病人的太陽穴吸出某種水銀般的液體。

某天托勒爾笑著對塔夫特太太說，「布爾斯妥德找到這個李德蓋特來跟他一搭一唱，宗教騙子肯定喜歡其他各種騙子。」

「嗯，沒錯，我可以想像。」塔夫特太太一面說話，一面默記每行三十針。「各式各樣的騙子太多了。我還記得切夏爾先生，上帝造了駝子，他卻想用他的熨斗把駝子的背弄直。」

「不，不。」托勒爾說。「切夏爾還不算太糟，至少做什麼都光明正大。至於聖約翰．隆恩，那才是我們所謂的江湖郎中，宣揚一些沒人聽說過的療法，假裝懂得比別人多，只是為了引起話題。前些天他假裝敲敲某個人的腦袋，要弄出水銀來。」

「我的天哪！竟然拿別人的身體玩這麼恐怖的花招！」塔夫特太太驚呼。

之後，大街小巷傳言紛紛，都說李德蓋特為了自己的目的，拿體面人士的身體做文章，而他那些古怪的實驗，更有可能把醫院的病人整得七葷八素。尤其就像坦卡酒館老闆娘說的，他一定會不顧一切切割他們的遺體。因為李德蓋特幫戈比太太看過病，後來戈比太太死於症狀不明顯的心臟疾病，李德蓋特竟敢開口問她的親友能否同意讓他解剖遺體；這件事引起的怒火迅速延燒到帕里街以外。戈比太太是帕里街的老街坊，她有一筆不算少的收入，這樣的身分竟然被拿來跟布克和黑爾的被害人相提並論，實在是對死者的大不敬。

李德蓋特向多蘿席亞提起新醫院的時候，就是處於這種狀況。我們看得出來，他鬥志昂揚地面對敵意與愚昧的誤解，也深知他事業上的成功是一部分導火線。

「他們趕不走我。」他在菲爾布勒的書房說出心裡話。「我在這裡得到好機會，可以達成我最在乎的目標，我很確定以後的收入一定夠我們生活。接下來我會盡可能低調行事，現在除了工作和家庭，其他東西都誘惑不了我。而且我越來越相信，要證明所有組織都是同樣物質構成，並非不可能。哈斯拜耶[8]和其他人都在做這方面的研究，而我起步慢了很多。」

「這種事我沒辦法未卜先知。」菲爾布勒抽著菸斗。李德蓋特說話時，他像在沉思。「至於鎮上的敵意，只要你夠謹慎，一定能平安度過。」

「我要怎麼謹慎？」李德蓋特問。「我只是做該做的事。我跟維薩里[9]一樣，奈何不了別人的無知和惡毒，誰也沒辦法為料想不到的愚蠢見解調整自己的行為。」

「確實如此，不過我不是那個意思，我想表達的只有兩點，第一，盡量跟布爾斯妥德保持距離。當然，你不妨繼續靠他的幫助邁向你的理想，只要別跟他牽扯太深。我這話聽起來也許帶有太多私人情緒，我也承認確實是這樣，不過私人情緒未必一定是錯的，如果歸根結柢去看，原本它也只是單純的觀點。」

「在公事之外，布爾斯妥德對我來說什麼也不是。」李德蓋特漫不經心地說。「至於跟他建立太親近的關係，我沒那麼喜歡他。不過你想說的另一點是什麼？」李德蓋特調整姿勢盡量讓雙腿舒服，並不覺得需要別人的忠告。

「喔，聽過來人一句，就是：小心別弄到周轉不靈。你曾經說不贊成我為錢打牌，你說得一點也沒

7 St. John Long（一七九八～一八三四），愛爾蘭籍江湖郎中，聲稱能夠治療肺炎，一八三〇年十一月因為醫死兩名病人被以殺人罪起訴。

8 François-Vincent Raspail（一七九四～一八七八），法國激進派科學家。

9 Andreas Vesalius（一五一四～一五六四），法國醫師兼解剖學者。

錯，所以切記量入為出。我說這些可能有點多此一舉，但人總是假裝能超越自己，拿自己的錯誤經驗對別人說教。」

李德蓋特真摯地接受菲爾布勒的暗示，如果是別人對他說這些話，他絕對無法接受。他不由得想起前陣子欠下的債務：買家具的錢還沒付清，但至少他不需要再買家具，家裡儲存的酒也夠喝好長一段時間。不過那些好像都無法避免，而他現在只想過簡單的生活。

當時有很多事令他心情愉快，而且正該如此。一個人如果覺得自己滿腔熱忱在追求崇高理想，遭遇不足掛齒的敵意時，就會想起過去的偉人在披荊斬棘的過程中，也不免傷痕累累。那些人像守護聖人般盤旋在他腦海，提供無形的幫助。他跟菲爾布勒談話那天晚上回到家，坐在沙發上，伸直一雙長腿，腦袋往後仰，雙手抱在後腦勺，擺出他最喜歡的冥想姿勢。蘿絲夢坐在鋼琴前彈著一曲又一曲。對於她彈的曲子，她丈夫只知道（果然是不懂音樂的大象！）那些旋律像悅耳的海風，正符合他當時的心境。

當時李德蓋特臉上有種十分細膩的表情，任誰看見了都會認定他肯定成就非凡。他的深色眼眸裡、嘴唇上和眉宇間有一種深陷沉思的平靜，心靈並沒有在探索，而是觀望著，他眼裡似乎也填滿平靜思維。

這時蘿絲夢已經離開鋼琴，走過去坐在沙發旁的椅子上，面對丈夫的臉。

「我的老爺，今天聽夠曲子了嗎？」她雙手交疊放在面前，裝出乖巧順從的模樣。

「嗯，親愛的，如果妳彈累了的話。」李德蓋特溫柔地說。他的目光轉過來望著妻子，卻是保持不動。此時此刻蘿絲夢的出現，對他而言不過是往湖泊添加一瓢水，而在這方面，她的女性直覺並不遲鈍。

「你在想什麼？」她上身前傾，臉蛋湊近丈夫的臉。

他鬆開擱在腦後的手，輕輕搭在她肩膀後面。「我在想一個偉大人物，三百年前他的年紀跟我差不多，卻已經在解剖史上寫下嶄新的一頁。」

「我猜不出來。」蘿絲夢搖搖頭說，「以前在學校經常玩猜歷史人物的遊戲，不過沒猜過解剖學家。」

「我告訴妳，他叫維薩里。當時他之所以懂那麼多解剖知識，都是深夜去墓園或刑場偷屍體。」

「噢！」蘿絲夢漂亮的臉蛋露出嫌惡表情。「我很慶幸你不是維薩里。真希望他找些沒那麼恐怖的管道。」

「不，他辦不到。」李德蓋特聊得太認真，沒有留意妻子的回答。「他只能從絞刑架偷罪犯蒼白的骨骸，埋起來，等到夜深人靜時一丁點、一丁點偷偷拿走，才能組成全副骨骼。」

「希望他不是你最崇拜的人，」蘿絲夢半玩笑半憂心地說。「否則你可能會半夜跑去聖彼得教堂的墓園。你跟我說過，戈比太太的事惹得大家很生氣，你的敵人已經夠多了。」

「小蘿，維薩里也一樣。難怪米德鎮醫界那些老古板嫉妒我，維薩里那個時代某些最偉大的醫生也強烈批評他，因為他們相信蓋倫[10]的理論，而他證實蓋倫錯了。他們說他是騙子，是有毒的怪物。可是人體結構呈現的事實為他佐證，所以他戰勝其他人。」

「他後來怎麼了？」蘿絲夢顯得有點感興趣。

「一輩子都在搏鬥。有一回他真的被激怒了，憤而燒掉很多著作。後來他從耶路撒冷前往帕多瓦接受重要職務，途中發生船難喪命，死得有點悽慘。」

---

10 Galen（約一三〇～二〇〇），古希臘醫學研究者，著作甚豐，影響歐洲醫學千餘年。

蘿絲夢沉默片刻後才說，「特提厄斯，我經常希望你不是醫生。」

「不，小蘿，別這麼說。」李德蓋特將她拉近一點。「那好像在說妳希望當初嫁的不是我。」

「才不是。你這麼聰明，什麼都能做，做什麼都很傑出。你在奎林罕那些堂兄弟都說，你選了這一行以後身分比他們低了。」

「奎林罕那些堂兄弟見鬼去吧！」李德蓋特不屑地說。「他們跟妳說那種話，充分展現他們的傲慢。」

「可是，」蘿絲夢說，「親愛的，我真的不認為醫生是好職業。」

我們已經知道她向來堅持己見。

「蘿絲夢，醫生是世界上最偉大的職業。」李德蓋特嚴肅地說。「妳說妳愛我，卻不愛喜歡當醫生的我，等於在說妳喜歡吃桃子，卻不喜歡桃子的味道。親愛的，別再說這種話，我聽了很難過。」

「好吧，黑臉醫生，」蘿絲夢露出酒窩。「未來我會大聲說我喜歡骸骨、偷屍體的人、玻璃瓶裡的小東西，也喜歡跟所有人吵架，最後悲慘死掉。」

「不，不，沒那麼糟。」李德蓋特放棄告誡，無奈地拍拍她。

第四十六章

得不到喜歡的東西，那就喜歡得到的東西。

——西班牙諺語

李德蓋特穩穩當當地結了婚，成了醫院的醫務負責人，自認為醫療改革與整個米德鎮搏鬥的同時，米德鎮越來越明顯感受到整個國家正在為另一種改革掙扎。

約翰．拉塞爾勳爵[11]的議案在下議院引起激辯的同時，米德鎮的政治氛圍也活絡起來，各方勢力重新成形。如果新的選舉到來，原本的均衡局勢肯定有新的變化，已經有人預測到這個現象，宣稱目前的國會絕不可能通過改革法案。威爾經常這麼告訴布魯克，他說之前沒有參選是正確抉擇。

「情勢會持續發展達到成熟，就像農作物碰到豐收的彗星年一樣。」威爾說。「如今改革議題已經成為主流，民眾的情緒很快就會升到彗星般的熱度。相信很快就會有另一次選舉，到那時，米德鎮的鎮民就會有更多想法。現在我們可以努力的方向就是《先驅報》和政治聚會。」

「說得很對，我們要讓地方上的輿論改頭換面，」布魯克說。「只是我想跟改革劃清界限。嗯，我

11 Lord John Russell（一七九二～一八七八），推動英國一八三二年改革法案主要人物。

不想太激進，我打算走衛博福和羅米利的路線，致力黑奴解放、刑法改革……嗯，總之是那類的事，不過，我當然會支持格雷首相的改革。」

「如果你選擇改革路線，就得做好準備接受大局。」威爾說。「如果每個人都堅持自己的主張，反對其他所有人，整個議題就分崩離析。」

「這點我同意，我的想法也差不多。我打算採取這種觀點，我會支持格雷，沒錯，可是我不想干擾體制的平衡，我認為格雷也不會這麼做。」

「可是這正是國家需要的，」威爾說。「否則政治聯盟和其他知道改革為何物的運動，就失去意義。國家需要的不是被地主階級把持的下議院，而是來自不同階層的代表。追求改革卻不以這個為目標，就等於雪崩已經轟然發動，卻只想要其中一點點聲勢。」

「很不錯，威爾，就該這麼表達，把這些話記下來。我們得開始搜集消息，了解民意走向，還有農工暴動和民間疾苦之類的。」

「至於消息，」威爾說。「一張五公分的卡片就能容納不少，幾行數字就可以看出百姓有多困苦，再多幾行，就能呈現人民的政治決心以什麼樣的速度向上攀升。」

「很好，威爾，這些東西都整理得更詳細點。這是好點子，嗯，寫出來發表在《先驅報》上。嗯，沒錯，把數字公布出來，推演民間疾苦，再公布其他數字，再推演……諸如此類的。你的表達能力很好。威爾，我只要想到博克[12]，就忍不住希望有個人可以給你一個口袋選區。因為你永遠選不上，而下議院缺的正是人才。你說起雪崩和轟隆聲，嗯，真的有點像博克。我要的就是那種東西，不是觀點，我需要的是表達方式。」

「口袋選區如果放在對的口袋裡，」威爾說。「倒也不是壞事，何況博克那樣的人永遠不缺。」

威爾聽見這樣的讚賞，即使出自布魯克，仍然頗為歡喜。因為一個人擁有優於他人的表達能力，卻從來沒有人注意到，難免有懷才不遇的感慨。當優點始終被埋沒，偶爾得到及時的喝采，即使粗嘎如驢鳴，也能讓人精神一振。威爾覺得米德鎮民理解力有限，無法欣賞他洗練的文筆。雖然當初考慮這份工作時，他淡漠地問自己一聲，「有何不可？」他還是漸漸喜歡上它。他興致勃勃地觀察政治情勢，投注的熱情比起過去研究詩詞格律或中世紀思想毫不遜色。

不可否認，如果不是為了留在多蘿席亞所在的地方，加上他也不知道自己還能做什麼，現階段他根本不會去思考英國人民的需求，也沒興趣評論英國的政治人物，他多半會在義大利遊蕩，構思幾齣劇本的大綱；寫散文，太枯燥；寫詩歌，太造作；臨摹古典畫作的「局部」，又覺得沒有用而中途放棄，因為自我陶冶才是最重要的。對於政治，他會熱衷認同一般性的自由與進步。

我們的責任感通常必須等到某種職務出現，那職務會讓我們揮別半吊子心態，也會讓我們覺得自己做的事並非無關緊要。如今威爾接下他的職務，雖然不是他一度夢想的那種看似高尚、唯一值得持續努力的工作。他天生熱衷一切跟生命與行動明顯相關的議題，容易被激起的叛逆性格有助於他對公共事務的關切。雖然他跟卡索邦交惡，被禁止進入洛威克莊園，他還是相當開心。他以生動活潑的方式學到不少實用的新知，將《先驅報》的影響力推廣到布萊辛（範圍雖然不大，文章的品質並不比許多流傳世界各地的作品差太多）。

布魯克有時候很煩人，不過威爾還可以忍耐，因為假使他在蒂普頓農莊待膩了，就回到鎮上的租屋處，生活不至於一成不變。

---

12 Edmund Burke（一七二九～一七九七），英國自由派政治家，透過口袋選區出線的國會議員。

「只要換個角度去看，」他對自己說。「把布魯克想像成內閣大臣，而我是次長。事情都是這樣，小浪累積成大浪，彼此形態相同。比起卡索邦栽培我過的那種生活，在這裡要好得多，因為那種生活都得遵照前例，規矩太嚴格，沒有給我一點發揮空間，反正名聲和收入，我都不在乎。」

正如李德蓋特對威爾的描述，他像個吉普賽人，相當享受那種不屬於任何階級的感覺。他對自己的地位抱持浪漫想法，愉快地意識到自己走到哪裡都能創造一點驚奇。只是，他在李德蓋特家與多蘿席亞偶遇，發現跟她之間的距離變遠，他的愉悅感也受到干擾。他把怒氣指向曾經斷言他會失去社會地位的卡索邦。如果卡索邦當他的面說出那種話，他就會回嘴，「我從來就沒有社會地位。」他臉上的紅暈會一閃而逝，速度快得像呼吸。可是喜歡反抗是一回事，品嚐後果卻是另一回事。

在此同時，對於《先驅報》的新主編，鎮民傾向認同卡索邦的看法。威爾雖然也有身分高貴的親戚，他卻不像李德蓋特一樣，能靠這關係順利融入鎮上的生活。即使傳聞都說他是卡索邦的姪子或堂親，傳聞也說「卡索邦不想跟他扯上關係」。

「布魯克幫他安排工作，」霍利說。「腦子正常的人都不會這麼做。卡索邦決定不再理睬自己花錢栽培的年輕人，一定有非常充分的理由。那個年輕人就跟布魯克一樣，都是做事不著邊際的人。」

而威爾那多少帶點詩意的怪癖，顯然證實《號角報》主編凱克的說法。如果真相攤開在陽光下，威爾非但是波蘭間諜，精神也不正常。所以他只要上台演講，就展現出不可思議的敏捷口才。而他從來不放過任何發表演說的機會，以伶俐的口齒非議嚴肅的英國男人。凱克十分反感，因為他經常看見這個滿頭淡色捲髮的瘦削傢伙站起來，一說就是一小時，批評「從他還在搖籃裡」就存在的制度。在《號角報》一篇社論裡，凱克描述威爾在一場改革會議上的演講是：「著魔狂的暴力行為，是可笑的行徑，企圖用耀眼的煙火包裹不負責任的大膽言論，以及最廉價、最膚淺的無知。」

「凱克，昨天那篇社論很精彩。」史普拉格嘲諷地說。「不過『著魔狂』是什麼？」

「喔，那是法國革命期間出現的名詞。」凱克答。

威爾這危險的一面，與他某些引人注目的特質，形成奇妙對比。他喜歡小孩子，一半來自藝術家氣質，一半來自親切的個性；只要能走路，年紀越小、衣著越古怪，威爾就越喜歡逗他們開心。我們知道，他在羅馬的時候喜歡在貧民區遊蕩，來到米德鎮後這個興趣並沒有改變。

漸漸地，他身邊多出一群古里怪氣的孩子：沒戴帽子的小男孩，身上的寬大馬褲破破爛爛，襯衫也衣不蔽體。小女孩甩開遮在眼前的頭髮盯著他，負責照顧她們的小哥哥頂多也只有七歲。到了採集堅果的時節，他領著這群孩子像吉普賽人般，遠足前往哈塞爾林地。由於天氣已經變冷，所以他會選個晴朗的日子帶他們撿枯枝，在山坳生起篝火，為他們舉辦一場薑餅盛宴，再拿出自製的木偶即興演出一段龐奇與茱蒂[13]。這是他的怪異行徑之一。另一個怪癖是，只要是在好朋友家，他會大剌剌躺在爐邊地毯上跟人聊天，臨時上門的訪客看見這種異常舉動，就會確認他果然是個危險的混血兒，而且散漫不羈。

不過，在當時壁壘分明的黨派新情勢之中，威爾的文章和演說，自然而然讓他成了傾向改革的家庭的座上賓。他應邀前往布爾斯妥德家做客，可是在那裡他沒辦法躺在地毯上，而且哈麗葉覺得他談論天主教國家的語調，彷彿跟反基督分子之間還有休戰的可能，充分顯示知識分子的不可靠。

然而，在菲爾布勒家，威爾深受女士們的歡迎，尤其是菲爾布勒的姨母諾博小姐。（諷刺的是，在這波政治浪潮裡，菲爾布勒和布爾斯妥德的立場竟是同一方）。威爾每次在街上遇見提著食籃的諾博小姐，就會在眾目睽睽之下將手臂遞過去，非要陪她去分送她偷偷攢下的甜食。

13 *Punch and Judy*，英國家喻户曉的滑稽木偶劇。

他最常拜訪、也最常躺在地毯上的屋子還是李德蓋特家。他跟李德蓋特個性南轅北轍，卻能認同彼此的看法。李德蓋特言詞唐突卻不惱人，也不會在乎健康人士的奇思怪想。反觀威爾，他通常也不會把自己的易感天性浪費在不對盤的人身上。他對待蘿絲夢的態度又不同了，總是愛生氣又任性，甚至貶低她，令她相當詫異。但不管怎樣，他慢慢成了她休閒活動的重要角色，可以一起彈琴唱歌，話題天南地北，而且從來不會嚴肅地沉思。她丈夫儘管對她百般溫柔寵溺，卻老是繃著臉思考，令她很不滿意，也更加確認她不喜歡醫生這個職業。

人們迷信「法案」的效力，卻無視病理學的低水平狀態，李德蓋特覺得十分可笑，偶爾會用尖銳的問題質問威爾。三月份的某天晚上，蘿絲夢穿著她那件領子綴有柔軟絨毛的櫻桃色洋裝，坐在茶點桌旁。忙碌一天的李德蓋特回家比較晚，此時，他側身坐在壁爐旁的休閒椅上，一條腿擱在扶手上，瀏覽《先驅報》的專欄，眉頭似乎流露出一絲憂慮。蘿絲夢看得出來他心緒不寧，別開視線，暗自慶幸自己沒有喜怒無常的情緒。威爾躺在地毯上，心不在焉地望著窗簾，輕聲哼著〈我第一次見到那臉龐〉的旋律。那條寵物長毛犬躺在地毯上僅剩的空間，視線從腳掌之間投向那個篡位的傢伙，用眼神表達沉默而強烈的抗議。

蘿絲夢把茶端給李德蓋特。

李德蓋特扔下報紙，對已經跳起來走向茶食桌的威爾說：「威爾，你把布魯克吹捧成改革派地主也沒用，只會暴露他的弱點，讓《號角報》有更多機會攻擊他。」

「無所謂，讀《先驅報》的人不會去讀《號角報》。」威爾喝了一大口茶，在屋子裡來回踱步。「你以為人們讀報紙是為了改變自己的想法？那麼我們就會擁有女巫用復仇調製的毒湯——『混合，混合，混合，混合，能混合的就混合吧。[14]』——到時候沒有人知道自己該選哪一邊。」

「菲爾布勒說，如果真的要選舉，他不相信布魯克會當選。那些口口聲聲支持他的人，會在適當的時機推出自己屬意的人選。」

「試試無妨，有在地的議員也是好事一樁。」

「為什麼？」李德蓋特非常習慣用簡慢的口吻提出讓人為難的問題。

「他們更能代表在地的愚蠢。」威爾笑著甩動滿頭捲髮。「而且他們在選區會表現出最好的一面。布魯克不是壞人，可是最近他在自己的莊園做了些好事，如果不是為了進國會，他絕不會做。」

「他不適合當民意代表。」李德蓋特輕蔑地斷言。「他會讓所有仰仗他的人都失望，這次醫院的事我已經看出來了，差別在於，在那裡是布爾斯妥德握著韁繩驅策他。」

「那得看你給民意代表訂出什麼樣的標準。」威爾說。「目前的狀況他很合適：人們一旦像現在這樣做出決定，他們要的不是某個人，而是那人代表的投票權。」

「威爾，你們這些寫政論文章的人都是這樣，大肆宣揚某個議案，一副那是萬靈丹似的，又大肆拉抬某些人，而那些人本身就是需要治療的一部分。」

「有何不可？那些人也許不知不覺之中就把自己治好，不再把持土地。」對於不曾思考過的問題，他往往能夠隨機應變想出理由。

「那不是理由，不能因為這樣就鼓舞大家對這個議案懷抱虛妄的期待，不管好壞照單全收，送些一無是處的投票部隊進議會。你們反對腐敗，還有什麼比讓人們相信一個政治把戲就能治好社會，腐敗得更徹底。」

---

14 摘自英國作家米鐸頓（Thomas Middleton，一五八〇～一六二七）的劇本《女巫》（*The Witch*）。

「親愛的朋友，你說得沒錯，可是你的治療總得從某個地方著手，沒有這個改革議案，那拖累全國人民的上千個現狀，就永遠沒辦法革新。看看前幾天史丹利[15]說了什麼，他說下議院花太多時間處理小規模賄選，問這個或那個選民，是不是收到一枚金幣，然而所有人都知道，席位早就批發出售了。想等著民意代表有智慧有良心，胡扯！我們唯一能相信的良知，是整個階級認知到自己的錯。而最能發揮作用的智慧，是均衡各方訴求的智慧。我的論點是：哪一方受害？我支持的是，支持受害者訴求的人，不是站在錯誤那一方的好人。」

「威爾，用概括的方式探討某個特定案例，只是為辯論而辯論。我說贊成用藥來治病，不代表我贊成用鴉片治療痛風病例。」

「我不是跟你辯論我們談的這件事，問題在於，在找到完美無缺的人以前，我們是不是什麼都不能嘗試。你認為應該這樣做嗎？如果有個人能幫你推動醫療改革，另一個卻反對，你會探究哪個人的動機比較良善，甚至哪個人的腦筋比較好嗎？」

「喔，當然，」李德蓋特被對方以自己最常祭出的招數將了一軍。「如果不跟現成的人合作，事情可能會陷入僵局。就算鎮上批評布爾斯妥德的那些話是真的，我還是不能否認他有見識有決心去做那些我最在乎、也最需要做的事。不過我跟他的合作只限於那方面。」李德蓋特想起菲爾布勒說過的話，有點自豪地補充道。「除此之外，我一點都沒把他放在心上。我不會為了任何個人原因推崇他，不會跟他扯上關係。」

「你的意思是說，我為了個人因素拍布魯克的馬屁？」威爾氣呼呼地轉過來，他第一次覺得被李德蓋特惹惱，也許更是因為他不喜歡別人問起他和布魯克越來越親近的關係。

「絕對不是。」李德蓋特答。「我只是為自己的行為做說明。我的意思是，人可以為了某個特別目標，跟一些動機和方針有歧異的人合作，只要他確定能保持人格獨立，而他所做的事也不是為了私人利益，不管是地位或金錢。」

「那麼你為什麼不把你的寬容延伸到別人身上？」威爾還沒消氣。「我個人的獨立對我很重要，正如你的醫院對你也很重要。你沒有理由想像我對布魯克有什麼私人的期待，正如我也不認為你對布爾斯妥德有什麼私人的期待。動機是節操的問題，沒有人能夠證明。至於金錢和地位，」威爾把腦袋往後仰，總結說，「我想誰都看得出來，我從來不考慮那些東西。」

「威爾，你誤會我了。」李德蓋特有點吃驚，他一心只想著為自己辯白，沒有考慮到威爾會聯想到他自己身上。「我無意中惹惱你，請你原諒。事實上，我認為你不顧世俗利益的做法很有浪漫色彩。關於那個政治議題，我只是談論其中的知性偏見。」

「你們兩個今晚都很討人厭！」蘿絲夢說。「我想不通為什麼會扯上金錢，為政治和醫學爭吵已經夠煩人的了，光是這兩個議題就夠你們跟彼此或跟全世界的人吵個沒完。」

蘿絲夢說這些話的語氣溫和而不偏袒，她說完站起來搖鈴，再走向她的針線桌。

「可憐的小蘿！」李德蓋特對經過身邊的她伸出手。「小天使不喜歡爭論，來點音樂吧。妳彈琴，讓威爾唱歌。」

威爾走了以後，蘿絲夢問李德蓋特，「特提厄斯，今晚有什麼事惹你不高興嗎？」

「我？生氣的是威爾，他像吃了炸藥一樣。」

---

15 指英國政治家愛德華・史丹利（Edward Stanley，一七九九～一八六九），時任愛爾蘭布政司，推動天主教徒解放運動及愛爾蘭改革。

「我指的是之前。你回家的時候就有心事，看起來不太開心，所以才會跟威爾抬槓。特提厄斯，看到你那個樣子，我很難過。」

「有嗎？那麼我真是壞蛋。」李德蓋特帶著歉意安撫她。

「你為什麼心煩？」

「喔，外面的事，公事。」其實他收到家具店催討欠款的信，可是蘿絲夢有孕在身，他不想讓她操心。

第四十七章

付出的真愛從來不是白費，
因為最真摯的愛就是最大收穫。
真愛無法製造，它必須來自
四時萬物的滋養。
於是，在命定的時與地，
那初生的小花嬌然綻放。
根系向下，花蕊朝上，
在天地之間化育。

威爾和李德蓋特那次「閒聊」碰巧是在星期六晚上，後續的影響就是，威爾回到自己房間後，獨自坐到半夜，懷著一股全新的怒氣，把曾經反覆琢磨的念頭重新思忖一遍。當初是否要留在米德鎮，在布魯克手底下做事，他也曾再三猶豫；那份猶豫後來轉變成草木皆兵的敏感度，聽不得別人暗示他做了不聰明的選擇。正因如此，他才會對李德蓋特發怒，心情也久久不能平復。他是不是做了傻事？而且選在這個他自認不是傻子的時刻？這麼做又是為了什麼？

唔，沒有明確目的。沒錯，他是有些虛幻的願景。所有同時擁有熱情與思想的人，都是由熱情主導思想，心中也常浮現某些畫面，那份熱情因此被希望撫慰，或被恐懼刺痛。只是，這種我們所有人都會有的體驗，發生在某些人身上卻是截然不同。然而，威爾不是那種能讓理智「從眾」的人，他有他的私人小徑，在那裡享受他自己選擇的樂趣。這行為看在那些馳騁在大道上的男士們眼中，恐怕是相當愚痴的。他從自己對多蘿席亞的感情得到某種快樂，就是其中一個例子。另一個例子說來奇怪，卻也是事實。卡索邦粗鄙下流地懷疑日後如果多蘿席亞變成寡婦，威爾基於此時在她心裡建立的好感，也許會成為她的下一任丈夫。其實這對威爾沒有什麼難以抗拒的誘惑力，對於那樣的未來，他並不憧憬，也不會去追尋。他不像我們會去追尋自己心目中的真實天堂，也就是想像中的「另一種結果」。原因在於，他不願意抱持某些有卑劣之嫌的念頭，又急於洗刷忘恩負義的指控，但最重要的是，他隱隱覺得自己跟多蘿席亞之間，除了卡索邦的存在，還有其他不少障礙，以致於他不曾猜測卡索邦還能活多久的問題。

此外，還有別的原因，威爾無法忍受清透的水晶出現任何瑕疵，而多蘿席亞看他的眼神、跟他說話的態度是那麼平靜自在，令他既氣憤又愉悅。再者，在心目中保有她真實的模樣，帶給他的感覺是那麼優雅細膩，他不想改變那份美好印象，免得她也跟著改變。當典雅的旋律變成街頭的通俗曲調，我們不也是避之唯恐不及？再比如某種稀世珍品，像是雕件或銘文，雖然費盡千辛萬苦才能瞄上幾眼，回想起來也是興奮莫名；但一旦得知那其實不是什麼珍奇物件，輕易就能取來日日把玩，難道不會倒盡胃口？我們的優點取決於情感的質地與廣度。威爾這個人向來不在乎生命的有形物質，卻對它產生的微妙影響無比在意。他心中藏著對多蘿席亞的那份感情，對他來說，就像繼承了一筆財富，這份情愫在別人看來或許注定成空，卻為他的想像力帶來另一種樂趣。他意識到一種豐沛的內心活動，也從自身經驗中確認了那令他心馳神往、更崇高的愛情詩篇。他告訴自己，多蘿席亞永遠端坐他靈魂的王座上，其他女人的位置都不能高於她的腳凳。如果他能用不朽的文字描寫出她在他心中激盪出的漣漪，也許可以效法老德雷頓[16]的先例，說：

「若是將她多餘的讚美施捨出來，
往後世代的女王想必與有榮焉。」

但這個結果並不確定。另外，他還能為多蘿席亞做點什麼嗎？他對她的奉獻，對他有什麼價值？誰也沒有答案。他不願意離她而去。她總是以單純的信任跟他談話，而他看得出來，在她的朋友之中，應該沒有哪個人能讓她用同樣的態度相待。她曾經說希望他留下來，那麼不管她身邊有什麼噴火惡龍對他張牙舞爪，他也會留下來。

威爾每次的躊躇反思，得到的都是這個結論。但即使是他自己的決心，也未必沒有任何矛盾或反抗。每次外在跡象顯示他追隨布魯克從事政治活動，並不如他預期般充滿英雄色彩，他就會心情煩躁，像這天晚上一樣。這份惱怒經常跟另一件讓他不愉快的事結合在一起，那就是儘管他為了多蘿席亞犧牲自己的聲譽，他卻幾乎見不到她。於是，他既然無法反抗這些惱人的事實，只好否認自己最頑固的偏見，說，「我是個傻子。」

既然內心交戰的結果，必定傾向多蘿席亞，這次他跟往常一樣，更鮮明地想像見到她時會是什麼心

16 Michael Drayton（一五六三～一六三一），英國作家。後文的詩句出自他的十四行詩〈諸多低劣愚蠢的事物〉（How Many Paltry, Foolish Things）。

情。他突然想起隔天就是星期日，決定去洛威克教堂看她。他帶著這個想法入睡，到了隔天他在理性的晨曦中梳洗時，反對的聲音卻在心中響起：

「那等於實質上違抗卡索邦禁止你前往洛威克的命令，多蘿席亞會不高興。」

「胡說！」贊同的聲音如此爭辯，「這麼美麗的春天早晨，他禁止我前往美麗的鄉村教堂，實在太殘忍。何況多蘿席亞見到我會很高興。」

「卡索邦會知道你去那裡只是為了激怒他，或去看多蘿席亞。」

「我才不是為了激怒他。還有，我為什麼不能去看多蘿席亞？憑什麼他可以擁有一切，永遠快活？讓他跟所有人一樣，偶爾受點氣。我向來喜歡那座教堂和會眾的古雅氛圍，再者，我認識塔克一家人，可以坐他們的長椅。」

威爾以非理性的力量壓下反對的聲音，邁步走向洛威克，那神態彷彿要去天國似的。他橫越哈塞爾公有地，繞過樹林。大片陽光照耀著正在抽芽的樹枝，苔蘚和地衣顯得碧綠晶瑩，一抹鮮綠鑽出褐色表層，所有一切好像都知道這天是主日，也都贊成他去洛威克教堂，沒有任何事物來擾亂他的心情。威爾心情舒暢，到這時，惹惱卡索邦已經變成一件有趣的事。儘管他的行為並不足取，臉上卻是露出開心的笑容，像照耀在水面上那乍現的陽光般可喜。大多數人都能夠說服自己，那阻擋我們的人實在太可惡，既然他惹我們生氣，我們就不介意回敬他一些不痛快。威爾腋下夾著一本書，兩手插在口袋裡，繼續往前走。他沒有讀那本書，嘴裡卻哼著小曲，想像著走進教堂和出來時的情景。他試著用不同的旋律搭配自己寫的詞句，有些是現成的曲調，有些則是即興創作。他寫的詞句不全然是讚美詩，卻也符合他的主日心境：

「噢，我的愛情只需要，
少許喜悅來澆灌！
記憶中的碰觸與光線，
一道已經消失的陰影：

縹緲的夢境似遠若近，
美妙的嗓音在內心響起；
有人將我珍藏心中，
想起當初相遇的場景。

被壓抑的恐懼在顫抖，
災禍不能令我屈服；
噢，我的愛情只需要，
少許喜悅來澆灌！」

偶爾他脫下帽子把腦袋往後甩，歌唱時伸長優雅的頸子，儼然是春神的化身，靈氣散布在空中，爽朗暢快，內心填滿未知的希望。

他到達洛威克時，鐘聲還沒停歇，他在助理牧師家的長椅上坐下時，其他人都還沒到，不過其他會眾都就座以後，他仍然獨自坐在長椅上。助理牧師的長椅跟教區長的長椅隔著走道相對，就在小聖壇入口處。威爾環顧教堂的會眾一圈，有點擔心多蘿席亞不會來，那些鄉土臉龐年復一年聚在白泥牆面和深色老舊長椅之間，幾乎沒有任何變化；就像樹木的枝幹，在歲月中此斷彼折，卻依然有嫩芽萌生。瑞格的青蛙臉既突兀又與眾不同，即使有這麼個干擾常態的相貌，卻還是有渥爾家族和波德爾的鄉下親戚並排坐在長椅上，薩繆爾哥哥的臉頰一如往常的圓潤紫紅。三個世代的純樸村民跟平時一樣，帶著對仕紳階級的敬意來到。年幼的孩童多半認為披著黑袍站在高台上的卡索邦，是仕紳階級的老大，如果冒犯他，應該下場慘烈。即使在一八三一年，洛威克仍然風平浪靜，改革議題就跟主日布道的肅穆男高音一樣，攪動不了他們平靜的心情。過去大家也常在教堂裡見到威爾，除了希望他加入助陣的唱詩班之外，沒有人特別留意他。

多蘿席亞終於還是出現在這個古趣的背景裡，白色海狸帽搭配灰色披風，跟她在梵蒂岡時的裝扮一樣。她緩步走在短短的走道上，進門後一直面向祭壇，即使近視，也很快看見威爾的身影。她沒有露出異樣神色，只是臉色略白，經過他身邊時莊嚴地點點頭。威爾心中忽然一陣不自在，連他自己都感到驚訝。兩人相互點頭致意之後，他不敢再看她。兩分鐘後，卡索邦從法衣室出來，走進長椅，在多蘿席亞對面落坐。威爾覺得自己全身都僵硬了，他動彈不得，只能目不斜視地盯著法衣室上方樓座裡的詩班。他覺得多蘿席亞一定很痛苦，而他自己則是犯了差勁的大錯，不再覺得激怒卡索邦會有趣。卡索邦占有地利，也許會盯著他，知道他不敢轉過頭去。早先他為什麼沒想到這點？但他不可能預知自己會孤伶伶坐在那區長椅裡，沒有塔克家人來解救他。看來塔克一家人已經離開洛威克，因為有個新來的助理牧師站在講道台後方。他還是罵自己傻，為什麼沒有料想到自己根本不可能轉頭去看多蘿席亞，甚至沒有預料到她可能會覺得他的出現是無禮的行為。他逃不出這個牢籠，不過，他的心情總算沉澱下來，於是像個小學老師似地打開書本讀了起來。他覺得這晨間禮拜真是史無前例地漫長，而自己荒唐至極，既氣惱又悲慘。一個男人為了看心儀女子一眼，竟然淪落到這般田地！教堂執事出乎意料地發現威爾沒有跟大家一起唱漢諾威讚歌，心想他多半是感冒了。

那天早上，卡索邦沒有講道，直到最後禱告結束、會眾紛紛起身，威爾的處境也沒有一點改變。洛威克的慣例是讓「上等人」先離開，威爾突然決定打破禁錮他的魔咒，將視線投向卡索邦。可是卡索邦專注看著長椅柵門，打開來，讓多蘿席亞先走，隨後跟她一起通過，眼皮始終沒有抬起來。威爾的目光正巧落在走出長椅的多蘿席亞身上，多蘿席亞再次點頭，只是這回情緒明顯激動，像在壓抑淚水。威爾跟著他們走出教堂，看見他們繼續從小門離開教堂院子，頭也不回地走進灌木林。

他不可能再跟上去，只能在這個中午時分憂傷地調頭，踏上早晨滿懷希望走過的路途。不論內心或外界，原本的光亮都改變了。

第四十八章

金燦燦的光線已然轉成灰暗，
不再翩然起舞，轉身徒然奔跑；
我看見他們的白髮隨風翻揚，
凝視著我的每一張憔悴臉龐，
時時緊抓不放，卻緩緩旋轉，
不敵狂風吹襲。

多蘿席亞走出教堂時內心哀戚，主要是察覺卡索邦決定不再理睬威爾，而威爾來到教堂，只是讓他們之間的裂痕擴大。她覺得威爾的出現情有可原，認為他是為了和解採取的友好舉動，而她自己一直希望他們能和好如初。她猜威爾的想法可能跟她一樣，認為只要能輕鬆自在地跟卡索邦見面，兩人也許可以握握手，像過去那樣友善地交談，多蘿席亞覺得那個希望破滅了。威爾受到的排斥比以前更嚴重，因為卡索邦拒絕承認威爾，威爾卻突然跑來，卡索邦一定又氣壞了。

那天早上，卡索邦身體不太舒服，呼吸有點困難，所以沒有講道。吃午餐時，他幾乎一語不發，更絕口不提威爾的事，她並不意外。至於她自己，她覺得恐怕以後都不能再提起威爾這個人。星期天午餐到晚餐的時段，他們通常各自度過。卡索邦多半在圖書室打盹，多蘿席亞則是去她的起居室，在那裡讀些她最喜歡的書。此時，凸窗的桌子上就擺著一小堆書，內容五花八門，從卡索邦正在教她讀的希羅多德、到陪伴她已久的帕斯卡，還有基布爾的《基督教年》[17]。可是今天她翻了一本又一本，卻一本也讀不下去，所有的內容都顯得那麼沉悶，居魯士出生前的預兆[18]、古猶太習俗，噢，老天！虔敬的雋語、讚美詩的神聖樂音，都像在木頭上敲打出的音調一樣平淡。就連春天的花草似乎也在斷斷續續遮蔽午後太陽的雲層底下，呆滯地顫抖。沉思的習慣向來帶給她支撐力量，但想到未來漫長的日子裡只有它們為伍，不免也感到厭倦。可憐的多蘿席亞渴望的是另一種陪伴，應該說渴望更充分的陪伴，她的婚姻要求她不停付出，那份渴望也因此更加強烈。她總是努力扮演丈夫要的那種妻子，但他對她的滿意，卻始終無法令她安心。她喜歡的事物、她不由自主想擁有的東西，好像一直被摒除在她的生命以外，因為如果她丈夫只是認可那些東西或事物，卻不參與，就等於被否決了。對於威爾，他們兩個從一開始就各執己見。後來多蘿席亞認定威爾有權拿回家產，卻遭到卡索邦嚴厲斥退，結果多蘿席亞相信自己沒錯，錯的是她丈夫，只是她無能為力。這天下午，那份無力感比過去更令她覺得悲慘麻痺，她多麼希望身邊有願意跟她親近、而她也願意親近的人。她渴望做些像陽光和雨水一樣直接帶給別人益處的事，如今看來，她越來越像活在真實的墓塚裡，那裡面有個幽靈般的形體，在製造永遠見不到陽光的產品。今天她站在

17 英國神職人員約翰·基布爾（John Keble，一七九二～一八六六）的《基督教年》（*Christian Year*）收集了他為基督教主日與節日寫的聖詩。

18 Cyrus（西元前五五九～五二九），波斯帝國創建者，他的祖父阿斯迪阿格斯（Astyages，西元前五八五～五五〇）是米底王國最後一任君主，生前曾夢見自己會被孫子居魯士推翻，下令殺害居魯士未果。

那座墳墓的出口，看見威爾慢慢消失在那個有著熱情活動和情誼的遙遠世界，離開時回頭看了她一眼。

書本沒有用，沉思也沒用，這天是星期日，她不能搭馬車去探望剛生寶寶的西莉亞，面對心靈的空虛與不滿，她無處逃脫，只能忍受鬱悶的心情，就像忍受牙痛。

晚餐後是為卡索邦朗讀的時間，卡索邦提議去圖書室，他說已經命人升火點燈。他精神好像恢復了，思考也比較能專注。到了圖書室，多蘿席亞發現他在桌上擺了一排他的筆記本。這時他拿起她熟悉的一本塞到她手裡，那是所有筆記本的目錄。

「親愛的，今天麻煩妳，」說著，他坐下來。「別讀其他東西。讀這些給我聽，拿枝鉛筆，當我說『劃記』的時候，就用鉛筆打個叉。我很久以前就想過濾這些東西，現在這是第一步。我們做著做著，妳大概就能看出我的篩選原則，之後我相信妳會有能力跟我一起做。」

過去卡索邦不願意讓多蘿席亞直接參與他的寫作，自從他跟李德蓋特那次難忘的談話之後，便有不少跡象顯示他的想法已經改變，也就是他要她付出更多關注和心力。這次的情況也是。

她誦讀標記兩小時後，他說，「我們把這本帶上樓，麻煩妳把鉛筆也帶著。萬一半夜起來要讀，我們就可以繼續做這個。多蘿席亞，妳應該不會覺得累吧？」

「你想聽什麼，我就讀什麼。」多蘿席亞點出最簡單的事實，因為她擔心自己朗讀或做其他事之後，卻沒能為他帶來一絲喜悅。

多蘿席亞的某些特質具備一種力量，可以打動身邊的人。卡索邦儘管善妒又多疑，卻已經知道多蘿席亞一諾千金，也有能力為她心目中認定的至善奉獻自己。近來他開始發現，這些特質可以為他所用，他決定好好掌握這個權力。

他們深夜果然起來誦讀。年輕的多蘿席亞因為疲累，不一會兒就睡熟了，到了半夜意識到亮光，醒了過來。一開始她像是爬上陡峭山峰後突然看見夕陽，等她睜開眼睛，看見丈夫裹著保暖睡袍坐在壁爐旁的扶手椅上，爐火的餘燼還沒熄滅。他點了兩根蠟燭，希望多蘿席亞會醒過來，沒有直接叫醒她。

「愛德華，你身體不舒服嗎？」她立刻下床。

「我覺得躺著不太舒服，想在這裡坐一會兒。」

她往壁爐裡添了柴火，披上睡袍，說，「要我讀點東西嗎？」

「多蘿席亞，如果妳願意，就太感謝妳了。」卡索邦彬彬有禮的態度比平時多了一點溫順。「我沒有睡意，腦子格外清醒。」

「我擔心你精神太亢奮。」多蘿席亞想到李德蓋特的提醒。

「不會，我不覺得精神亢奮，思考並不難。」

多蘿席亞不敢再多說，她拿起晚上讀的筆記本，又讀了一個多小時，只是翻頁的速度快了些。卡索邦的腦筋很清醒，好像只要聽見一點頭緒，就知道接下來的內容。「那個沒問題……那個劃記。」或者「換下一個標題……我刪掉克里特的第二個附記。」

多蘿席亞驚異他的腦子像鳥兒般，飛快地巡視它緩步潛行多年的那片土地。最後他說：「親愛的，把本子闔上，我們明天再繼續。這件事我擱置太久了，希望能看見它完成。妳應該已經看得出我篩選的原則，我的目的是為我目前草擬的序言裡列舉的論點，提供充分又不失均衡的闡述。多蘿席亞，這點妳看得很清楚了吧？」

「嗯。」多蘿席亞的聲音有點顫抖，覺得心煩意亂。

「現在我應該可以睡一下了。」

卡索邦請多蘿席亞熄掉燭火，重新躺下。她也躺下之後，漆黑的房間裡只剩壁爐的微弱火光。

他說：「多蘿席亞，我睡著以前，想對妳提出一個要求。」

「什麼要求？」多蘿席亞內心升起一絲畏懼。

「我希望妳清楚明白承諾，將來我死了，妳會照我的意願行事，也就是說，避免做我反對的事，執行我認同的事。」

多蘿席亞不驚訝，根據種種跡象，她已經猜到她丈夫的意願會變成她的另一套枷鎖，她沒有立刻回答。

「妳拒絕？」卡索邦語調有點尖銳。

「不，我還沒拒絕。」多蘿席亞用清晰的口吻說，內心生起一股對自由的渴求。「可是這事非同小可，在不知道自己會受到什麼束縛的情況下盲目承諾，我覺得這樣不對。只要發乎情感，不需要承諾，我都會去做。」

「可是妳會運用自己的判斷力。我要求妳聽從我的判斷力，妳卻拒絕。」

「不，親愛的，不是這樣！」多蘿席亞語帶懇求，恐懼壓得她喘不過氣來。「能不能給我一點時間想一想？只要能讓你高興，我都願意做。可是我不能隨口許諾，更別提我不知道諾言的內容。」

「那麼妳不能信任我的意願？」

「我能不能明天答覆你？」多蘿席亞哀求地說。

「那就明天吧。」卡索邦答。輾轉反側

不一會兒，她聽見他已經入睡，她卻難以成眠。她強迫自己靜靜躺著，以免驚擾丈夫，內心卻是一場天人交戰，念頭忽而偏向這邊，繼而傾向另一邊。根據她的猜測，她丈夫之所以想要操控她未來的行動，無非是為了他的著作。她看得清楚明白，他想要她日後繼續幫他篩選那堆積如山的龐雜資料，而那些資料只是用含糊隱晦的詞語，闡釋更含糊隱晦的理論。對於《神話學要義》這本代表她丈夫的抱負與心血的作品，可憐的多蘿席亞已經不相信它具有任何價值。多蘿席亞雖然學識不高，對這件事的判斷力卻比丈夫更準確。這也難怪，畢竟她本著健全的理智和不帶偏見的對比做出判斷，他卻是投下全部的自我當賭注。現在她想像將來日復一日、年復一年整理那堪稱破碎木乃伊的東西，那殘缺不全的文化也只是以崩塌的廢墟拼湊而成，用來餵養一個有如先天羸弱幼兒的理論。一個以頑強意志力追求的頑強錯誤，讓真理胚胎得以存活：對黃金的追求，可以說是對物質的探索，化學的軀體是為了孕育它的靈魂，於是才有拉瓦節[19]的誕生。

可是，卡索邦那套探討所有文化生成要素的理論，不太可能因為任何出乎意料的發現受挫。它飄流在似真若假的猜測中，那些猜測並不牢靠，就像某些字形變化規則，由於發音相似，顯得十分穩當，最後卻發現，發音的相似恰好證明那些規則不成立。他的闡釋方法沒有經過檢驗，就像對歌革與瑪各[20]的詳盡描述，不曾遭遇任何抵觸與碰撞。它就像意圖將滿天星辰串連起來，絕不會受到質疑。

多蘿席亞必須經常克制自己，避免表現出厭倦與不耐煩，因為事實證明這只是一種靠不住的猜謎活動，不能讓她的生命因為參與崇高知識的追求變得更有價值！現在她終於明白，丈夫之所以變得這麼依賴她，是因為他想讓他的畢生心血展現成果，並且公諸於世，而她或許是他唯一的希望。最初他好像打算守口如瓶，不讓她知道他的研究內容，可是漸漸地，人類驚人的迫切需求……死亡可能加速到來……想到這裡，多蘿席亞關懷的方向，從自己的未來轉移到丈夫的過去，甚至，也轉移到他此刻與命運

19 Antoine Lavoisier（一七四三～一七九四），法國科學家，被譽為現代化學之父。

20 歌革（Gog）和瑪各（Magog）是位於大地四極的蠻族，受撒旦召喚與神的國度作戰。見《聖經・啟示錄》第二十章第八節。

的搏鬥，而那命運正是從他的過去衍生而來。那孤寂的鑽研，那被自我懷疑壓得幾乎氣喘吁吁的抱負：目標越來越遠、四肢越來越笨重。現在，死亡的威脅來到眼前！當初她嫁給他，不就是為了對他這畢生之作提供一點助力？可是她原本以為他做的是更偉大的事，偉大到她可以單純為了這個目標全心奉獻。她應該為了撫慰他的哀傷，去做毫無意義的繁重工作嗎？再者，就算她答應了，他的哀傷能得到撫慰嗎？

只是，她有辦法拒絕他嗎？她能告訴他：「我拒絕滿足這悲哀的渴望嗎？」那等於是拒絕在他死後為他做，他活著的時候她幾乎確定會為他做的事。如果他像李德蓋特所說的再活十五年，那麼她會做的無非也就是協助他、服從他。

話說回來，對活著的人奉獻，與不限定地承諾對死去的人奉獻，二者之間還是有極大差別。他活著的時候，對她提出的任何要求，她都擁有抗議的機會，甚至可以拒絕。可是，他要她承諾滿足他的心願，卻又不肯說明具體內容，那麼他要的會不會是她想不到的事？這個念頭不只一次浮現她腦海，只是她始終不敢相信，不會的，他滿腦子只有他的研究，那就是他即將走到盡頭的生命要完成的目標。

如果她回答他，「不！如果你死了，我不會再碰你的書。」那她等於一把捏碎那顆傷痕累累的心。

就這樣，多蘿席亞躺在床上苦思四小時，最後她覺得昏沉又困惑，找不到答案，只能默默禱告。她像個淚漣漣的迷途孩子一樣無助，天亮後才迷迷糊糊睡去。等她醒來時，卡索邦已經起床了。坦翠普告訴她，卡索邦已經做完晨禱、吃過早餐，去了圖書室。

「小姐，我從沒看過妳臉色這麼蒼白。」坦翠普是個結實健壯的婦人，在洛桑的時候就開始照顧多蘿席亞兩姐妹。

「坦翠普，我的臉色紅潤過嗎？」多蘿席亞虛弱地笑了笑。

「就算稱不上紅潤，至少也像木槿花一樣粉嫩。不過身上老是一股舊皮革書的味道，還能好到哪兒去？小姐，今天早上就休息吧。我下去通報說妳不舒服，沒辦法進圖書室。」

「不，不！趕快幫我準備好，」多蘿席亞催促。「卡索邦先生有事找我。」

她下樓的時候，心裡十分肯定她一定會答應實現他的心願，不過暫時不急，晚一點再說。

多蘿席亞走進圖書室時，正把書本放到桌上的卡索邦轉過身來說：「親愛的，我正在等妳。今天早上我原本想馬上開始工作，卻發現身體不太舒服，可能是昨天太亢奮的關係。今天天氣還算溫和，所以我打算先到灌木林散散步。」

「我很高興聽你這麼說，」多蘿席亞說。「我也覺得你昨天用腦過度。」

「多蘿席亞，我希望昨天最後談的那件事有個結果，希望妳現在可以給我答覆了。」

「我能不能待會兒去園子找你？」多蘿席亞想為自己爭取多一點喘息空間。

「接下來半小時我會在紫杉步道。」卡索邦說完就走了。

多蘿席亞覺得十分疲倦，搖鈴讓坦翠普幫她取來披巾。她靜靜坐了幾分鐘，內心卻不再交戰。她只覺得她會對自己的命運低頭，她太軟弱、太擔心對丈夫造成猛烈的打擊，所以除了徹底屈服，一點辦法都沒有。她一動不動坐著，讓坦翠普幫她戴帽子披披巾。這種狀況很少見，她向來喜歡自己打理一切。

「小姐，上帝賜福妳！」坦翠普已經把帽帶繫好，再沒別的事可做，於是對美麗溫柔的多蘿席亞流露滿懷的慈愛。

多蘿席亞緊繃的心情再也承受不住，淚水不禁決堤，靠在坦翠普的臂彎裡啜泣。不過她很快就打起精神，擦乾眼淚，走出玻璃門朝灌木林而去。

「我希望那間圖書室裡的每一本書，都打造成你家主人的地下墓穴。」坦翠普在早餐室對管家普拉特說。

我們知道她也去了羅馬，參觀過不少古蹟。她跟其他僕人說話的時候，向來只願意稱呼卡索邦「你家主人」。

普拉特笑了。他非常敬愛他的主人，卻更喜歡坦翠普。

多蘿席亞走到礫石路的時候，在附近的樹林裡徘徊，腳步像先前一樣遲疑，只是原因不同；當時她想去拉近和丈夫關係，卻擔心不受歡迎；現在她害怕去到那裡之後，就得將自己綑綁在某種令她畏怯的關係裡。不管是法律或社會觀念，都沒有強迫她這麼做，強迫她的只有她丈夫的天性和她自己的仁慈，只有婚姻那假想而非真實的枷鎖。她很清楚所有情況，但她被束縛了，沒辦法打擊那個向她乞求的受傷靈魂。如果那是軟弱，那麼多蘿席亞確實軟弱。

半小時過去了，她不能再拖延，她走進紫杉步道時沒看見卡索邦，步道彎來繞去，她向前走，預期看見他那穿著藍色披風、頭戴天鵝絨保暖帽的身影，那是他冷天到庭園散步的裝束。她忽然想到他可能在涼亭休息，而涼亭在一條岔路上。她轉向那條岔路，果然看見他坐在靠近石桌的長椅上。他兩隻手臂擱在石桌上，額頭靠在手臂上，藍色披風因此被往前拉，遮住他兩邊臉頰。

「他昨天晚上太累了。」多蘿席亞心想。她一開始猜想他睡著了，又想到涼亭濕氣重，不適合在那裡休息太久，但她轉念又想，最近她為他讀書的時候，常看見他擺出這種姿勢，偶爾也會像這樣埋著頭說話或聽她念書，彷彿覺得這個姿勢比其他姿勢更輕鬆。

她走進涼亭對他說，「愛德華，我來了，我想清楚了。」

他沒有回應，她猜他一定是睡熟了。她把手搭在他肩上，再說一次，「我想清楚了！」他還是一動不動，她忽然感到困惑與恐懼，彎下身子摘掉他的天鵝絨帽子，將臉頰湊近他的頭頂，慌張地喊道：

「醒醒，親愛的，醒醒！聽我說，我來答覆你。」可是多蘿席亞永遠給不出這個答覆。

那天稍晚，李德蓋特坐在她床邊，她迷迷糊糊地自言自語，前一天晚上的混亂思緒重現她腦海。她認出李德蓋特，也喊了他的名字，卻好像覺得自己應該對他說明所有的一切，而且一而再、再而三拜託他，向她丈夫解釋：

「告訴他，我很快會去見他，我可以答應他的要求。只是，這樣的承諾實在太嚇人，我身體一時支撐不住，情況不算太糟，很快可以復元。你去告訴他。」

可是她丈夫的耳朵再也聽不見任何聲音。

第四十九章

這件事難度太高，
連巫術也無能為力；
把石頭扔進井裡不難，
可是誰能再取出來？

「真希望可以不讓多蘿席亞知道這事。」詹姆斯皺著眉頭說，嘴角流露出無比嫌惡的表情。他站在洛威克莊園圖書室的爐邊地毯上，正在跟布魯克說話。這是卡索邦下葬的第二天，多蘿席亞還在臥床養病。

「詹姆斯，你也知道那很難，畢竟她是遺囑執行人，而且她喜歡自己做決定，比如財產啦、土地啦，諸如此類的事，她有自己的主張。」布魯克緊張地戴上眼鏡，他手上拿著一份折疊起的文件，視線盯著紙張邊緣。「她會想要親自執行，這點你不必懷疑。多蘿席亞會想親自執行，她去年十二月就滿二十一歲了，我不能干涉她。」

詹姆斯默默凝視地毯兩三分鐘，而後突然抬起視線望向布魯克，說，「我來告訴你，我們可以怎麼做，在多蘿席亞康復以前，什麼都不能讓她知道。等她身體好到可以出門之前，先搬去我家。跟西莉亞和寶寶在一起，對她是最好的，可以幫她度過這段時間。在此同時，你必須把威爾弄走，讓他離開英國。」說到這裡，他再度露出極度厭惡的神情。

布魯克雙手背到身後，走向窗子，輕輕晃了一下，挺直腰身，才開口回答：「詹姆斯，這事說起來容易，沒錯，說起來容易。」

「親愛的先生，」詹姆斯不肯鬆口，盛怒之餘不失禮節。「是你邀他過來，也是你要他留下。我是指你給他那個職位。」

「沒錯，可是親愛的詹姆斯，我不能沒有理由就辭退威爾，他對我很重要，我對他非常滿意。我覺得把他找來是我對本地所做的貢獻，沒錯，是個貢獻。」布魯克轉身過來點了點頭。

「我只能說，很遺憾本地沒有擺脫他。總之，身為多蘿席亞的妹夫，我認為我有權強烈反對她的親人將雷迪斯羅留在本地。事關我大姨子的聲譽，你應該不否認我有權發表意見吧？」詹姆斯怒氣上升。

「當然，親愛的詹姆斯，那是當然。可是你跟我看法不一樣，不一樣……」

「希望你指的不是卡索邦做的這件事。」詹姆斯打岔道。「我認為他用非常不公平的手法連累了多蘿席亞。當初結婚時，他立了遺囑，女方家人都知情且信賴，事後卻附加這樣的條款，實在是世上最卑劣、最沒有紳士風度的行徑，根本是對多蘿席亞的侮辱！」

「嗯，卡索邦對威爾的看法是有點扭曲，威爾跟我說過原因，他不喜歡他選擇的路。威爾不認同卡索邦的觀點，比如托特[21]、大衮之類的。我猜卡索邦不喜歡威爾選擇自力更生，我看過他們寫給對方的信，可憐的卡索邦有點像個書呆子，不了解外面的世界。」

---

21 Thoth，古埃及智慧之神。

「他當然會這麼說，」詹姆斯表示。「可是我相信卡索邦只是因為多蘿席亞的關係在吃醋，但外人會以為她一定做了什麼才讓他起疑心，這才是整件事最可憎的地方，把她的名字跟那傢伙牽扯在一起。」

「親愛的詹姆斯，不會有什麼事的。」布魯克重新坐下來，再戴上眼鏡。「那只是卡索邦的怪癖。這份文件，嗯，『概略表』、『由卡索邦太太行使』，跟遺囑一起鎖在抽屜裡。我猜他想要多蘿席亞出版他的研究成果，對吧？她會照辦，她對他的研究也投入不少心血。」

「親愛的先生，」詹姆斯不耐煩地說。「那些無關緊要，重點在於，我認為應該把威爾送走，不知道你是不是認同？」

「呃，不，這事不急，也許最後會迎刃而解。至於閒言閒語，嗯，送他走也阻止不了別人說閒話。人們想說什麼就說什麼，未必都有事實根據。」布魯克敏感地想到有利於他的事實。「我可以在某種程度上擺脫威爾，也就是讓他離開《先驅報》之類的。可是只要他不同意，我就不能逼他離開英國。沒錯，只要他不同意。」他堅決不讓步，語氣卻平靜得像在討論去年的天氣，最後還以一貫的悠閒態度點點頭，簡直就是最叫人忍無可忍的老頑固。

「我的天！」詹姆斯從沒這麼激動過。「我們幫他安排個職位，花點錢幫他打點，說不定可以讓他去當某個殖民地總督的隨員！葛蘭普斯也許肯用他，我可以寫信請福爾克幫忙。」

「親愛的先生，威爾不會願意像頭牛一樣被運出海去，他有他的主見。我的看法是，如果明天他就被逼著離開，日後他在國內只會更活躍。他口才好，又擅長撰寫各種文書，在鼓動人心方面，很少人能比得過他，沒錯，就是鼓動人心。」

「鼓動人心！」詹姆斯咬牙切齒地強調，彷彿只要適切地重複這個詞，就足以顯示它多麼可憎。

「可是詹姆斯，你講點道理。至於多蘿席亞，嗯，像你說的，她最好盡快搬過去跟西莉亞在一起。

就讓她住在你家，接下來一切都會塵埃落定。我們別太衝動，史坦迪許會幫我們保密，等事情傳開來，也是很久以後的事，就算我什麼都不做，威爾也可能會因為種種因素離開。」

「那麼你的意思是不肯採取任何行動？」

「不肯？詹姆斯，不，我沒說我不肯，只是我真的不能做什麼，威爾畢竟是個紳士。」

「那可真是萬幸！」詹姆斯氣得一時失態。「卡索邦肯定不是紳士。」

「如果他的附加條款是阻止她再嫁，情況會糟得多。」

「那倒未必。」詹姆斯答。「那麼做至少沒那麼下流。」

「那只是可憐的卡索邦胡思亂想！那次發病後他腦子有點糊塗，那麼做只是白搭，她根本不想嫁威爾。」

「可是附加條款這麼一寫，所有人都會以為她想。我不相信多蘿席亞會有那種念頭。」詹姆斯皺起眉頭。「但我懷疑威爾，不瞞你說，我懷疑威爾。」

「詹姆斯，我不能因為這個理由採取任何行動。事實上，就算真的可以把他打包送走，比如去諾福克島[22]之類的。在那些知情的人眼中，多蘿席亞的處境只會更糟，那就等於我們不相信她，沒錯，不相信她。」布魯克一針見血地指出無可否認的事實，但安撫不了詹姆斯的心情。

詹姆斯伸手拿他的帽子，暗示不想再做口舌之爭。他氣呼呼地說：「我只能說，我認為多蘿席亞被犧牲了一次，因為她的親人太滿不在乎。接下來我會以妹夫的立場，盡我所能保護她。」

「詹姆斯，你只要讓她盡早搬進弗列許，就是最好的安排，這件事我完全贊成。」布魯克說。

---

22 Norfolk Island，位於澳洲外海，當時是英國流放罪犯的地方。

這次談話他占了上風，顯得相當開心。這個時刻辭退威爾，會對他造成極大不便，畢竟議會隨時可能解散，屆時就得向選民說明，該選擇什麼路線最符合國家利益。布魯克真心相信，只要他當選國會議員，就是國家之福，因為他願意奉獻全部心力。

第五十章

「這個羅拉德教徒來為我們講道。」
「不，我以我爹在天之靈發誓！不可以。」
水手說，「不需要他來給我們講道。
我們不需要理解福音，也不要聽人說教。
我們只相信偉大的上帝。」他說。
「他會給我們製造難題。」

——《坎特伯雷故事集》[23]

多蘿席亞住進弗列許府的第一個星期，平安度過並沒有提出任何危險問題。她每天早上都跟西莉亞一起待在樓上最漂亮的起居室，窗外有一間小型溫室。西莉亞一身雪白搭配淡紫，像一束混色紫蘿蘭。她瞧著嬰兒奇妙的動作，初次當媽媽的她什麼都不懂，時不時向無所不知的保姆問這問那，跟多蘿席亞的談話因此斷斷續續。

23 摘自《坎特伯雷故事集》〈水手故事引言〉。羅拉德（Lollard）是十四世紀主張宗教改革的教派。

多蘿席亞穿著孀居服坐在一旁，臉上的表情太過哀傷，讓西莉亞相當不滿。畢竟寶寶那麼可愛，而那個丈夫生前是那麼乏味又麻煩，除此之外又……唉！當然，詹姆斯什麼都跟西莉亞說了，而且嚴正提醒她，除非萬不得已，否則別太早讓多蘿席亞知道。

可是布魯克說得沒錯，多蘿席亞一旦知道該做什麼，絕不會消極被動。她知道結婚時丈夫立了遺囑，也知道大致內容。當她清楚意識到自己的地位，心裡就一直想著，身為洛威克莊園的主人，需要決定由誰來接任牧師職務。

某天早上，她伯父照慣例來探視她們，只是這回心情顯得特別愉快。據他說是因為現在幾乎可以確定國會很快會解散。

多蘿席亞說：「伯父，現在我需要考慮的是，由誰來接任洛威克的牧師。塔克先生升任牧師以後，我還沒聽卡索邦提過哪個人適合接替他。我覺得我應該拿鑰匙回洛威克，查看他留下的文件，也許可以知道他屬意哪個人。」

「不急，親愛的。」布魯克平靜地說。「嗯，妳喜歡的話，過些時候就可以回去。不過我已經看過他的書桌和抽屜，沒什麼東西，除了遺囑之外，都是些深奧的資料。至於牧師職位，我已經收到一份推薦函，我覺得這人很不錯。有人強烈向我推薦泰克，之前我也插手幫了點忙，幫他得到一份職務。我認為他具有使徒精神。嗯，親愛的，正是妳會滿意的那種人。」

「伯父，我需要多了解這個人。如果卡索邦先生沒有留下任何指示，我會自己做判斷。也許他在遺囑裡附加了些內容，可能會有給我的指示。」多蘿席亞一直猜想她丈夫一定會在遺囑裡交待他那本著作的事。

「親愛的，那裡面沒有提到牧師人選，完全沒有。」布魯克邊說邊站起來，準備離開。他跟兩個姪女握手道別，「也沒有提到他的研究。」

多蘿席亞的嘴唇顫抖著。

「好啦，親愛的，妳現在先別想那些，慢慢來。」

「伯父，我已經都好了，想找點事做。」

「再看看吧。現在我得走了，事情多得做不完。危機出現了，政治危機。西莉亞和她的小傢伙都在這裡，妳當姨母了，我也算當爺爺了。」布魯克若無其事地加快腳步，急著去告訴詹姆斯，如果多蘿席亞堅持要查看所有文件，可不是他這個伯父的錯。

布魯克離開後，多蘿席亞重新坐下，視線向下盯著自己交握的雙手，陷入沉思。

「多多，妳看！妳看他！妳見過這麼可愛的東西嗎？」西莉亞用她愉快的簡潔語調說。

「咪咪，什麼事？」多蘿席亞心不在焉地抬起視線。

「還有什麼？妳看他的上唇在往下抿，好像要扮鬼臉，是不是很奇妙！說不定他小腦袋裡也有自己的想法，真希望保姆在這裡。妳看看他。」

多蘿席亞抬起頭擠出笑容時，一大顆蓄積一段時間的淚珠滾下她臉頰。

「多多，別傷心。親一下寶寶。妳都在想些什麼？我相信妳該做的都做了，而且做得太多，妳現在應該開心點。」

「不知道詹姆斯能不能送我去洛威克，我想把所有文件都看一看，找找有沒有留給我的遺言。」

「等李德蓋特說妳能去，妳才能去，而他到現在還沒這麼說（保姆，妳來了，寶寶給妳，抱著他在走廊走一走）。再者，多多，妳跟以前一樣有個錯誤觀念，我看得出來，也很煩惱。」

「咪咪，我哪裡想錯了？」多蘿席亞語氣十分溫和。現在她幾乎已經相信西莉亞比她明智，也真的膽戰心驚，想知道自己究竟哪裡錯了。西莉亞察覺到姐姐的心態，決定善用這個優勢，沒有人比她更了解多多，或者該說比她更懂得駕馭她。自從生了孩子，西莉亞對自己健全的心靈和冷靜的智慧有了全新認識。顯而易見，只要有了孩子，通常很難出錯。而錯誤的發生，一般來說只是欠缺那個重要的穩定力量。

「多多，妳心裡在想什麼，我一清二楚。」西莉亞說。「妳想給自己找點苦差事做，只因為那是卡索邦的願望，一副妳之前的日子過得還不夠辛苦似的。妳會發現他不值得妳這麼做，他做了很糟糕的事，詹姆斯對他非常生氣。我最好把事情跟妳說了，讓妳有個心理準備。」

「西莉亞，」多蘿席亞用哀求的口氣說。「妳這話讓我心慌，趕快告訴我，妳到底在說什麼。」她腦海閃過的念頭是卡索邦把財產留給別人，不過這點她倒不是很在意。

「他在遺囑裡添了附加條款，聲明如果妳結婚，就會失去全部財產。我是說……」

「那無所謂。」多蘿席亞立刻打岔。

「他只針對威爾，其他人都沒關係。」西莉亞繼續保持冷靜的口吻。「當然，某種角度來說那無所謂，因為妳不可能會嫁給威爾，充其量只是暴露卡索邦的人品。」

血液瞬間衝上多蘿席亞的臉頰和脖子，西莉亞覺得這是運用事情的真相讓姐姐清醒，清理掉那些危害姐姐健康的觀念，因此她繼續用平淡的語調說著，彷彿在談論嬰兒的袍子。

「詹姆斯說這種行為太可憎，沒有紳士風度，詹姆斯的判斷力向來非常公正。卡索邦那麼做，簡直就是要讓大家認為妳想嫁給威爾，這未免太可笑了。不過，詹姆斯說卡索邦的目的，是防止威爾為了財產娶妳，一副威爾有過向妳求婚念頭似的。卡瓦拉德太太說嫁給威爾等於嫁養白老鼠的義大利人[24]！不過我現在得去看看孩子。」西莉亞自始至終都保持冷靜語調，說完就披上薄披巾，踩著輕盈腳步離去。

多蘿席亞已經冷靜下來，整個人無助地靠向椅背。在這個時刻，如果要她描述，她或許可以說她隱約、警惕地意識到自己的生命正在邁入某種全新形態，她本人也發生質變。只是，在這種變化裡，記憶還無法適應正在甦醒的新器官，所有的一切都在改變面貌：她丈夫的行為、她對他的順從、他們之間的所有衝突，不只……還有她跟威爾的關係。她的世界處於天翻地覆的變局，她唯一能明確告訴自己的，是她必須等待，必須重新思考。

有個變化令她恐懼，彷彿那是一種罪行，那是對她已故丈夫產生的強烈排斥感。她驚愕地發現，他存有某些隱藏的心思，也許暗中歪曲她說或做過的每一件事。她還察覺到另一個同樣令她震顫的改變，那就是她的心突然對威爾產生一股莫名的渴望。過去她從沒想過威爾有朝一日會變成她的戀人，現在她赫然醒悟到，竟然有個人用這種眼光看待威爾，而威爾本人或許也曾想過這種可能性。這些猜測，加上紛至沓來的複雜情況，比如條件不合適和短時間解決不了的難題，不難想見多蘿席亞此刻的心境。

不知道過了多久之後，她才聽見西莉亞的聲音，「保姆，這樣可以了，現在他會靜靜躺在我懷裡。妳去吃午餐，讓加瑞特待在隔壁房間。」西莉亞沒察覺任何異樣，只看見多蘿席亞窩在椅子裡，情緒沒有太激動。「多多，我的想法是，卡索邦不懷好意。我以前就不喜歡他，詹姆斯也一樣。我覺得他的嘴角帶著一絲刻薄，非常嚇人。現在他做出這種事，我相信上帝不會要求妳繼續為他受苦。就算上帝帶他走，那也是一種恩典，妳應該感恩。我們不應該悲傷，你說對不對，乖寶寶？」西莉亞親密地對那個不知道自己是核心穩定力量的孩子說。

24 典故應是出自英國作家威廉・柯林斯（William Wilkie Collins，一八二四～八九）的成名作《白衣女郎》（*The Woman in White*）裡的角色福斯科伯爵（Count Fosco），這位邪惡伯爵帶著各種寵物，包括馴服的白老鼠。

看看他最完整、最出色的小拳頭，指甲長得多齊全，也有茂密的頭髮，如果你脫掉他的小帽子，真的會讓人……說了你也不懂，總之，他是降生為西方人的佛陀。

在這個緊張時刻，李德蓋特來了。他進門不久後就說，「卡索邦太太，妳的情況好像比先前更差，是不是受了刺激？請讓我幫妳診個脈。」

多蘿席亞的手有如大理石般冰涼。

「她想回洛威克去看那些文件。」西莉亞說。「她不該去，對吧？」

李德蓋特沉默了半晌，而後看著多蘿席亞說，「很難說。以我的看法，卡索邦太太應該做些最能讓她心情平靜的事，行動被限制通常無法帶來平靜。」

「謝謝你。」多蘿席亞強打起精神說。「我相信你說得有道理。有太多事等著我處理，我為什麼要無所事事坐在這裡？」然而，她努力思考跟她激動原因無關的話題，突然又說，「李德蓋特先生，米德鎮的人你應該都認識，我有很多事要請教你，不過現在有件最急迫的事，我得找個牧師。你認識泰克先生和其他所有……」說到這裡她支撐不下去，忍不住啜泣起來。

李德蓋特為她調了一劑嗅鹽。他離開以前主動求見詹姆斯，對他說，「讓卡索邦太太做她想做的事。我認為給她完全的自由，比開任何藥方都好。」他在多蘿席亞精神激動的時候過來診治，正好可以準確推斷出她生命中的磨難。他斷定她因為自我壓抑的緊繃與衝突而受苦，而她現在可能覺得自己並沒有獲釋，反倒陷入另一種圈禁。

詹姆斯得知西莉亞已經把遺囑的可鄙內容告訴多蘿席亞，因此比較願意接受李德蓋特的建議。現在已經沒辦法了，該處理的事沒有理由再拖延，隔天他立刻答應多蘿席亞的要求，送她回洛威克一趟。

「我暫時不想住在那裡，」多蘿席亞說。「我承受不了。我在弗列許陪西莉亞心情比較愉快。跟洛威克保持一段距離，方便我思考應該在那裡做些什麼。我也想去蒂普頓陪伯父一段時間，到以前那些小路走一走，看看村莊裡的人。」

「我覺得目前不合適，常有政治人物去拜訪妳伯父，我覺得妳最好遠離那些事。」詹姆斯想到威爾經常出入蒂普頓，不過，他跟多蘿席亞都沒有提到遺囑裡那可憎的附加條款。

事實上，他們兩個都沒辦法開口跟對方討論這個話題。即使面對男性，詹姆斯也不願意談不愉快的話題。而多蘿席亞就算真要談，也只想討論其中某件事。只是，此時的她，就連那件事都難以啟齒，因為那會進一步暴露她丈夫的不公。然而，她確實希望詹姆斯知道，她跟她丈夫之間對道義上應該屬於威爾的財產發生什麼歧見；這樣詹姆斯就會和她有相同看法，她丈夫之所以附加那個古怪又卑劣的條款，主要是因為他執意否決威爾的權利，而非說不出口的私人感受。再者，不可否認，為了威爾，多蘿席亞也希望這件事能公開，因為她的親友好像只把他看成是卡索邦善心資助的對象。為什麼把他比喻成養白老鼠的義大利人？出自卡瓦拉德太太的這句話，像躲在暗處的邪惡手指創造出來的拙劣嘲弄。

多蘿席亞回到洛威克後，翻遍書桌和抽屜，查看她丈夫存放私人文件的地方，除了那份「概略表」之外，再沒有任何指名給她的東西。他留下許多引導她的指示，那份表格應該只是開頭。正如同做任何事的習慣，卡索邦研擬這份要求多蘿席亞付出心力的計畫時，也是緩慢又遲疑。他自己鑽研學問時總是充滿壓迫感，彷彿在某種陰暗堵塞的環境裡艱難地前進，如今將自己的任務遺留給多蘿席亞的過程也是如此。他不相信多蘿席亞有能力組織他備妥的資料，卻又無法信任其他任何人，只能退而求其次，但他終究對多蘿席亞的天性抱持信心，知道只要她下定決心，一定會達成。他樂意想像她拖著承諾的枷鎖辛苦勞累，為他豎起一塊墓碑，上面刻著他的名字。（卡索邦並沒有說他未來的著作是墓碑，他稱之為《神話學要義》）可惜他敵不過大限，計畫延遲了。他僅剩的時間只夠用來要求那份承諾，而他打算利用那份承諾維持他對多蘿席亞生命的冷酷抓攫。

如今那抓攫鬆脫了。為了信守一份出自深切憐憫的承諾，她能夠承擔艱難的任務，即使她的判斷力悄聲告訴她，這個任務除了展現忠誠奉獻之外，沒有任何實質用處。然而，忠誠奉獻本身就是至高無上的功用。如今她的判斷力不再受忠誠奉獻的控制，反而更為活躍，因為她難堪地發現，在過去的婚姻生活裡，竟是潛藏著導致彼此關係疏離的隱瞞與猜忌。那個有生命、飽受折磨的人已經從她眼前消失，無法激起她的同情，殘留在她內心的，只有對丈夫的百般屈從。那個丈夫的思想比她原本以為的更卑下，為自己的私欲過度需索，甚至忽略對自己品格的嚴格追求，以致於做出連中等品德之人也震驚的事，摧毀自己的尊嚴。至於那代表這段破裂關係的財產，如果不是基於某些伴隨所有權而來、她不願推諉的職責，她倒是樂意放棄，只留下原本就屬於她的那份。

關於這份產業，諸多惱人問題持續浮現：她認為其中半數應該歸威爾所有，這個想法難道錯了嗎？可是現在由她來執行這個正義之舉，只怕是不可能了吧？卡索邦採取了極其有效的手段來阻止她：即使內心充滿對他的憤怒，她仍舊沒辦法為所欲為地違背他的意願。

她搜集了幾份想仔細閱讀的文書資料之後，重新鎖上書桌和抽屜。她沒找到留給她個人的隻字片語，也看不出來丈夫在獨自沉思的過程中，曾經想要取得她的諒解，或給她任何說明。

她回到弗列許，關於丈夫最後的嚴厲要求和確保自己權利的傷人做法，依然找不到任何答案。多蘿席亞於是把心思轉向眼前急迫的職責，其中一項即使她不提，別人也會提醒她。李德蓋特聽她提起牧師職位的事眼睛一亮，在最短時間內給她回應。他認為這是個好機會，可以彌補當初昧著良心投下的那一票。

「與其告訴妳關於泰克的事，」他說。「我倒想提另一個人選，也就是聖博托爾夫教堂的牧師菲爾布勒。他的俸錄相當微薄，幾乎支撐不了他自己和家人的生計，他母親、姨母和妹妹都跟他生活在一起，靠他養活，也因為要照顧她們，他一直沒有結婚。他的布道是我聽過最精彩的，淺顯易懂，妙語如珠，甚至有能力繼老拉蒂默[25]之後登上聖保祿的十字架講壇。無論任何主題，他都能宣講，不落俗套又簡潔清晰。我認為他是個了不起的傢伙，應該有更高的成就。」

「那他為什麼沒做到？」對於有志難伸的人，她向來格外關切。

「這個問題不容易回答。」李德蓋特說。「我自己也發現，對的事往往特別難達成：同一時間存在太多牽制力量。菲爾布勒曾經暗示過他入錯行，他想要在更寬闊的天地翱翔，而不是當個窮牧師，不過我猜他沒有家世背景。他非常喜歡自然史和各種科學知識，只是因為他的地位，不得不犧牲這些個人愛好。他沒有閒錢可供揮霍，光是生活都很勉強，所以他才會打牌，雖然米德鎮牌局風氣十分盛行，但他玩牌確實是為了錢，而且贏了不少。當然，因為這樣他也結交了形形色色的人物，所以對某些事沒那麼講究。不過，整體說來，我認為他是我認識的人之中最無可指責的人。他心懷善念，表裡如一，某些道貌岸然的人未必如此。」

「我好奇打牌會不會讓他良心不安，」多蘿席亞說。「不知道他能不能改掉這個習慣。」

「只要有足夠的收入，我相信一定可以，他會樂於用那些時間做別的事。」

「我伯父說泰克是個具有使徒精神的人。」多蘿席亞若有所思地說。她很希望能重現古代的宗教熱忱，卻又非常想拯救菲爾布勒，讓他脫離賭錢的投機行為。

「我不敢妄言菲爾布勒符合使徒精神，」李德蓋特說。「他的身分畢竟跟使徒不一樣。他只是個牧

---

25 Hugh Latimer（一五五五年卒），英國國教神職人員，一五五五年信奉天主教的瑪麗女王登基後殉教而亡。

師，一心只想改善教民的生活。事實上，我發現如今人們所謂的使徒精神，是無法寬容任何不符合牧師形象的事。我在醫院觀察到泰克的這一面，他的教導有大部分都是嚴厲的指責，讓人在不痛快中注意到他的存在。再者，想像一下使徒式人物出現在洛威克！他應該會跟聖方濟一樣，覺得有必要對天上的鳥兒講道。」

「確實。」多蘿席亞認同。「很難想像我們這裡的雇工和農民能從他們的教導裡學到什麼。我看過一本泰克的布道詞：其中某些對洛威克沒有用處。我指的是歸算的義[26]與《啟示錄》裡的預言。我經常思考可以用什麼不同方式教導基督教義，只要發現某個方法可以比其他方法帶給更多人恩典，我就深信那是最正確的。我的意思是它包含所有方法的最大優點，也能讓最多人一起分享。太多的寬容肯定比過多的責難好。我想見菲爾布勒一面，聽他講道。」

「妳一定要見見他。」李德蓋特說。「我相信會有好結果。他受到很多人的喜愛，當然他也有敵人，總有些人無法包容有能力的人，只因他們跟自己不同。他靠打牌贏錢確實是個污點。當然，米德鎮的人妳認識不多，可是威爾跟布魯克先生常有往來，他和菲爾布勒家幾位女士關係非常友好，對菲爾布勒肯定也是讚不絕口。菲爾布勒的姨母諾博小姐是無私助人最趣味的體現，威爾偶爾會陪著她四處去。有一天我在一條小巷子遇見他們，妳也知道威爾的外貌，算是個穿著外套和背心的達夫尼斯[27]，而那位嬌小的老小姐抬高手臂挽著他，看起來就像兩個從浪漫喜劇走出來的人物。不過關於菲爾布勒優點的最佳證據，就是跟他見面，聽他怎麼說。」

幸好這段談話的地點是在多蘿席亞的私人小客廳，沒有其他人在場，所以李德蓋特無意中提起威爾，不至於造成多蘿席亞的難堪。李德蓋特一如往常不在乎涉及私人的閒話，因此已經忘記蘿絲夢說過，她認為威爾愛慕多蘿席亞。當時他只想著該怎麼舉薦菲爾布勒一家人，所以故意把最糟糕的情況說出來，預做防範。卡索邦過世後那幾個星期，他很少見到威爾，也沒聽過任何傳聞，並不知道在多蘿席亞面前，布魯克最信任的祕書威爾是個危險話題。他走了以後，他描述的威爾逗留在她腦海，跟洛威克牧師人選問題爭奪她的注意力。威爾是怎麼看她的？他會不會聽說那件讓她臉頰泛起前所未有紅暈的事？如果他聽見了，又會是什麼心情？但她同樣想像得到他低頭望著那位嬌小老婦人的笑臉。竟說他是養白老鼠的義大利人！恰恰相反，他能夠將心比心體諒別人，能夠消除別人內心的壓力，不會強橫地對別人施壓。

26 mputed righteousness，根據《聖經·羅馬書》第三章第二十一節，上帝的正義不靠律法就能顯現，信仰上帝，即稱義人。

27 Daphnis，希臘神話中的英俊牧羊人，據說田園詩由他所創。

第五十一章

黨派也是大自然，透過邏輯的力量，
你會看見它們意見一致：
單一裡的多數，多數裡的單一；
全部不是若干，若干也異於任何：
屬包含了種，二者既大也小；
某個屬高高在上，另一個渺小低下，
每個種也各有差異。
這個不是那個，他永遠不是你，
雖然這個和那個都是贊成票，而你和他
也相同，就像一之於一，或三之於三。

關於卡索邦遺囑的流言還沒有傳進威爾耳裡，街頭巷尾最熱門的話題似乎是國會解散和隨之而來的選舉，就像過去的宗教節慶或博覽會，各種表演鑼鼓喧天，互別苗頭，私人的蜚短流長難以引起關注。這場著名的「指標性大選[28]」迫在眉睫，民眾情緒為之沸騰，從酒類銷售的低水位可以窺知一二。這段時間，威爾忙得不可開交，雖然他經常想到孀居的多蘿席亞，卻一點都不願意跟任何人談論這個話題。因此，李德蓋特跟他提到洛威克牧師職位的事，他的口氣相當不耐煩：「你為什麼把我扯進那種事？我沒見過卡索邦太太，她人在弗列許，我沒有機會見到她。我從來不去那裡，那裡是托利黨的地盤，在那裡，我和《先驅報》就跟持槍的盜獵者一樣不受歡迎。」

實際的情況是，威爾的情緒變得格外敏感，因為布魯克過去總喜歡邀他去蒂普頓，次數頻繁到威爾都覺得心煩，現在卻似乎想方設法讓他盡量少去。布魯克之所以如此，是對詹姆斯的憤怒指責做出畏首畏尾的讓步。威爾察覺到這種似有若無的暗示之後，認為他之所以不受蒂普頓歡迎，是因為多蘿席亞的緣故。這麼說來，她的親人對他有所懷疑？他們其實不需要害怕：他們如果認為他會讓自己變成貪財的投機份子，去討有錢女人的歡心，未免錯得離譜。

在此之前，威爾不曾徹底看清他跟多蘿席亞之間的鴻溝，直到此時，他才來到那道鴻溝邊緣，看見她站在另一邊。他心裡不免氣憤，開始考慮離開這個地方。如果他再表現出一丁點對多蘿席亞的情意，會讓自己蒙上可厭的污名。也許連她都會那麼認為，因為她身邊的人必然會設法污染她的心靈。

「我們從此被隔離了。」威爾心想。「我們之間距離那麼遙遠，就跟我在羅馬沒有兩樣。」只是，我們所謂的失望，通常只是希望落空時那錐心的渴盼。他想出許多不能離開的理由，在公事方面，布魯克在大選中顛簸前進，需要他的「引領」，他不能在這個時刻辭職。再者，還有那麼多直接與間接的拉票遊說等著他去做，棋局如火如荼進行中，威爾不願意在這種時候拋棄自己的棋子。任何候選人只要站在

28　一八三一年英國這場大選中，支持「選舉制度改革」的一方大獲全勝，於是這次大選成為改革前最後一次選舉，由此產生的國會隔年通過改革法案。

正義那一方，即使他的才智和骨氣跟他的紳士風度一樣軟弱無力，都可能成為扳倒多數的助力。對布魯克循循善誘，讓他堅定地知道，他必須宣誓支持真正的改革法案，而不是堅持獨立派路線，認為假以時日就能展現實力，並不是件簡單的任務。菲爾布勒曾預言會出現第四個「口袋裡」的候選人，但至今還沒成真。無論國會議員候選人協會[29]或其他虎視眈眈的改革派勢力，都不認為目前的選情有什麼值得插手干預的難題，畢竟布魯克是改革派第二個候選人，而且自掏腰包參選。

目前表態參選的總共有三個人，一是托利黨老將平克頓，二是上一屆當選的輝格黨新秀貝格斯特，最後是未來的獨立派議員布魯克，他只是在這次選舉中暫時靠向改革派。霍利和他那一派的人傾全力為平克頓助選。布魯克想要當選有兩個策略，一是仰仗那些放棄貝格斯特的選民，二是拉攏托利黨內主張改革的新勢力。當然，第二個策略比較可行。

像這樣將勝選機率押注在投票意向的改變，令布魯克感到惶惶失措。在他的印象中，立場搖擺的人極有可能被搖擺的論點吸引。另外，他意志不堅，只要想起相反論點，原本的主張就可能跑偏。這些都帶給威爾不少困擾。

「你該知道這種事有戰略的。」布魯克說。「偶爾退讓一步，緩和一下自己的觀念，跟對方說聲『嗯，是有點道理。』等等。我同意你的看法，這的確是非常時期，國家會有自己的意志、政治聯盟，諸如此類的，可是我們有時候出手太狠了點。這些年收入十鎊的房屋持有人[30]，沒錯，為什麼是十鎊？沒錯，總得有個標準，可是為什麼只要十鎊？如果你深入探究，這問題很難解答。」

「當然不容易解答。」威爾不耐煩地說。「可是如果你非得要有個合理法案，就得身先士卒當個革命家，我覺得到時候米德鎮選民不會投你一票。至於走中立路線，現在不是兩面討好的時機。」

討論的結果，總是布魯克認同威爾。在他看來，威爾始終是帶點雪萊氣質的博克。然而，一段時間以後，他又會覺得自己的做法比較明智，於是又滿懷希望地回到老路上。在這個階段，他意氣風發，甚至花大錢面不改色。畢竟到目前為止，他打動人心的無礙辯才還沒受到考驗，發揮口才的場合只限於以主席身分介紹其他演說者，或跟米德鎮選民談話。事後他總是覺得自己是天生的戰略家，也惋惜沒有早點投入這類活動，只是，面對食品雜貨商莫姆西時，他卻有一點挫敗感。莫姆西是米德鎮零售商這個重要勢力的主要人物，自然而然也是選區內態度最撲朔迷離的選民。他個人樂意為改革派和反改革派提供品質相當的茶葉和糖，也願意不偏不倚地認同兩派主張。在此同時又跟舊時代的自治市市民一樣，覺得必須在選舉中投票實在是整個鎮的一大負擔。因為即使選前可以放心地給各黨各派希望，選後終究免不了要得罪某些經常往來的體面顧客。蒂普頓的布魯克是他的大客戶，但平克頓的委員會裡也有不少人在零售業有呼風喚雨的能力，莫姆西覺得布魯克「腦子不算太聰明」，比較有可能原諒一個因為壓力不得不把票投給別人的零售商。他的這種想法在他家的小客廳得到確認。

「至於改革，先生，我們從家庭來考量，」他邊說邊把口袋裡的銀幣搖得叮噹響，臉上掛著友好的笑容。「哪天我死了，它能不能讓我太太養大六個孩子？這只是個象徵性問題，我知道答案是什麼。那麼，先生，我來問你。做為一個丈夫和父親，當別人來告訴我，『莫姆西，你可以照你的意思做，不過如果你不把票投給我們，以後我就找別人買東西。我往酒裡加糖的時候，喜歡覺得自己在做對國家有利的事，因為我照顧的是立場正確的零售商。』先生，真的有人對我說過這樣的話，那人當時就坐在你現

29 Parliamentary Candidate Society，英國激進派改革人士法蘭西斯・普雷斯（Francis Place，一七七一～一八五四）於一八三一年創立的組織，旨在監督國會議員與候選人。

30 當時法令規定，百姓擁有的財產每年收入十鎊以上，才有投票權。

在坐的那張椅子上。布魯克先生，我指的不是尊貴的您。」

「不，那樣太狹隘。莫姆西，除非我的管家對你的商品不滿意，」布魯克用安撫的口氣說。「除非他告訴我，你賣給我的是劣等的糖、胡椒之類的東西，否則我絕不會讓他找別人買。」

「先生，我會全力為你效勞，也非常感謝你。」莫姆西覺得政治情勢好像明朗了些。「把票投給說出這種寬容敦厚話語的紳士，是件快樂的事。」

「嗯，莫姆西先生，你會發現站在我們這邊是正確的選擇。這次的改革有朝一日會影響到所有人，是個全面普及的措施，算是打前鋒的，必須先有它，其他的才能跟上。你說你必須站在家庭的角度考量，這點我相當贊同，可是我們也得考慮到公眾，我們都屬於同一個大家庭，吃同一鍋飯。比如投票這樣的事，說不定能讓開普殖民地的人發財，誰也不知道一張選票能創造出什麼效果。」布魯克說完後覺得有點抓不著頭緒，但心情還是挺愉快的。

莫姆西回應的口吻卻是堅定含蓄。「先生，請你見諒，我可承擔不起。我無意對您不敬，可是我投票的時候，必須知道自己在做什麼，必須留意那一票會對我的收銀機和帳本造成什麼影響。我承認，價格這東西的奧妙沒有人明白，你買進黑醋栗這種不耐存放的商品之後，也許價格會突然暴跌。我自己從來弄不懂它的道理，但它能讓人謙卑。至於所謂的大家庭，但願其中還有債權人和債務人的區分。他們可不能把這個都改革掉，否則我就得投票選擇維持現狀。以我個人來說，沒有多少人比我更不需要改革，我是指為了個人和家庭。我害怕損失，我是說我得顧及在教區和私人領域的顏面，跟尊貴的您和您的惠顧無關。剛才承蒙您告訴我，不管我是不是把票投給您，只要我提供的貨物品質令您滿意，就會繼續照顧我的生意。」

這次談話結束後，莫姆西上樓告訴他太太，蒂普頓的布魯克說不過他，所以他現在不擔心投票的事了。對於這次談話，布魯克沒有像往常那般向威爾吹噓自己的戰略。威爾則是樂意說服自己，他對外的遊說工作以純辯論為主，靠的是知識，而不是其他卑鄙手段。布魯克必然也有他的助選員，那些人熟知米德鎮選民的本質，知道該如何利用他們的無知來支持改革法案，做法跟讓他們反對改革法案有異曲同工之妙。威爾不想再聽了。國會這東西正如我們生命的其他層面，比如吃飯穿衣等，如果我們對過程想得太多，就幾乎很難繼續執行。世上有太多手段骯髒的人可以去做骯髒事，威爾向自己斷言，他幫助布魯克勝選動機絕對純正。

他究竟能不能成功地把大多數選民吸引到正義的那一邊，他自己也沒有把握。他寫過不可勝數的演講稿和演講備忘錄，但他已經發現布魯克的腦子就算記得住連串的觀點，也會中途迷失，偏離主題，很難再回到原點。搜集資料是為國家服務的方式之一，記住那些內容則是另一種。不！讓布魯克在對的時機想起對的論點的唯一辦法，就是盡全力把那些論點塞進他的頭腦，直到占滿裡面的全部空間。可是在他的頭腦裡很難找到空間，因為過去已經填裝太多東西。布魯克也發現，每回演講的時候，他自己的觀念常常變成絆腳石。

威爾的指導很快就面臨考驗，因為在提名的前一天，布魯克必須對米德鎮的可敬選民發表參選理念，地點在正對市場的白鹿酒店陽台，前方有個十字路口和大片空地，地理位置絕佳。那是個風和日麗的五月早晨，一切顯得充滿希望。布魯克和貝格斯特的競選委員會似乎可望達成共識，貝格斯特的委員會成員包括布爾斯妥德、自由派律師史坦迪許，以及普林岱爾和溫奇這樣的製造商，實力相當雄厚，幾乎跟總部設在綠龍酒店、得到霍利和他那一派人支持的平克頓勢均力敵。

布魯克過去半年來在農莊做了不少改善，大幅削弱《號角報》對他的攻擊火力。他搭馬車進城時聽見有人高聲為他歡呼，一時覺得暗黃色背心底下的心跳似乎挺輕快的。在關鍵場合，除了最後一刻，其他時間都讓人有種事不關己的安心。

「看起來還不錯，對吧？」布魯克看著人群慢慢聚攏。「不管怎樣，至少有很多人來聽我說。我喜歡這種感覺，嗯，這種自己的親朋好友組成的群眾。」

米德鎮的編織工人和皮革工人可不像莫姆西，他們從來不把布魯克當朋友。在他們眼中，布魯克像是裝在箱子裡從倫敦運來的，跟他們八竿子打不上。不過他們還是安安靜靜聽著陽台上的人介紹候選人，其中有個政治人物從布萊辛趕來向米德鎮選民說明他們的責任，將布魯克介紹得鉅細靡遺，讓人替候選人捏一把冷汗，擔心他找不到話可說。在此同時人越來越多，那位政治人物演說接近尾聲時，布魯克意識到自己的心情出現明顯變化，但他還是拿著眼鏡隨手翻弄面前的文件，跟競選委員閒聊兩句，彷彿一點都不擔心上台的那一刻。

「威爾，我要再來一杯雪利酒。」他故作輕鬆地說。

站在他後面的威爾馬上遞給他一杯提神劑。這是個錯誤決定，因為布魯克平時喝酒相當節制，現在兩杯雪利酒的間隔不夠長，他的身體應接不暇。原本是為了讓他精神集中，結果卻恰恰相反。請別苛責他，有太多英國紳士因為公開演說時三句話離不開個人，弄得自己灰頭土臉！然而，布魯克想要進入國會為國家奉獻。當然，在私領域也能為國家奉獻，可是一旦踏出那一步，公開演說絕對有其必要。

布魯克一點都不擔心演說的開頭，這部分他信心十足可以講得恰如其分，就像波普的對句一樣簡潔有力。登船一點也不難，可是接下來可能出現的茫茫大海景象卻讓人驚心。他胃裡剛甦醒的惡魔提醒他，「對了！問題，沒錯，可能有人會提出時程表的問題。」接著又大聲說，「威爾，把備忘錄和時程表給我。」

布魯克出現在陽台時，底下的歡呼聲還夠響亮，足以抵消叫嚷、埋怨、鼓譟和其他形式的反對聲浪。對手的鬧場太溫和，史坦迪許（肯定經驗老到）悄聲對旁邊的人耳語，「我的天！看起來有點危險，霍利一定憋著狠招。」話雖如此，歡呼聲始終令人振奮。

布魯克前襟口袋裝著備忘錄，左手放在陽台欄杆上，右手撥弄他的眼鏡，看起來比任何候選人都和藹可親。他身上最顯眼的特點是那件黃褐色背心、剪短的金髮以及平凡的面容。

他相當有自信地說：「各位先生！米德鎮的選民！」

這個開頭無可挑剔，之後稍作停頓也算正常。

「我非常榮幸能站在這裡，這是我這輩子最自豪、最開心的時刻。嗯，沒錯，最開心的時刻。」措辭頗為大膽，卻不太適合這樣的場面。因為很可惜，那恰如其分的開場白消失了。當我們被恐懼俘虜，又有一杯雪利酒像煙霧般匆匆鑽進我們腦子裡各種理念的空隙，就連波普的對句也可能「離我們而去，了無蹤跡[31]」。

威爾站在布魯克後方的窗子旁，這時心想，「都完蛋了！連最好的辦法都落空，現在唯一的機會，就是期待誤打誤撞碰上好運。」

這時布魯克已經沒了頭緒，只好回頭談論自己和自己的資歷。對候選人而言，這永遠都是合適又得體的話題。「各位好朋友，我是大家的鄉親，你們都知道我當治安法官很多年了，也熱心參與各種公共事務，比如機器……嗯，還有農工暴動破壞機器，你們之中很多人都關心機器，最近我對這個議題也做了深入探討。沒用的，我是說暴動。一切必須繼續下去，比如交易、製造、商業、糧食的交換，

---

31 摘自英國浪漫派詩人華滋華斯（William Wordsworth）的詩《童年回憶之永生提示》（*Ode: Intimations of Immortality from Recollections of Early Childhood*）。

從亞當・史密斯[32]以來，這一類的事都必須持續。我們必須放眼全球：『以開闊的視角去觀察』。每個地方都不能忽略，就像某個人說的：『從中國到祕魯』。嗯，應該是約翰遜[33]說的，沒錯，在他的《漫遊者》，沒錯。曾經有一段時間我也到處漫遊，倒是沒去到祕魯那麼遠的地方，總之我不是一直待在家裡，我知道必須出去走一走。我到過地中海東部，米德鎮的某些貨物也銷售到那裡，然後我也去了波羅的海，沒錯，波羅的海。」

像這樣穿梭在記憶之間，布魯克能夠輕鬆談論自己，最後或許能從最遙遠的海域安然返回。可惜敵營安排了歹毒詭計，某個時刻人群的頭頂上出現一幅布魯克的肖像，幾乎就在他正對面，離他不到十公尺：暗黃色背心、眼鏡與平凡臉孔，就畫在破布塊上。在此同時響起類似布穀鳥的叫聲，明顯來自空中，用木偶劇主角龐奇的聲音鸚鵡學舌地重複他說的話。所有人都抬頭望向十字路口兩邊那些房子敞開的窗戶，那些窗子如果不是空蕩蕩，就是擠滿哈哈笑的觀眾。即使是最單純的應聲蟲，當模仿的對象嚴肅又堅持不懈，聽起來都會變成惡意的嘲弄，何況這個應聲蟲一點都不單純。它沒有像正常的回聲般一字一句重複，而是惡劣地挑選重複的字句。當它說出「沒錯，波羅的海」時，原本此起彼落的笑聲變成哄堂大笑。如果不是顧及黨派團結和已經與「蒂普頓的布魯克」牽扯不清的選舉大業，可能連他的競選委員都會忍俊不住。布爾斯妥德厲聲責問警察到底在做什麼，可是聲音無法被逮捕，而攻擊那幅肖像效果恐怕十分可議，畢竟霍利的本意多半就是拿那肖像當靶子。

以布魯克目前的狀態，除了他腦子裡不斷開溜的理念，很難迅速注意到其他任何事物。他甚至輕微耳鳴，變成全場唯一一個沒有注意到那應聲蟲、也沒發現自己肖像的人。沒有什麼比找不到話說的焦慮更能徹底控制我們的感知能力。布魯克聽見笑聲，不過他早就料到托利黨會想辦法搗蛋。再者，此時此刻他精神格外亢奮，因為他心癢難搔，覺得他迷途的開場白好像從波羅的海回來找他了。

「這倒提醒了我，」他一派悠閒地把一隻手插進側面口袋。「如果我需要效法某個人……嗯，可是只要是做正確的事，我們從來不需要效法誰。不過查塔姆[34]，嗯，我不能說我該支持彼特，小彼特。他不是個有理念的人，而我們需要理念，沒錯。」

「去你的理念！我們要的是法案。」粗野的吼叫聲從底下人群中傳來。

在此之前一直模仿布魯克的隱形龐奇也叫道，「去你的理念！我們要的是法案。」

群眾的笑聲更響亮了。當時暫時閉嘴的布魯克終於第一次清楚聽見那嘲弄的模仿。不過那聲音好像在取笑打斷他的人，這倒是帶給他一絲鼓舞，因此他愉快地答道：「親愛的朋友，你說得不無道理。我們今天聚在這裡不就是為了說出各自的想法，言論自由、媒體自由、自由權，諸如此類的，至於法案，嗯，你會得到法案……」布魯克停頓片刻，調整他的眼鏡，拿出前襟口袋裡的紙張，覺得自己務實又注重細節。

那隱形龐奇接著說：「布魯克，你會得到法案，只要參加競選辯論，再花五千鎊七先令四便士買個國會外的席次。」

在喧鬧的笑聲中，布魯克滿臉通紅。他放掉手裡的眼鏡，困惑地環顧周遭，看見自己的肖像。當時那肖像跟他的距離拉近了些，下一刻，他看見肖像悲慘地被砸了好些雞蛋。他情緒變得激動，嗓門也拉

---

32 Adam Smith（一七二三～一七九〇），蘇格蘭哲學家兼經濟學家，是經濟學鼻祖。

33 Samuel Johnson，十八世紀英國知名文學家。此處引用的詞句出自他的諷刺詩〈人類欲望之虛幻〉（The Vanity of Human Wishes）。後文的《漫遊者》（*The Rambler*）是約翰遜發表的系列短文，布魯克把引語的出處弄錯了。

34 指第二任查塔姆伯爵（Earl of Chatham）威廉・彼特（William Pitt，一七〇八～一七七八），曾兩度擔任英國首相。

高。

「搞笑、耍花招、嘲弄，是對真理的考驗。這些都無妨……」這時一顆討厭的雞蛋砸中他肩膀，那應聲蟲說，「這些都無妨。」接著又飛出一顆顆雞蛋，主要瞄準那幅肖像，偶爾也有幾顆命中本尊，像是失手所致。有些剛到的人在人群裡推擠，伴隨著口哨、叫囂、嘶吼和橫笛聲。另一波喊叫聲想震住那些喧鬧，現場陷入一片混亂。在這場騷動中，什麼聲音也聽不清。布魯克經過難堪的蛋汁洗禮，氣勢盡失。這場挫敗如果不是這般戲謔、這般幼稚，還不至於叫人火冒三丈。如果是更嚴重的攻擊，讓報社記者斷言「暴徒的攻擊危及那位博學紳士的肋骨」，或鄭重地作證指出「那位紳士的鞋底掛在欄杆上方」，也許還能帶來些許慰藉。

布魯克重新回到競選總部，用最無所謂的態度說：「這實在有點太差勁。我很快就能吸引群眾的注意力，可是他們不給我時間。我很快就會談到法案，嗯。」他瞥了威爾一眼，又說，「不過，等到提名的時候情況就會好轉。」

可惜不是所有人都認為事情會有轉機。恰恰相反，競選委員們表情十分陰鬱，布萊辛那位政治人物拿著筆飛快地寫東西，彷彿在構思新策略。

「那是鮑伊爾搞的鬼。」史坦迪許避重就輕地說。「這點我很確定，就跟有人打廣告宣傳一樣確定。他非常擅長腹語術，而且，露了很漂亮的一手！霍利最近常請他吃晚餐。鮑伊爾這人確實很有本事。」

「嗯，史坦迪許，你從來沒跟我提過這個人，不然我也會請他吃飯。」可憐的布魯克說。為了國家利益，他也請過不少人吃飯。

「鮑伊爾是整個米德鎮最卑鄙的傢伙。」威爾氣沖沖地說。「看起來好像都是卑鄙小人在扭轉局面。」

現在威爾非常氣他自己和他的「原則」，他回到家把自己關在房間裡，幾乎下定決心要甩掉《先驅報》和布魯克。他何必留下來？如果想填平他和多蘿席亞之間那無法跨越的鴻溝，他一定得離開，找個完全不同的工作，而不是留在這裡當布魯克的部下，到頭來活該被人瞧不起。接著他腦海浮現種種他能追求的美好夢想，比如說，如今政治的路越來越廣，影響力也遍及全國，政治文章和政治演說會有更高價值。只要五年，他也許能功成名就，到時候他就配得上多蘿席亞。五年，只要他能確定自己在她心裡的地位比其他人更重要，只要他能讓她明白，他遠離她是為了有朝一日可以抬頭挺胸向她表達愛意。這麼一來，他就可以放心離去，展開全新的職業生涯。那種職業是二十五歲的年輕人足以勝任的，而且根據內部規則，只要有才華就能建立名聲，其他可喜的一切會隨著名聲而來。他能說善道，文筆犀利，願意的話還能精通任何主題，他打算永遠站在理性與公義的一方，徹底發揮自己的熱情。為什麼將來他不能出人頭地，不能覺得自己打了一場漂亮的勝仗？無庸置疑，他會離開米德鎮進城去，他要攻讀法律，為日後揚名天下打好基礎。

但不是馬上，至少必須等到他跟多蘿席亞之間產生某種共識。他必須讓多蘿席亞知道，為什麼目前就算她願意嫁給他，他也不能娶她。這麼一來，他就暫時不能辭職，還得再忍耐布魯克一段時間。

然而，不久後他就有理由猜測，布魯克先發制人，有意結束他們之間的聘雇關係。由於外界的勸說和內心的聲音不謀而合，慈善家布魯克決定為了大局著想，採取前所未有的強硬措施，也就是退出選舉、支持另一位候選人，將他的宣傳利器留給對方。他說這是個強硬手段，卻也暗示他個人的健康狀況不如他想像中來得好，承受不了持續的刺激。

「我總覺得胸口不太舒服，沒辦法再撐太久。」他對威爾解釋道。「我必須罷手。可憐的卡索邦算是一個警惕，嗯。我花了不少錢，卻也得到不少成果。選舉實在不是輕鬆的活。威爾，你說是嗎？我敢說你也累了。不過，我們靠《先驅報》闖出一片天地，很多事都上了軌道，現在只要才華比你平庸的人就能辦得下去，沒錯，比你平庸的人。」

「你希望我放棄嗎？」威爾臉頰剎時漲紅，從寫字桌站起來，雙手插在口袋裡踏出三步後轉身。「只要你提出，我隨時可以配合。」

「至於提出，我親愛的威爾，我對你的能力給予最高的肯定。關於《先驅報》，我跟同黨派的幾個人討論過了，他們有意接手，多多少少給我一點補償。在這種情況下，你可能會想放棄，也許會有更好的發展。這些人未必能像我一樣看重你。我向來把你當成另一個我，當成最好的助手，不過我也始終期待你能做點別的，比如去法國走走。我可以幫你寫推薦信，嗯，寫給奧爾索普[35]之類的人。我見過奧爾索普。」

「我太感謝你了。」威爾傲氣地說。「既然你不再辦《先驅報》，我就不會為接下來的路麻煩你，我可能暫時還會留在這裡。」

布魯克離開後，威爾告訴自己，「他家族裡的其他人催他擺脫我，現在他也不在乎我離開。我想待多久就待多久，我要走也是基於我自己的意願，而不是因為他們怕我留下。」

第五十二章

他的心
從不推辭最卑微的責任。[36]
——華滋華斯

菲爾布勒確定繼任洛威克教區長的那個六月晚間，他家的古樸客廳歡欣雀躍，就連牆壁上的大法官肖像似乎都露出滿意的眼神。他母親沒有碰她的茶和烤麵包，一如往常嚴肅拘謹地端坐，只有雙頰的紅暈和眼裡的光采洩露她的心情，那神情讓老婦人暫時變回許久以前那個年輕少女。

她堅定地說：「坎登，最令人欣慰的是，這是你應得的。」

「媽，男人是否應得到某個好職位，還得看他上任後的表現。」菲爾布勒顯得喜滋滋，也沒打算隱藏。他臉上的喜悅生動有勁，似乎有著足夠的能量，不只能向外散發，還能照亮內心的一幕幕願景。從他的眼神彷彿看見了思緒和愉悅。「姨媽，」他搓搓雙手望著發出海狸般聲響的諾博小姐。「以後桌上

---

35 Althorpe，指奧爾索普子爵約翰・史賓塞（John Charles Spencer，一七八二～一八四五），時任下議院議長，支持改革法案。

36 句子改編自英國詩人華滋華斯（William Wordsworth）的十四行詩〈倫敦，一八〇二〉（London，1802）最後二句。

會有很多糖果讓妳偷偷拿去送給孩子們，妳也會有很多新襪子可以送人，而且肯定會更常給自己織襪子。」

諾博小姐對外甥點點頭，露出帶點驚恐的壓抑笑容，知道外甥升職後，她其實已經往食籃裡多放了一塊方糖。

「至於妳，溫妮，」菲爾布勒接著說。「接下來妳想嫁給洛威克哪個單身漢都沒問題，比方說索洛蒙．費勒斯東，只要我確定妳真心愛他。」

溫妮從剛才就一直看著哥哥，淚流滿面，她開心的時候都是這樣。現在她笑中帶淚地說，「坎登，你得先給我做個榜樣，你該結婚了。」

「樂意之至，可是誰愛我呢？我只是個窮酸老男人。」這時菲爾布勒站起來，推開椅子，低頭看自己一眼，又說，「媽，妳覺得呢？」

「坎登，你長相英俊帥氣，雖然體格沒有你父親那麼好。」菲爾布勒太太說。

「哥哥，我希望你能娶瑪麗。」溫妮說。「她會讓我們在洛威克的家朝氣蓬勃。」

「好極了！說得一副年輕小姐像市場的雞鴨，一大群綁在一起任我挑選，好像只要我開口，誰都肯嫁我似的。」菲爾布勒故意轉移話題，避談特定對象。

「我們不是指所有人，」溫妮說。「媽，妳喜歡瑪麗，對吧？」

「我兒子喜歡的我都喜歡。」菲爾布勒太太極其謹慎。「坎登，你如果能結婚就太好了。等我們搬到洛威克，你會想在家裡玩牌，而杭莉亞塔．諾博不會玩紙牌。」（菲爾布勒太太向來用莊嚴的全名稱呼她嬌小的老妹妹）。

「媽，以後我不玩紙牌了。」

「坎登，這是為什麼？在我那個時代紙牌是好牧師的正常消遣。」菲爾布勒太太不知道她兒子打牌的真正目的，口氣頗為尖銳，像在質疑某種對新信條的危險認同。

「我得兼顧兩個教區，會忙得沒時間。」菲爾布勒寧可避談打牌的道德問題。

他已經告訴多蘿席亞，「我不覺得有必要放棄聖博托爾夫教堂，只要我把大部分的錢給別人，就已經是用行動支持牧師兼職制的改革。重點不在放棄權力，而在如何運用它。」

「我也思考過這個問題，」多蘿席亞說。「基於個人考量，我認為放棄權力和金錢要比保留它們來得容易。由我來決定牧師人選好像一點都不合適，但我覺得我不應該把這個權力交給別人。」

「我的責任是讓妳不後悔行使這個權力。」菲爾布勒說。

依照他的天性，一旦擺脫折磨人的生命枷鎖，良心就會變得更活躍。關於職責的議題，他沒有表現出謙遜，內心卻感到羞愧，因為他自認行為有所懈怠。只是，對不領聖職的人而言，那根本稱不上懈怠。

「以前我經常希望自己不是牧師。」他對李德蓋特說。「不過或許我應該盡全力讓自己變成好牧師。你該知道，這個前提是俸祿優渥，因為那麼一來所有難題都會簡化。」他面帶笑容做出結論。

當時菲爾布勒確實認為自己承擔的職責應該不難，可是職責總是讓人始料未及。有點像我們熱誠邀請胖子朋友來家裡做客，對方卻在我們家摔斷了腿。

事隔不到一星期，職責就化身為弗列德，主動來到他的書房。弗列德已經在歐寧巴斯學院完成學業，取得學士學位回來。

「菲爾布勒先生，我不好意思來麻煩你。」他開朗的白皙臉龐露出討好的表情。「可是我只有你這個朋友可以商量。之前我把心裡的話都告訴你，當時你幫了我很大的忙，所以我忍不住再來找你。」

「弗列德，坐。有話就說，能幫的我一定幫。」菲爾布勒正在打包東西準備搬家，雙手繼續忙著。

「我要告訴你……」弗列德遲疑了一下，然後視死如歸地說，「我可能會進教會服務。真的，不管我怎麼找，都不知道自己還能做什麼。我不喜歡神職，可是我父親花了那麼多錢栽培我，現在跟他說我要放棄，對他實在太殘忍。」他又停頓了一下，而後重複道，「何況我不知道自己還能做什麼。」

「弗列德，我確實跟你父親談過這件事，可惜我也勸不動他，他認為現在說那些已經太遲，不過你已經又向前跨了一步，接下來還有什麼困難？」

「只有一個，那就是我不喜歡神學、不喜歡講道，不喜歡自己必須繃著臉裝嚴肅，我喜歡騎馬在鄉間奔馳，做些其他男人會做的事。我不是說我想當個壞人，我只是不喜歡一般人對牧師的那些期待。可是，不當牧師，我又能做什麼？我父親不可能提供我資金，否則我可能會從事農業。他的生意也不需要幫手。現在重新去學法律或物理肯定也不行，因為我父親要求我賺錢。有人說我不該進教會，這沒問題，可是說這種話的人等於叫我自己在蠻荒地帶瞎闖。」

弗列德說話的語氣半發牢騷半抗議，菲爾布勒原本會被逗笑，只是他正忙著推測弗列德話裡隱藏的訊息。「你對教義有什麼不了解的嗎？或者《信綱》？」他盡力無私地替弗列德設想。

「沒有。我認為《信綱》是對的，我沒有任何論點可以反對，很多比我優秀聰明的人也全心全意相信。我覺得如果我提出那方面的意見，一副我有資格裁決似的，那就太可笑了。」弗列德直率地說。

「那麼你是覺得你雖然骨子裡不是真正的神職人員，卻還是可以當個合格的教區牧師？」

「那是當然，如果我必須當牧師，儘管我可能不喜歡，還是會努力盡到自己的責任。你覺得我這樣該受到譴責嗎？」

「你是指在這種情況下進教會服務？弗列德，那取決於你的良心，以及你是不是考慮過代價，或想過你的職位會要求你付出些什麼，我只能跟你分享我的經驗，我向來太散漫，所以一直覺得良心不安。」

「可是還有另一層阻礙。」弗列德紅著臉說。「過去我沒有提過，不過你根據我說的某些話或許已經猜到了，我有個非常喜歡的人，從我們很小的時候我就愛上她了。」

「是瑪麗吧？」菲爾布勒非常專心查看手上的標籤。

「是。只要她肯接受我，其他我都不在乎，到那時我就會變成好人。」

「你覺得她對你也有同樣的感情？」

「她絕不會這麼說，前段時間她還要我保證不再跟她提這件事。還有，她堅決反對我當牧師，這點我很清楚。我不能放棄她，我真的覺得她喜歡我。昨天晚上我見到葛爾斯太太，她說瑪麗現在跟菲爾布勒小姐一起在洛威克教區長公館。」

「嗯，她很好心，在幫我妹妹整理房子。你想去嗎？」

「不。我想請你幫個大忙。拿這種事麻煩你，我實在很難為情，可是這件事如果由你去說，瑪麗可能會肯聽。我指的是我進教會的事。」

「親愛的弗列德，這個任務可真有點棘手。我得先向她說明你對她的感情，而要依照你的意願提起那個話題，等於要求她告訴我，她是不是對你也有意。」

「那就是我希望她告訴你的。」弗列德斷然答道。「我必須知道她的心，才知道該怎麼做。」

「你要看她怎麼答覆，再決定進教會的事？」

「如果瑪麗說她永遠不會嫁給我，那我走錯哪一行都無所謂了。」

「弗列德，你在胡鬧。愛情只是一時，輕率卻會後悔一生。」

「我的愛情不是。我從小就喜歡瑪麗，如果我必須放棄她，就等於從此靠義肢走路。」

「我跟她談這種事，她不會受傷害嗎？」

「不，我覺得不會，你是她最尊敬的人。她會用笑話打發我，對你卻不會。當然，除了你，我不能告訴任何人，也不能拜託任何人去跟她談。我跟她都能信任的朋友，只有你一個。」弗列德停頓了一下，然後有點埋怨地說，「她不能否認我確實認真讀書通過考試，必須相信我會為了她努力。」

兩人沉默了片刻，之後菲爾布勒停止打包，把手伸向弗列德說：「好吧，孩子，就照你的意思做。」

當天菲爾布勒就騎著他剛買的老馬去洛威克。「我真是老了，快被年輕人擠掉了。」

他看見瑪麗在花園採玫瑰，把花瓣攤在床單上風乾。夕陽已經西沉，高大的樹木把陰影投送在青草小徑上，瑪麗沒戴帽子也沒拿陽傘，就在那裡走著。她灑花瓣時，一條黑褐相間的小獵犬老是走到床單上嗅玫瑰花，所以她彎下腰對牠訓話，沒發現菲爾布勒從青草路上走過來。她一隻手抓住狗兒的前腿，豎起另一隻手的食指，小狗皺著眉頭一臉慚愧。「小飛，小飛，我真替你害臊。」瑪麗用嚴肅的女低音說道，「懂事的狗不可以這麼做，大家都會覺得你是個沒腦子的年輕男士。」

「葛爾斯小姐，妳對年輕男士不夠仁慈。」菲爾布勒已經來到離瑪麗兩公尺的地方。

瑪麗嚇得跳起來，羞紅了臉。「跟小飛講道理通常會有成效。」她笑著說。

「跟年輕男士卻行不通？」

「嗯，某些人可以，畢竟有些變成好男人。」

「很高興聽妳這麼說，因為現在我要跟妳聊聊某個年輕男士。」

「希望不是沒腦子的。」瑪麗又開始摘玫瑰，覺得心臟跳得讓人發慌。

「不是。他的強項不是智慧，而是深情和誠懇，然而，這兩種特質隱藏的智慧，比人們想像的更多。希望我提到這兩個特點，妳就知道我指的是哪位年輕男士。」

「嗯，應該知道。」瑪麗勇敢回答。她的表情更為認真，雙手也更冰涼。「一定是弗列德。」

「他打算進教會，要我來問問妳的意見。我答應替他來問妳，希望妳不會覺得我太失禮。」

「恰恰相反，菲爾布勒先生，」瑪麗不再摘玫瑰，這時她雙臂交抱，沒有勇氣抬起視線。「無論你跟我說什麼，我都覺得很榮幸。」

「不過在談論那件事以前，我們先聊聊妳父親跟我說過的一個祕密。他是在我上次幫弗列德執行另一件任務的那天晚上告訴我的，當時弗列德剛回學校攻讀學位。妳父親告訴我，費勒斯東先生過世當天夜裡發生的事，妳拒絕燒掉遺囑。他說那件事在妳心裡留下陰影，因為妳無意中阻撓弗列德得到一萬鎊遺贈。那件事我一直放在心上，後來又聽說一些訊息，也許可以幫助妳消除那道陰影，也讓妳知道妳不需要為那件事負疚。」

菲爾布勒停下來看著瑪麗。他打算幫弗列德說盡一切好話，不過，他覺得最好還是先排除她心中的任何疑慮，不希望她像某些女人，因為覺得愧對某個男人，選擇下嫁贖罪。瑪麗的臉頰泛起些許紅暈，但她保持沉默。

「我的意思是，妳的做法對弗列德的命運沒有影響。因為第二份遺囑燒掉以後，第一份遺囑的合法性存疑。只要有人提出異議，它就站不住腳。妳可以確定一定會有人提出異議，所以，妳不需要為那件事良心不安。」

「菲爾布勒先生，謝謝你。」瑪麗真誠地說。「你能記掛我的感受，我非常感恩。」

「現在我接著說那件事，弗列德已經拿到學位，到目前為止他一直很努力，接下來的問題是，他要做哪一行。這個問題實在太困難，所以他有意聽從他父親的意願去當牧師。只是，他一直以來就對進教會非常反感，這點妳比我更清楚。但照目前情況看來，我找不到任何反對他當牧師的理由。他說他可以改變想法，盡力在這個職位上發揮所能，但有一個條件，只要那個條件成立，我會盡全力協助他。一段時間以後——一開始當然沒辦法——他或許可以當我的助理牧師，他會有很多事可做，而他的薪俸幾乎跟我以前當牧師時一樣多。但我再說一次，那個條件必須成立，否則這些好事都不會發生。葛爾斯小姐，他對我說出心裡的話，要我代他提出請求：那個條件完全取決於妳的情感。」

瑪麗顯得非常激動。

半晌之後他說，「我們散散步。」兩人一起往前走時，他又說，「我就直截了當地說，任何職務，只要有可能減低妳答應嫁他的機會，弗列德都不會去做。反過來說，只要妳願意當他的妻子，他會全力去做妳認同的任何工作。」

「菲爾布勒先生，我不可能說出我願意嫁給他這種話。不過，如果他進入教會，我肯定不會嫁給他。你剛才說的話非常寬容仁慈，我無意糾正你的判斷。我只是有一點女孩子的傻氣，總愛以嘲諷的角度看待事情。」瑪麗的回答展露一貫的調皮特質，那份謙卑因此顯得更迷人。

「他希望我幫他探詢妳內心真正的想法。」菲爾布勒說。

「我不可能愛上可笑的男人，」瑪麗不願深談。「弗列德有足夠的理智和知識，只要他願意，一定可以在任何正當的世俗行業受人敬重。可是我只要想到他在講道、勸誡、賜福、為病人禱告，就會覺得自己看見一幅諷刺畫。他當牧師純粹只是為了社會地位，我想像不到有什麼東西比這種愚鈍的社會地位更可鄙。以前我對克洛斯先生的印象就是這樣，空洞的表情、整齊的雨傘、裝模作樣的瑣碎談話，這種人有什麼資格代表基督教，一副基督教是專門培養斯文的白痴似的，一副……」瑪麗連忙打住。她忍不住有話直說，一時忘了她談話的對象是菲爾布勒，不是弗列德。

「年輕小姐十分嚴苛，她們不像男人一樣面對工作的壓力，不過我應該將妳排除在外。只是，弗列德在妳心目中應該沒那麼糟吧。」

「確實沒有。他有足夠的理智，但我認為他當牧師恐怕展現不出那些理智，他會變成職業偽君子。」

「那麼答案已經很明確了。他如果當牧師，就沒有希望？」

瑪麗點點頭。

「但如果他勇敢克服一切困難，從事其他行業，妳會給他希望？那樣他就有機會得到妳？」

「該說的話，我都對弗列德說過了，我想不需要再重複。」瑪麗的神情流露出一絲不滿。「我是說，除非他真正做出一點成績，而不是滿口說他能做得到，否則不該提出這些問題。」

菲爾布勒沉默了一兩分鐘，最後，他們轉彎停在青草小徑末端一棵楓樹的陰影底下，他說，「我能理解妳抗拒別人對妳的束縛，可是情況很明顯，要嘛妳對弗列德情有獨鍾，不會考慮其他人；或者不是。要嘛他可以相信妳在答應他以前會保持單身，或者他最後希望落空。瑪麗——以前我跟妳做教義問答時都喊妳瑪麗——恕我冒昧，只是，當某位女性的情感涉及到另一個人或更多人的幸福，那麼她應該直言不諱地表明態度，才是高尚的做法。」

這回換瑪麗沉默，讓她納悶的不是菲爾布勒的態度，而是他的語氣，隱藏著一股深深壓抑的情感。她忽然閃過一個古怪念頭，覺得他指的是他自己。她感到難以置信，為自己的這種念頭感到羞愧。打從她還在穿長襪和繫帶小鞋的年代，弗列德就用傘骨環跟她私訂終身。她從來沒想過除了弗列德，還會有別的男人喜歡她，更想不到自己在菲爾布勒心中有任何重要性，他畢竟是她小小生活圈裡最聰明的男人。她沒有時間多想，只覺得一切都是那麼糊模不清，或者虛幻，可是有件事既清楚又確定，那就是她的答案。

「菲爾布勒先生，既然你認為這是我的責任，我就告訴你，我對弗列德的感情太深，不會為任何人放棄他。如果他因為失去我傷心難過，我永遠也不會開心。這份感情在我心裡已經埋得太久，我感謝他從我們很小的時候就把我放在第一位，時時擔心我受到傷害，我想像不出有什麼新的對象能削弱這份感情。我最大的心願，就是看到他變成值得大家尊重的人。不過請你告訴他，在那一天到來以前，我不會答應嫁給他，否則我會讓我父母蒙羞，害他們傷心難過。他隨時可以選擇別人。」

「那麼我徹底達成使命。」菲爾布勒伸手向瑪麗道別。「我馬上騎馬回米德鎮。弗列德有了這個希望，應該可以走上確定的道路。我希望有生之年能為你們證婚。上帝祝福妳！」

「別急著走，請留下來喝杯茶。」瑪麗說。

菲爾布勒的態度像是強忍難以言喻的痛苦，就像她父親碰上麻煩時就會雙手顫抖，瑪麗突然感到一陣難受，眼裡噙著淚水。

「不，親愛的，我得回去了。」

三分鐘後，菲爾布勒重新上了馬，懷著寬大心胸完成一項比戒除牌局——甚至寫懺悔反思——更艱鉅的任務。

第五十三章

只因局外人視為前後矛盾，就論定為虛偽不實，未免流於膚淺草率。無異於將「假使」與「因此」的死板邏輯，套用在活生生、隱匿紛亂的關係裡，看不見其中相互依存的信念與行為。

布爾斯妥德當初準備在洛威克置辦新房產時，自然而然希望新牧師是他全然認同的人。只是，當他順利完成交易，成為斯東居的新業主，菲爾布勒剛好「就任」那間古雅小教堂的牧師，完成他對教區農民、雇工和村莊工匠的第一次講道。布爾斯妥德認為，這是對他個人和整個國家缺失的責罰與告誡。倒不是說布爾斯妥德打算短期內常來洛威克或搬進斯東居，當初他買下這處良田和美屋，只是當做退休住處，並且打算慢慢買下周遭的土地，美化現有的屋舍，直到這片產業足以稱揚上帝的榮光。那時他就會正式遷居，結束手邊半數的監督管理職責，以地主的身分宣揚福音真理，並且深信上帝會透過未來的交易擴大他這個地主的影響力。意外順利買到斯東居，似乎是他朝這個方向邁進的顯著指標。畢竟所有人都相信瑞格．費勒斯東勢必認為這地方是他心目中的伊甸園，絕不可能放手。這也是老彼得自己內心的期待，墳墓裡的他經常在想像中讓視線穿越上方的草皮，一覽無遺地看見他的青蛙臉繼承人在這棟優美的老房子裡享福，其他遺族則永遠活在震驚與失望中。

可是我們很難知道朋友們心目中的天堂是什麼！我們根據自己的欲望做判斷，旁人卻總是高深莫測，不透露半點蛛絲馬跡。冷靜又審慎的瑞格總是讓他父親認為，斯東居正是他最完美的夢想，他理所當然希望成為它的主人。可是正如華倫・海斯汀[37]眼裡看著黃金、心裡想著岱爾斯福，瑞格看著斯東居，想著買黃金。他已經為自己的完美夢想勾勒出鮮明又強烈的願景，他遺傳到的貪婪，在環境的薰陶下呈現特殊形式，而他的夢想就是成為錢幣兌換商。年少時在港口跑腿打雜，隔著窗子看見錢幣兌換商，就像其他孩子隔著窗子看見糕點師傅。那份痴迷漸漸在他心裡發酵，變成深厚而獨特的熱情。他決定等將來有了錢，要做很多事，包括娶個身分高貴的年輕小姐。不過這些都是小小樂趣，只要想想就夠了。有個樂趣卻是他靈魂深處的渴求，那就是在繁忙的碼頭開一家錢幣兌換商鋪，自己坐在一個個上了鎖的錢箱之間，手裡拿著成串鑰匙，高傲又冷漠地把玩生生不息的各國錢幣，貪心的顧客只能乾瞪眼在鐵窗另一邊羨慕地望著他。那份熱情帶給他力量，幫助他通曉滿足它的所有必備知識。當其他人心裡想著他會從此落戶斯東居直到老死，他心裡想著，不久之後他會在北碼頭開店，店裡配備最牢固的保險櫃和門鎖。

說這些就夠了，我們在乎的是，布爾斯妥德如何看待瑞格出售房產土地的事。在他的理解，這或許是神對他的鼓勵，也許是認可他構思已久、卻遲遲難以推展的目標。他這麼解讀，卻不太有信心，因此以審慎的措辭向上帝表達他的感恩。他之所以沒信心，不是因為這次交易與瑞格的命運會有什麼關係。畢竟瑞格的命運還沒劃入上帝統轄的領域，或者勉強只屬於某種不完全的殖民地。他擔心的是，上帝這個安排或許也是對他本人的懲罰，就跟菲爾布勒就任洛威克教區牧師一樣。

這並不是布爾斯妥德拿來欺瞞任何人的說辭，是他對自己說的話。這是他解讀事件的方式，就跟你的任何觀點一樣真誠（假使你剛好不認同他）。因為即使利己主義滲入了我們的觀點，也不會影響觀點本身的真誠度。反之，我們的利己主義越是得到滿足，我們的信念越堅定。

然而，不管是認同或懲罰，老費勒斯東過世不到十五個月，布爾斯妥德就成了斯東居的主人。彼得「如果地下有知……」會怎麼說，已經成了他那些失望的遺族永不厭倦的慰藉話題。地下有知的大哥這下子笑不出來了，索洛蒙只要想到哥哥的老奸巨滑敵不過世事的詭譎多變，就打從心底樂開懷。渥爾太太鬱悶之餘覺得大快人心，因為事實證明，為冒牌費勒斯東疏遠正牌費勒斯東是錯誤的決定。瑪莎妹妹在白堊低地聽到消息，說，「天哪，天哪！那麼上帝並沒有被濟貧院的把戲哄得團團轉。」

深情的哈麗葉特別開心，因為買了斯東居以後，她丈夫的身體應該會越來越健康。他幾乎天天騎馬過去，跟總管在田地裡東看看西瞧瞧。那幽靜的鄉間每到日暮時分格外秀麗，近期新堆的乾草散發陣陣清香，跟古老花園的濃郁氣息混雜一起。某天，傍晚落日還懸在地平線上方，紅豔似火的晚霞像一盞盞金黃色燈火，垂掛在碩大核桃樹的枝椏間。布爾斯妥德騎著馬停在大門前等葛爾斯。

葛爾斯應邀過來查看馬廄的排水系統，此刻正在堆乾草的院子和總管談話。

這種單純消遣帶來好處，布爾斯妥德覺得精神格外爽朗，心情也比往常平靜得多。從教義的觀點來說，他深信自己一無是處。然而，只要那種一無是處的感覺不曾明確具體地呈現在記憶裡，喚醒罪咎的震顫或懊悔的愧痛，這種來自教義的信念未必帶來痛苦。不只如此，如果我們罪惡的輕重，是用來衡量上帝寬恕的深淺，並且牢不可破地證明，我們是促成神聖意旨的特殊工具，或許還能帶給我們高度滿足感。記憶跟情緒一樣變化多端，會像西洋鏡般變換它的景象。此時此刻，布爾斯妥德覺得夕陽餘暉跟許久以前的許多日暮時光一樣，當時他年紀還輕，常走出海伯利四處講道。如果可以的話，他真希望未來

---

37 Warren Hastings（一七三二～一八一八），英國第一任印度總督，任期間貪贓枉法搜刮財物。岱爾斯福（Daylesford）是他的家族位於伍斯特郡的祖居，一度因家道中落出售，後來他用貪污所得購回。

能再有機會傳道，他的布道文都還在，他也還有足夠的能力宣說。他短暫的回想被葛爾斯打斷。

葛爾斯騎在馬背上，正巧甩動馬勒準備朝這邊過來，卻大聲喊：「我的天！從小路走過來那個穿黑衣服的傢伙是誰？他那副模樣像是剛從賽馬場出來的賭徒。」

布爾斯妥德調轉馬頭望向小路另一端，沒有應聲。走過來那個人是與我們有一面之緣的拉夫歐斯，除了那身黑色衣裳和帽子上的黑紗，他的外表大致上沒什麼變化。現在他來到兩名騎士跟前三公尺的地方，他們看見他手杖往上揮，臉上閃過一抹見到熟人的表情，目光緊盯布爾斯妥德，最後大聲嚷嚷：「唷，尼克，是你！雖然已經二十五年沒見，咱們都變老頭子了，我也絕不會認錯！你好嗎？你一定想不到會在這裡見到我。來，咱們握個手。」用興奮來形容拉夫歐斯的心情，等於在說當時是傍晚。

葛爾斯看得出布爾斯妥德經過一陣掙扎與遲疑，最後才冷冷地向拉夫歐斯伸出手，說：「我確實沒想到會在這偏僻的鄉下地方見到你。」

「這地方是我繼子的，」拉夫歐斯顯得神氣活現。「我曾經來這裡看他。老傢伙，我看到你並沒有太意外，因為我撿到一封信，套用你的話就是天意。不過，能在這裡遇見你確實非常走運，因為我不是很想見我的繼子。他不太重感情，何況他可憐的媽媽過世了。坦白說，我今天來是基於對你的友情。尼克，我來打聽你的住址，因為……你看這個！他從口袋掏出一張皺巴巴的紙。」

除了葛爾斯以外，幾乎任何男人都會想留在原地聽有關這個陌生人的一切。這個人曾經跟布爾斯妥德相識，似乎意味著布爾斯妥德過去的經歷，可能跟他在米德鎮的形象差距極大，而且其中必定有著令人豎耳傾聽的祕密。可是葛爾斯不是一般人，某些普遍人類的強烈傾向在他心靈上付之闕如，其中一項就是對私人事務的好奇。尤其如果涉及另一個男人的不名譽事項，葛爾斯寧可不知道。如果任何地位比他低下的人做了不軌之事被發現，而他必須去告知對方，他會比涉嫌犯錯的人更尷尬。這時他踢了踢馬刺，說，「布爾斯妥德先生，我得回家了，晚安。」他說完就騎馬走了。

「你這封信的地址寫得不完整，」拉夫歐斯又說。「你這樣可不像以前那個一流生意人。『灌木苑』，天曉得在哪裡！你住附近嗎？斷絕跟倫敦的一切關係，也許變成了鄉紳，有個鄉間豪宅可以邀請我去做客。老天，那是多久以前的事了！那個老太太應該很久以前就死了，蒙主寵召，不知道她女兒過得多悲慘，對吧？可是，天哪，尼克，你這麼蒼白，氣色糟透了。來，如果你要回家，我陪你。」

布爾斯妥德向來蒼白的面容幾乎毫無血色。五分鐘以前，他全部的生命都沉浸在向晚殘照裡，那抹光輝回頭照亮記憶所及的清晨，那時罪行屬於教義與懺悔的層面，悔罪不足為外人道，他行為的結果是一種個人見解，只會依據對神聖意旨的描述與設想調整。如今，彷彿基於某種驚悚的魔法，這個紅光滿面的大嗓門突然出現在他面前，真實得讓人無法掌控。那是一段他從未考慮過懲罰問題的虛幻往事。可是布爾斯妥德腦子轉個不停，何況他不是說話做事冒失莽撞的人。

「我正要回家，」他說。「不過我還可以逗留幾分鐘，你願意的話可以住在這裡。」

「謝謝你。」拉夫歐斯扮了苦瓜臉。「我現在不想見到我繼子，我寧可跟你回家。」

「你的繼子如果是瑞格，他不住這裡。現在屋主是我。」

拉夫歐斯瞪大了眼睛，吃驚地吹了長長的口哨，才說，「那麼我沒意見。我下公共馬車以後走了很長的路，我向來不習慣走太多路或騎馬。我喜歡的是漂亮馬車和精力充沛的馬兒。我坐在馬鞍上總覺得笨手笨腳。老兄弟，你見到我一定很驚喜吧！」他們轉身朝屋子走去。他又說，「你不這麼認為，不過你向來不把運氣當回事，你總是想辦法改變現實，你很有扭轉運氣的天分。」

拉夫歐斯好像為自己的機智話語自得其樂，沾沾自喜地晃盪著一條腿。

向來謹言慎行的布爾斯妥德耐心受到極大考驗，他用冰冷的怒氣說：「拉夫歐斯先生，如果我沒記錯，我們的關係沒有像你所說的那麼親近，如果你不用那種熱絡的口氣套交情，我會更樂意為你效勞，畢竟你我過去往來不算密切，又已經分別二十多年。」

「你不喜歡我喊你『尼克』？為什麼，我在心裡一直喊你尼克。雖然不能相見，卻是更加懷念啊！我對你的感情像陳年白蘭地一樣醇厚，希望你屋子裡有白蘭地，上回瑞格幫我把隨身瓶都灌滿了。」

布爾斯妥德還沒意識到，拉夫歐斯雖然渴望白蘭地，卻更喜歡折磨他。他表現出的一丁點不悅，都只是洩露自己的憤怒。但顯然再多的反對也沒用，於是布爾斯妥德氣定神閒地吩咐管家幫客人安排房間。值得安慰的是，這個管家是瑞格留下來的，可能會以為布爾斯妥德之所以接待拉夫歐斯，只因為他是瑞格的親戚。

等食物和酒擺在客人面前，護牆板客廳只剩他們兩人，布爾斯妥德說：「拉夫歐斯先生，你跟我的生活習慣差太多，相處起來彼此都不開心，所以最明智的做法就是盡快各奔東西。你說你想見我，多半有事要跟我談。考量到目前的情況，請你在這裡住一晚，明天一早我會再過來，早餐前就來，到時候再聽聽你想跟我說什麼。」

「都聽你的，」拉夫歐斯說。「這地方挺舒適，住久了只怕太無趣。不過有這麼好的酒，明天早上又能見到你，我可以忍耐一個晚上。你的待客之道比我繼子高明得多，不過瑞格對我有一點怨恨，因為我娶了他母親，而你跟我之間向來都是有福同享。」

布爾斯妥德暗自希望拉夫歐斯那種快活又輕蔑的態度是酒精的作用，決定在他清醒以前不跟他多費口舌。只是，他騎馬回家的路上毫不懷疑地預見，想要一勞永逸解決這個麻煩，恐怕沒那麼容易。拉夫歐斯重新出現雖然可能是上帝的安排，但他不可避免地想擺脫他。也許是惡魔蓄意顛覆，派這人來威脅布爾斯妥德，阻止他為上帝行善。然而，這個威脅想必也經過上帝許可，是一種新的懲罰。這一小時的苦惱與他過去無數時刻的苦惱不同，過去他的掙扎安穩地埋藏在心底，最後他總是感到安慰，因為上帝已經寬恕他那些不為人知的過錯，也接受了他的奉獻。當初犯下那些過錯時，難道不是已經得到上帝的部分認可？畢竟他當時唯一的目的就是自我奉獻，而他獲取的一切，也都是為了宣揚上帝的意旨。難道他終究只是成了絆腳石，成了一塊使人墮落的石頭[38]？有誰能理解他內心的想法？一旦出現污衊他的事由，有誰不會用連篇累牘的攻訐謾罵來混淆他的人生和他信奉的真理？

終其一生，布爾斯妥德在心靈深處慣常以奉行教義、追求神聖目標來掩飾他最自私的驚悚念頭。然而，即使我們談論或思索地球的運行和整個太陽系，我們感受到的仍然是穩定的地球和晝夜變化，從而調節我們的所有活動。如今，腦海裡自動浮現那些頭頭是道的言詞，都在預告他即將在鄰里和妻子面前名譽掃地。就像我們討論著抽象疼痛，熱病發作前的寒顫和疼痛卻是明顯又深刻。只因那份痛苦，以及公然受辱的程度，跟過去的自我宣揚成正比，對於只想逃避重罪的人，除了法庭的被告席，其他都稱不上恥辱。他一直以來的目標就是當個傑出的基督徒。

隔天早上他來到斯東居時，還不到七點半。這棟雅致的古宅不曾像此時此刻這般舒適宜人，雪白的大百合花盛開著，金蓮花攀過低矮石牆，美麗的葉片上點綴銀色露珠；周遭的一切聲響本身都含藏著一絲安詳。可是房屋的主人走過石子路、進屋等待拉夫歐斯下樓的過程中，無心享受這一切，他無奈的被迫跟對方共進早餐。

過不了多久他們又一起坐在護牆板客廳，面前擺著茶和烤麵包。大清早這個時間，拉夫歐斯對其他

38 典故出自《聖經．羅馬書》第九章三十三節，內容引述經文說，「看哪，我要在錫安放一塊絆腳石，一塊讓人失足的磐石。」

食物沒什麼胃口。早晨的他和夜晚的他之間的差別，恐怕沒有布爾斯妥德想像中那麼明顯，因為少了酒精的麻痺，他折磨人的興致甚至可能更高昂，總之，晨光中的他似乎更討人厭了。

「拉夫歐斯先生，我沒有多少時間。」布爾斯妥德什麼都吃不下，只能啜一小口茶，剝了烤麵包也沒吃。「如果你能馬上告訴我，你來見我的目的，我會感謝你。我猜你也有個家，想盡快趕回去。」

「哎呀，尼克，一個人只要有點感情，都會想看看老朋友，不是嗎？我必須喊你尼克。當年我們知道你決定娶那個老寡婦以後，背地裡都喊你小尼克[39]。有人說你跟老尼克像極了一家人，不過那該怪你媽給你取名尼可拉斯。你見到我不開心嗎？我還以為你會請我到你漂亮的家做客。我太太死了以後，我連家都沒了，對任何地方都沒有特別的感情，隨時可以在這裡或任何地方定居。」

「我能請問你為什麼從美國回來嗎？當時你口口聲聲說只要拿到足夠的錢，就要去美國，我以為那等於你承諾一輩子留在那裡。」

「想去某個地方，不等於想留在那裡。不過我確實在那裡待了十年，不適合再待下去了。尼克，這回我不會再離開。」說到這裡，拉夫歐斯慢條斯理對布爾斯妥德眨眼睛。

「你想創業嗎？你現在的職業是什麼？」

「謝謝你，我現在的職業就是盡可能享受人生。我不想再工作了，真要做什麼，頂多就是到處賣菸草或類似的東西，可以交到志趣相投的朋友。不過前提是要先有一筆夠溫飽的收入，這就是我要的。尼克，雖然我的氣色比你好，身體卻不如以前強壯了。我想要有一筆穩定收入。」

「我可以提供你一筆收入，只要你承諾遠離這個地方。」布爾斯妥德語調裡的急切似乎太明顯了一點。

「那就要看我心情了。」拉夫歐斯冷淡地說。「我沒有理由不在這裡交幾個朋友，不論跟誰做朋友，我都不覺得丟臉。我下車的時候把行李寄在收費站，裡面有替換的亞麻上衣，如假包換，沒騙你。不是只有前襟和袖口。光是我這身喪服、吊帶等等，就不會讓你在本地大人物面前沒面子。」這時他已經推開椅子低頭看自己，特別是他的吊帶。他主要是為了激怒布爾斯妥德，卻也當真認為自己現在的裝扮夠體面，長相英俊，談吐風趣，還穿著一身看起來身分高貴的喪服。

「拉夫歐斯先生，如果你真的打算依靠我，」布爾斯妥德停頓片刻後說。「應該不會想違背我的意願。」

「啊，那是當然。」拉夫歐斯裝得真心實意。「我不是一直都這樣嗎？我的天，你靠我撈了不少錢，我卻只分到一丁點。事後我一直在想，如果當時我告訴那個老太婆，我找到她女兒和孫子，我心裡應該會比較好受。我這人就是心軟。不過這會兒老太婆應該已經死了，對她來說都沒有差別了，而你靠那門有利可圖的生意發了財，真是好運的營生。你變成有錢人，買了土地，在鄉下當大人物。你還是不信奉國教吧？還信神嗎？或者為了提高身分改信國教？」

這回拉夫歐斯的慢動作眨眼和微微伸出的舌頭比惡夢更恐怖，因為它有一種真實感，讓人確定它不是惡夢，而是一場清醒的不幸。布爾斯妥德覺得膽寒又暈眩。他沒有說話，認真考慮該不該任由拉夫歐斯為所欲為，只要公開指控他惡意中傷就可以了。過不了多久，這人就會讓大家看出他的無恥，不會再有人相信他的話。「但如果他說的都是你不可告人的祕密，可就未必了。」他理智地對自己說。再者，跟他保持距離雖然是正確做法，但為了否認事實而說謊，布爾斯妥德還做不出來。回顧獲得寬恕的罪行、甚至辯解不符常規的可疑行為是一回事，蓄意編造謊言又是另一回事。

39 基督教俗稱魔鬼為老尼克（Old Nick）。

由於布爾斯妥德不發一語，拉夫歐斯繼續滔滔不絕，算是善用時間。

「我就是沒有你那麼好的運氣！我在紐約倒楣透了。那些美國佬心狠手辣，有紳士風度的人根本不是他們的對手。我回英國後娶了老婆，是個做菸草生意的好女人，非常愛我，可是那種生意沒什麼發展。朋友幫她開的店，做了很多年，可惜她還有個拖油瓶。我跟瑞格關係不太好。不過我也認真做生意，常跟有頭有臉的人喝酒。我誠懇踏實，做事光明磊落。你一定能體諒我沒有早點來找你，我身體不太好，動作比較慢。我以為你還在倫敦經商，偶爾禱告，沒跟你聯絡，不過尼克，上帝還是派我來找你了，也許是我們兩個的福氣。」拉夫歐斯說完後，哼地一聲冷笑，沒有人比他更覺得自己的才智勝過宗教空話。如果狡猾地利用人們最軟弱的感受可以稱之為才智，那麼他也算有一點。他對布爾斯妥德說的話看似衝口而出不經大腦，卻不難發現那些內容其實經過精挑細選，像棋局裡的步步險招。

在此同時，布爾斯妥德也已經定好他的對策，他一鼓作氣說：「拉夫歐斯，你最好別忘了，人貪圖不應得的利益，很可能會弄巧成拙。雖然我對你沒有任何責任，但我還是願意給你一筆定期年金，每季支付一次，只要你保證遠離這個地方。選擇權在你，如果你非得留在這裡，就別想從我這裡拿到半毛錢，我也不會跟你有任何往來。」

「哈，哈！」拉夫歐斯爆出假笑。「這話讓我想到滑稽的小偷不願意跟警察往來。」

「先生，我不懂你的意思。」布爾斯妥德氣沖沖。「不管你或任何人，都不能指控我犯罪。」

「老朋友，你真沒幽默感。我只是說我願意跟你繼續往來。言歸正傳，你的年金不適合我，我喜歡自由。」說到這裡，拉夫歐斯站起來，昂首闊步在屋子裡來回走一兩趟。一條腿邋呀邋地，裝得像在思考重大問題，最後他停在布爾斯妥德面前說，「這樣好了，給我兩百鎊，我就走，拿著我的行李遠走高飛，人格保證！我可沒有獅子大開口。我不會為了差勁的年金放棄自由。我想去哪裡就去哪裡，也許會留在別的地方，跟朋友保持聯絡。也許不會。你身上有兩百鎊嗎？」

「沒有，我只有一百。」麻煩即將擺脫，他如釋重負，顧不得考慮未來的不確定性。「你把地址留給我，我會再寄一百給你。」

「不，我在這裡等你去拿。」拉夫歐斯答。「我出去走一走，再吃點東西，那時你就回來了。」

布爾斯妥德原本就體弱多病，前一天晚上又飽受精神折磨，現在覺得自己拿這個氣焰囂張的大嗓門一點辦法都沒有。在這種情況下，只要出現任何暫時喘息的機會，他都會不計代價把握住。他站起來，準備照拉夫歐斯的話做，拉夫歐斯忽然舉起一根指頭，彷彿臨時想到什麼似地說：「我沒告訴你，我後來確實又想辦法找莎拉，我很關心那個年輕漂亮的小姐，我沒找到她，但我查到她丈夫的姓名。可是真該死，我的筆記本不見了。不過，如果我再聽到那個姓氏，應該會想起來。我身體跟年輕時一樣好，就只是記不住人名，真差勁！有時候我比還沒填名字的該死稅單好不到哪兒去。總之，尼克，如果我有她和她家人的消息，一定會通知你。她是你繼女，你一定會想幫幫她。」

「那是當然，」布爾斯妥德的淡灰色眼眸有著一貫的堅定。「只是那麼一來，我能給你的幫助就會變少。」

他出門的時候，拉夫歐斯在他背後慢條斯理地眨眼睛，而後轉向窗子看著他騎馬離開，幾乎是對自己唯命是從。他的嘴角先是上揚露出微笑，接著張開來得意地大笑一聲。

「不過那見鬼的姓氏到底是什麼？」他自言自語地念叨著，搔搔腦袋，兩道眉毛也皺在一起。他其實從來不在乎忘掉的那個姓氏，只是在激怒布爾斯妥德的過程中忽然想到。「第一個字是雷，好像還有個羅。」他繼續回想，覺得好像就快逮到那個滑溜的姓氏。可是他終究抓不到，不一會兒就懶得再動腦筋，沒有人比拉夫歐斯更不耐煩沉思、更需要滔滔不絕說話。他寧可善用時間跟總管和管家愉快地交談，從中了解布爾斯妥德在米德鎮的身分地位。

然而，他還是獨自熬過一段枯燥無聊的時光，需要靠麵包、乳酪和麥芽酒打發。當他一個人坐在護牆板客廳，面前擺著他要的食物，他猛地拍一下膝蓋，嚷道，「雷迪斯羅！」他剛才絞盡腦汁回想，最後失望地放棄的那個記憶，突然在不經意之間冒了出來。這種現象十分常見，即使回想起來的那個名字沒有任何價值，那種感覺還是相當痛快，就像舒暢地打個噴嚏一樣。拉夫歐斯趕忙拿出筆記本寫下那個姓氏。倒不是說他覺得這姓氏有什麼用處，他只是擔心下回剛好需要，卻又想不起來。他不打算告訴布爾斯妥德，因為說出來沒有實質上的好處，對拉夫歐斯這樣的人來說，祕密多半少不了好處。

拉夫歐斯對此行的成果十分滿意，當天下午三點，他已經去收費站拿回行李，坐上公共馬車。布爾斯妥德眼中那塊玷污斯東居的黑色斑點終於清除。只是，他心中卻多了一份憂慮，覺得那塊黑色斑點會重新出現，而且永遠固定在他家壁爐旁。

第六卷　寡婦與妻子

第五十四章

我的小姐眼眸含情，
她目光所及無不歡欣；
擦身而過的男人回頭張望，
她問候的對象雀躍歡暢，
拋卻嘆息連連的煩惱神情，
而後醒悟到心中的邪念。
憎恨換成愛，驕傲變崇拜。
女性啊，幫我一起讚揚她！
她的言語讓人謙遜，心懷善念。
見到她的人無不得到祝福，
當她嫣然淺笑，那倩影
無法形諸文字，也難留在心中，
那是如此清新典雅的奇蹟。

在那個愉快的早晨，斯東居的乾草堆一視同仁向周遭散發芳香，彷彿拉夫歐斯是個值得以最宜人的香氣接待的客人。同一時間，多蘿席亞已經搬回洛威克莊園，在弗列許住了三個月，她開始覺得喘不過氣來；像聖凱薩林[1]畫像的模特兒般端坐幾小時，興高采烈地看著西莉亞的寶寶，這種事真叫人吃不消。只是，身為膝下無子的姐姐，如果面對心頭肉似的寶寶持續視若無睹，只怕會遭人非議。如果有必要，多蘿席亞也願意抱著小外甥開心地散步一兩公里，加深對寶寶的喜愛。只是，她這小外甥在她眼中並不是佛陀轉世，除了讚賞他，什麼也沒辦法幫他做，她覺得小寶寶的一舉一動單調乏味，久而久之就對他失去興趣。西莉亞並沒有察覺姐姐的這種心情，她覺得對於沒有小孩又新寡的多蘿席亞，小亞瑟（小寶寶跟布魯克同名）出生得正是時候。

「多多從來不想擁有什麼，不管是孩子或任何東西！」西莉亞對她丈夫說。「如果她有孩子，肯定不會像亞瑟這麼可愛。詹姆斯，你說是嗎？」

「孩子如果像卡索邦，肯定不可愛。」詹姆斯知道自己的回答不夠乾脆，關於自己的長子是不是夠完美，他自有定見，卻絕不能說出口。

「對極了！光想就知道，幸好他們沒小孩，」西莉亞說。「我也覺得多多變成寡婦是好事，她可以把我們的寶寶當成自己的孩子疼愛，而且她想要有多少想法，就有多少想法。」

「可惜她不是女王。」忠誠的詹姆斯說。

「如果她是，我們又會是什麼身分？一定跟現在不一樣。」西莉亞不願意費心思索這種事。「我比較喜歡現在的她。」

1 St. Catherine（二八七年生），基督教聖人，是年輕女子與女學生的守護者。

因此，當她發現多蘿席亞有意搬回洛威克，不禁失望得挑起眉毛，並且平靜又不著痕跡地發出尖銳的嘲諷。「多多，妳在洛威克又能做什麼？妳自己都說那裡沒什麼事可做，所有人都乾淨整齊，生活富足，妳在那裡只會心情鬱悶。在這裡，妳可以跟著葛爾斯去蒂普頓，走進最窮苦的人家。何況現在伯父出國了，妳跟葛爾斯可以自由發揮，而且我相信不管妳有什麼想法，詹姆斯都會照辦。」

「我會經常過來，也能看見寶寶越長越壯。」多蘿席亞說。

「可是妳看不見他洗澡的樣子。」西莉亞說。「那是一整天最有趣的事。」她幾乎板起臉孔。她覺得姐姐明明可以住下來，卻堅持要離開寶寶，實在太無情。

「親愛的咪咪，我會偶爾來這裡過夜。」多蘿席亞說，「可是現在我想一個人靜一靜，也想回到我自己的家。我想多認識菲爾布勒一家人，跟菲爾布勒先生聊米德鎮還有哪些事可做。」多蘿席亞原本的意志力如今不再轉變成堅決的服從，她強烈渴望回到洛威克，也決定回去，不覺得自己有義務說明理由，可是身邊所有人都反對。

詹姆斯心裡很難受，於是提議大家一起去喬汀翰度假幾個月，當然是帶著神聖方舟，也就是搖籃。在那個年代，男人覺得沒有什麼比喬汀翰度假更吸引人的。

進城探望女兒剛回來的查特姆老夫人，認為多蘿席亞一個年寡婦竟然想在洛威克獨居，實在太不靠譜，至少要寫封信給維果太太，請她來陪伴她。維果太太曾經為皇室家族擔任誦讀和祕書工作，無論在知識或情操方面，連多蘿席亞都挑不出毛病。

卡瓦拉德太太私下對她說，「親愛的，妳一個人住在那棟房子裡，一定會發瘋，會出現幻覺。我們都得努力保持精神正常，以免做出異於常人的舉動。當然，如果是沒有繼承權的次子或沒有錢的女人，發瘋倒也算是一種出路，那時就會有人照顧他們，但妳可千萬別變成那樣。妳跟咱們慈祥的老夫人在一起生活一定覺得有點枯燥，可是妳想想，如果妳老是扮演悲劇皇后，把一切想得那麼崇高，身邊的人也會覺得妳非常無趣。一個人坐在洛威克圖書室裡，妳會以為自己能夠操控天氣，當妳說這種話的時候，身邊一定要有不相信妳的人，那是讓人回到現實的強效藥劑。」

「我的行為舉止向來跟周遭的人不一樣。」多蘿席亞頑固地說。

「我以為妳一定已經發現自己以前錯了，親愛的。」卡瓦拉德太太說。「那就是精神正常的證據。」

多蘿席亞聽得出話中的刺，但她不在意。「不，我還是覺得大多數人在很多方面都錯了。一個精神正常的人也會有這種想法，畢竟大多數人經常改變自己的想法。」

卡瓦拉德太太不再跟多蘿席亞談這件事，事後卻對她丈夫說，「要是能讓她遇見合適的人，她早一點再婚會比較好。詹姆斯那一家人當然不希望她再婚，但我看得清楚明白，她必須有個丈夫，才不會脫離正軌。可惜我們太窮，否則我會邀請崔頓爵爺過來。他有機會變成侯爵，而她一定可以當個稱職的侯爵夫人。她穿喪服的模樣比平時美多了。」

「親愛的伊琳諾，妳就放過那個可憐的女人吧，這些辦法都沒有用。」個性隨和的卡瓦拉德牧師說。

「沒有用？如果不安排男女雙方見面，要怎麼撮和他們？她伯父這時候偏偏鎖了農莊出門去，實在太可恥，他應該把所有理想對象都邀請到弗列許和蒂普頓。崔頓爵爺就是最合適的人，他一股傻勁只想著該如何讓人們過得更幸福，剛好適合多蘿席亞。」

「伊琳諾，讓多蘿席亞自己做選擇。」

「你們這些聰明男人淨說瞎話！沒有對象你讓她怎麼選？所謂女人的選擇，通常是接受她接觸得到的那一個男人。漢弗里，聽我的準沒錯。如果她的家人不多費心，她會碰到比卡索邦更糟的人。」

「伊琳諾，別再說這件事！詹姆斯很不喜歡這個話題，如果妳貿然跟他提這件事，會把他氣壞。」

「我從來沒跟他提過。」卡瓦拉德太太雙手一攤。「一開始是西莉亞主動跟我說遺囑的事，我連問沒問過。」

「是，他們希望這件事不要傳出去。據我所知，那個年輕人打算要離開了。」

卡瓦拉德太太沒再說話，倒是意味深長地對她丈夫連連點頭，深色眼眸裡滿是嘲諷。

儘管面對反對與勸說，多蘿席亞仍然默默堅持。於是到了六月底，洛威克莊園的百葉簾全都拉開了，晨光安詳地灑進圖書室，照亮一排排筆記本，就像照耀在寂寥荒野上的巨石陣，那是被遺忘的信仰無聲的紀念碑。夜晚夾帶玫瑰香氣，靜靜飄進多蘿席亞最常獨坐的藍綠色起居間。

一開始，她會走進每個房間，質疑她自己十八個月的婚姻生活，思緒在腦海裡不停轉動，像是在對她丈夫絮絮低語。接著她在圖書室裡徘徊，心情無法平靜，直到她仔細把所有筆記本排得整整齊齊，就像她丈夫會希望看到的模樣。即使她在心中憤怒地向他抗議，指責他不公平，但只要想到他的影像，當初生活在一起時，那份同情心引起的壓抑與強迫感仍然揮之不去。她做的一個小動作彷彿有點迷信，讓人覺得好笑；她小心翼翼將那份「供卡索邦太太使用」的概略表，裝進信封裡封起來，在封面寫上「我不能使用。你現在難道看不出來，我不能把我的靈魂獻給你，毫無希望地為你做我不相信的事？多蘿席亞敬上。」而後把信封放進自己的抽屜。

那段內心話也許更為真摯，因為其中隱藏著一股最深的渴望，那才是她決定回到洛威克的真正原因。那份渴望是：她想見到威爾。

她不知道他們見面能有什麼用，她無能為力，她雙手被綑綁，不能彌補他遭受到的不公平待遇。但她的靈魂渴望見到他。怎麼能不渴望？

在魔法時代，公主看見一整群四足動物之中，有一隻動物用人類的目光凝視她，而那若有所思的目光帶著懇求意味。那麼在未來的旅途中，如果那群動物再從她身旁經過，她心裡會想什麼？她會想尋找什麼？當然想著那道曾經落在她身上、如今她一眼就能辨認的目光。

如果我們的靈魂不被渴望與忠誠觸動，生命充其量只是虛幻的燭光和無用的日光。

多蘿席亞確實想進一步認識菲爾布勒一家人，更想跟新牧師談一談。只是，她也記得李德蓋特說過威爾和嬌小的諾博小姐的事，因此相信威爾一定會去洛威克探望菲爾布勒家人。返家之後的第一個星期日，她還沒走進教堂，就看見他的身影；跟上次她在這間教堂見到他時一樣，他獨自坐在助理牧師的長椅區。只是，等她走進教堂，他已經不見了。平常日她去拜訪菲爾布勒家的女士們，想聽點威爾的消息，結果總是失望而返。她覺得那些女士們聊遍了米德鎮的所有人，就是沒提起過威爾。

「米德鎮也許有些喜歡聽菲爾布勒先生講道的人，偶爾會到洛威克來。妳覺得呢？」多蘿席亞提出這個別有用心的問題，有點鄙視自己。

「如果他們有智慧，就會這麼做。」菲爾布勒太太答。「看來妳對我兒子的講道做出正確評價，他外祖父也是優秀的牧師，他父親在法律界服務，不過也是誠懇正直堪為表率，所以我們一直都不是有錢人。老話說財富是個女人，任性又善變，不過有時候她也賞罰分明，會眷顧好人。就像妳讓我兒子接任教區長一樣，卡索邦太太。」

菲爾布勒太太覺得自己剛才那番話說得面面俱到，深感欣慰，繼續低頭編織，但多蘿席亞不想聽這些。可憐的多蘿席亞！她甚至不知道威爾是不是還在米德鎮。除了李德蓋特之外，她不敢向其他任何人打聽，可是現階段她見不到李德蓋特，除非她派人去請他或專程登門找他。也許威爾聽說了卡索邦對他設下的那條莫名禁令，覺得他跟她最好不要再相見。或許她也不該奢望跟他見面，畢竟所有人都能提出許多充分理由反對。然而，幾番理性思索，「我真的想見他」這句結論卻是來得那麼理所當然，就像強忍一段時間後，啜泣自然而然隨之而來。他們確實見面了，卻是他正式拜訪，她始料未及。

某天上午大約十一點，多蘿席亞坐在她的起居間，面前擺著一張莊園所屬土地的地圖和其他文件，她想弄清楚自己的收入和莊園事務。她還沒開始研究，只是靜靜坐著，雙手交疊放在腿上，視線沿著歐椴樹林蔭道飄向遠方的田野。每片樹葉都靜靜徜徉在陽光下，這熟悉的景物一成不變，似乎代表她生命的前景，充滿毫無目標的安逸；假使她不能找到理由發揮滿腔熱忱，人生就是毫無目標。

那個時代的寡婦會用帽子的橢圓形帽緣框住臉龐，頂端高高聳起。她身上的喪服將黑紗的特點發揮得淋漓盡致。不過，這沉重肅穆的裝扮卻將她的面容襯托得更加年輕，臉頰恢復了青春氣息，眼裡閃著甜美好奇的坦率光采。

坦翠普打斷她的沉思。她來通報雷迪斯羅先生在樓下求見太太，如果太太方便的話。

「我可以見他。」多蘿席亞立刻站起來。「帶他到小客廳。」

在她心目中，小客廳是整棟房子最不帶色彩的地方，跟她那磨人的婚姻生活關聯最少，那白色與金黃相間的錦緞與木質家具搭配合宜。客廳裡有兩面長鏡和幾張桌子，桌面空無一物。簡言之，在這個房間裡，你坐在哪個地方都沒有差別。小客廳就在起居間正下方，也有一扇正對林蔭道的凸窗。普拉特帶威爾走進來的時候，窗子開著，一隻羽族訪客不時飛進飛出，無視屋裡的家具。小客廳因此彷彿無人居住，少了點嚴肅感。

「先生，很高興再見到你。」普拉特留下來調整百葉簾。

「普拉特，我只是來道別。」威爾想讓普拉特知道，儘管多蘿席亞成了有錢的寡婦，一身傲骨的他也不會在她身旁糾纏。

「先生，聽你這麼說我很遺憾。」普拉特說完後就離開了。當然，身為僕人，不會有人告訴他任何事，他卻知道威爾不知道的那件事，也做出自己的推論。有一天坦翠普對他說，「你家主人跟惡魔一樣善妒，而且沒有理由。雷迪斯羅先生身分太低，小姐看不上，否則她就不是我認識的那個小姐。卡瓦拉德太太的女僕說，等服喪結束，就會有個爵爺來娶她。」他認同坦翠普的看法。

威爾拿著帽子踱方步，沒多久多蘿席亞就進來了。這次見面跟在羅馬第一次見面，大不相同。當時威爾窘迫不自在，多蘿席亞倒是從容安詳。這次他內心淒苦卻堅定，她卻是處於藏不住的煩躁中。走到小客廳門口，她開始覺得這期盼已久的相見終究太困難。等她看見威爾朝她走過來，臉上竟然極其罕見地泛起叫人難堪的紅暈。

兩人都不知道怎麼回事，誰也沒有開口說話。她跟他握了握手，而後各自走到窗子旁就坐。她坐在靠背長椅上，他坐在對面的椅子。威爾格外心神不寧，他覺得以多蘿席亞的個性，不至於孀居之後，連對他的態度都變了。他想不出還有什麼因素能影響他們過去的關係，除非像他之前的猜測，她的親友在她面前中傷他。

「我突然來見妳，希望不會太冒昧。」威爾說。「我打算離開，去別的地方展開新生活，覺得必須來跟妳道別。」

「冒昧？當然不會。如果你不想見我，我反倒覺得你太見外。」多蘿席亞內心的猶疑煩亂改變不了她心口如一的說話習慣。「你馬上就走嗎？」

「應該很快。我打算進城去學法律，當律師，聽說法律是進政治圈的踏腳石。未來政治界會有很多機會，我打算試試自己的本事。有人不靠家世金錢，憑自己的努力掙到高尚的地位。」

「憑自己的努力就更高尚了。」多蘿席亞熱忱地說。「再者，你有很多才華。我聽伯父說你非常擅長公開演說，把事情解說得條理分明，讓人聽的意猶未盡。他還說你希望所有人都受到公平對待，當初在羅馬，我以為你只在乎詩歌和藝術，以及其他那些裝點我們這些富裕人家的東西。現在我很高興你也會想到其他人。」多蘿席亞說話時擺脫了心裡的不自在，變回往日的她。她直直盯著威爾，臉上的表情滿是愉悅的信心。

「那麼妳同意我離開幾年，闖出一點成績再回來？」威爾盡最大的努力維持傲氣，也盡最大的努力想引導多蘿席亞表達出她最深的情感。

多蘿席亞沒發現自己遲遲沒有回應，她轉頭看著窗外的玫瑰花叢，好像在花朵裡看見了威爾離開後每一年的夏日時光。這樣的應對不算恰當，可是多蘿席亞根本沒考慮到自己此刻的應對，她只想到自己不得不向悲傷的命運低頭，被迫與威爾疏遠。威爾剛才說的話，好像讓她明白了一切，她心想，他知道卡索邦遺囑裡與他有關的內容，而他的反應跟她一樣震驚。她認為他向來只是把她當朋友，對她不曾有過任何足以引起她丈夫憤慨的念頭，也相信他至今仍然保有那份友誼。多蘿席亞心裡湧現某種或許可以稱為無聲啜泣的東西，而後她才用純淨的嗓音開口說話。說到最後幾個字時，似乎因為聲音本身有如液體般的流動性，顯得有點顫抖：「是，照你說的那樣去做，一定是對的。日後如果你受到肯定，我一定會非常開心。不過你一定要有耐心，可能需要很長一段時間。」

威爾一直想不透自己聽見多蘿席亞微微顫抖地說出「很長一段時間」，怎麼能忍住不撲倒在她腳下。他常告訴自己，最可能有效制止他的，是她身上那討厭色澤和外觀的黑紗長衣。

他一動不動坐著，只說：「以後我再也聽不到妳的消息，妳會把我忘得一乾二淨。」

「不會。」多蘿席亞說。「我永遠不會忘記你。只要是認識的人，我從來不會忘記。我認識的人不多，以後想必也是如此。我在洛威克多的是時間回想過去，不是嗎？」她笑著說。

「我的天！」威爾激動地脫口而出。他站起來，手裡仍然拿著帽子，走向一張大理石桌，又突然轉身，背靠著桌子。血液衝上他的臉頰和脖子，他幾乎像在生氣，他覺得他們兩個彷彿在彼此面前慢慢化成大理石像，各自的心還有知覺，眼裡滿是渴望，可是沒有用。他好不容易痛下決心來見她，如果最後結果是向她做出一番可能被視為覬覦她財產的表白，絕對不是適當的做法。再者，他確實擔心這樣的表白會對多蘿席亞造成什麼影響。

她隔著那段距離，憂慮地看著他，猜想也許自己說了什麼失禮的話。不過她心裡始終在想，他也許缺錢用，她卻不能幫他。如果她伯父在家，也許還能透過他做點什麼，正是因為她認為威爾處於缺錢困境，又覺得自己擁有本該屬於他的財富，看見他既不說話也不看她，她於是說：「你想不想拿走樓上那幅迷你肖像，我指的是你祖母那幅漂亮的畫像。如果你想要，我覺得我不該繼續留著。肖像裡的人跟你非常像。」

「妳太好心了。」威爾慍怒地說。「不需要，我不在乎那幅肖像，留著跟自己相像的畫像並不能帶來慰藉，如果別人想要留著，反而能帶來安慰。」

「我以為你會想留著紀念她……我以為……」她突然停住，忽然提醒自己別提茱莉亞姨母的事。

「你應該會希望留著當家族紀念。」

「其他東西我都沒有，要那個做什麼！一個全部家當只有一只皮箱的男人，必須把紀念品收藏在心裡。」他隨口搭腔，只是在發洩怒氣。這種時候她要把他祖母的畫像給他，讓他非常生氣。

多蘿席亞被他的話刺傷，她站起來，用憤慨中帶點傲慢的口氣說：「雷迪斯羅先生，你比我幸福得多，正因為你什麼都沒有。」

威爾嚇了一跳，多蘿席亞說了什麼都無所謂，但她的語調卻像在送客。他離開那張桌子，向前朝她走了兩步。他們四目相對，卻都有著怪異的沉重，像在探詢；他們各自藏著心事，都在猜測對方究竟在想什麼。多蘿席亞認為威爾有權繼承她手上的部分遺產，威爾卻從來沒有這種念頭。他很想請她詳細說明，以便理解她的想法。

「今天以前，我從來不認為一無所有是一種不幸。」他說。「可是貧窮如果把我們跟自己最在乎的人事物分隔開來，就會跟痲瘋一樣糟糕。」

這話深深刺中多蘿席亞的心，她後悔了。她悲傷地認同道：「哀傷有許多面貌。兩年前我還體會不到，我是說我不知道煩惱會以意想不到的方式降臨，綁住我們的雙手，讓我們有話說不出口。以前我瞧不起其他女人，因為她們不能掌握自己的人生，不能做更好的事。我曾經喜歡照自己的意思行事，後來幾乎放棄了。」她露出淘氣的笑容。

「我還沒放棄做自己喜歡的事，卻很少有機會那麼做。」威爾說。此時他站在離她兩公尺的地方，腦子裡滿是相互矛盾的奢求與決心，奢求某種她愛他的確切證據，卻害怕這樣的證據會讓自己陷入什麼處境。「人最渴望的事物，也許會附帶叫人無法承受的條件。」

這時普拉特進來通報，「夫人，詹姆斯爵士在圖書室。」

「請詹姆斯爵士過來這裡。」多蘿席亞馬上指示。她和威爾彷彿同時被電流擊中，各自帶著傲氣抗拒，等待詹姆斯的時候都沒有看對方。

詹姆斯跟多蘿席亞握手之後，似有若無地向威爾點頭致意。威爾以同樣的無禮態度回應，而後走向多蘿席亞，說：「卡索邦太太，我必須走了，下次再見可能是很久以後。」

多蘿席亞跟他握手，真誠地道別。詹姆斯貶低威爾，對他粗魯無禮，喚醒她的決心與尊嚴，她的態度沒有一絲困惑。威爾離開以後，她泰然自若又平靜地看著詹姆斯，說，「西莉亞還好嗎？」

以致於詹姆斯也必須壓抑怒氣，裝得若無其事。就算發怒又有什麼用？事實上，他甚至不願意設想威爾與多蘿席亞變成一對情人的可能性，所以寧可避免對這件事表露出不滿情緒，因為那等於承認那個討人厭的事實。如果有人問他為什麼會這樣，我想他一時之間只能回答：「**那個**雷迪斯羅！」給不出更完整、更準確的回答。只是，事後回想起來，他可能會說，卡索邦在遺囑附帶條件禁止多蘿席亞嫁給威爾，否則會失去財產，就足以判定他們之間不該有任何關係。只是，他覺得自己沒辦法干預，反感因此更加強烈。

可是詹姆斯具有一種他自己都沒料想到的力量，他在那個時刻走進小客廳，就已經形成最堅強的理由，讓威爾的骨氣變成一種排斥力量，並且下定決心跟多蘿席亞保持距離。

第五十五章

她有缺點嗎？我希望你也有。
那是葡萄酒果香濃郁的汁液，
或者說，那是不滅的火焰，
足以將濃厚的黑暗元素，
鍛燒成通往太陽的璀璨大道。

如果說青春是希望的時節，那通常是指老一輩對我們懷抱希望，因為沒有哪個年齡階段的人會像年輕人一樣，以為自己經歷的情感、離別和決心都是最後一次，只因為它不曾有過，每一次危機似乎都是終曲。據說祕魯最古老的居民遭逢地震依然心驚膽顫，他們可能是看見未來，知道會有許許多多地震持續來襲。

多蘿席亞還沒脫離那樣的青春時期，在那種年紀，一雙眼眸經過淚雨的沖刷，一塵不染神采煥發，像初次綻放的黑番蓮，從長而濃密的睫毛向外張望。那天上午與威爾的分別，似乎是他們私人情誼的終點。他走了，歸來遙遙無期。即使他回來，也已經是另一個人。他內心真正的想法是傲然破除別人對他的懷疑，證實自己不是追逐女人財富的貪婪投機分子。但這些多蘿席亞並不知情，她簡單地猜測，威爾跟她一樣覺得卡索邦遺囑的附帶條件是一道下流又殘酷的禁令，斷絕他們之間維繫任何友誼的可能性。兩顆年輕的心相談甚歡，聊著其他人都不感興趣的話題，那場景從此化為泡影，成了過去的珍寶。正因如此，她放任自己恣意緬懷，那獨一無二的喜悅也消亡了，只留下陰暗寂寥的空間，任她發洩連自己都詫異的深刻哀傷。

她第一次從牆上拿下那幅肖像，放在自己面前。她喜歡將肖像裡的女人和她的孫子合而為一，女人遭到嚴苛評斷，多蘿席亞的心和理智則為她的孫子辯護。她將那幅橢圓的迷你肖像放在手心上，讓它安穩地躺在那裡，再將臉頰貼上去，彷彿這樣可以安撫那兩個受到不公平責難的人兒。任何人只要曾經在女性的溫柔中感受到喜悅，誰能責備她這樣的舉動？當時她不知道那是愛神短暫造訪，就像在即將清醒的夢境裡，晨曦在祂的翅翼閃耀。她不知道她低泣辭別的是愛神，因為祂的影像被難以抵擋的白日那無可指責的嚴峻驅逐。她只知道自己的命運出現無法挽回的錯誤與損失，而她對未來的想法更輕而易舉地凝聚成決心。熾熱的靈魂總能迅速建構未來的人生，通常會傾全力實現他們的願景。

有一天她去弗列許兌現過夜看寶寶洗澡的承諾，碰巧卡瓦拉德牧師出門去釣魚，他太太過來吃晚餐。那是個暖和的夜晚，即使在那間舒適的客廳，敞開的窗子外青翠的草地向遠處延伸到一方蓮花池和草木蓊鬱的小土堆，室內的溫度卻仍然偏高。身穿雪白細布洋裝、露出淡色捲髮的西莉亞同情地看著多蘿席亞，覺得她穿戴那一身黑衣和窒悶的帽子一定熱壞了。不過這是在她逗著寶寶玩了幾回、閒著無事可做之後才發出的感嘆。那時她坐下來拿起扇子搧了半晌，才用平靜的喉音說：「親愛的多多，脫掉那頂帽子吧，妳穿戴成那樣一定很不舒服。」

「這頂帽子我戴習慣了，已經變成類似外殼的東西。」多蘿席亞笑著答。「脫掉以後我覺得像赤裸裸般沒有遮蔽。」

「妳一定得脫掉，我們看著都覺得熱。」說著，西莉亞扔下扇子走向多蘿席亞。接下來的畫面趣味十足，穿著雪白細布洋裝的嬌小女孩解下肅穆莊嚴的姐姐頭上的帽子，隨手扔到椅子上。

多蘿席亞烏黑的捲髮和髮辮放下來那一刻，詹姆斯正好走進來，他看見多蘿席亞的頭髮，用滿意的語氣讚嘆，「嗯！」

「詹姆斯，是我幫她脫了帽子。」西莉亞說。「多多不需要任勞任怨地服喪，跟家人在一起的時候不需要戴那頂帽子。」

「親愛的西莉亞，」查特姆老夫人說。「寡婦至少需要穿一年喪服。」

「如果她一年之內再婚就不需要。」卡瓦拉德太太樂呵呵地看著被自己那句話驚嚇到的好朋友查特姆老夫人。

詹姆斯悶悶不樂，彎下腰逗弄西莉亞的馬爾濟斯犬。

「但願這種事非常罕見。」查特姆老夫人的口氣滿是不贊同。「除了畢佛太太之外，我們的朋友圈裡沒有人這麼做。當時葛林塞爾爵爺非常難過，她的第一任丈夫不太好，所以她的做法更讓人想不通，後來她受到嚴重懲罰，據說畢佛上校揪著她的頭髮把她拖來拖去，還拿上膛的手槍指著她。」

「噢！如果她嫁錯人，」卡瓦拉德太太打定主意唱反調。「不管是第一次或第二次，婚姻都不會幸福。丈夫如果沒有其他優點，先後次序毫無意義，我寧可要第二任的好丈夫，也不要第一任冷漠的丈夫。」

「親愛的，妳說的不是真心話。」查特姆老夫人說。「如果我們親愛的教區長蒙主寵召，妳絕不會在服喪期再婚。」

「這我可不敢保證，那也許是為了生活考量。我相信再婚不違法，否則我們就是印度教徒，不是基督教徒。女人嫁錯人當然要承受後果，嫁錯兩次就是活該！但如果她找到高貴英俊又勇敢的對象，越快結婚越好。」

「我覺得討論這個很不恰當。」詹姆斯一臉厭煩。「換個話題好嗎？」

「詹姆斯，不需要為我轉移話題。」多蘿席亞決定把握這個機會，讓自己永遠擺脫這種有意無意勸她找對象的言論。「如果你們是在替我著想，我可以向你們保證，我從來沒考慮過、也不在乎再婚這種事。你們談論的這個話題，在我看來，就跟女人獵狐狸沒有兩樣，不管她們這麼做是不是值得讚賞，我都不會去效法。不管是這個或其他話題，都請讓卡瓦拉德太太盡情發表她的見解。」

「親愛的卡索邦太太，」查特姆老夫人用最威嚴的語氣說。「希望妳不至於認為我提到畢佛太太是在影射妳，我只是碰巧想到那件事，她是葛林塞爾爵爺的繼女。爵爺的第二任妻子是特弗羅伊太太。跟妳的情況完全不一樣。」

「喔，不是。」西莉亞說。「沒有人主動談那個話題，都是從多多的帽子來的。卡瓦拉德太太只是說了些真實狀況。詹姆斯，女人可不能戴著寡婦帽再婚。」

「別說了，親愛的！」卡瓦拉德太太說。「我不會再亂說話，我甚至不會提到狄多或芝諾比亞[2]。不過接下來我們要聊什麼？我個人反對談論人性，因為那就是教區長妻子們的天性。」

那天稍晚，卡瓦拉德太太離開後，西莉亞私底下對多蘿席亞說，「多多，脫掉帽子以後，妳很多方

2 狄多（Dido）是傳說中的迦太基女王，在古羅馬詩人維吉爾（Virgil）的史詩《埃涅阿斯記》（*Aeneid*）中，狄多愛上埃涅阿斯，最後埃涅阿斯離她而去。芝諾比亞（Zenobia）是羅馬帝國時期帕爾米拉（Palmyra）國王的妻子，後來丈夫死亡兒子繼位，她幕後攝政，與羅馬帝國大軍作戰。

面都更像原來的妳。妳聽見不喜歡聽的話，會跟以前一樣勇於表達，不過妳到底覺得錯的人是詹姆斯或卡瓦拉德太太，我實在看不出妳的想法。」

「兩個都沒錯。」多蘿席亞答。「詹姆斯是站在我的立場替我著想，可是他錯了，以為我介意卡瓦拉德太太的話，如果法律規定我必須接受她或其他任何人介紹的英俊高貴男人，我才會介意。」

「可是多多，妳該知道如果妳真的要再婚，選個英俊高貴的對象會好得多。」西莉亞想到卡索邦這兩方面條件都很欠缺，覺得有必要及早提醒多蘿席亞。

「咪咪，別擔心。我對自己的人生有很多想法，絕不會再婚。」多蘿席亞摸摸妹妹的下巴，用寵溺的眼神看著她。當時西莉亞正在照顧寶寶，多蘿席亞來跟她說晚安。

「當真？很確定嗎？」西莉亞問。「誰都不嫁？假使對方真的很好呢？」

多蘿席亞緩緩搖頭。「誰都不嫁。我有很值得開心的計畫，我打算買一大片土地，做好排水，建一個小小的聚落，住在裡面的每個人都有工作，所有的事都做得很好。我會認識裡面每個人，跟他們當好朋友。我有很多事要找葛爾斯先生商量，我想知道的一切，他幾乎都可以告訴我。」

「多多，那麼妳只要有計畫就會快樂？」西莉亞問。「也許小亞瑟長大以後也會喜歡計畫，那時他可以幫妳。」

當天晚上詹姆斯得知多蘿席亞相當確定不會再嫁，而且決定跟過去一樣執行「各種計畫」，沒有發表議論。對於女人再婚，他暗自抱持反對態度，無論多麼好的對象，他都不免覺得那是對多蘿席亞的褻瀆。他很清楚世人會覺得這樣的觀點荒謬可笑，尤其對二十一歲的女人而言。「世人」傾向認為年輕寡婦再婚是必然的事，而且短時間就會發生。如果那個寡婦從善如流，大家都會微笑稱許。如果多蘿席亞真的選擇寡居以終，他會覺得她做了非常合宜的決定。

第五十六章

不為他人意志而活的人，
是多麼地幸福啊！
最正直的思想就是他的盔甲，
簡單的真相是他唯一的技能！

成功的希望與失敗的恐懼，
無法成為奴役他的枷鎖；
他沒有土地，卻是自己的主人，
他一無所有，卻擁有一切。

——亨利・渥頓爵士[3]

---

3 Sir Henry Wottron（一五六八～一六三九），英國作家兼政治家。這裡的詩句摘自他的詩〈幸福生活的樣貌〉（The Character of a Happy Life）。

多蘿席亞信任葛爾斯的知識，最早是從聽說他贊許她設計的村屋開始。她住在弗列許那段期間，這份信任快速增強，因為詹姆斯經常邀她跟葛爾斯一起騎馬去巡視兩處產業。葛爾斯也對多蘿席亞讚賞連連，他對妻子說，卡索邦太太擁有女人少見的生意頭腦。我們別忘了，葛爾斯所謂的「生意」，指的從來不是金錢交易，而是勞力的熟練運用。

「與眾不同！」葛爾斯強調。「她提出一件我自己年輕時經常想做的事：『葛爾斯先生，如果我壽命夠長，我很希望能改良一大片土地，建造許多優質村屋。這樣的工作執行過程有益健康，建造完成後，人們的生活會變得更好。』這是她說的話，她看事情就是這麼深入。」

「希望她謹守婦人本分。」蘇珊覺得多蘿席亞恐怕不能堅守女性服從的天職。

「妳不明白！」葛爾斯搖搖頭。「蘇珊，妳會喜歡聽她說話，她用最淺顯易懂的文字，聲音像音樂一樣美妙。我的天！讓我想起〈彌賽亞〉[4]的某些片段……『忽然出現無數天使，讚美上帝道……』那音調讓妳的耳朵了無遺憾。」

葛爾斯熱愛音樂，只要負擔得起，就會去欣賞在附近演出的清唱劇，回來時總是對各種音調的偉大結合滿懷高度崇敬，之後就靜靜端坐陷入沉思，眼睛盯著地板，伸出雙手傳達他說不出口的言語。

基於對彼此的深刻理解，多蘿席亞自然而然請葛爾斯管理洛威克莊園所屬的三處農場和大量租地。早先葛爾斯預期他會接到兩人份的工作，果然很快成真，如他所說，「工作會繁殖。」其中一個當時已經開始繁殖的工作就是鐵道的鋪設。一直以來洛威克教區的牛隻都能悠閒地吃草，免於任何驚嚇，如今卻有一條規劃中的路線預定穿過那裡。於是，鐵道系統草創時期的各種紛擾，就這麼闖進葛爾斯的業務範圍，並且決定了他最心愛的兩個人在這篇故事裡的發展。海底鐵路的建造或許困難重重，但是海床並沒有所有權問題，也沒有要求實質與精神損害賠償的地主。在郡內米德鎮所屬的這個區域，鐵路這個話題熱門的程度不輸改革法案和來勢洶洶的霍亂，對這個議題立場最強硬的則是婦女和地主。女性不管老少都覺得搭蒸氣火車是放肆又危險的行為，她們持反對意見，聲稱自己絕不會被騙進火車車廂。地主們則是各執一詞，看法各有千秋，正如索洛蒙跟梅德利寇爵爺這兩個人也大不相同。儘管如此，他們卻有個共同信念，那就是不論把土地賣給人類公敵或收購公司，那些邪惡組織要想危害人類，就得付出高昂代價給地主。

可是有些人反應慢半拍，比如都擁有土地的索洛蒙和渥爾太太，他們滿腦子只想著大草地被切成兩半，變成兩塊小三角形，那可就「沒用了」，而便橋和高額補償根本八字沒一撇，所以花了很長時間才推敲出相同結論。

「哥哥，如果鐵路建到地界邊上，母牛一定會嚇得早產。」渥爾太太的口氣哀傷至極。「懷孕的母馬也一樣。寡婦的田地如果被人鏟走，實在太說不過去，法律也沒半點用處。如果他們真的東切西割，誰能管得了？大家都知道我沒本事跟人鬥。」

「最好的辦法是什麼也別說，等他們來偷偷調查和丈量的時候，就叫人狠狠把他們罵走。」索洛蒙說。「據我所知，布萊辛附近的人就這麼做。說真格的，他們說不得不選一條路線，根本都是藉口，讓他們穿過其他教區，帶一大堆流氓來踩爛莊稼，誰相信他們會掏錢賠償，公司哪來那麼多錢？」

「彼得哥哥……上帝寬恕他……曾經靠公司賺錢。」渥爾太太說。「不過那公司做的是錳礦生意，不是造鐵路來把別人土地切得七零八落。」

「嗯，珍，還有一件事，」索洛蒙謹慎地壓低聲音。「如果鐵路一定要鋪過來，那麼我們給他們找越

4 *Messiah*，德國音樂家韓德爾（Georg Friedrich Händel，一六八五～一七五九）根據朋友寄給他的劇本創作的神曲。

多麻煩，他們就會給越多錢讓我們罷手。」

索洛蒙說的這番道理，只怕不如他想像中那麼周密。他的計謀動搖不了鐵道的路線，正如外交官的計謀影響不了太陽系的寒顫或感冒。不過他還是以外交家的姿態執行他的觀點，到處搧風點火。他的土地在洛威克離村莊最遠的地方，附近的雇工要嘛住在孤立的村屋，要嘛住在一個名叫弗里克的小村莊，那裡有一家磨坊和幾座採石場，形成一個笨重遲緩的小型工業中心。

弗里克的居民不明白鐵路到底是什麼，所以多半持反對意見。畢竟在這樣遠離塵囂的鄉間，人們普遍不具備欣賞未知事物的能力，反倒認為未知的東西肯定不利於窮人，所以最明智的策略就是不信任。就連改革的傳聞也沒有讓弗里克的村民冀望太平盛世的到來。那終究只是空談，沒有具體保證：比如提供免費飼料把海拉姆．福特的馬兒養得肥嘟嘟；讓「砝碼與天平」酒館的老闆釀免費啤酒；或讓附近三個農場的主人在冬天裡主動漲工資；改革如果沒有諸如此類看得見、摸得著的好處，等於叫賣小販在自吹自擂，有點腦子的人都不會相信。弗里克的百姓生活還過得去，除了抱持一點有頭有腳的懷疑，倒不至於對任事物狂熱執迷，更不可能認為自己特別受到上帝眷顧。他們反倒覺得上帝有事沒事會擺他們一道，看天氣的變化就知道了。

這麼一來，弗里克百姓的心理狀態正適合索洛蒙大顯身手，因為他有層出不窮的類似想法，對天空和大地有更多懷疑，隨時可以供他運用。索洛蒙當時負責巡視馬路，經常騎著他慢吞吞的短腿馬穿過弗里克去看工人開採石頭。他總是故作神祕地駐足思索，旁人不免誤以為他留在那裡不只是因為暫時懶得往前走，而是另有深意。他觀看採石作業半晌後，會稍微抬起視線望向地平線，最後晃晃馬勒，用馬鞭碰一下他的馬，驅使牠慢慢往前走。比起索洛蒙的速度，時鐘的時針算快的了，不過索洛蒙覺得他多的是時間可以浪費。他在路上遇見修園籬或挖水溝的工人就會停下來，謹慎而別有用心地跟對方聊幾句。

他特別喜歡聽已經聽說的事，覺得那些人說的話半真半假，而自己消息比他們靈通。有一天他跟馬車夫海拉姆．福特聊天，主動提供消息，順道問海拉姆有沒有看見拿著竿子和儀器的人到處偷窺。雖然他們自稱是鐵路公司員工，絕口不提要把洛威克切成六七塊，但沒有人知道那些人真正的身分，又打算做什麼。

「啊，那以後就不能從這裡到那裡去啦。」海拉姆想到他的馬車和馬兒。

「確實不能。」索洛蒙答。「把咱們教區這麼好的土地切開來！讓他們到蒂普頓去！可是誰曉得他們真正的目的是什麼，表面上說是為了運輸，時間一久，受害的還是土地和窮人。」

「噯，我看那些都是倫敦來的小伙子。」海拉姆隱約覺得所有針對鄉村的惡意都來自倫敦。

「是，一點也沒錯。我還聽說在布萊辛附近某些地方的居民圍攻那些偷窺的人，砸了他們的測量儀，把他們趕走，那些人再也不敢出現。」

「那一定痛快極了。」海拉姆的生活沒那麼多樂子。

「我自己可不會去招惹那些人。」索洛蒙說。「不過有人說咱們這地方好日子到頭了，徵兆就是這些人來這裡東奔西跑，想把這地方切碎造鐵路，都是為了讓大規模運輸吞併小規模運輸，到最後地面上沒有車輛，也沒有人甩鞭子趕車。」

「那我就把鞭子甩到他們面前，看他們能怎樣。」海拉姆說。

索洛蒙抖了抖馬勒，繼續往前。

野火無風自燃。這片農村即將遭到破壞的消息口耳相傳，不只「砝碼與天平」的酒客議論紛紛，堆乾草的工人一年到頭能聊得這麼起勁的話題也只有這個。

瑪麗向菲爾布勒坦承她對弗列德的感情之後沒多久，某天早上，她父親前往跟弗里克相同方向的尤德瑞農場，要測量一塊屬於洛威克莊園的偏遠土地，順便估價。他希望幫多蘿席亞賣個好價錢（不得不承認他是打算讓鐵路公司高價收購）。他把馬車停在尤德瑞農場，跟助手帶著量測鏈走向目的地。途中他遇見正在調整水平儀的鐵路公司人員，跟對方聊了幾句就離開，還說過不了多久對方就會到達他要測量的地方。那是下過小雨後的陰暗早晨，到了十二點左右天氣好轉，雲開見日，小徑和樹籬旁的泥土散發清香。

弗列德騎著馬從小徑過來，當時他因為想不出該做哪一行苦惱萬分，沒辦法好好享受泥土的芬芳。他父親要他馬上進教會，瑪麗卻威脅他只要進教會就放棄他，而各行各業都不缺沒資金沒技術的年輕人。近來溫奇見他不再叛逆，對他慈愛有加，好意讓他騎馬出來買獵犬，順便散散心，弗列德因此更是左右為難。即使他確定未來要走的路，要怎麼告訴他父親也是一大難題。然而有個不爭的事實，那就是他得先找到未來的路，而這是最大的難題，一個沒有親友可以幫忙「謀職」的年輕人，能找得到什麼地位高、收入豐又不需要專門知識的世俗行業？他就這樣愁眉不展地騎馬走在弗里克的小徑上，一面琢磨著該不該繞路去洛威克的教區長公館找瑪麗，一面放慢速度，從這片田地隔著樹籬望向另一片。忽然間吵鬧聲吸引他的注意，他看見左手邊那片田地的另一頭，有六、七個人身穿工作罩衫手拿乾草叉，氣勢凶狠地進逼著鐵路公司代表，而葛爾斯和他的助手正加快腳步橫越田地，趕過去阻止他們。

弗列德一時找不到閘門，來不及趕到現場，只見那些穿工作罩衫的人已經拿著乾草叉攻擊那些穿外套的人。工人原本在翻乾草，但喝過午間啤酒之後，工作就不那麼急迫了。葛爾斯的助手是個十七歲少年，聽從葛爾斯的指示搶救水平儀，卻遭受攻擊，倒地不起。鐵路公司人員趁機逃跑，弗列德為了替他們斷後，出其不意衝到穿著工作罩衫的人面前，嚇得他們陣腳大亂。

弗列德大吼，「你們這些該死的蠢貨想做什麼？」他來回追逐行凶的人，揮著馬鞭阻止他們前進。

「我要到治安法官面前指證你們每一個人，那孩子被你們打倒在地，說不定連命都沒了。下一次巡迴法庭，你們都會被判絞刑。」弗列德事後想起自己說的這些話，忍不住開懷大笑。

工人被驅趕進入大門，回到他們的乾草場。弗列德勒住了馬。海拉姆覺得自己離得夠遠，安全無虞，於是轉身過來吼出心中的不滿，渾然不知自己這一吼大有荷馬的詩意[5]。

「你是個孬種，你就是。小少爺，你有種下馬來，我要跟你幹一架！少了馬和馬鞭，我不信你還有膽子過來，看我不揍得你喘不過大氣。」

「你等著，我馬上過來，跟你們一個個較量。」弗列德覺得自己的拳擊術對付這些親愛的弟兄綽綽有餘，不過這時候他急著回去察看葛爾斯和那個躺在地上的少年。

那少年扭傷腳踝，疼得不得了，幸好沒受別的傷。弗列德扶他上馬，讓他去尤德瑞農場求助。

「讓他們把馬牽進馬廄，再叫鐵路公司的人回來做他們的事。」弗列德說。「不會有人鬧事了。」

「先不急。」葛爾斯說。「儀器弄壞了，今天他們量不成了，這樣也好。湯姆，把這些東西都放上馬背，他們看見你就會調頭回來。」

「葛爾斯先生，幸好我來得正是時候。」湯姆離開後，弗列德說。「出了這種事，騎兵隊如果趕不過來，真不知道會有什麼後果。」

「是啊，真是萬幸。」葛爾斯答得心不在焉，視線盯著工人鬧事時他正在測量的地方。「真倒楣，蠢人就是專惹麻煩，我今天的工作耽擱了。沒有人幫我，我一個人拉不了量測鏈。不過，」他苦惱地走向測量地點，彷彿忘了弗列德的存在，卻又猛地回頭問道，「年輕人，你今天忙什麼？」

---

5 在古希臘詩人荷馬（Homer）的作品《奧德賽》（*Odyssey*）裡，主角奧狄修斯刺瞎獨眼巨人逃出升天後，對巨人大聲咆哮。

「葛爾斯先生，我沒什麼事。我很願意幫你……我可以嗎？」弗列德覺得幫葛爾斯做點事，可以討瑪麗歡心。

「只要你不怕彎腰和曬太陽。」

「我什麼都不怕，只是我要先去那邊收拾那個向我下戰帖的大塊頭，讓他得個教訓，不用五分鐘就回來。」

「亂來！」葛爾斯用最強硬的口吻說。「我親自去跟那些人說，他們都是因為無知，才被別人煽動。這些可憐的傢伙什麼都不懂。」

「我跟你去。」弗列德說。

「不，你留在這裡。你年輕氣盛只會幫倒忙，我不會有事。」

葛爾斯是個不怒自威的人，他從來不害怕什麼，只怕傷害別人，也不喜歡長篇大論。這時候他覺得自己有責任費一點唇舌。由於他向來不怕吃苦，所以有著矛盾特質，在觀念上對工人要求嚴格，在實務上卻又非常寬容。在他看來，每天把自己份內的工作做好做滿，這本身就是身為工人的幸福，因為他自己也得到這樣的幸福，何況他對工人懷抱強烈的認同感。他走向那些工人的時候，他們還沒開始工作，而是一群人圍在一起聊天，呈現鄉間常見的畫面，也就是各自側面對著彼此，相隔大約兩三公尺。他們怒氣騰騰地瞪著快步朝他們走去的葛爾斯，而葛爾斯一隻手插在口袋，另一隻塞在背心鈕釦之間，以一貫的溫和姿態在他們中間站定。

「噯，夥伴們，這是怎麼了？」葛爾斯一如往常使用簡短語句。他覺得自己說的話附帶豐富的涵義，因為其中包含他的許多想法，就像剛冒出水面的植物，底下連著繁茂的根系。「你們怎麼會犯這種錯？有人撒謊騙了你們，你們以為那些人來這裡搞破壞。」

「哼！」是工人給他的回應，依據個人反應的敏捷度，在他說話的過程中穿插出現。

「瞎說！沒那種事！他們只是來看看鐵路該走哪一條路線。夥伴們，你們阻止不了，不管你們喜不喜歡，都一定會建鐵路。如果你們一定要反抗，就會惹上麻煩。法律允許那些人來這裡勘察，地主也沒有資格反對，如果你們給他們搗蛋，就會招惹警察和布雷克利法官，還會戴上手銬進米德鎮監獄。如果有人控告你們，你們這會兒已經吃上官司了。」說到這裡，葛爾斯停頓一下。他把鬧事的後果說得這麼傳神，又選在最好的時機打住，恐怕連最偉大的演說家都辦不到。

「不過沒關係，你們也不是故意搞破壞。有人告訴你們，鐵路不是好東西，那不是實話，鐵路也許對某些地方或某些東西造成一點傷害，天上的太陽不也一樣有好處和壞處，可是建鐵路是好事。」

「哼！好幫那些大人物賺錢。」提摩西．庫伯說。剛才其他人去鬧事，只有他留下來繼續翻乾草。「我從小到大見的事可多了，打仗、停戰、開運河、老喬治國王、攝政時期、新喬治國王，只是換湯不換藥，對窮人都沒啥差別。運河對窮人有啥好處？沒給他們送來鮮肉或培根，想存點工資，就得勒緊褲帶，如今窮人的日子比我小時候差得多。鐵路也是一樣，只會讓窮人更窮。不過像我跟那些小伙子說的，鬧事的都是傻子，這是大人物的世界。沒錯，葛爾斯先生，你是站在大人物那邊的。」

提摩西是個精壯的老雇工，總是懷念美好的過去，把錢存在長襪裡，住的是孤立的小屋，冠冕堂皇的話別想打動他。他沒有封建思想，什麼也不信，彷彿對啟蒙時代和人權這些事未必全然陌生。葛爾斯目前面對的困難，就像黑暗時代的人在沒有奇蹟幫襯的情況下，想跟鄉下人講道理。因為鄉下人從艱苦的生活體驗中得出無可否認的真理，而且能把這些真理當成巨人的大棒子，砸向你精心堆砌的社會福利理論，畢竟他們自己不曾感受過社會福利的好處。葛爾斯就算想用浮誇的空談哄人，也編不出來，何況他一直以來面對這種難題的方法，就只是踏實地做他的「工作」。

他說：「提摩西，你對我沒好感無妨，那跟眼前的事沒有關係。很多事也許對窮人沒有好處，也確實如此，我只是要這些小伙子別惹禍上身。牛車上的貨物可能會太重，可是如果其中有一部分是牛的飼料，那麼把東西全扔進路旁的坑裡，對牛不會有好處。」

「我們只是鬧著玩，」海拉姆開始意識到後果。「沒別的意思。」

「嗯，答應我別再搗亂了，我會想辦法不讓人去控告你們。」

「我沒跟著搗亂，也別想要我答應什麼。」提摩西說。

「沒錯，我指的是其他人。好啦，我今天跟你們一樣忙，沒時間再耗下去。答應我，不需要警察來管，你們也會守規矩。」

「好，我們不惹事了，他們想做什麼就做吧。」

這就是葛爾斯得到的承諾。之後他匆匆回頭找跟他一起過來、站在大門口看著這一切的弗列德。

他們一起工作，弗列德做得十分起勁，心情跟著好起來，即使在樹籬下的泥地滑了一跤，弄髒了畢挺的薄長褲，也感到很歡暢。他開心是因為剛才擊退那些工人，或幫了瑪麗的父親？不只這些。這天上午的事件讓他想到一條未來可以走的路，而這條路對他有多重吸引力。他想的事，葛爾斯以前也想過。我不確定這時葛爾斯的腦神經有沒有重彈這個老調。這天的事件就像小小火苗碰觸到油和麻纖，而弗列德始終覺得是鐵路促成了那必要的碰觸。不過他們繼續工作，除了必要的溝通，彼此都沒有說話。

最後，測量結束準備離開時，葛爾斯說：「弗列德，年輕人做這種工作不需要大學學位，對吧？」

「真希望我念大學以前先做這行。」弗列德停頓半晌，又語帶遲疑地說，「葛爾斯先生，我這個年紀來跟你學做這個，會不會太晚？」

「孩子，我的工作很多樣化。」葛爾斯笑著說。「我知道的很多東西都只能從經驗中學習，沒辦法從書本上學到。不過你還年輕，還來得及打好基礎。」葛爾斯說到最後一句刻意加強語氣，停下來之後卻有點不確定，最近他認為弗列德已經下定決心進教會。

「如果我肯學，你真的覺得我能做得好？」弗列德顯得更熱切了。

「看狀況。」葛爾斯把頭轉向一邊，壓低聲音，像要表達自己最深刻的信念。「你得確定兩件事，你必須愛你的工作，不能心猿意馬，總想著去玩樂。另外，你不能以你的工作為恥，覺得做別的行業更體面，你必須以自己的職業為榮，以學好它為榮，不能老是說還有這個或那個可做，如果我能做這個或那個，也許會有成就。不管是什麼樣的人，不管他是首相或堆乾草的……」說到這裡，他嘴角緊抿，打了個響指。「如果不能把自己份內的事做好，在我眼裡都是一文不值。」

「我如果當牧師，就永遠做不到這兩點。」弗列德想為自己辯解。

「孩子，那就放棄。」葛爾斯突然說。「否則你永遠不會安心。如果你能安心，也會是個可憐的傢伙。」

「這跟瑪麗的想法很接近。」弗列德臉色泛紅。「葛爾斯先生，你一定知道我對瑪麗的感情。她一直是我最愛的人，我以後不可能再找到讓我愛得更深的人。希望你聽了這些話不會生氣。」

弗列德說話的時候，葛爾斯的表情明顯變溫和，不過他慎重而緩慢地晃了晃腦袋，說：「弗列德，如果你希望瑪麗把終身幸福交到你手上，就得更認真看待這件事。」

「葛爾斯先生，這我知道。」弗列德急切地說。「我可以為她做任何事。她說如果我進教會，她絕不會嫁給我。如果我娶不到瑪麗，就會變成全界最悲慘的傢伙。如果我能找到其他適合我的職業或生意，什麼都好，我會非常努力，絕不會讓你失望。我想做戶外的工作，我對土地和牛已經有相當了解，以前我總相信會有自己的土地，不過你可能會覺得我想得太天真。我相信那方面的知識，我能學得很快，特別是如果我有機會跟著你學習的話。」

「孩子，別著急。」葛爾斯的腦海這時浮現妻子蘇珊的影像。「你跟你父親說過這事了嗎？」

「還沒，不過我一定得告訴他。我只是還在考慮不進教會能做什麼？讓他失望，我很難過，可是一個二十四歲的男人，應該能夠為自己做決定。十五歲的時候，怎麼會知道現在的我做什麼最好？我受的教育是一種錯誤。」

「不過，弗列德，你聽我說，」葛爾斯說。「你確定瑪麗喜歡你？以後可能嫁給你？」

「她不准我跟她談這件事，我也不知道怎麼辦，所以請菲爾布勒先生去探她口氣。」弗列德歉疚地說。「他說只要我能找到體面的工作，就很有希望。我的意思是說，只要我不當牧師。葛爾斯先生，我還沒付出任何努力，就跟你說出我對瑪麗的心意，拿這些事打擾你，你一定覺得我不可靠。我沒有資格要求什麼，甚至欠了你一筆債務。那筆債，我就算還了錢，也還不清人情。」

「有的，孩子，你有資格。」葛爾斯的聲音充滿感情。「年輕人永遠有資格要求老一輩拉他們一把。我自己也年輕過，多半時候都靠自己奮鬥，當時如果能得到一點幫忙，即使對方只是基於同胞情誼，我也非常樂意接受。不過我還得再考慮。明天早上來辦公室找我，九點鐘。記住，是辦公室。」

葛爾斯執行任何重大措施前都會跟蘇珊商量。不過我們必須承認，他回到家以前已經做出決定。關於很多男人會堅持或固執己見的事，他是全世界最好商量的人。他從來不知道自己會挑哪一種肉品，如果蘇珊說他們應該住四房小屋，好節省開支，他會說，「那就搬吧。」不會追問細節。但如果是葛爾斯的情感或判斷力強烈主張的事，他自己就是主宰。儘管他個性溫和，不願責備別人，他身邊的人都知道在某些他看重的事情上面，他獨斷獨裁。事實上，他只有在為別人設想時才會獨斷獨裁。百分之九十九的事情蘇珊都可以做決定，不過，她經常發現最後那百分之一的事，她就得艱難地實踐自己的原則，要求自己服從。

「蘇珊，事情果然如我所料。」當天晚上他們兩個單獨說話時，葛爾斯說。他已經敘述了當天發生的一切和弗列德幫他做事的經過，只是保留了最後的結果。「兩個孩子確實互相中意對方，我指的是弗列德和瑪麗。」

蘇珊把針線活放在腿上，銳利的眼神憂心地盯著丈夫。

「我們工作結束以後，弗列德把事情都跟我說了。他不喜歡當牧師，瑪麗也說如果他當牧師就不嫁他，所以他想跟我做事，用心學做生意。我決定教他，讓他變成堂堂正正的男人。」

「凱勒伯！」蘇珊低沉的嗓音表達了滿滿的無奈與震驚。

「這是件好事。」葛爾斯穩穩靠向椅背，兩手抱住手肘。「教導他可能會有點棘手，不過我應該能應付。那孩子愛瑪麗，真心愛上善良女人是好事。蘇珊，它能改造很多粗野的男人。」

「瑪麗跟他談過這件事嗎？」蘇珊問。間接聽見這種事，她暗地裡有點受傷。

「一個字都沒提過。我曾經問她對弗列德的態度，也給了她一點忠告。當時她向我保證絕不會嫁個懶散沒定性的人，之後再也沒談過。不過弗列德好像請菲爾布勒去打聽瑪麗的想法，因為瑪麗不准弗列德跟她談這件事。菲爾布勒發現瑪麗喜歡弗列德，前提是弗列德不可以當牧師。弗列德對瑪麗堅定不移，這我看得出來，所以我對他挺滿意，何況我們以前都喜歡他。」

「我替瑪麗惋惜。」蘇珊說。

「惋惜？為什麼？」

「因為她原本有機會嫁給比弗列德好二十倍的男人。」

「啊？」葛爾斯無比驚訝。

「我非常確定菲爾布勒喜歡她，也有意向她求婚。現在弗列德請他當特使，那件事當然沒指望了。」蘇珊的語氣無比明確。她氣惱又失望，決定不多說沒意義的話。

葛爾斯內心也十分糾結，不發一語。他盯著地板，腦袋和雙手配合內心的交戰擺動。最後他說：「蘇珊，那會讓我覺得開心又自豪，我也替妳開心。我向來覺得妳應該過更好的生活，我只是個平凡的人，妳卻選擇了我。」

「我選擇了我認識的人之中最優秀、最聰明的人。」蘇珊深信自己不會愛上達不到這個標準的人。

「也許別人覺得妳可以嫁更好的人，但我不可能找到比妳更好的對象，就是因為這樣，弗列德的事才深深觸動我。那孩子的品行好，也夠聰明，只要擺對位置，也會有一番成就。他把我女兒放在第一位，愛她，尊重她，而她也就他未來的選擇給出某種程度的承諾。這個年輕人的靈魂掌握在我手上，我會盡我所能幫助他，願上帝助我一臂之力！蘇珊，這是我的責任。」

蘇珊很少掉眼淚，但此時她丈夫話還沒說完，一大顆淚珠就滾下她臉龐。那淚珠來自各種錯綜複雜的感受，其中包含不少深情與些許苦惱。她迅速擦掉淚水，說：「凱勒伯，除了你之外，很少人會覺得這樣自找麻煩是一種責任。」

「其他男人怎麼想不重要，我心裡有個明確的準則，我會遵從它。蘇珊，我希望妳跟我同心同德，一起讓瑪麗這可憐孩子的未來能過得輕鬆點。」葛爾斯整個人靠向椅背，用焦慮中帶著懇求的目光看著妻子。

她站起來親吻他，說：「凱勒伯，上帝祝福你！我們的孩子有個好父親。」

然而當她走出去時，痛哭了一場，發抒她沒說出口的心情。她確定丈夫的做法一定會被人誤解，對於弗列德，她有所保留，不抱持希望；最終哪個才是先見之明，是她的保留或葛爾斯暖心的寬容？

隔天早上，弗列德來到葛爾斯的辦公室，面對的是意想不到的測驗。

「弗列德，」葛爾斯說。「你得做些文書工作。我經常得寫很多東西，不過我一個人忙不過來，你要弄懂帳目，學會估價，因為我不打算再多雇一個人，所以你得全力以赴。你的寫字和算術能力如何？」

弗列德心裡一陣彆扭，他原本沒打算要做文書工作，但他意志堅定，拒絕退縮。「葛爾斯先生，算術難不倒我，你應該見過我的筆跡。」

「看看再說。」葛爾斯拿起一枝筆，仔細查看一番，沾飽墨水後連同一張格線紙遞給弗列德。「那張估價單的內容抄一兩行給我看，包括最後面的數字。」

當時有一種觀念，紳士階級不屑把字跡寫得太清晰，覺得不該把字寫的像辦事員。弗列德抄寫那兩行估價單時，他盡可能效法當時的子爵或主教之類的紳士，母音看起來字型相近，子音彼此之間唯一的區別是上揚或下彎，一筆一劃糾結成團，所有的字母都不屑留在格線上。簡言之，就是那種令人肅然起敬的字跡，只要你預先知道內容是什麼，輕而易舉就能解讀。

葛爾斯在一旁看著，臉色越來越鐵青，像這樣糟糕的工作表現會讓葛爾斯情緒失控，等弗列德把抄好的紙張交給他，他發出類似嗥叫的聲音，激動地用手背拍擊那張紙。

「差勁！」他大聲咆哮。「在這個國家受教育要花費幾百鎊又幾百鎊，結果把你教成這樣子！」接著他把眼鏡往上推，看著手上那可悲的字跡，換個比較憐憫的語氣說，「上帝寬恕我們！弗列德，這我沒辦法接受！」

「葛爾斯先生，我該怎麼做？」弗列德心情低落到了極點，不只因為他的字跡得到的評價，也因為想到他未來可能變成辦事員。

「怎麼做？你得學會把字寫清楚，還得寫在格線上。寫的東西沒人看得懂，那又何必寫？」葛爾斯情緒激動，無法接受那低劣的抄寫品質。「世上能做的事還不夠多嗎？非得把謎語寄到各處去？不過大家都養成這種習慣了，要不是蘇珊會事先幫我辨認內容，我恐怕要花無限多時間去讀別人寄給我的信，這實在太可憎。」說到這裡，葛爾斯把紙張扔出來。

這時候如果有陌生人往事務所張望一眼，可能會納悶那個憤怒的生意人跟那個英俊的年輕人之間究竟發生了什麼事，年輕人羞愧地咬著下唇，白皙的臉龐一陣紅一陣白。

弗列德心裡百味雜陳，剛見面時葛爾斯是那麼友善，對他鼓勵有加，他心裡的感恩與希望達到高點，緊接著心情跌落相對的低谷；他沒想過要從事文書工作，事實上，他跟大多數年輕紳士一樣，想要找一份稱心如意的工作。要不是他答應自己事後要去洛威克告訴瑪麗，他正式成為她父親的下屬。我很難想像結果會如何。答應自己的事，他不想反悔。

「我很抱歉。」當時他只說得出這句話。

可是葛爾斯已經心軟了。「弗列德，我們要盡力而為。」他恢復平時的平靜語調。「每個人都能學會寫字。我是自己教自己，下定決心去做，如果白天的時間不夠，就熬夜練習。孩子，我們慢慢來。你練字這段期間，卡勒姆會繼續記帳。現在我該走了，」葛爾斯邊說邊站起來。「你得讓你父親知道我們的協議。等你把字練好，卡勒姆就不會繼續在這裡工作。第一年，我可以付你八十鎊薪資，以後會調漲。」

弗列德向他的父母提出這件事的時候，他們驚訝的反應深深印在他腦海。當天他直接從葛爾斯的事務所去了工廠。他的想法很正確，覺得要說出這麼令人難以接受的事，必須拿出最嚴肅、最正式的態度，才是對父親的尊重。再者，如果選在父親最嚴肅的時刻提出這件事，父親就會知道他已經下定決心，而父親待在工廠私人辦公室那段時間，就是他最嚴肅的時刻。

弗列德直接切入主題，用最簡潔的三言兩語就陳述他做了什麼，決定做什麼，最後為自己令父親失望表達懺悔，說一切都怪他不好。弗列德真心懺悔，遣詞用字都簡潔有力。

溫奇無比震撼地聽著，連大氣都沒有喘一聲，以他急躁的脾氣，這種沉默是情緒的異常反應。那天早上生意不順心，聆聽的過程中，他原本略微不悅的表情每況愈下。弗列德說完以後兩人沉默了將近一分鐘，這段時間裡溫奇把帳簿收進抽屜，用力轉動鑰匙鎖上。

他定定注視兒子，說：「先生，那麼你終於下定決心了？」

「是，父親。」

「很好，堅持到底。我沒別的話可說，你浪費了受過的教育，我給你機會向上爬，你卻選擇向下走，就這麼簡單。」

「父親，很遺憾我們看法不一樣。我相信做這份工作的身分一點也不比助理牧師低，不過我很感謝你為我做的一切。」

「很好，我無話可說，我再也不管你的事，只希望將來你有了兒子，他能用更好的方式回報你的苦心。」

這話讓弗列德感到心痛。當我們陷入悲慘境地，想到過去的事就哀聲嘆氣，這時我們會取得一種不公平的優勢，此時的溫奇就利用了這種優勢。其實他對兒子的期望摻雜了許多虛榮、不體諒和自我中心的愚昧。不管怎麼說，這位失望的父親仍然握著強有力的主控權，弗列德覺得父親用一句詛咒將他逐出家門。

「先生，希望你不反對我繼續住在家裡？」他站起來準備離開。「我想留在家裡，我的薪水足夠支付食宿費用。」

「該死的食宿費用！」想到弗列德在家裡吃飯要付錢，溫奇一陣嫌惡，這才回過神來。「你母親當然會希望你留在家裡，不過你該知道我不會幫你養馬，你也得付自己的裁縫費，看來以後你恐怕得少做一兩套衣服了。」

弗列德在原地逗留，他還有話要說，最後終於說出口：「父親，希望你能跟我握個手，並且原諒我惹你生氣。」

坐在椅子上的溫奇視線迅速往上瞥了兒子一眼，看見弗列德已經走到他身邊伸出手，於是匆匆說，「好吧，別再說了。」

弗列德費了更多唇舌向母親描述與說明，但她始終傷心欲絕。她擔心的事恐怕連她丈夫都還沒想到，那就是弗列德會娶瑪麗，葛爾斯一家人和他們的行事風格會持續滲透進來，她的生活會從此走樣。還有她的心肝寶貝，那英俊的臉蛋和瀟灑的風度，「米德鎮沒有哪個人家的兒子比得上」，以後一定會變得跟那家人一樣平凡，也不會在乎他的衣著。在她看來，葛爾斯那家人陰謀搶走人見人愛的弗列德。但她不敢宣揚這個念頭，因為即使只是稍微暗示，一向乖巧的弗列德就會對她「大發雷霆」。她脾氣太柔順，不會表現出一絲怒氣，可是她覺得她的幸福蒙上陰影，一連好幾天，只要看到弗列德，她就忍不住掉幾滴眼淚，彷彿預見他未來的不幸結局。弗列德提醒她，別在父親面前提起這個禁忌話題，因為父親已經接受他的決定，也原諒他了。為此，她花了很長時間才恢復往昔的笑顏，如果她丈夫惡狠狠對待弗列德，她反倒會被迫打起精神來捍衛兒子。

到了第四天晚上，溫奇對她說：「露西，親愛的，別這麼沮喪。妳把那孩子寵壞了，現在只能繼續順著他。」

「溫奇，從來沒有什麼事像這樣讓我傷心。」溫奇太太美麗的頸子和下巴又開始顫抖。「除了他那回生病以外。」

「呸！別想了！為人父母本來就少不了煩惱，妳這樣垂頭喪氣，我心情更不好。」

「好，我不會了。」溫奇太太答，丈夫的懇求讓她精神一振。她抖了抖身子，像鳥兒把蓬亂的毛羽收歸平整。

「不需要為一個孩子大驚小怪，」溫奇想趁愉快的氣氛發一點牢騷。「蘿絲夢比弗列德好不到哪兒去。」

「是啊，可憐的孩子。寶寶的事，她一定失望極了，幸好恢復得還不錯。」

「寶寶，哼！我看得出來李德蓋特的業務一團亂，聽說他還背了債。改天蘿絲夢一定會回來訴苦，不過他們別想我會給錢，讓他那個家族拿錢幫他，我當初就不贊成這樁婚事。多說無益，搖鈴讓人拿點檸檬過來。露西，別再哭喪著臉，明天我駕馬車帶妳和露易莎去里弗斯頓走一走。」

第五十七章

那年他們才八歲，有個名字
在他們心頭浮現，激起萬般情緒；
像漸次增強的微風迎面拂來，
撼動小小的蓓蕾，塑造隱藏的形體。
那個名字訴說了忠心的埃文·杜，
以及古怪的布雷渥丁和維克·伊安·沃爾。
為他們童年時期的小小世界開疆拓土，
增加了山中湖泊和懸崖峭壁，
以及對住在遠方的華特·史考特的
驚奇、鍾愛與信念。
他帶給他們無比的喜悅與莊嚴的憂傷。
他們終會與那本書分離，可是日復一日，
他們用有如大蜘蛛般爬行的文字，
書寫圖里維奧蘭城堡的故事。[6]

弗列德邁步前往洛威克教區長公館那個傍晚（他已經醒悟到這個世界的殘酷真相：即使神采飛揚的年輕男子，也未必始終有馬匹代步，偶爾得靠兩條腿走路）。他五點鐘出發，途中順道去拜訪葛爾斯太太，想確認她樂意接受他們之間的新關係。

他看見那一大家子人，包括貓和狗，都在果園的大蘋果樹底下。對蘇珊而言這是個喜慶的日子，因為她最喜歡、最引以為榮的大兒子克里斯迪回家來度個小假期。克里斯迪最大的志願是在大學裡任教，讀遍所有古典文學，成為波森[7]再世。他的存在就是對可憐弗列德的批判，而弗列德算是他那位注重教育的母親給他的實體教學範例。克里斯迪方額闊肩，是他母親的男性化版本。身高差不多到弗列德的肩膀，相貌因此更加遜色。他凡事追求簡單化，不在乎弗列德不喜歡讀書，正如他也不在乎長頸鹿不愛讀書，只是他希望自己的身高能跟長頸鹿一樣。這時他席地躺在母親椅子旁，草帽平放蓋住眼睛。椅子另一邊的吉姆大聲朗讀他喜歡的作家的《艾凡赫》，那位作家是許多年輕生命主要的快樂泉源，吉姆正好讀到射箭比賽的精彩場景，可惜一直被小班打斷。小班拿著他的舊弓箭，要求在場所有人欣賞他毫無章法的箭術。蕾蒂覺得小班真是個討厭鬼，除了腦筋靈活卻可能有點膚淺的雜種狗布朗尼，根本沒人想看他射箭。灰白色紐芬蘭犬懶洋洋躺在陽光下，老邁的呆滯眼神不帶任何情緒。蕾蒂的嘴巴和圍兜顯示她剛才幫忙採摘點心桌上那堆珊瑚色漿果，這時她坐在草地上，睜著圓圓的大眼睛聆聽吉姆的朗讀。

---

6 這首詩裡提及的人物與地點都出自英國作家華特・史考特（Walter Scott）的作品《威弗利》（*Waverley*）。本書作者艾略特讀這本書時正是八歲。

7 Richard Porson（一七五九～一八〇八），英國古希臘文學學者。

不過，弗列德來了以後，所有人的注意力都轉移了。弗列德找了張休閒凳坐下，表明他準備去洛威克牧師公館。小班早先已經扔掉弓箭，這時抓起一隻拼命掙扎的大貓咪，大步跨進弗列德伸直的長腿之間，說，「帶我去！」

「還有我。」蕾蒂說。

「妳跟不上我和弗列德的腳步。」小班說。

「我可以。媽媽，拜託跟他們說，我也要去。」蕾蒂的人生有點坎坷，總是得抗拒別人對女孩子的鄙視。

「我要跟克里斯迪留在家裡。」吉姆說，那神態彷彿在說他比那些呆瓜更聰明。

蕾蒂舉起手摸著腦袋，猶豫不決地左右觀望，生怕選錯邊。

「我們大家一起去看瑪麗。」克里斯迪張開雙臂大聲說。

「不，親愛的，我們不能一窩蜂跑去牧師公館，你也不能穿那套格拉斯哥舊校服出門，還有，你父親會回來。我們必須讓弗列德自己去，他可以告訴瑪麗，你回家了，明天她就會回來。」

克里斯迪低頭看看自己長褲膝蓋部位的破損，再瞧一眼弗列德潔白帥氣的長褲。弗列德以一身衣著突顯在英國上大學的優勢，就連大熱天拿著手帕把頭髮往後撥的模樣都顯得格外優雅。

「孩子們，都去玩。天氣這麼暖和，別老是擠在這裡，帶哥哥去看兔子。」蘇珊說。

克里斯迪明白媽媽的意思，馬上把弟弟妹妹帶走。

弗列德覺得葛爾斯太太在給他說內心話的機會，可惜他一開口只能說：「克里斯迪回家，妳一定很開心！」

「是啊，他回來得比我預期早，早上九點下車，那時他父親剛出門。我希望凱勒伯早點回來，聽聽克里斯迪進步多少，他去年靠教書賺取自己的生活費，功課也沒耽誤。他希望近期內可以找到私人家教的工作，到國外去增廣見聞。」

「克里斯迪非常優秀，」弗列德說。這些愉快的事對他而言，頗有苦口良藥的滋味。「從來不會變成別人的麻煩。」停頓一下後，他又說：「我擔心妳可能認為我會給葛爾斯先生添不少麻煩。」

「凱勒伯喜歡承擔麻煩，他是那種即使別人沒提出要求，也會幫別人做太多的人。」蘇珊正在做針線，可以抬頭看弗列德，也可以不看；一個人想要說點稗益對方的話語時，這種狀態是最有利的。蘇珊雖然不想讓弗列德難堪，卻真的希望能說點對他有益的話。

「葛爾斯太太，我知道妳覺得我不值得葛爾斯先生這麼做，而且妳有充分理由這麼認為。」弗列德察覺到蘇珊好像有意對他說教，似乎受到鼓舞。「我對自己最在乎的人做了最不應該的事。可是既然葛爾斯先生和菲爾布勒先生都沒有放棄我，我覺得我沒有理由放棄自己。」他覺得應該向蘇珊提起這兩位男性典範。

「那是一定的。」她逐漸加重語氣。「一個年輕人得到兩位這樣的年長者為他付出，如果還不努力，讓他們白費心力，的確是一種罪行。」

弗列德不明白她為什麼把話說得這麼嚴重，但他只說，「葛爾斯太太，我不是那種人。我受到了鼓勵，有機會贏得瑪麗的心。葛爾斯先生跟妳提過這件事了吧？妳應該不意外。」他只提到自己對瑪麗的愛，覺得這樣的證據就足夠了。

「你是說我不意外瑪麗給了你鼓勵？」蘇珊反問。她覺得不管溫奇家的人怎麼想，弗列德都必須知道葛爾斯家的人原本不贊同這件事。「不，我必須說我很意外。」

「我親自跟她談的時候，她從來沒有給我任何鼓勵，一點都沒有。」弗列德急於為瑪麗澄清。「後來我請菲爾布勒先生替我傳話，她允許他讓我知道，我還有希望。」

蘇珊想要告誡弗列德的心思還沒消散，她向來善於自制，可是眼前的一切實在太惱人。這個神采奕奕的年輕人把自己的快樂建築在比他更哀愁、更睿智之人的痛苦上，傷害了別人還不自知，而他的家人卻都認為葛爾斯全家都想結這門親。這些憤怒，她不能對丈夫發洩，於是越演越烈。模範人妻偶爾會找別人當出氣筒，這時她用無比堅定的口氣說，「弗列德，你請菲爾布勒先生替你傳話，實在是犯了大錯。」

「是嗎？」弗列德馬上臉紅，提心吊膽，卻又不明白蘇珊是什麼意思，於是略帶歉意地說，「菲爾布勒先生一直是我跟瑪麗的好朋友，而且我知道瑪麗肯認真聽他說話，當時他毫不遲疑就答應我。」

「是啊，年輕人眼裡向來只有自己的願望，從來想像不到那些願望會造成別人多少損失。」除了這番籠統的訓斥，她不想再多說。為了發洩怒氣，她沒由來地將織好的毛紗拆掉，莊嚴地皺著眉頭。

「我想不通這會對菲爾布勒先生造成什麼損失。」弗列德說。只是，某些令他震驚的念頭漸漸在他內心成形。

「一點也沒錯，你確實想不通。」蘇珊一個字也不願多說。

有那麼一段時間，弗列德心慌又焦慮地望著地平線，而後迅速轉過頭來，用幾乎有點尖銳的語氣問：「葛爾斯太太，妳的意思是說菲爾布勒先生愛上瑪麗？」

「弗列德，如果真是這樣，你應該是最不驚訝的人。」蘇珊放下編織用品，雙臂交抱。她竟然放下手裡的針線活，顯然情緒罕見地激動。事實上，她的心情有點矛盾，一方面為訓了弗列德一頓感到滿意，另一方面又覺得自己好像做得有點過火。

弗列德拿起帽子和手杖，很快站起來。「那麼妳認為我妨礙了他，也妨礙了瑪麗？」他堅定的口氣要求答覆。

蘇珊一時答不上來，她讓自己陷入被逼著說出真心話的惱人處境，卻又知道無論如何必須隱瞞實情。她意識到自己失言，覺得特別慚愧。

弗列德的情緒顯得異常激動，這會兒又說，「瑪麗對我有好感，葛爾斯先生好像很欣慰，這些事他肯定不知道。」

聽見弗列德提起她丈夫，蘇珊猛地一陣內疚，想到丈夫可能會認為她做錯事，她簡直無法忍受，為了避免衍生意外的後果，她答：「這只是我的推測，據我所知，瑪麗什麼都不知道。」她猶豫著要不要拜託弗列德保密，別向人提起她那些不該說的話，卻又不習慣低聲下氣。就在她舉棋不定的時候，蘋果樹下的點心桌發生意外事件；小班帶著布朗尼在草地上蹦蹦跳跳，看見小貓咪拖著針線跑，毛線越拉越長，小班一邊大叫一邊拍手。布朗尼放聲狂吠，小貓咪情急之下跳上點心桌撞倒牛奶，又往下跳，掃掉半盆漿果；小班拾起織了一半的襪子，套在小貓腦袋上，又鬧出全新一波的喧囂。蕾蒂跑過來大聲向媽媽告狀。真是一場驚天動地的鬧劇，像極了「這是傑克建的房子」[8]的場景。蘇珊不得不出面干預，其他孩子都跑過來，終結了她跟弗列德的私下會談。弗列德趁機起身告辭，蘇珊跟他握手道別，只能以一句「上帝祝福你」暗示她嚴厲的態度已經轉圜。

她心情十分鬱悶，因為她想到自己差點「說起話來如同愚痴婦人」[9]：先是口無遮攔，而後請人保密。但她沒有請弗列德保密，為了避免丈夫責怪，她決定當天晚上先認罪，向他坦承一切。說也奇怪，

---

8 This is the house that Jack built，是英國家喻户曉的兒歌。

9 摘自《聖經・約伯記》第二章第十節約伯斥責妻子的話。

個性溫和的葛爾斯一旦厲色嚴詞論斷是非，她也會忐忑不安。不過她打算對丈夫說，她認為說出這件事對弗列德有極大好處。

無可否認，弗列德走向洛威克的路程中，心情確實受到影響。他得知如果不是他擋路，瑪麗也許能找到十全十美的好對象，個性爽朗樂天的弗列德第一次遭受重大打擊。再者，他氣惱自己是個沒腦子的蠢貨，才會請菲爾布勒幫他去探瑪麗口風。不過，他跟所有戀愛中的人一樣，此時此刻最擔心的就是瑪麗移情別戀。儘管他相信菲爾布勒心胸開闊，儘管瑪麗對菲爾布勒坦承那些話，他仍然免不了覺得自己有了情敵。這是個全新的覺知，他完全無法接受，怎麼都不願意為了瑪麗的幸福而放棄她，也決心為了她跟任何男人搏鬥。但所謂跟菲爾布勒搏鬥只是一種比喻，對弗列德而言，那比拳腳上的搏鬥要困難得多。想當然耳，這件事對他是一大苦難，跟他姨父的遺囑導致的失望一樣折磨人。那把刀還沒刺進他的心，他已經開始想像那鋒刃是多麼銳利。弗列德沒有想到葛爾斯太太或許錯估菲爾布勒的感情，卻覺得瑪麗未必如她說的不知情，因為近來瑪麗都住在牧師公館，她母親可能不清楚她在想什麼。

他看見瑪麗跟菲爾布勒家的三位女士在客廳裡有說有笑，心情顯得有些沉重。她們原本興致盎然地聊著什麼，見他進門後就打住話題。當時瑪麗正用她擅長的小字抄寫一堆小抽屜的標籤。菲爾布勒到村莊去了，三位女士不知道弗列德跟瑪麗的特殊關係，所以他們兩個都不能開口邀對方到花園走一走。

弗列德因此預料這天沒有機會跟瑪麗私下談話。他先告訴她，克里斯迪回家的消息，而後又說出他跟她父親之間的約定。瑪麗聽見第二個消息反應很熱烈，急忙對他說，「我很高興。」然後又低頭寫字，不讓任何人瞧見她的表情。弗列德覺得很安慰，不過菲爾布勒老太太不願意放過這個話題。

「親愛的瑪麗，妳應該不是因為一個接受牧師養成教育的人放棄進教會而高興，我猜妳想說的是，既然事情已經這樣，妳很高興他能跟著像令尊這麼優秀的人工作。」

「那倒不是，菲爾布勒太太，這兩種情況恐怕都讓我感到高興。」瑪麗明智地擦掉一顆壓抑不住的淚水。「我的想法很庸俗，除了威克菲爾德的牧師[10]和菲爾布勒先生，我從來沒有欣賞過哪位神職人員。」

「親愛的，這是為什麼？」菲爾布勒太太停下手中的木質大棒針，抬眼望著瑪麗。「妳的想法向來都有充足理由，這次卻讓我震驚，當然，我這話不包括那些宣揚新教義的人。妳為什麼不喜歡神職人員？」

「我的天！」瑪麗感慨一聲，她思索片刻，繼而眉開眼笑。「我不喜歡他們的領巾。」

「啊，那麼妳也不喜歡坎登的領巾。」溫妮焦慮地說。

「不，我喜歡。」瑪麗說，「我不喜歡其他牧師的領巾，因為戴領巾的人是他們。」

「太難懂了！」諾博小姐覺得自己的智力不高。

「親愛的，妳在開玩笑，妳輕視這麼可敬的一群人，一定有更好的理由。」菲爾布勒太太威嚴地說。

「瑪麗對於人們該從事什麼行業有嚴格要求，很難令她滿意。」弗列德說。

「我很慶幸至少她覺得我兒子達到她的標準。」老太太說。

瑪麗對弗列德尖銳的語氣感到詫異，這時菲爾布勒走進來，馬上就聽說了弗列德要跟著葛爾斯做事。他平靜又滿意地說，「這樣很好。」之後他彎下腰看瑪麗抄的標籤，稱讚她的字跡。

弗列德心裡酸溜溜地，菲爾布勒是個值得敬重的人，這點他當然很開心，但他也希望他像某些四十歲男人一樣又醜又胖。既然瑪麗不避嫌地把菲爾布勒看得比誰都高尚，最後結局已經顯而易見，這些女

---

10 英國作家奧利佛・高德史密斯（Oliver Goldsmith）的作品《威克菲爾德的牧師》（*The Vicar of Wakefield*）裡的主角。

士顯然也都有意促成這事。他正想著這天肯定沒有機會跟瑪麗說話，就聽見菲爾布勒說：「弗列德，幫我把這些抽屜拿進去，你還沒看過我雅致的新書房吧。葛爾斯小姐，請妳一起來，我想讓妳看看我早上抓到的大蜘蛛。」

瑪麗立刻猜到菲爾布勒的用意，自從那天傍晚之後，他對她始終保持過去的親切態度，她當時的納悶和猜疑幾乎已經消失殆盡。瑪麗向來熱衷預測各種可能性，如果某個念頭激起她的虛榮心，她會心生警惕地斥為無稽，她從小到大做過不少這樣的練習。事情果然如她所料，菲爾布勒要弗列德參觀書房的各項配置，又讓她看那隻蜘蛛，而後說：「等我一兩分鐘，我去找一幅版畫。弗列德的個子高，可以幫我掛上，我馬上回來。」說完他就走了。

只是，弗列德對瑪麗說的第一句話卻是：「瑪麗，不管我怎麼做都沒用，妳最後一定會嫁給菲爾布勒先生。」他的語氣帶點怒意。

「弗列德，你這話什麼意思？」瑪麗十分氣憤，臉色紅得發紫，平時的靈敏反應都消失在錯愕中。

「妳原本就有能力洞悉一切，現在一定什麼都看清楚了。」

「弗列德，我只看到你現在的表現太差勁。菲爾布勒先生想盡辦法幫你說話，你卻這麼說他，你怎麼會有這種念頭？」

弗列德雖然悲憤，卻還算精明。如果瑪麗真的沒有過任何猜測，就不需要告訴她，葛爾斯太太說了什麼。「那是順理成章的事。妳天天見到一個各方面都比我優秀的人，對方在妳心目中又比所有人都優秀，我根本沒有公平競爭的機會。」

「弗列德，你太不知感恩。」瑪麗說。「真希望我沒有告訴過菲爾布勒先生，我對你有任何一點感覺。」

「不，我沒有不知感恩。如果不是因為這事，我會是全世界最快樂的人。我都跟妳父親說了，他非常寬容，把我當自己兒子一樣對待。如果不是因為這件事，我會認真去工作、寫字，做任何事。」

「因為這件事？什麼事？」瑪麗猜想一定有人說或做過特別的事。

「這種我會輸給菲爾布勒先生的可怕結局。」

瑪麗忍不住想笑，心情也平靜下來。「弗列德，」她轉頭過去搜尋他的視線，但弗列德氣呼呼地別開頭。「你實在荒謬得可愛，如果你不是這麼迷人的呆瓜，我真想扮一回狡猾的風流女子，讓你以為除了你之外，還有別人向我告白。」

「瑪麗，妳喜歡的真是我嗎？」弗列德轉過來，深情款款地望著她，想拉她的手。

「這個時候我一點都不喜歡你。」瑪麗後退一步，雙手藏到背後。「我只說過去除了你沒有任何人向我告白，並沒有說未來會有個非常睿智的男人這麼做。」她樂呵呵地說。

「真希望妳能告訴我，妳永遠不會考慮他。」弗列德說。

「弗列德，永遠不要再跟我說這種話。」瑪麗又板起臉孔。「我不知道你究竟是蠢還是心胸狹窄，竟然看不出來菲爾布勒先生為了方便我們說話，故意讓我們獨處。他這麼細心體貼，你卻看不見，我很失望。」

他們沒有時間再多說什麼，因為菲爾布勒帶著版畫回來了。弗列德懷著醋意惶恐地回到客廳，幸好瑪麗的言語和態度帶給他一絲安慰。這次談話後，瑪麗的心情是比較難過的。無可避免地，她的心有了新的態度，看到不一樣的詮釋角度。她覺得自己似乎輕視了菲爾布勒，這種心態涉及的如果是個備受崇敬的男人，會讓知恩圖報的女子的堅定意志陷入危機。隔天，她有理由回家，對她而言是個解脫，因為瑪麗希望時時刻刻確認自己最愛的是弗列德。當某種真摯情感在我們心中潛藏多年，如果我們接受它朝三暮四，似乎是在貶低自己的生命價值。我們會密切監看我們的情感與忠誠度，就像守護我們的其他珍寶一樣。

「弗列德什麼希望都沒了，不能讓他連這個都落空。」瑪麗對自己說，嘴角上揚露出笑容。她不能助長另一種轉瞬即逝的幻想，那是她很少感受到的全新尊嚴和被認可的價值，但這些憧憬裡沒有弗列德。弗列德被遺棄，因為失去她神情哀戚，這種事她連想都不願意多想。

第五十八章

憎恨無法存在你眼眸裡，
所以我無從得知你已變心；
虛情假意的面貌不知凡幾，
形諸情緒、蹙額與眉眼神情；
但上天創造你時已然注定，
你的面容唯有溫柔情意，
不管情感思緒如何流轉，
你表情訴說的只會是柔情。

——莎士比亞《十四行詩》

溫奇預言蘿絲夢會回家訴苦的同時，蘿絲夢從沒想過自己會有回娘家求助的一天。當時的她儘管吃穿用度開銷龐大，日子過得熱鬧非凡，卻從沒擔心過家庭收支問題。她的孩子早產夭折了，提早備妥的繡花長袍和帽子，只能藏在陰暗的櫃子裡。因為她不聽丈夫勸告，執意去騎馬導致了不幸。不過別以為她當時表露不悅，或凶悍地說她要照自己的意思做。

她之所以想要騎馬，主要是因為李德蓋特上尉到家裡做客。上尉是高德溫準男爵的第三個兒子，我必須遺憾地說，跟他同宗的特提厄斯嫌惡此人，覺得他是個不學無術的紈褲子弟，梳著分線從前額連到後頸的可憎髮型（特提厄斯本人當然不屑跟隨），無知地以為自己對任何話題都有獨到見解。

李德蓋特暗罵自己愚蠢，就是因為當初答應她，蜜月旅行順道去拜訪伯父，這個人才會來家裡做客。他曾私下跟蘿絲夢透露這種想法，惹得蘿絲夢心裡不痛快。這次上尉來訪，對蘿絲夢而言是前所未有的喜事，不過她優雅地隱藏內心的狂喜。她滿心歡喜地想著，有個堂兄弟住在家裡，這人又是準男爵的兒子，消息一旦傳出去，這種身分的人出現在她家，所有人都會明白這代表什麼涵義。她向其他客人介紹上尉時，默默想像他的身分就像某種沒有人能夠忽略的氣味。當下這份滿足感足以驅散她對另一半的失望，因為她嫁的人雖然出身高貴，職業卻只是醫生。眼下她的婚姻，不管在現實上或觀念上，都讓她的地位水漲船高，成為米德鎮的人上人。他們只要跟奎林罕保持密切的書信往來與互訪，未來更是一片光明，特提厄斯或許也能更上一層樓。特別是上尉出嫁的姐姐曼根夫人出城時，會順路帶著女僕來住兩夜，這多半是上尉提的建議。這麼一來，蘿絲夢當初苦練琴藝又精挑細選蕾絲花邊的一番苦心，就不會白費。

上尉的天庭狹窄，鷹勾鼻歪向一邊，口齒略嫌遲鈍。這種相貌原本不討好，多虧他的軍人做派和小鬍子，反受到某些窈窕淑女的喜愛，說那是「格調」。不只如此，他還有一種高貴教養，能夠無視中產階級那些不足掛齒的禮儀，更是品評女性魅力的行家。比起在奎林罕那段時間，蘿絲夢現在更享受他的恭維。而他也發現，跟她打情罵俏，幾個鐘頭一溜煙就過去了。這次來做客他玩得舒心暢快，就算猜到他古怪的堂哥特提厄斯不歡迎他，也不受影響。李德蓋特寧死（誇張地說）也不願對客人失禮，只得壓抑心中的厭惡，對於英勇軍官所說的話，他多半充耳不聞，把回應的重責大任託付給蘿絲夢。他從來不是個善妒的丈夫，寧可讓妻子陪伴年輕的草包紳士，也不願意跟對方相處。

「特提厄斯，我希望你晚餐時多跟上尉說話。」某天晚上蘿絲夢對丈夫說。那時家裡的貴客去羅姆福德探望駐紮在那裡的軍官同袍。「有時候你真的心不在焉，視線好像穿過他的腦袋，看著後面的東西，而不是看著他。」

「親愛的小蘿，希望妳不會要我跟那種自以為是的蠢驢親近。」李德蓋特不客氣地說。「如果他腦袋打破了，我也許會看個仔細，否則我沒興趣。」

「我想不通你怎麼會用這種輕蔑的語氣數落你堂弟。」蘿絲夢十指忙著針線活，略微嚴肅的口氣帶點鄙夷。

「妳問問威爾，上尉是不是他見過最乏味的人。自從他來了以後，威爾就沒踏進過我們家。」

蘿絲夢覺得威爾之所以不喜歡上尉，是因為他在吃醋，而她喜歡他吃醋。「沒有人知道個性古怪的人喜歡什麼。」她答。「在我看來，上尉是個十足的紳士，我覺得基於對高德溫爵爺的尊重，你不該輕忽他。」

「親愛的，妳說得沒錯。但我們為他舉辦晚宴，他也可以隨心所欲地來來去去。他不需要我。」

「但他在這裡的時候，你該多陪陪他。他可能不是你心目中那種絕頂聰明的人，他的職業跟你不一樣，如果你能多跟他聊他熟悉的話題，那是最好的。我覺得跟他聊天還滿愉快的，何況他是端正的人。」

「小蘿，其實妳是希望我更像他一點。」李德蓋特無奈地低聲埋怨。他臉上的微笑稱不上溫柔，而且肯定沒有一點喜悅。蘿絲夢沉默不語，笑容也不見了。不過，她嘴角的美麗線條就算不笑，看起來也夠溫和的。

李德蓋特的話像個悲傷的里程碑，標記他如今離過去的夢想有多遙遠。在那個幻夢裡，蘿絲夢是典型的完美女性，像個知書達禮的美人魚，對丈夫的心靈百般崇敬；精心打扮自己的妝容，美妙的歌聲只為丈夫獻唱，為他那出色的智慧消除壓力。他開始明白，想像中的崇拜與現實中男人才華的吸引力並不相同，因為才華能帶來聲望，就像鈕釦洞上別著勳章，或在姓名之前附加「尊貴的」。

不妨假設蘿絲夢本身也跟過去不同了，以前她覺得奈德空洞的談話無趣至極，但對大多數凡人而言，有種愚蠢是無法忍受的，卻也有不難接受的愚蠢，否則人際關係要怎麼維持？上尉的愚蠢添加了微妙的香氣，本身就帶著「格調」，能用高貴的口音說話，而且跟高德溫爵爺關係緊密。蘿絲夢覺得這種愚蠢相當討喜，也吸納了它的許多特質。

蘿絲夢喜歡騎馬，那麼上尉邀她一起騎馬兜風，她當然有充足理由重拾騎馬這項運動。上尉這回命僕人帶來兩匹馬，暫時放在綠龍酒店，他請蘿絲夢騎那匹灰色馬兒，他保證那匹馬性情溫馴，牠原本就是為女士訓練的。事實上，這匹馬是他買給妹妹的，準備帶回奎林罕。蘿絲夢第一次去騎馬沒有事先告知丈夫，而且比他先回到家。那天她騎得太順利，覺得自己體力也因此增強，於是把這件事告訴丈夫，滿心相信他一定會同意她再去騎馬。相反的，李德蓋特不只覺得受到欺瞞，甚至完全想不通為什麼她會冒險騎陌生的馬匹，事先完全沒有跟他商量。一開始他太震驚，幾乎扯著嗓門大吼，蘿絲夢馬上知道接下來會是什麼場面。他靜默了幾分鐘。

「幸好妳平安回來，」最後他用堅定的語氣說。「小蘿，妳不可以再去了，這是確定的。就算妳騎的是世上最溫馴、妳也最熟悉的馬，還是有可能發生意外。妳自己也知道，就是因為這點，我才不讓妳騎那匹花毛馬。」

「可是特提厄斯，就算待在屋子裡，也可能發生意外。」

「親愛的，別胡說。」李德蓋特用懇求的口吻說。「這種事妳肯定得聽我的，我說妳不能再騎馬，這樣應該就夠了。」

當時蘿絲夢正在整理頭髮準備吃晚餐，鏡子裡的她美麗如昔，修長的頸子略略轉向一側；李德蓋特雙手插在口袋裡來回踱步，這時停在她身旁，彷彿等待某種承諾。

「親愛的，希望你能幫我固定辮子。」蘿絲夢嘆息著放下雙手，讓袖手旁觀的丈夫自覺羞愧。以前李德蓋特經常幫她固定髮辮，畢竟他的手指修長好看，又是十分靈巧的男人。他將那柔軟的花式髮辮高高挽在頭頂，用長形髮夾固定（男人竟有這樣的用途！）接下來他除了親吻那優美弧線展露無遺的後頸，還能做什麼？不過，當我們做著過去做過的事情，心中的感受通常已經改變。

李德蓋特還在生氣，也沒有忘記他的立場。

「上尉不該邀妳騎馬，我會跟他說這事。」他轉身走開時拋下這句話。

「特提厄斯，我拜託你別做這種事。」蘿絲夢看著丈夫，口氣明顯有別於往常。「那等於把我當成小孩子，答應我，讓我自己處理。」

她的反對確實有點道理，李德蓋特惱怒地同意，「好吧。」這番討論的結果，是他承諾蘿絲夢，而非蘿絲夢承諾他。

事實上，她早就打定主意不做任何承諾。蘿絲夢的固執無往不利，從不浪費精神做有欠考慮的抗拒。她認為自己想做的就是對的事，也把所有的聰明才智都用來達成自己的目的。她打算再騎那匹灰馬出去，也真的利用下一回丈夫出門的機會去實踐。她決定瞞著丈夫，等到她騎過癮了，再讓他知道。騎馬的誘惑確實不小，她非常喜歡這種運動，何況她騎著好馬，高德溫爵爺的兒子騎著另一匹跑在她身邊，被她丈夫以外的所有人瞧見，這件事帶給她的滿足感，與她婚前的美夢一樣迷人。再者，她這是在穩固與奎林罕家族的關係，肯定是明智之舉。

當時哈塞爾樹林邊上有人在砍伐木材，溫馴的灰馬被突然倒下的樹木嚇了一跳，害得馬背上的蘿絲夢嚇了更大一跳，最終導致孩子流產。李德蓋特不能跟她發脾氣，對上尉卻不留情面，上尉自然而然收拾行李打道回府。

事後只要談到這個話題，蘿絲夢會溫柔地強調那跟騎馬無關，就算她端坐在家裡，同樣的症狀也發生，最後結果還是一樣，因為之前她就已經有那些感覺了。

李德蓋特只能說，「親愛的，太可憐了！」心裡卻暗暗驚詫這個溫柔女子頑固的程度。他意識到自己對蘿絲夢有一股無力感，感到越來越訝異。他原本以為自己知識更豐富、思想更縝密，在任何情況下都應該被奉為指點明路的神龕。如今面對任何生活上的問題，卻都直接被晾在一旁。過去他認為蘿絲夢的聰明在於能夠包容，正是最適合女性的特質。現在他開始看清那是什麼樣的聰明，看清它凝聚出的形狀，一種與外界隔絕、密閉而獨立的網狀物。蘿絲夢比誰都靈敏，在追逐自己的喜好和興趣的過程中，能看出事物的原因與結果。她清楚看見李德蓋特比米德鎮大多數人更傑出，喜滋滋地想像有朝一日這份才華讓他出人頭地，名聲地位必然隨之而來。不過，在她心目中，他在職業和科學方面的抱負，充其量只是邁向這些美好願景的路途中，僥倖發現的惡臭油脂。除了那與她無關的油脂之外，在其他方面她當然更相信自己的觀點。李德蓋特愕然發現，正如這次事關重大的騎馬事件，她面對生活中各式各樣無關緊要的瑣事時，從來不曾為愛服軟。他確定她對他有情，也不認為自己做過什麼讓她心灰意冷的事。至於他，他告訴自己，他對她仍然一往情深，可以接受她的不足之處。可是……唉！李德蓋特非常擔心，也察覺到自己的人生出現某些新的元素。對於一個習慣在最清澈的水域俯仰悠遊、追逐鮮明獵物的生物，那些東西就像一股泥流，令人嫌惡。

不久後蘿絲夢又以比過去更嬌媚的姿態做著針線，搭父親的輕便馬車到處逛，幻想著應邀前往奎林罕做客的情景。她知道自己會是那個客廳裡最美麗的裝飾，家族裡的年輕女子都望塵莫及。她只想到那些男士們會看出她的價值，卻沒有充分考慮那些女士願不願意變成別人的陪襯。

李德蓋特見她身體康復，終於放下焦慮，重新陷入她暗地裡稱之為悶悶不樂的狀態。她用這個詞概括他面對除了她之外的所有事那種冥思苦想的模樣，以及他眉頭深鎖，厭惡所有平凡事物的神態。彷彿那些事都摻入了苦味藥草，變成預測他的煩躁與擔憂的晴雨表。他這些煩惱狀態有各種原因，其中一項他體貼地隱瞞蘿絲夢，以免影響她的身心健康，可惜這樣的體貼卻是一種錯誤。他們兩個確實完全不了解對方在想什麼，即使兩個人時時想著對方，這種情況顯然也極可能發生。李德蓋特認為過去無數個月以來，他耗費半數以上的心力對蘿絲夢展現柔情，耐心地承受她無謂的要求與干擾。更甚者，他的視線穿透那漸漸淡化的虛假表象，看見她對他追求醫療與科學研究的熱情毫不了解、無動於衷。他原以為他的完美妻子必定仰慕這份熱情，儘管她無法理解，也會肯定它的不同凡響。他承受著這一切，沒有洩露內心的苦楚。但他的忍耐夾雜著對自我的不滿。

不管身為丈夫或妻子，如果我們知道如何對自己坦誠，就會承認我們半數以上的哀傷都來自這種對自己的不滿。事實的真相是，如果我們更偉大一點，外在情勢對我們的影響就會小一點。

李德蓋特心裡很清楚自己之所以對蘿絲夢讓步，其實只是意志不夠堅定。那是一種緩緩擴展的麻痺感，我們的熱忱只要在一定程度上與生活脫節，就會淪為它的俘虜。李德蓋特的熱忱始終壓著沉重的負荷，那不只是單純的傷悲，還有另一件足以讓所有崇高理想在嘲諷中凋萎的難堪煩惱。

那就是他到目前為止不敢對蘿絲夢提起的煩惱。他相信她至今還沒想到過這件事，他為此頗為驚奇，畢竟沒有比這更容易察覺的困境。這個問題非常明顯，一點都不難推敲出來，就連不相干的外人都猜到了，那就是李德蓋特負債累累。債務的泥淖上覆蓋著美麗的鮮花與草木，引誘人們一步步走近。他眼看著自己越陷越深，日日坐困愁城，在泥坑裡滅頂的速度快得不可思議。在這種情況下，儘管他胸懷壯志，也不得不全心全意思考如何脫困。

十八個月前，李德蓋特並不富有，卻從來不缺小錢，甚至極度瞧不起那些為了增加一點收入貶低自己的人。如今他面臨的問題不只是單純的赤字，他落入一種庸俗可鄙的境地，購買並使用了許多事實上不需要的物品，眼見付款期限漸漸逼近，他卻拿不出錢。

事情是怎麼發展到這個地步，就算不懂算術、不熟悉物價，也不難看清楚。男人布置新房準備結婚的時候，發現他的家具和其他初步花費，比他能支付的數額高出四百多鎊；一年後又發現他的家庭年度支出加上馬匹等費用，總計將近一千鎊；而他執業所得，根據過去的帳簿原本每年應該有八百鎊，如今卻像夏季水塘的水位，降低到幾乎不到五百鎊，而且多半是欠款。不管他在不在意，事實明擺在眼前：他債台高築。那個時代物價不像現在這麼高，鄉間的生活相對簡樸。不過，一個醫生剛買下執業權，又覺得必須養兩匹馬，也不能吝惜美食佳釀，還得支付人壽保險和高額房租，當然不難發現自己的支出是收入的兩倍。任何人只要有心推敲，就不難想見這樣的結果。蘿絲夢從小在奢華的家庭長大，覺得善於理家等於採買品質最好的物品，其他等級都「不合用」。李德蓋特的觀念則是，「任何事既然要做，就得做好」。他覺得他們本來就該這樣過日子。如果家裡每一項開支都事先問過他，他多半會說，「那應該花不了多少錢。」如果有人建議該節省某項用度，比如用便宜的魚取代昂貴的，他會認為那是錙銖必較，小氣吝嗇。至於蘿絲夢，就算上尉沒來做客，她也喜歡宴客。李德蓋特雖然覺得賓客令人厭煩，卻沒有干涉她。基於業務考量，這些社交往來好像有其必要，提供的飲食招待也得夠水準。沒錯，李德蓋特經常為窮人看病，配合他們的經濟條件調整處方。可是，唉！這時候說這些有什麼用？我們難道不是期待男人應該有各種不同的經歷，而且從來不拿它們相互比較？生活開銷這種東西就像醜陋與錯誤，一旦我們將它附加在自己的人格上，並且以我們和他人之間顯而易見（在我們看來）的懸殊差異來衡量，就會呈現全新面貌。李德蓋特認為自己並不注重衣著，也唾棄那些想藉服飾贏得尊重的人，但他覺得自己滿衣櫃的新衣裳是再正常不過的事，因為這些東西原本就是成批訂製。我們別忘了，過去他不曾有過債務纏身的體驗，再者，他向來率性而為，不善於自我檢討。

但該來的還是來了。這樣的感受前所未有，因而更加惱人。

他困惑又惱恨，這種與他的目標迥然不同，與他想要擁有的一切毫不相關的狀況，竟會出其不意地突襲他，鉗制他。令他困擾的不只是實際的債務，而是以目前的情況，他的債務確定會越來越多。布萊辛的兩名家具商不停寄來討人厭的催討信，逼得他不得不正視；那些是婚前的帳單，後來他疲於應付生活中預想不到的花費，一直沒有能力清償。以李德蓋特的個性，沒有什麼比這個更叫人難堪，因為他恃才傲物，不喜歡向人求助或欠人情。婚前他不屑猜測溫奇是不是打算給他們錢，就算婚後他不曾從各種管道間接得知岳父的生意衰微、開口求助只會遭到怨恨，只要不到山窮水盡的地步，他絕不會找岳父幫忙。有些男人覺得最好有隨時願意慷慨解囊的親友，李德蓋特在前半生從沒想過自己會有這種需求，也沒想過自己會需要借錢，現在這個念頭浮現他腦海，但他寧可面對其他任何困境。在此同時，他手邊沒錢，一時之間也不會有進帳，業務收入更沒有成長的跡象。

過去幾個月來，李德蓋特已經隱藏不住內心的煩憂，如今蘿絲夢身體已經恢復，他打算向她坦承自己的困難。雪片般飛來的帳單逼得他不得不改變思考模式，開始站在全新角度考慮，採買的東西哪些是必需品，哪些不是，也明白必須調整生活習慣。但沒有蘿絲夢的同意，生活怎麼可能調整？事態緊急，他必須馬上告訴她這個可憎的事實。

由於手頭上沒錢，李德蓋特私底下向人打聽，像他這種狀況可以抵押什麼東西，於是他把能力所及的可靠擔保品提供給比較好說話的債主。那人是個銀匠兼珠寶商，同意承接家具行的債務，收取議定的利息。那個必要的擔保品就是他家裡的家具出售單，可以在合理時間內讓債主安心，不再上門催討三百多鎊的帳款。那位銀匠多佛先生願意收回一部分保存完好如新的餐盤及其他物品，降低欠款的數額。「其他物品」是個暗指珠寶首飾的委婉詞語，尤其是那幾件價值三十鎊的紫水晶，那是李德蓋特送給蘿絲夢的結婚禮物。

他送這樣的禮物是不是明智，可能見仁見智。某些人認為這是李德蓋特這種男人該有的殷勤表現，至於後來衍生的麻煩，一來是因為當時鄉下地方生活普遍拮据，財富與品味不對等的專業人員謀生不易；二來則是因為李德蓋特荒謬地堅持拒絕親友接濟。只是，在買下最後一套餐盤的那個美好早晨，他並不覺得這是什麼大問題。當時他看見那套首飾，覺得戴在蘿絲夢身上必定極其出色，相較於其他要價不菲的首飾，三十鎊實在不貴，而且不需要拿手頭的現金支付，雖然其他帳單的總額還沒核算出來，但添上這一筆應該沒什麼大不了。現在面臨債務危機，李德蓋特不由得考慮，是不是該讓那套紫水晶重回多佛的店，但他沒有勇氣向蘿絲夢說出這個想法。既然已經察覺到過去不曾思考過的後果，他準備用一部分（絕不會是全部）做實驗時會有的嚴謹精神來處理，從布萊辛回家的路程中，他勉勵自己勇敢發揮這種嚴謹態度，也琢磨著該怎麼向蘿絲夢說明。

他回到家時天色已經晚了，做為一個身強體壯才華洋溢的二十九歲男人，此刻的他淒風苦雨。他並沒有在心裡憤憤埋怨自己犯了大錯，但那個錯誤就像確診的慢性病在他體內發威，將那令人不安的索求混入每一個期望，削弱每一個念頭。他走在通往客廳的走廊上時，聽見琴音和歌聲。當然，威爾來了。威爾向多蘿席亞辭別已經過了幾星期，仍然留在米德鎮原來的職位。一般情況，李德蓋特不反對威爾上門，但是這天他發現家裡有外人，心情頓時煩躁起來。他打開客廳門，正在唱歌的兩個人剛好唱到主調，他們抬起視線看見他，卻不覺得應該停下來。可憐的李德蓋特被重擔壓得痛苦不堪，卻看見眼前兩個人在引吭高歌，那畫面一點都不舒心。

這一天的苦難還沒結束。他橫過客廳走到對面，氣呼呼地坐下來，比平時更蒼白的臉龐露出怒容。唱歌的人覺得只剩三個小節，唱完無妨，而後轉過身來。

「李德蓋特，你好。」威爾上前來跟他握手。

李德蓋特跟他握手，卻不覺得需要口頭回應。

「特提厄斯，你吃晚餐了嗎？我以為你會早點回來。」蘿絲夢已經發現丈夫「心情糟透了」，邊說邊坐回平時的位子。

「吃過了。我想喝杯茶，麻煩妳。」李德蓋特簡慢地說。他還是繃著臉，定定注視自己伸長的雙腿。

威爾夠機靈，已經看清情況，他伸手拿帽子，「我該走了。」

「茶馬上泡好了。」蘿絲夢說。「請別走。」

「不，李德蓋特心情不好。」威爾比蘿絲夢更了解李德蓋特，沒有被他的舉止激怒，心想他一定是在外面碰到煩心事。

「所以你更該留下來。」蘿絲夢用輕快的語調開玩笑。「他整個晚上都不會跟我說話。」

「蘿絲夢，我會跟妳說話。」李德蓋特的渾厚男中音說，「我有重要事跟妳談。」這跟李德蓋特預想的開場白相去十萬八千里，都怪她那漠不關心的態度太氣人。

「看吧！對了，我要去參加那個討論技工學會的會議。再見。」威爾快步走出去。

蘿絲夢沒有看她丈夫，只是站起來走到泡茶桌前，他現在真討人厭。李德蓋特一雙深色眼眸轉向她，只見她纖長的手指優雅地倒茶，視線盯著面前的物品，面無表情的臉上隱含著難以言喻的不滿，控訴無禮之輩。那一刻他忘掉自己的傷痕，因為他突然想到，過去他一直以為這個仙子般的外貌底下是聰慧與靈敏，如今卻展現出麻木冰冷的全新形態。他望著蘿絲夢，想到曾經愛慕過的羅娥，暗自尋思，「**她**會不會因為我惹她心煩就殺了我？」而後又想，「女人都是這樣。」這種以偏蓋全的能力讓人類比啞巴牲口更容易犯錯，不過李德蓋特立刻將它逐出腦海，因為他想起另一個令他驚訝的女人的行為。那就是他為卡索邦看病時，多蘿席亞那深情款款的表情和語調。她激動地向他詢問，該怎麼做才能帶給她丈夫慰藉，彷彿她必須為了丈夫壓抑所有念頭，只留下對忠實與慈悲的渴望。蘿絲夢泡茶的這段時間裡，這些印象一幕接一幕閃過李德蓋特腦海，匆匆消逝，如夢似幻。最後他閉上眼睛，心中響起多蘿席亞的聲音，「請教教我，請想一下我能做什麼。他一輩子都在辛苦做研究，把希望放在未來，其他什麼都不在意。我也什麼都不在意。」

那來自靈魂深處的女性嗓音一直留在他心裡，像始終留在他內心那掌控一切的沉寂天賦，漸漸激發出的概念（不是有種天賦既給人高貴的情感，又主宰人類的心靈與各種決定？），那聲音是一種音樂，離下墜中的他越來越遠。他的確暫時墜入夢鄉，直到聽見蘿絲夢用清脆、不帶情感的聲音說：「特提厄斯，你的茶來了。」她把茶放在他身邊的小茶几，轉身走回原來的位置，看也不看他一眼。李德蓋特判定她麻木冰冷，實在流於草率。她感覺敏銳，既定的印象也不容易改變，只是以她自己的方式展現。她現在的體驗就是反感與嫌惡。話說回來，蘿絲夢從不擺臭臉，也不曾拉高嗓門，她自信沒有人能挑出她一點毛病。

或許李德蓋特和她從來不曾像現在這樣，覺得離對方如此遙遠。儘管他突然宣布有事要談，之後又保持沉默，他卻知道這事絕不能再推遲。他之所以做出這種突兀舉動，確實是基於一股氣憤，想要刺激她對他多用心。只是，想到她即將承受的痛苦，他自己心裡也不好受。但他等到茶具收走，蠟燭點燃，一切隨著夜色沉寂下來。等待的過程中，被驅逐的柔情重新回到舊有軌道。

他用親切的語調說：「親愛的小蘿，把針線活放下，過來坐我旁邊。」他一面溫柔地說，一面推開茶几，伸長手臂拉了一把椅子到自己身邊。

蘿絲夢順從地走到他身旁坐下，一隻手搭在他椅子的扶手上，視線終於轉向他，跟他四目相對。那襲淡色透明薄紗洋裝，將她穠纖合度的身材襯托得優雅迷人。那雅致的頸子和臉龐，輪廓分明的嘴唇，從來不曾像此刻這般光澤動人，它像春天的風光、像初生的嬰兒，像所有甜美清新的事物般觸動我們。此刻它觸動李德蓋特，將相戀初期對她的愛滲入這次重大危機喚醒的所有記憶裡。

他輕輕用自己的大手蓋在她雙手上，「親愛的！」他說得極慢，充滿感情。

蘿絲夢同樣沉浸在過去的濃情蜜意裡，覺得過去那個能用讚美為她帶來喜悅的李德蓋特還沒完全消失。她輕柔地撥開他前額的髮絲，再把一隻手搭在他手上，覺得已經原諒他了。

「小蘿，我不得不跟妳說件會惹妳傷心的事，可是有些事我們必須一起商量。我敢說妳一定猜到我錢不夠用。」

李德蓋特停下來，但蘿絲夢別開臉，望向壁爐上的花瓶。

「我們結婚時買的東西，有一部分的錢，我付不出來，之後又有些開銷需要支付，結果就是，我在布萊辛欠了一大筆債，總共三百八十鎊，對方已經催了很久。事實上，我們欠的債一天比一天多，因為欠我錢的人不會因為別人向我催債，就提早還我。前陣子妳身體不好，我想盡辦法隱瞞妳，現在我們必須一起面對，妳得幫幫我。」

「特提厄斯，**我**有什麼辦法？」蘿絲夢轉頭回來看他。這簡簡單單六個字，正如各種語言裡的許多的字句，可以透過聲音的抑揚頓挫表達內心的所有狀態：從無助的迷惘到細膩入微的洞悉；從全心奉獻的情誼到最淡漠的疏離。蘿絲夢空洞的聲調為「我有什麼辦法」這幾個字注入它們所能承載、最大限度的淡漠。在李德蓋特重燃的深情裡，它們聽起來像致命的寒顫。他沒有勃然大怒，只覺得悲傷的心直往下沉。等他再次開口，那語氣就像在強迫自己履行任務。

「妳有必要知道，因為我必須提供一段時間的擔保品，明天會有人來開立家具目錄。」

蘿絲夢臉色緋紅，等她能開口說話，立刻說，「你沒找爸爸借錢嗎？」

「沒有。」

「那我得去找他！」她放開李德蓋特的手，站起來走到離他兩公尺的地方站定。

「不行，小蘿。」他堅決地說。「現在已經來不及了，家具明天就得登錄。別忘了，這只是抵押，沒什麼影響，只是暫時的。除非我決定告訴妳父親，否則他絕不能知道這件事。」他的語氣不容商榷。

這種口氣當然不友善，可是他已經對蘿絲夢產生惡劣印象，覺得她可能會背地裡偷偷違逆他，她好像覺得他這種口氣不可原諒。她不是遇事就哭的女人，也不愛哭，可是現在她的下巴和嘴唇開始顫抖，淚水湧出來。李德蓋特面對雙重壓力，債務困境迫在眉睫，傲慢的心又無法接受難堪後果，或許沒辦法設身處地想像蘿絲夢突然遭逢的打擊。畢竟她從小嬌生慣養，對於未來，也只是奢求更符合自己心意的寵愛。但他確實希望盡量免除她的痛苦，何況她的眼淚刺痛他的心。他一時之間又說不出話來。蘿絲夢沒有繼續哭泣，她克服激動的情緒，擦乾眼淚，繼續盯著前方的壁爐。

「親愛的，別傷心。」李德蓋特抬起視線望向她。她在這個痛苦的時刻，拉開跟他之間的距離，讓他很難繼續說下去，可是他別無選擇。「我們必須打起精神做該做的事。這一切都怪我，我早該認清自己負擔不起這樣的生活。我的工作不順利，收入降到谷底，以後也許會恢復，可是現階段我們必須振作起來，必須改變生活方式，我們一定可以度過難關。這次設定抵押之後，我就會有時間重新盤算。妳那麼聰明，只要好好打理這個家，一定能教導我變得謹慎。我向來粗心大意，買東西不考慮價錢。好了，親愛的，坐下來，原諒我。」李德蓋特像套著枷鎖的野獸般低頭服軟，這頭野獸有利爪，卻也有理智。也因為這種理智，我們變得順服乖巧。他用哀求的語氣說出最後那句話。

蘿絲夢回到他身邊的椅子上。他的自責帶給她一絲希望，覺得他會願意接納她的意見。「登錄的事為什麼不能緩一緩？明天他們來的時候，你可以叫他們走。」

「我不會叫他們走。」李德蓋特再次出現命令的口吻。解釋有用嗎？

「如果我們離開米德鎮呢？到時候我們就會賣些東西，這也是個辦法。」

「我們不離開米德鎮。」

「特提厄斯，我覺得離開比較好。我們為什麼不能去倫敦？或搬到杜倫附近，你的家族在那裡比較有名望。」

「蘿絲夢，沒錢我們哪裡也去不了。」

「你的親戚不會看著你缺錢。還有，如果你跟那些討厭的商人說清楚，他們就能明白這點，也不會再催你還錢。」

「蘿絲夢，說這些沒用，」李德蓋特氣惱地說。「對於妳不懂的事，妳必須學會接受我的判斷。我已經做好安排，而且必須執行。對於那些親戚，我沒有任何期待，也不會向他們要求任何東西。」

蘿絲夢一動不動的端坐著，她心裡的想法是，當初如果知道李德蓋特是這種人，她絕不會嫁給他。

「親愛的，我們沒有時間說這些了。」李德蓋特恢復溫和語氣。「我想跟妳討論一些細節。多佛說他可以收回大部分餐具和我們願意退回的首飾，這是他的一片好意。」

「以後我們不用湯匙和刀叉了嗎？」蘿絲夢惜字如金，嘴唇好像也跟著變薄。她決心不再反抗，也不發表意見。

「不，親愛的！」李德蓋特驚呼。「不過，妳看這個。」他從口袋拿出一張紙並打開，「這是多佛的帳單，妳看，如果我們把這幾件物品退回去，債款可以減少三十鎊或更多。我沒有標記任何首飾。」首飾的事很讓李德蓋特頭疼，不過他已經說服自己克服那種感受，他沒辦法建議蘿絲夢退還他送她的禮物，但他告訴自己，必須讓蘿絲夢知道多佛提供的解決方案，她或許會主動解決他的難題。

「特提厄斯，我看了帳單也沒用。你想退什麼就退吧。」蘿絲夢平靜地說，她不願意把視線投向那張紙。

李德蓋特臉上的紅暈直達髮根，他把帳單收回來放在腿上。蘿絲夢默默走出去，留下既無助又困惑的李德蓋特。她還會回來嗎？她表現得彷彿跟他毫無關係，一副他們分屬不同物種，而且利益互相衝突。他惱恨地把頭一仰，雙手使勁插進口袋。他還有科學，還有美好的理想可以追求，但他得再加把勁，要比以前更努力，因為其他的美夢正在破滅。

可是門開了，蘿絲夢重新走進來。她帶著裝紫水晶的皮革盒子，以及一個裝著各種盒子的小花籃。她把它們放在她原先坐的椅子上，用最有教養的態度說：「你送我的首飾都在這裡，你想退什麼都可以，餐具也是。明天你應該不會要我待在家裡，我回爸爸家。」

對許多女人而言，此刻李德蓋特的眼神只怕比怒氣更糟糕，那是一種無奈，絕望地接受她在他們之間拉開的距離。「妳什麼時候回來？」他的語調帶著辛酸。

「晚上。我當然不會跟媽媽說這些事。」蘿絲夢相信自己此刻的表現無可挑剔，沒有哪個女人能比得上。她走過去坐在針線桌旁。

李德蓋特沉思了一兩分鐘，再開口說話時，語氣帶點過去的深情。「小蘿，我們已經是夫妻，妳不該在第一次碰到難關時把我一個人丟下。」

「當然不會。」蘿絲夢答。「我會盡力做我該做的事。」

「這些事不能交給僕人做，也不能由我去跟他們說，明天很早我就得出門，我明白妳覺得難堪，不願意面對這些債務問題，可是親愛的蘿絲夢，我跟妳一樣在乎面子，這件事我們自己處理比較好，盡量別讓僕人知道。妳既然是我的妻子，如果我發生不光彩的事，妳也逃避不了。」

蘿絲夢沒有立刻回應，不過最後她終於說，「好吧，我留在家裡。」

「小蘿，這些首飾不退還，妳拿回去吧。我會列一張清單，記載可以馬上打包退還的餐具。」

「**那樣**僕人就知道了。」蘿絲夢的語調帶有一絲嘲諷。

「嗯，某些不愉快的事無法避免。墨水在哪裡？」李德蓋特站起來，把帳單扔在一張稍大的桌子上，他打算在那裡寫東西。

蘿絲夢走過去拿墨水架放在桌子上，轉身準備離開，站在近處的李德蓋特伸手摟住她，將她拉到身邊，說：「親愛的，我們盡量把事情處理好，希望我們只需要省吃儉用一段時間。給我一個吻。」

他天生同情心泛濫，做丈夫的體諒不諳世事的女子也是男子漢的氣概，何況她是因為嫁給自己惹上麻煩。她敷衍地回應他的吻，就這樣，兩人之間總算暫時恢復和諧表相。可是想到未來仍無可避免地必須和她討論花費與調整生活方式，他不由得心生畏懼。

第五十九章

古人說靈魂具有人類的形體，
只是比肉體略小，略微幽隱。
它會隨興飄出來透透氣。
看哪！她那天使臉孔旁飄浮著
唇色蒼白的縹緲形體，
對著她的小貝殼耳朵輕聲唆使。

流言的傳播輕率又有效率，就像蜜蜂嗡嗡飛舞尋找花蜜時帶走的花粉（沒料到那粉質多麼微細）；這個貼切比喻指的是弗列德。他去洛威克牧師公館那天晚上，聽見女士們熱烈談論他們的老僕人從坦翠普那裡聽來的消息，也就是卡索邦過世前不久在遺囑裡附加的那個條款，離奇地提到威爾。溫妮震驚地發現哥哥早就知道這件事，直說坎登是最不尋常的人，竟然知情卻不說。瑪麗說他可能覺得附加條款和蜘蛛的習性沒什麼差別，溫妮完全不認同這個意見。菲爾布勒太太說，威爾之所以只來過洛威克一次，問題可能就出在這裡；諾博小姐只是頻頻發出激動的驚嘆。

弗列德不太認識威爾和卡索邦一家人，更不在乎他們，沒有把這事放在心上。某天他應母親要求順路去送口信給蘿絲夢，碰巧遇見正要離開的威爾，才想起來這事。蘿絲夢婚後沒機會再跟惹人嫌的哥哥吵架，跟弗列德之間因此沒什麼共通話題，尤其他現在竟然要放棄教會，去做葛爾斯那種工作，實在愚蠢又該罵。於是弗列德只好和她聊些無關緊要的話題，然後「對了，說到那個威爾」，接著透露他在洛威克牧師公館聽到的消息。

李德蓋特跟菲爾布勒一樣，聽進來的比說出去的多得多。他曾經思考過威爾跟多蘿席亞之間的關係，猜到的結果超出事實真相；他猜他們彼此深愛對方，震撼之餘覺得這件事太嚴重，不能拿來說三道四。他記得提起多蘿席亞時，威爾很容易生氣，所以更加謹慎。整體來說，基於他的猜測，加上他所知的事實，他對威爾更為友善包容，也明白為什麼威爾口口聲聲說要離開米德鎮，卻始終猶豫不決。他一點都不想跟蘿絲夢說這件事，正足以顯示他們已經貌合神離。再者，他不相信她能在威爾面前守口如瓶，雖然他未必能理解蘿絲夢基於什麼心態必須說出來，至少他猜對了。

她跟李德蓋特轉述弗列德的話時，李德蓋特說，「小蘿，千萬要注意，別在威爾面前洩漏一丁點口風，他會像遭到羞辱一樣大發雷霆，當然，他心裡肯定不好受。」

蘿絲夢微微轉動頸子，拍拍頭髮，表現得平和冷淡。可是下一回威爾上門，而李德蓋特不在家時，她有意無意地指責他嚷嚷著要去倫敦，卻遲遲不動身。

「我什麼都知道，我消息很靈通的。」她高高舉起靈活手指上的針線，展現千嬌百媚的迷人風姿。「這附近有一塊強力磁石。」

「確實如此，這點沒有誰比妳更清楚。」威爾嘴上獻殷勤，內心卻醞釀著怒火。

「那實在是最動人的愛情故事。卡索邦先生打翻醋罈子，事先猜到卡索邦太太只想嫁某個人，某位紳士也比別人更想娶到她，於是從中搞破壞，規定如果她嫁給那位先生，就得放棄財產。然後……噢！

我相信結局一定扣人心弦。」

「我的天！妳在說什麼？」威爾的雙頰和耳朵紅得發紫，表情像是受到一陣猛力搖晃地變了。「別開玩笑，這話是什麼意思。」

「你真的不知道？」蘿絲夢不再說笑，她只想透露訊息，取得她想要的效應。

「不知道！」他不耐煩地回答。

「你不知道卡索邦先生在遺囑裡規定，如果卡索邦太太嫁給你，就得放棄所有財產？」

「妳怎麼知道的？是真的嗎？」威爾急忙追問。

「弗列德聽菲爾布勒家的人說的。」

威爾從椅子上跳起來，伸手拿他的帽子。

「我敢說她喜歡你勝過財產。」蘿絲夢隔一段距離看著他。

「請別再說了。」威爾聲音粗嘎，跟平時輕快的嗓音截然不同，顯示他在壓抑自己的情緒。「這對她和我都是惡毒的侮辱。」說完，他失神地坐下來，呆呆望著前方，卻什麼都看不見。

「你在跟**我**生氣。」蘿絲夢說。「你把氣出在**我**身上，實在太差勁，你該感謝我告訴你這件事。」

「我確實感謝妳。」威爾答得果斷，卻魂不守舍，像做夢的人在回答問題。

「我等著聽到你們結婚的消息。」蘿絲夢打趣地說。

「不可能！絕不會有那種事！」威爾急躁地說出這句話，立刻站起來，夢遊似地走掉了。

他走了以後，蘿絲夢站起來走到客廳另一頭，倚著一座抽屜櫃，煩悶地望向窗外。她覺得渾身倦怠，心裡有一股不滿。這種不滿往往讓女人生起無謂的妒意，沒有確實的緣由，也不是出自什麼深刻的情感，最多就是自我中心那似有若無的索求，卻能驅使人做出某些行為，說出某些話。

「沒有半點值得開心的事。」可憐的蘿絲夢心想，奎林罕的家族沒有來信，特提厄斯回來說不定又要拿花錢的事煩她。她已經背地裡違逆他的意思，向她父親求助，但她父親斬釘截鐵地告訴她，「我自己更需要別人幫忙。」

第六十章

名言佳句始終值得讚賞。

——夏祿法官[11]

幾天後——當時已經八月底——米德鎮有一件事引起注目，藉由川姆博爾的鼎力協助，有興趣的鄉親可以買到鄉紳愛德文・拉爾徹珍藏的家具、書籍和畫作，鄉親從廣告單可清楚看出那些都是難得一見的精品。這次拍賣的導因不是經濟蕭條，恰恰相反，正因為拉爾徹先生的貨運行大發利市，他才有能力在里弗斯頓購置一棟配備完善的豪宅。那房子的前任屋主是溫泉區的名醫，房子的布置高尚氣派，屋裡應有盡有，飯廳甚至掛了昂貴的巨幅人物畫。拉爾徹太太不太習慣人畫像，後來確認那描述的是《聖經》故事，她才放下心來。正因如此，買家才得到川姆博爾在廣告單上提示的大好機會，川姆博爾對藝術史瞭如指掌，一眼看出那些不設底價的大廳家具之中，有一件雕刻出自吉博森[12]同代匠人手筆。

在當時的米德鎮，大型拍賣會等同於節慶活動。會場有張擺滿冷食的大桌子，就像富貴人家的喪禮一樣；現場也提供無限暢飲的助興飲料，讓興致盎然的買家開心出價，買回可能不需要的物品。拉爾徹的房子坐落在米德鎮邊緣，倫敦路的聯外道路旁，有花園和馬廄。那天天氣晴朗，拉爾徹的拍賣會因此更具吸引力。倫敦路也通往新醫院和布爾斯妥德名為灌木苑的僻靜住宅。一言以蔽之，這場拍賣會熱鬧得像博覽會，各色人等只要有空都來了。有些人冒險出價只為抬高價錢，對他們而言，這幾乎等於在馬場賭馬。第二天拍賣高檔家具時，「所有人」都來了；連聖彼得教堂的塞西格牧師也來看了一會兒，他想買那張雕花桌子，趁便跟班布里奇和賀拉克閒聊了幾句。一群米德鎮女士像花環般圍坐在飯廳的大餐桌四周，川姆博爾也在那裡。他坐得高高的，面前有張寫字桌和一把槌子。後面幾排人來人往，主要是男士，總是有人從門口或那扇通往草坪的大凸窗進進出出。

那天的「所有人」並不包括布爾斯妥德，他因為健康問題，受不了人潮和推擠。但他太太特別想買那幅「在伊默斯的晚餐」[13]，拍賣品目錄上寫著那是奎多的作品。布爾斯妥德現在是《先驅報》的股東之一，拍賣會的前一天下班前，他走進辦公室請威爾運用廣博的藝術涵養，為他太太鑑定這幅畫的價值。「我知道你近期就會離開，」注重禮節的布爾斯妥德說，「如果出席拍賣會不至於耽擱你的行程，就請你撥空走一趟。」

如果威爾當時還有心情在乎揶揄嘲弄，這番話在他聽來可能相當有諷刺意味。威爾決定離開米德鎮，幾星期前就跟報社的幾位老闆達成共識：他可以自由決定離職日期，屆時把手上的工作移交給一直跟著他學習的副主編。可是相較於輕車熟路或貌似愉快的現狀，未知的抱負和願景欠缺吸引力。再者，如果我們下了決心，暗地裡卻希望不用去做，那麼要執行它可就困難了。處於這種心理狀態下，就算是最不信邪的人，都會偷偷奢望奇蹟發生，一方面無法想像夢想能夠實現，卻又安慰自己，世上多的是不

11 摘自莎士比亞劇本《亨利四世》下篇第三幕第二場。
12 Grinling Gibbons（一六四八～一七二一），荷蘭裔雕刻家，也是英國王室御用木雕藝術家。
13 Supper at Emmaus，描繪耶穌復活後現身的場景，創作者是義大利巴洛克時期畫家奎多（Guido Reni，一五七五～一六四二）。

可思議的事！威爾內心並沒有對自己坦承這個弱點，但他繼續逗留，這個時間點去倫敦有什麼用？拉格比中學的舊識都不在那裡。至於寫政論文章，他寧可在《先驅報》多待幾個星期，只是，在跟布爾斯妥德談話的這個時刻，他離開的決心又增強了幾分，也同樣堅定地要在離開前再見多蘿席亞一面，於是他說自己還要停留一段時間，很樂意去參加拍賣會。

威爾心裡堵著一口氣，覺得深深被刺傷，他想著那些看見他的人或許都聽說了那件事，從而指責他心懷叵測，他的卑劣心機被一條附加條件給否決了。威爾就像大多數不受世俗名聲觀念拘束的人一樣，如果有人質疑他之所以不同於流俗，是因為他的血統、舉止或性格裡藏著某些見不得人的東西，需要標新立異掩人耳目，他會當場翻臉大吵一架。他為這種事生氣的時候，就會一連幾天擺出挑釁的姿態，白淨的臉頰泛紅，像是隨時提高戒備，密切留意任何需要他出擊的對象。

他這種慍色在拍賣會上格外顯眼，有些人只見過他古怪卻溫和或開朗歡欣的面貌，這時就會感到錯愕。他不介意有機會在某些米德鎮在地人面前亮相，像是托勒爾、海克巴特等，這些人把他貶低為投機分子，自己卻不學無術，連但丁都不認識。他們譏笑他的波蘭血統，卻不知道自己的血統非常需要提升。他站在離川姆博爾不遠的顯眼位置，雙手食指各自掛在兩側口袋，腦袋後仰，沒興趣跟任何人攀談。不過，正自得其樂地施展偉大才能的川姆博爾倒是熱忱歡迎他，用法語稱呼他為鑑賞大師。

確實，在那些從事的職業需要展露口才的人之中，最快樂的一群正是那些欣賞自己的說笑本事，又自以為上知天文，下知地理、生意興隆的鄉下拍賣商。某些人嚴肅古板性情乖戾，可能不贊成拍賣商天花亂墜地吹噓從脫靴器到「巴赫姆」[14]的所有物品。但川姆博爾天生喜歡與人為善，是個溜鬚拍馬的好手，巴不得天下萬物都由他來拍賣，自認經過他的推薦，所有東西都能賣出更高的價錢。

現階段拉爾徹客廳裡的家具就夠他一展長才了。威爾走進來的時候，拍賣商正興沖沖地介紹第二個爐柵，說它擺在原來的地方被忽略。他基於誇讚東西的公平原則，賣力讚美這個拋光的爐柵是精鋼製成，有許多尖刀狀的網狀花紋，邊緣也十分銳利。

「女士們，」他說。「請聽我說，這裡有個爐柵，在其他任何拍賣會上，幾乎不可能不定底價。這不鏽鋼品質絕佳，花樣典雅，這種東西……」說到這裡他壓低嗓門，摻雜點鼻音，伸出左手手指撫平衣裳。「品味不高的人未必欣賞。容我向各位報告，有朝一日，這種工藝會獨領風騷……你出價半克朗嗎？謝謝。這個別具特色的爐柵目前出價半克朗。根據可靠消息，這種古典風格的爐柵在上流社會是搶手貨。三先令……三先令六便士。約瑟夫，把東西舉高點！女士們，看看這古樸的造型，我毫不懷疑這是上個世紀的工藝品！莫姆西先生，你說四先令嗎？四先令！」

「我可不會把這東西放在我家客廳。」莫姆西太太告誡魯莽的丈夫。「我真納悶拉爾徹太太是怎麼想的，可愛的孩子萬一摔倒撞上去，腦袋就會被切成兩半。那邊緣跟刀子一樣利！」

「說得對。」川姆博爾連忙附和。「家裡有個鋒利的爐柵用處多多，比如你的皮革鞋帶或繩子打死結需要割開時，手邊剛好沒刀子。很多人上吊搶救不及，就是因為一時找不到利刃割斷繩子。先生們，萬一哪天你不幸需要上吊自盡，這個爐柵可以及時救你一命，迅速方便。四先令六便士，五先令，五先令六便士。家裡的客房如果有帷柱床，又來個精神失常的客人，最需要這東西。六先令，克林塔普先生，謝謝你。現在出價六先令！還有嗎？成交！」川姆博爾的目光原本四處逡巡，以超自然的靈敏度觀察任何出價跡象，這時落在面前的紙張上，原本高亢的聲音也變得平淡。「克林塔普先生得標。約瑟夫，動作快點。」

---

14 指十七世紀荷蘭景物畫家巴赫姆（Nicolaes Berghem，一六二〇～一六八三）的作品。

「六先令買個爐柵來說這個笑話，這錢花得值。」克林塔普輕聲一笑，向旁邊的人自我辯解。他是知名的苗圃業主，個性怯懦，擔心其他人會覺得他買這個東西太愚蠢。

這時候約瑟夫已經捧著一托盤的小玩意來了。「女士們，」川姆博爾拿起其中一個小物件。「這個托盤裡裝著非常稀罕的小東西，適合放在客廳桌上做擺飾。小小東西組成大千世界[15]，沒什麼比小東西更重要的。（好，雷迪斯羅先生，好，等一會。）約瑟夫，把托盤傳給大家看看。女士們，這些小而美的精品值得細細鑑賞。我手裡拿的這個東西是最巧妙的設計，我不妨稱之為實用的圖畫謎題。來，各位看看，看起來像個典雅的心形盒子，可以放進口袋，方便攜帶。再看看，這會又變成漂亮的重瓣花，放在桌上美觀大方。現在……」川姆博爾鬆手讓花朵掉落，驚嚇中變成一長串心形葉片。「這是一本謎語書！超過五百道謎語，鮮豔的紅色字體。先生們，多虧我太有良心，否則我會希望你們出價不要太高，因為我自己想留下來。有什麼比一道好謎題更能創造單純的歡樂，甚至陶冶品格？它可以消除污言穢語，讓男士受到高貴女士的歡迎。這個巧奪天工的玩意，即使沒有那個漂亮的骨牌盒子和硬紙板籃子等配件，本身就可以賣個好價錢。這東西放在口袋裡，走到哪裡都受歡迎。先生，你說四先令嗎？四先令買這一整套謎語和有的沒的配件。這裡有一題：『蜂蜜』（honey）該怎麼拼寫才能吸引雌鳥？答案：錢（money）。聽見了嗎？雌鳥、蜂蜜、錢。這種娛樂可以刺激腦力。它帶著刺，包含我們所謂的諷喻，機智卻不下流。四先令六便士，五先令。」

競價氣氛越來越熱烈。鮑伊爾出了價。可惡的傢伙，他根本買不起，只是想搗亂，阻撓別人出價。賀拉克也被捲入這波競價，可是他張嘴出了價，臉上的表情卻始終淡定。如果不是班布里奇一番咒罵，只怕沒有人發現剛才喊價的是他。班布里奇出於好意責問賀拉克買那該死的玩意做什麼，還說那東西只適合遲早下地獄的雜貨商，身為馬販子的班布里奇，那種人他見得可多了。那套謎語書最後以一基尼拍出，得標的史皮爾金是個花錢大手大腳的草包闊少，他覺得既然腦袋記不住謎語，乾脆買來放在口袋裡。

「川姆博爾，這也太差勁了，你拿老女人的破爛來拍賣。」托勒爾走到川姆博爾身邊低聲埋怨。「我想看版畫，我馬上就得走了。」

「馬上來，托勒爾先生。剛才只是順道做點好事，您大人大量，不要見怪。約瑟夫！快把版畫拿過來，編號二三五。先生們，各位都是鑑賞大師，這下子可以大飽眼福。這幅版畫描繪的是威靈頓公爵跟他的隨員在滑鐵盧戰役的場景。雖然我們的英雄因為近來的事件灰頭土臉[16]，不過幹我們這行可不能隨政治風向起舞。所以我敢說當代藝術之中（當代指的是我們這個年代這個時期），肯定找不到比這更好的題材，天使除外，以人類來說，各位，沒有更好的。」

「這是誰畫的？」波德爾相當動心。

「這是印版樣張，作者不詳。」川姆博爾說到最後語帶企盼，之後噘起嘴唇環顧四周。

「我出一鎊！」波德爾說得毅然決然，頗有雖千萬人吾往矣的氣勢。不知是出於敬畏或憐憫，沒有人跟他搶標。

接下來是兩幅荷蘭版畫，托勒爾買到後就離開了。其他版畫和之後的幾幅畫，都被專程為這些作品而來的米德鎮大人物買走。在場人士進進出出更為頻繁，有些人買到自己想要的東西就走了，其他人要嘛剛來，要嘛到草坪的遮篷吃了東西又回來。班布里奇想要的正是那個遮篷，進去看了很多次，事先體

---

15 這句話摘自英國宗教作家漢娜・莫爾（Hannah More，一七四五～一八三三）的詩〈感性〉（Sensibility）。

16 威靈頓公爵亞瑟・威爾斯利（Arthur Wellesley，一七六九～一八五二）的內閣在一八三〇年十一月垮台。

驗一下擁有它的感覺。他這次回到會場身邊多了個陌生人，川姆博爾和其他人都不認識這人，從外表看來，大家不免猜測他是班布里奇的親戚，因為看樣子也是「放蕩」的傢伙。他一臉大鬍子、神氣活現派頭十足，一條腿盪呀盪地，特別引人注目。可是他那身黑色西裝邊緣多有破損，不難想像他已經沒有能力隨心所欲花天酒地。

「阿班，你帶來的那人是誰？」賀拉克私底下探聽。

「你自己問他。」班布里奇答。「他說他剛從馬路那邊拐彎進來。」

賀拉克打量那個陌生人，只見那人上身後仰，一手支著手杖，另一手拿著牙籤剔牙，環顧著會場，顯然為此刻撲面而來的靜默氛圍略微不安。

終於，那幅「在伊默斯的晚餐」搬出來了，威爾總算鬆了一大口氣。這場拍賣他早就膩了，退到川姆博爾正後方，肩抵著牆站定。這時他又走上前來，看見那個惹眼的陌生人，驚訝地發現對方顯然也盯著他。不過威爾的注意力馬上被川姆博爾拉走。

「雷迪斯羅先生，你這位鑑賞大師應該對這幅作品有興趣。」川姆博爾語調越來越亢奮。「能在這裡向女士先生們展示這樣一幅作品，實在是一大樂事。有錢有品味的人都願意不惜代價買下來。這是義大利畫派的作品，是知名畫家『蓋多』[17]畫的，他是世上最偉大的畫家，古典派大師的主要代表。他們之所以被稱為古典派大師，我猜是因為他們比我們大多數人都高明，掌握了已經幾乎失傳的祕訣。各位，我看過很多古典大師的作品，水準都比不上這幅，有些色調偏暗，不適合掛在家裡。不過這幅『蓋多』掛在家裡，任何夫人都會引以為榮，光是畫框就值好幾鎊。如果哪位創設慈善機構的先生要展現自己的仁慈，買來掛在慈善機構的食堂也很恰當。約瑟夫，把畫轉個方向好嗎？對，稍微轉向雷迪斯羅先生。雷迪斯羅先生在國外遊歷過，明白這些東西的價值。」

現場所有目光都投向威爾，聽見他冷冷地說，「五鎊。」

川姆博爾連忙大聲抗議：「啊！雷迪斯羅先生！光是畫框就值五鎊了。女士先生們，這是為了本鎮的名聲！以後要是被人知道曾經有一件藝術珍品出現在米德鎮，全鎮卻沒有一個識貨的人……五基尼，五基尼七先令六便士，五基尼十先令！繼續，女士們，再來！這是一件珍品，像詩人說的『數不清的珍寶』[18]，卻只能賣個微不足道的價錢，因為大家不懂，也因為它遇見的人……我要說是缺乏鑑賞力。不過，不！六鎊，六基尼。蓋多的傑作出價六基尼。女士們，這是對宗教的侮辱。先生們，這樣的題材只喊出這麼低的價錢，所有的基督徒都痛心。六鎊十先令，七鎊。」

出價十分熱絡，威爾也持續跟進，他知道布爾斯妥德太太非常想要這幅畫，而他最高可以出到十二鎊，最後他以十基尼買到。之後他鑽過人群，從凸窗走出去。他覺得又熱又渴，決定到遮篷裡喝杯水。當時遮篷裡沒有其他客人，女招待給他倒杯開水，她還沒走遠，他就看見早先盯著他瞧的紅臉陌生人走進來，令他有點氣惱。他忽然想到，這人多半是那種信口雌雄的政治寄生蟲。他曾經遇過一兩個這樣的人跑來跟他攀談，自稱聽過他談論改革議題，想用獨家消息跟他換一先令。想到這裡，他頓時覺得這個傢伙原本就是大熱天遇見就讓人火冒三丈的人，這下子更加顯得面目可憎。威爾坐在花園涼椅的扶手上，刻意別開視線，不看那個人。可是我們的老朋友拉夫歐斯不會在意他這種態度，只要符合他的利益，再難看的臉色都趕不走他。他向前走一兩步，來到威爾面前，扯著嗓門急沖沖地說，「對不住，雷

17 川姆博爾將「奎多」說成「蓋多」。

18 摘自英國詩人湯瑪斯．格雷（Thomas Gray，一七一六～一七七一）的詩〈寫在鄉村墓地的輓歌〉（Elegy Written in a Country Churchyard）。

迪斯羅先生，你的母親的名字是莎拉．登科克嗎？」

威爾驚得跳起來，往後退一步，皺起眉頭厲聲回應：「是，沒錯。那跟你有什麼關係？」以威爾的個性，他生氣時噴出的第一陣火花就是直接回答對方的問題，再根據自己的答覆進一步質問對方。如果一開口就問「那跟你什麼關係？」就會顯得避重就輕，一副他在意別人知道他的出身似的！

儘管威爾挑釁意味明顯，一副想吵架的模樣，拉夫歐斯卻沒那份興致。他看見這個五官秀氣身材修長的年輕人像隻虎貓似地，隨時要撲上來，只得暫時收斂愛激怒人的習性。

「親愛的先生，恕我無禮！我只是記得你母親，她年輕時我見過，不過你長得像你父親。先生，我也有幸見過你父親。雷迪斯羅先生，您雙親都健在嗎？」

「不在了！」威爾大吼，態度沒有改變。

「雷迪斯羅先生，日後我會有機會為你服務，絕無虛言！希望有緣再見。」拉夫歐斯說完後舉起帽子，晃盪著一條腿就轉身走掉。

威爾望著他的背影，他沒再走進拍賣會場，而是走向馬路。威爾一度罵自己笨，竟然沒讓他繼續說下去。可是不行！他不想聽那種人告訴他任何事。

然而，那天稍晚，拉夫歐斯在街上歡天喜地跟他打招呼，一副已經忘記威爾先前的無禮，或者故意以親切寬容的態度報復。他走在威爾身旁，說起米德鎮和附近地區環境多麼宜人。威爾覺得這人八成喝了酒，正想著該怎麼擺脫他，卻聽見拉夫歐斯說：「雷迪斯羅先生，我也在國外待過，見過外面的世界，以前也會說兩句法語。我是在波隆見到你父親，天哪！你跟他簡直一個模子刻出來的！嘴巴、鼻子、眼睛，頭髮從額際往上翻，有點外國人的風格，英國人很少梳那樣的髮型。不過我見到你父親的時候，他病得很重，上帝啊！他那雙手幾乎瘦得皮包骨。當時你還是個小孩子，他後來康復了嗎？」

「沒有。」威爾不客氣地答。

「啊！我經常想到你母親，不知道她後來過得怎樣？她年輕的時候逃離家庭，是個有志氣的年輕小姐，而且是個美人！我知道她為什麼離家。」拉夫歐斯斜眼看過來，慢慢眨眼睛。

「先生，她沒做什麼不名譽的事。」威爾轉過頭去，惡聲惡氣地說。

不過此刻的拉夫歐斯對別人的態度不太敏感，他果斷地仰起腦袋，說：「確實沒有！她比她的家人都正直，千真萬確！」他又慢慢眨一下眼睛。「上帝保佑你！那一家人我都認識，他們做的生意你或許可以稱為體面的小偷，高檔的賊贓店，不是偷偷摸摸那種，一流的豪華店鋪，一本萬利。莎拉原本什麼也不知道，多麼時髦的小姐，念最好的寄宿學校，適合嫁給爵爺。可是阿奇．鄧肯求婚被拒，故意把這些事告訴她，於是她逃家了。先生，我到處去找她，不過我是光明正大去找，因為他們付我不少錢。一開始他們不想管她，他們一家人都非常虔誠。她想要當演員。當時那家的兒子還活著，所以女兒不受重視。唷，藍公牛到了。雷迪斯羅先生，要不要進去喝一杯？」

「不，我該走了。」威爾快步走向一條通往洛威克門的叉路，幾乎是跑著擺脫拉夫歐斯。

他沿著洛威克路往鎮外的方向走了很久，慶幸繁星點點的黑夜已經降臨，他覺得自己被嘲笑聲包圍，身上濺滿污泥。有一點可以確認那傢伙說的是事實，那就是他母親從來不肯說出她逃家的理由。

無妨！就算那個家族果真醜陋無比，他會因此變得更糟嗎？畢竟他母親為了脫離家族承受苦難。可是萬一多蘿席亞的家族知道這件事，如果查特姆家族知道了，那時他們就有更充分的理由，證實他們的懷疑，認定他不配接近她。然而，隨他們怎麼想，總有一天他們會知道自己錯了，會發現他的血液跟他們的一樣，沒有沾染一絲一毫的卑劣。

第六十一章

「互相矛盾的事物不可能二者皆是，」伊姆拉克説。「可是套用在人身上，卻可能都沒錯。」

——《拉塞拉斯傳》19

同一天晚上，布爾斯妥德在布萊辛辦完公事回到家，他賢慧的妻子等在門廳，一見面就把他拉進他的私人客廳。

「尼可拉斯，」她坦誠的雙眼焦慮地望著他。「今天有個流裡流氣的人來找你，讓我覺得很不舒服。」

「親愛的，是什麼樣的人？」布爾斯妥德知道答案，害怕湧上心底。

「那人紅臉大鬍子，非常無禮放肆。他說是你的老朋友，還說你會遺憾沒見到他。他想在這裡等你，不過我讓他明天去銀行找你。真是放肆的傢伙！兩眼直盯著我，說尼克討的老婆都不錯。當時我在花園，要不是布魯徹剛好掙斷鍊子從石子路跑過來，他一定不肯走。我告訴他，『你最好馬上走，這條狗凶得很，我拉不住。』你真的認識這樣的人？」

「親愛的，我大概知道這人是誰。」布爾斯妥德用他一貫的壓抑語氣說，「他是個生性放縱的倒楣傢伙，以前我幫過他太多忙。不過他應該不會再來騷擾妳，他明天可能會來銀行，肯定是來討錢的。」

這天誰也沒再提起這件事，直到隔天布爾斯妥德從鎮上回來，進房換衣服準備吃晚餐。他太太往他的更衣室探頭瞧了一眼，看見他已經脫掉外套，解下領帶，一隻手肘支在五斗櫃上，盯著地板發楞。她走進去的時候，他緊張地回神，抬起頭看她。

「尼可拉斯，你精神好像很不好，怎麼了？」

「我的頭很痛。」布爾斯妥德一直以來都小病痛不斷，他太太沒有懷疑他的說詞。

「坐下來，我拿點醋幫你揉一揉。」

布爾斯妥德的身體並不需要醋，可是那份溫柔的照料安撫了他的心。他雖然注重禮儀，卻理所當然接受這樣的照料，認為這是妻子的責任。可是今天看著俯身照顧他的妻子，他說，「哈麗葉，妳真好。」

那種語調是她不曾聽過的，她想不通到底哪裡不同，但基於女人天生的憂患意識，她猛然想到丈夫是不是要生大病了。「你有什麼煩心事嗎？那個人去銀行找你了嗎？」

「嗯，我猜得沒錯。這個人原本有機會走上正途，後來不爭氣，變成無法無天的酒鬼。」

「他走了嗎？」哈麗葉憂心地問。基於某些原因，她沒有接著說，「聽他說他是你朋友，我心裡很不舒服。」她經常猜測丈夫早年的生活恐怕跟她不屬於同一個階級，不過這時她不想透露這種想法，她對他的過去並不是瞭若指掌。布爾斯妥德偶爾會跟她聊起過去，他一度嚮往教會生活，曾經想當牧師，也提及過他如何參與傳教與慈善工作。他最早是銀行職員，後來轉行做生意，三十三歲就賺到不少錢，之後娶了個年紀比他大很多的寡婦。那女人不信奉國教，而如果從第二任妻子的角度客觀評論，只怕少不了某些第一任妻子都會有的缺點。關於他的過去，她覺得知道這些就足夠了。她認為他非常了不起，

19《*Rasselas*》，英國作家薩繆爾・約翰遜（Samuel Johnson）的作品。伊姆拉克是一名哲學家，帶領拉塞拉斯前往埃及。

信仰之虔誠在世俗人士之中實屬罕見；她受到她的影響，信仰更加堅定。她丈夫在人間行的善事，也提高了她的地位。她認為從各方面來看，布爾斯妥德娶到哈麗葉．溫奇是一大幸運，因為根據米德鎮的觀點，溫奇家族的地位無可非議。而米德鎮的觀點，當然比任何來自倫敦街頭巷尾或非國教教堂院子的觀點更優越，改革前的鄉鎮百姓對倫敦抱持懷疑態度。雖然只要是真正的宗教都能拯救人，但哈麗葉相信，在英國國教得救更為體面。她不希望外人知道他曾經是倫敦的非國教信徒，即使在跟他談話時，也刻意不去想這件事。這點布爾斯妥德心知肚明，在某些方面，他確實也相當敬畏這個坦蕩蕩的妻子。不管是後天的虔誠或先天的世俗心，她都一樣真誠，俯仰無愧。當初他娶她就是基於全心全意的喜愛，到目前都沒有改變。他的憂慮來自男人維護既有崇高地位的需求，他擔心失去妻子的景仰，也擔心失去其他人的推崇（那些基於對真理的仇視而憎惡他的人除外），因為那對他而言等於邁向死亡。

他聽見她問：「他不會再來了吧？」

「嗯，應該不會。」他回答的語調盡可能嚴肅而不以為意。事實上，布爾斯妥德一點把握也沒有。在銀行見面的時候，拉夫歐斯想要折磨布爾斯妥德的意圖，表現得極其明顯，一點也不輸其他貪念。他直截了當地說，他是專程來米德鎮探望布爾斯妥德，順便看看這地方是不是適合定居。他的欠債確實超出當初的預估，不過那兩百鎊還沒花光，這次只要再給他二十五鎊，他就會離開。這回他主要的目的就是探看尼克老友和他的家人，了解一下自己過去多麼喜歡的老朋友現在有多麼飛黃騰達。以後他會回來多住一段時間，不過這次他不願意「被逼著離開」（套用他的話），也就是拒絕在布爾斯妥德監督下離開米德鎮。如果他願意，隔天就會搭公共馬車離開。

布爾斯妥德覺得無能為力，威脅利誘都不管用，他沒辦法借助恐懼或承諾約束對方。相反的，他完全肯定再過不久拉夫歐斯就會回到米德鎮，除非上帝派死亡來阻止他。而這份肯定令他膽寒。

他並不會面臨法律制裁或傾家蕩產的危機，他的危機在於以往人生中的某些事，萬一被攤開在陽光下，街坊鄰居會如何論斷，他妻子發現真相後又會如何哀傷，他的過去一定會讓他遭到唾棄，變成他極力宣揚的那個教派的恥辱。由於害怕遭受批評，過去的記憶更加鮮明，那些潛藏已久、慣常被美化的往事，不可避免地變得異常清晰。就算沒有回憶，生命對成長與衰敗有一定的依賴，因而與個人緊密相連。深刻的回憶卻會迫使人承認可受公評的過去，當記憶有如再度撕裂的傷口引起劇痛，人的過去不只是無效的歷史，也不是對當前的過期準備。它不是已經悔改、從此與生命無涉的錯誤。它是仍然顫抖的自身帶來顫慄和苦味，以及罪有應得的恥辱造成的刺痛。

布爾斯妥德的過去已經在他的第二次生命復活，只是，復活的歡樂似乎全然走味。除了短暫睡眠之外，不管黑夜或白天，往事歷歷在目，擋在他和其他所有事物之間，頑固得彷彿我們站在明亮的房間望向窗外，看見的不是青草與綠樹，而是我們背對的事物。即使進入夢鄉，也只是將回憶與恐懼交織為虛幻的當下。內心與外在接連不斷的事件一目瞭然地顯現，雖然每件事都可以輪流思索，其他那些卻仍然保留在意識中。

他再一次看見自己變成那個年輕的銀行職員，外表得體爽朗，對數字有一套，口齒伶俐，熱衷研究神學，是海伯利喀爾文教派非國教教會中年輕有為的成員，在罪行的確認與寬恕的判斷力上有突出的體驗。他再次聽見團體禱告時以「布爾斯妥德弟兄」的稱謂被人召喚，聽見自己在宗教講壇上發言，或在私人住宅講道；再次感受到自己想要擔任神職，擔起傳教的重責大任。那是他生命中最快樂的時期，他希望在那個時間點從睡夢中甦醒，發現其餘都是夢境。布爾斯妥德弟兄揚名的那個圈子不大，但那些人跟他親密無間，帶給他更多滿足感。他施展力量的範圍雖然窄小，效果反而更為顯明。他輕易就相信自己得到特殊恩典，相信上帝交付他特別的使命。緊接著轉變來到。他這個慈善商業學校培養出來的孤兒也想出人頭地，於是應邀前往會眾之中最富有的登科克先生的豪華別墅。他在那裡很快就打入核心，登科克太太推崇他的虔誠，她先生則看重他的能力。這家人是靠都市的繁華和西區的商業累積起財富。布爾斯妥德有了新抱負，他的未來「使命」配合調整，朝向結合傑出宗教才能與成功生意的目標邁進。

不久後，外在情勢出現決定性的進展，大老闆有個信任的下屬兼合作夥伴死了，這個急需填補的會計職位，如果他的年輕朋友布爾斯妥德願意擔任，沒有人比他更適合。布爾斯妥德同意了。大老闆經營的是當鋪，在高級住宅集中的西區設有分店，規模或獲利都是首屈一指，表面上也沒有什麼卑鄙下流或見不得光的交易。布爾斯妥德接觸一陣子之後，就發現有個項目利潤最高，那就是上門的貨物來者不拒，也不仔細追問物品的來源。一開始他曾經遲疑，那些道德矛盾在他心中爭執不休，其中某些以禱告的形式呈現；這樁生意已經成氣候，如今根深蒂固。開一家新的豪華酒店跟投資老牌酒店不能相提並論，不是嗎？靠墮落的靈魂賺取利潤，卻又是人為的買賣，該在哪裡劃出界線呢？這難道不是上帝拯救祂的選民的途徑？

「祢知道，」年輕的布爾斯妥德當時說，正如如今的布爾斯妥德也這麼說，「祢知道我的靈魂並不在乎這些東西，我只是將它們看成耕耘工具，用來把這處或那處荒野開墾成祢的花園。」

這樣的比喻和前例不在少數，加上各式各樣的特殊經歷，於是留在這個位子似乎變成他該做的奉獻。大筆財富指日可待，布爾斯妥德的遲疑始終埋在心底。登科克從沒想過布爾斯妥德會有任何遲疑，也從沒想過這門生意跟拯救世界有什麼關係。布爾斯妥德也明白自己過著兩種截然不同的生活，只要他說服自己，他的宗教活動和他從事的行業互不衝突，它們就可以和諧共存。

現在往事再度盤據他的心靈，他重新提出同樣的抗辯。事實上，它們已經在歲月持續的流轉中纏繞得繁複又厚實，像層層疊疊的蜘蛛網，阻滯了道德敏感度。不只如此，當自我隨著年齡變得活躍、更難以滿足，他的心靈更是不可自拔地相信自己所做的一切都是為了上帝，他其實淡薄名利。只是，如果他能夠變回許久以前那個窮小子，嗯，那麼他會選擇當傳教士。

可是他跳上的命運列車，繼續往前。海伯利的豪華別墅碰上麻煩，他唯一的女兒幾年前離家出走，公然反抗父母的意願當了女演員。現在唯一的兒子也死了，不久之後登科克也溘然長逝。登科克太太是個單純虔誠的婦人，獨自繼承那份偉大事業和巨額財富，卻從來不知道那門生意的底細。她全心全意信任布爾斯妥德，也真心敬重他，就像女士們敬重她們的教士，也就是「凡人指派」的神職人員。一段時間之後，他們自然而然考慮結婚。可是登科克太太擔心女兒，渴望把那個已經遠離上帝和父母懷抱的女兒找回來，她聽說女兒結婚了，只是始終音訊全無。失去兒子的登科克太太猜想自己有了外孫，更渴望把女兒找回來，如果她能回來，家裡的財產就有人繼承；也許可能不只一個，而是有好幾個外孫。登科克太太希望先找到女兒再結婚，布爾斯妥德也同意。可是尋人啟事和其他各種探查管道一無所獲，登科克太太終於放棄希望，答應他結婚，不設定任何財產繼承條件。

那個女兒其實找到了，可是除了布爾斯妥德之外，只有一個人知情，那人拿了一筆封口費遠走他鄉。

這就是布爾斯妥德此刻不得不面對的赤裸裸事實！也是旁觀者根據行為本身看見的梗概，不容討價還價。對於許久以前那個他，甚至此刻灼熱回憶裡的他，那個事實被拆解成無數個小片段。每個小片段經過一番辯論後，似乎都顯得公平正直，情有可原。布爾斯妥德覺得他那個階段的人生經過偉大的天意認可，上帝顯然為他指點方向，借他的手將大筆財富從歧路引向正途。死亡和其他顯著特質（比如女性的信賴）的配合，布爾斯妥德幾乎可以引用克倫威爾的話，「你覺得這些只是單純事件？願上帝憐憫你！」[20]他的事相對而言沒那麼重大，基本狀況卻沒有差別。也就是說，它們都符合他的利益。他心安理得地占有屬於別人的東西，這一點也不難，只要探究上帝對他個人的安排就可以了。這筆財富如果有一大部分落入一名年輕女子和她丈夫手中，又如果他們胸無大志，追求渺小目標，那筆錢也許會匯到國外，便宜了那些不以上帝偉大意旨為目標的人，這難道是為上帝服務嗎？

布爾斯妥德從來沒有說過「不該找那個女兒」，然而，找到人的時候，他隱匿了她的行蹤。在接下來的日子裡，他婉言勸慰那個母親，暗示那不幸的女孩已經不在人世。

布爾斯妥德曾經覺得自己的行為違背正義，可是他要如何回頭？他曾經天人交戰，把自己批評得一無是處，決定贖罪，繼續充當上帝的工具。五年後，死神再度降臨，帶走他的妻子，拓展他的道路。他確實慢慢轉移資金，卻沒有做出結束營業所需的犧牲。那門生意繼續經營十三年，才終於垮掉。在此同時，布爾斯妥德謹慎運用他那十萬鎊財富，搬到鄉間定居，變成地方上的名人——銀行家、虔誠教徒、慈善人士，成為不少事業的幕後股東。他在事業經營上發揮長才，致力節省原料的使用，那批損壞溫奇的絲綢的染料，就是他工廠生產的。他風平浪靜地享受了三十年榮耀，過去的一切，長時間在腦海裡沉睡。現在，那段往事卻甦醒了，占滿他的思緒，像某種全新覺知，沉甸甸地壓迫羸弱的生命。

此外，他從拉夫歐斯口中獲知一項重大訊息，這事主動捲入他治絲益棼的渴望與恐懼中。他心想，這是通往心靈的出路，或許能得到實質的救贖。他確實需要心靈上的救贖。世上或許有些低俗的偽君子，為了蒙騙世人，在信仰與情感上作假，布爾斯妥德卻不是那種人，他只是欲望比他認定的信仰強烈，並且循序漸進地讓欲望的滿足與信仰協調一致。如果這是虛偽，那麼不管我們信仰哪個教派，相不相信人類的美好未來與世界末日的到來；不管我們將地球視為罪惡淵藪，只有包括我們在內的少數人能得救，或熱忱地相信四海一家，我們所有人或多或少都曾經是偽君子。

他一生中不論做什麼，都自稱以宗教目標為依據，也是他禱告時向上帝表述的動機。在金錢與地位的運用上，有誰存心比他良善？有誰比他更憎惡自己，更極力頌揚上帝的意旨？在布爾斯妥德心目中，上帝的意旨與他個人行為的端正與否，不能相提並論。他必須區分上帝的敵人，那些人只能做為工具使用，因而也不具備影響力，最好不讓他們擁有金錢。再者，有利可圖的商業投資是撒旦施展靈活手段的場域，只要由上帝的僕人妥善運用那些利潤，就能得到上帝的認可。

這種內心的自圓其說並非專屬福音教徒，正如慣用堂皇說詞掩蓋偏狹私心也不是英國人特有。除非心懷仁善，並且對所有人類懷抱無私的同胞愛，否則世俗的教義很難不侵蝕我們的道德觀。不過，一個人如果不以貪欲為念，必定有個良知或準繩，或多或少要求自己奉行。布爾斯妥德的準繩就是為上帝的意旨服務：「我有罪，我毫無價值，只是一個在使用中得到淨化的器皿。儘管如此，請使用我吧！」他將自己對影響力與權勢的強大需求塞進這個模具。如今危機的時刻來到，那個模具可能破裂，甚至被徹底丟棄。他為了更立竿見影地彰顯上帝的榮光，說服自己做了某些事。萬一到頭來那些事變成別人的笑柄，蒙蔽了那份榮光，該怎麼辦？如果這是上帝的裁決，那麼他就會像獻出不潔祭品的人一樣，被逐出聖殿。

長久以來，他持續表達懺悔。可是如今懺悔的時刻到了，卻夾帶更多苦楚，還有個步步進逼的上帝，督促他提出教義之外的補償。上帝的法庭已經為他做了調整，謙卑自抑不足以贖罪，他必須親手奉上賠償。布爾斯妥德確實打算在他的神面前奉上可能的補償，因為他敏感的神經陷入巨大的恐懼，恥辱帶來的劇痛在他內心喚醒新的心靈渴求。不管黑夜或白天，那咄咄逼人的往事激發他的良知，他都在思考該如何重拾平靜與信心，該做出什麼犧牲才能免受懲罰。在這些害怕的時刻，他相信如果他自動自發

---

20 摘自克倫威爾（Oliver Cromwell）一六五〇年九月十二日寫給當時的愛丁堡總督的信。

地做好事，上帝就會赦免他曾經犯下的過錯。因為信仰要改變，注入那份信仰的情感必須先改變，而源於個人恐懼感的信仰，仍然沒有脫離野蠻人的水平。

他親眼看著拉夫歐斯搭上往布萊辛的公共馬車，卻只是暫時鬆一口氣。迫在眉睫的恐懼消失了，心靈的衝突卻持續著，安全保障還沒確立，最後他做出困難抉擇，寫了一封信給威爾，請他當天晚上九點鐘到灌木苑，他要和他私下晤談。

威爾收到信並沒有特別訝異，心想可能要討論《先驅報》的新方向。等他被帶進布爾斯妥德的私人會客室，卻看見布爾斯妥德極度憔悴的面容。他無比震驚，正打算問，「你病了嗎？」又覺得太唐突及時打住，只問候布爾斯妥德太太是否安好，是不是滿意他幫忙買的那幅畫。

「謝謝你，她相當滿意。今天晚上她帶女兒出門了。雷迪斯羅先生，我請你過來，是因為有件非常私人的事要跟你談，甚至可以說是絕對機密的事。你無論如何都想不到，竟然有某些重要關係將你我各自的過去聯繫在一起。」

威爾像遭到電擊，關於「過去的聯繫」這個話題，他非常敏感，內心的煩亂不已，心裡一直有種不好的預感，宛如浮沉變動的夢境——那個自我膨脹的大嗓門陌生人掀起了動靜，由這個眼神黯淡、面帶病容的體面人士接續下去；此時此刻，這個人壓抑的語調和拘謹的流利辭藻，幾乎跟印象中那個大嗓門一樣叫人退避三舍。

威爾說話時臉色明顯改變，「不，我確實一點都想不到。」

「雷迪斯羅先生，此刻在你面前的是個飽受打擊的人。今晚，請你過來，是要向你揭露一些事。其實，我沒有必要跟你說這些事，但我的良心督促我，也因為我知道自己必須接受上帝的審判，而上帝看人不像人看人[21]。從人間的法律來看，你沒有權利對我提出任何要求。」

威爾的煩躁多於納悶。

布爾斯妥德停頓了一下，他舉起手支著腦袋，兩眼盯著地板。接著他把探查的視線投向威爾，說：「有人告訴我，你母親名叫莎拉・登科克，離家出走去當演員。還有，你父親曾經病得消瘦枯槁。請問你能確認這些傳聞嗎？」

「可以。那些都是事實。」威爾有點驚訝布爾斯妥德現在才問這些問題，剛才他暗示彼此過去的關係之前就該問的。

可是今晚布爾斯妥德遵循的是他自己的感情，他毫不懷疑補償的機會已經來到，他感受到一種難以抗拒的衝動，想要表達他的懺悔，藉以抵消懲戒。他又問：「你知道你母親娘家的事嗎？」

「不知道，她不喜歡提起他們。她是個非常寬容高尚的女性。」威爾的口氣幾乎帶點惱怒。

「我無意指控她任何不是，她跟你提過她的母親嗎？」

「我聽她說過，她母親不知道她離家的原因。她用同情的口吻說，『可憐的媽媽』。」

「她母親後來變成我的妻子。」布爾斯妥德停頓片刻後，又補充說，「雷迪斯羅先生，你有權對我提出要求，像我之前所說的，那不是法律上的權利，而是我良心認可的權利。我因為那段婚姻致富，如果你的外祖母找到她女兒，我多半不會有今天的資產，至少規模肯定不會這麼龐大。我猜她女兒已經過世了！」

「嗯。」威爾心裡升起強烈的猜疑與厭惡，下意識地拿起自己的帽子，站了起來。他此刻最想做的是阻止對方揭曉那層關係。

---

21 摘自《聖經・撒母耳記上》第十六章第七節。

「雷迪斯羅先生，請坐下。」布爾斯妥德焦急地說。「突然聽見這些事，你一定很震驚，不過我懇請你有點耐心，畢竟你面對的是一個飽受煎熬的人。」

威爾重新坐下，有點同情這個老人的刻意自貶，卻也不無鄙夷。

「雷迪斯羅先生，我希望能補償令堂受到的損失。我知道你沒有資產，所以有意提供你充足的資金。當年如果你外祖母確定令堂還在人世，而且找到了她，這些錢多半已經屬於你。」

布爾斯妥德靜下來等候答覆。他覺得自己在威爾面前表現得無比審慎，在上帝眼中也做足了悔過的姿態。威爾被拉夫歐斯的暗示刺痛，也靠天生的敏銳度推測出過去可能發生什麼事，只是他寧願那些往事繼續埋藏在陰暗的過去。

此時的布爾斯妥德並不知道威爾心裡在想什麼，他剛才說完話之後一直盯著地板，現在抬起探詢的目光，與威爾四目相對。

威爾沉默了幾分鐘，說：「我猜你確實知道我母親還活著，也知道她的行蹤。」

布爾斯妥德畏怯了，他的臉和雙手明顯地顫抖，他沒想到自己的主動表態會引來這樣的回應，也沒想到被迫必須坦承某些原本不需要透露的事。可是在那個時刻，他不敢說謊，原本滿滿的自信現在突然開始動搖。「我不否認你的猜測是正確的。」他說得有點結巴。「因為我的行為受到損失的人，如今只有你還在人世，所以我想補償你。雷迪斯羅先生，我相信你之所以遇見我，讓我有機會補償，是因為更高的意志，而非人世間的索賠。再者，誠如我所說，法律上我完全站得住腳。我願意縮減自己和我家人未來的財富，在我有生之年每年給你五百鎊，死後再給你一定比例的金額。不只如此，如果你有什麼遠大目標需要更多資金，我也願意付出更多。」布爾斯妥德說得如此詳細，是希望藉此打動威爾，打消他的其他念頭，心懷感恩地接受他的提議。

威爾的表情卻是固執到了極點，他噘起了嘴唇，手指頭掛在口袋上。他一點都不感動，反而堅定地說：「布爾斯妥德先生，在我答覆你以前，必須請你回答我一兩個問題，你跟那筆財富背後的事業有關係嗎？」

布爾斯妥德心想，「拉夫歐斯已經跟他說了。」這個問題由他自己的提議而來，他又怎麼能拒絕回答？他說，「有。」

「那是不是不名譽的生意？甚至，如果那門生意的真相被公諸於世，相關的人是不是會跟竊賊和罪犯扯上關係？」威爾的語調尖銳苛刻，他決心用最直白的方式提問。

布爾斯妥德怒不可遏，臉色漲紅。他原本打算表現出屈尊自謙的模樣，只是看著這個他有意照料的年輕人擺出法官的架勢質問他，他高度傲慢和作威作福的習氣凌駕懺悔的心，連恐懼都拋到腦後。「先生，在我接觸之前，那個生意已經存在很久，你沒有資格提出那樣的問題。」他沒有提高聲音，說話的口氣卻強烈不滿。

「我有資格。」說著，威爾再次拿著帽子站起來。「我必須決定要不要跟你達成協議，接受你的金錢，所以我有絕對的資格。我的名聲必須一塵不染，我的出身和親屬也不能有任何污點。現在我發現有個我排除不了的污點，我的母親察覺到了，盡她所能保持潔淨，我也會這麼做。那些來路不明的錢，你繼續留著。如果我有自己的財產，我會願意把它交給任何能推翻你剛才說的那番話的人。我該感謝你的，是你把那筆錢留到現在，給我機會拒絕它。男人應該當個坦蕩蕩的紳士。先生，晚安。」

布爾斯妥德還想說話，但威爾堅決又迅速地走了出去，一轉眼大廳的門已經關上。威爾乍然得知這繼承來的污點，一肚子的憤懣與反抗，一時之間沒辦法反思自己是不是對布爾斯妥德太冷酷，是不是對這個六十歲老人太過高傲殘忍，畢竟對方只是想彌補多年前的過失。任何旁觀的第三者都沒辦法理解威爾強烈的排斥和言語的尖刻，當時只有他自己知道，他在尊嚴問題上表現的任何情緒，都直接牽涉到他和多蘿席亞的關係，也牽涉到卡索邦對他的處置。他盛怒之下拒絕布爾斯妥德的提議，但那份衝動裡也摻雜著一個念頭，那就是如果他接受了，將來要怎麼面對多蘿席亞。

威爾離開後，布爾斯妥德的情緒無比激動，像女人似地啜泣。他第一次被身分比拉夫歐斯高的人當面蔑視，那份蔑視像毒液般迅速滲透他全身上下，再也沒有餘力安慰自己。可是哭泣帶來的寬慰必須適可而止。他妻子和女兒出門去聽東方歸國的傳教士演講，不久後就回來了。孩子們直說可惜爸爸沒聽到，急忙為他轉述她們覺得有趣的內容。或許，在他眾多不為人知的念頭之中，最令他安心的是，至少威爾不會對外宣揚這天晚上發生的事。

第六十二章

他這個地位卑下的侍從，
愛上匈牙利國王的千金。
——古老情詩

威爾打定主意要再見多蘿席亞一面，之後立刻離開米德鎮。他跟布爾斯妥德那場惱人談話的隔天上午，他寫了短箋給多蘿席亞，表明基於種種原因，他在米德鎮滯留的時間超出原先預期，希望徵求她的許可，再次造訪洛威克，並請她盡可能選個最近期的時日，因為他急著離開，卻希望再見她一面。他把信留在辦公室，讓信差送到洛威克莊園，之後安心等候回音。

威爾對於再次要求道別，覺得有點尷尬，他上一次跟多蘿席亞辭行時，詹姆斯也在場，連管家都知道他要走了。別人都覺得他不會再出現，現在卻要再次上門，對男性尊嚴是一種考驗。第一次辭別令人感傷，第二回卻可能演變成鬧劇，甚至會有人挖苦嘲笑他逗留的動機。威爾很滿意自己選擇直接求見，而不是製造機會假裝巧遇，因為他希望多蘿席亞明白他多麼迫切想見她一面。上次與她告別的時候，他還不知道遺囑的事，那件事改變他們的關係，也徹底斷絕他們之間的任何可能性，當時的他卻毫不知情。他不知道多蘿席亞有私人財產，也不習慣思考這方面的事，理所當然地認為，根據卡索邦的遺囑，多蘿席亞如果答應嫁給她，代表她同意變得身無分文。他無論如何都不願意看見那樣的結果，就算她願意為他變成窮人也不行。再者，他剛得知他母親家族那令他痛心的事，那些事一旦暴露，多蘿席亞的親友就更有理由瞧不起他，認定他配不上她。原本暗自希望幾年後他再回來時，他的身價已經配得上她的財富，如今那點心願就像縹緲夢境的殘跡。基於這些變化，他覺得有充分理由要求多蘿席亞再見他一面。

可是那天上午多蘿席亞不在家，沒收到威爾遞來的信息。她伯父來信說他一星期內會返家，她連忙搭馬車出門，先去弗列許通知西莉亞，再去蒂普頓農莊向僕人傳達伯父交代的事；套用她伯父的話，「動動腦子對寡婦有益。」

早先威爾猜想某些人會嘲笑他遲遲不離開，如果他聽見當天上午弗列許那群人的部分談話，就會確認自己猜得沒錯。詹姆斯雖然已經不擔心多蘿席亞，卻一直留意威爾的動向，吩咐知道內情的律師史坦迪許為他通風報信。威爾宣稱馬上要離開米德鎮，卻多留了將近兩個月，激起詹姆斯進一步的懷疑，至少確認他對這「年輕小伙子」的反感。他覺得這個年輕人輕浮不可靠，大有可能像那些沒有家族背景或固定職業牽絆的人一樣任性。不過他剛從史坦迪許那裡聽到一個消息，不但證實他對威爾的猜測，也能有效幫多蘿席亞擺脫一切危險。

罕見的情勢可能會讓我們所有人一反常態，在某些情況下，最威嚴的人也不得不打噴嚏，而我們的情感也十分容易出現類似的矛盾表現。這天上午，善良的詹姆斯十分異常，似乎急於跟多蘿席亞談論某個話題；他通常避免對她提起那個話題，彷彿那是他們雙方的恥辱。他不能請西莉亞轉達，因為他不希望西莉亞知道他心裡藏著什麼流言。他一直在傷腦筋，不知道該怎麼克服羞怯的性格和笨拙的口齒，跟多蘿席亞提起那件事。多蘿席亞出乎意料來到，他更絕望地認為自己沒辦法和她談論不愉快的話題。他急中生智，用鉛筆寫了一封短箋，急匆匆派馬夫騎馬越過庭園，送到卡瓦拉德太太手上；馬夫連馬鞍都沒時間安裝。卡瓦拉德太太已經聽說那件事，也願意逢人就說，一點都不覺得有失身分。

他們有好藉口可留住多蘿席亞，因為葛爾斯一小時內會來到莊園，而多蘿席亞正好想見他一面。多蘿席亞在石子路上跟葛爾斯談話時，詹姆斯引頸企盼的卡瓦拉德太太終於出現，他連忙上去給她必要的暗示。

「我明白。」卡瓦拉德太太說。「不會牽連到你，我反正前科累累，多說點閒話也無所謂。」

「我不認為說那些話有什麼大不了。」詹姆斯不喜歡卡瓦拉德太太看穿他的心思。「只是，多蘿席亞應該知道為什麼不該再跟他見面，而我不能跟她說這種話。這種事由妳開口易如反掌。」

確實易如反掌。多蘿席亞跟葛爾斯說完話，轉身迎向他們。卡瓦拉德太太順口說她碰巧橫越偌大的庭院，來找西莉亞談談育兒經。原來布魯克要回來了？太好了！希望這次旅行徹底治好他進軍國會扮演先驅的大頭病。說到「先驅」，有人預言它很快就會像隻垂死的海豚，蒼白無力救不了自己，因為布魯克的愛將，那個聰明的年輕人雷迪斯羅已經走了，應該說就快走了。「詹姆斯聽說過這件事嗎？」

他們三個人沿著石子路緩步往前走，詹姆斯一面轉身揮起馬鞭抽向一旁的灌木，一面說他是聽過那一類的傳言。

「都是假的！」卡瓦拉德太太說。「他沒有走，顯然一時之間也不會走。《先驅報》還是生氣盎然，奧蘭多[22]．雷迪斯羅成天跟你那位李德蓋特醫生的妻子彈琴唱歌，傳得滿城風雨，傷風敗俗。聽說李德蓋特太太美得像天仙，去過那個家的人都說看過雷迪斯羅躺在地毯上或在鋼琴旁唱歌。不過工業小鎮的

22 Orlando，傳奇小說中常見的男主角名字，常用來代表風流多情的男子。

人向來沒什麼好名聲。」

「卡瓦拉德太太，妳一開始就說某個傳言是假的，那麼我相信這個也不是真的。」多蘿席亞說得義憤填膺。「至少我相信那是誤傳，我不想聽任何人說雷迪斯羅先生的壞話，他已經受到太多不公平對待。」多蘿席亞心情激動時，完全不理會別人怎麼看待她。即使她會反思，也只是覺得若擔心自己被人誤會，就任由別人中傷威爾，不幫他說句公道話，未免太可鄙。她臉色緋紅，雙唇顫抖。

詹姆斯瞄了她一眼，有點後悔耍這個手段。

不過處變不驚的卡瓦拉德太太攤開雙掌往外伸，說：「說得對，親愛的！我的意思是，所有背後流傳的壞話都可能是揑造的。不過李德蓋特娶了米德鎮的女孩，實在太可惜。他出身那麼好，至少也該娶個有點身分的人，最好也別太年輕，才能忍受他的職業。比如克拉拉．哈爾法傑就挺合適，她家人擔心她找不到對象，而她自己有一筆錢。那時我們就會多個朋友。話說回來！不需要為別人的事傷腦筋。西莉亞呢？我們進屋去吧。」

「我得馬上去蒂普頓。」多蘿席亞不客氣地說。「再見。」

詹姆斯陪她走向馬車時，不知道該說些什麼，他費心安排這個橋段，內心羞愧在先，沒想到結果竟是這麼不如人意。

多蘿席亞搭著馬車往前走，兩旁是漿果樹籬和採收後的玉米田，但她什麼也看不見、聽不見，淚水滾落臉頰，但她渾然不覺，只覺得這個世界變得醜陋可憎，沒什麼值得她相信。她想相信「那不是真的，那不是真的！」可是她無法忽視腦海浮現出的那令她隱隱不安的記憶——她曾經見過威爾和蘿絲夢在一起，他唱著歌，而她在伴奏。

「他說他絕不會做我不贊同的事，但願我可以告訴他，我不贊成那件事。」可憐的多蘿席亞在心裡嘀咕。她的心情陷入一種怪異狀態，前一刻氣惱威爾，下一刻又激動地為他辯解。「所有人都想在我面前詆毀他，不過只要他沒做錯事，我什麼都不在乎，我一直相信他是好人。」想到這裡，她赫然發現馬車已經駛入蒂普頓農莊大門，連忙拿出手帕擦乾淚水，開始思考來這裡辦的事。

車夫請她允許把馬卸下來半小時，因為有個馬蹄鐵出了一點狀況。多蘿席亞知道自己要在這裡休息一段時間，於是脫下手套和帽子，倚著門廳的一座雕像跟管家說話。最後她說：「凱爾太太，我暫時走不了，我去圖書室把伯父信裡交代的事寫份備忘錄給妳，麻煩妳先拉開那裡的百葉簾。」多蘿席亞邊走邊說。

「夫人，百葉簾已經拉開了。」凱爾太太尾隨多蘿席亞。「雷迪斯羅先生在那裡，他來找東西。」

威爾來找他的速寫簿，他想把這個東西帶走，打包行李時卻找不到。

多蘿席亞的心好像受到重擊，猛地一顫，表面上卻沒有半點異樣。事實上，得知威爾在這裡，她開心極了，像是找回遺失的珍貴物品。走到圖書室門口時，她對凱爾太太說：「妳先進去，跟他說我來了。」

威爾將找到的作品集放在圖書室的桌子上，他翻看著裡面的速寫，歡喜地看著其中最有紀念價值的一幅，因為多蘿席亞曾說她看不懂那幅畫跟大自然之間的關係。他對著那幅速寫露出笑容，順手把文件夾弄整齊，心裡想著等回到鎮上，也許就能看到多蘿席亞的回信。

這時凱爾太太來到他身邊，說：「先生，卡索邦太太進來了。」

威爾迅速轉身，下一刻多蘿席亞已經走進來。凱爾太太還在關門，他們已經走到對方面前，四目相對，內心滿溢某種情緒，一時無法言語。令他們沉默的並不是慌亂，因為他們都很清楚離別在即，在臨別的哀傷時刻，所有的難為情都可以拋開。

她下意識地走向她伯父的寫字桌旁，威爾幫她把椅子拉出來，退開幾步，在她正對面站定。

「請坐。」多蘿席亞雙手交疊放在腿上。「我很高興你在這裡。」

威爾覺得她臉上的表情跟當初在羅馬第一次跟他握手時一樣。她的孀居帽跟外出帽別在一起，這時一併脫掉了，他看得出來她剛哭過。她見到他以後，原本的一點怒氣已經消失於無形。每次只要跟他面對面，她就覺得信心十足，也因為彼此心意相通，體驗到一股無拘無束的歡喜；怎麼可能因為其他人說的話一夕之間就推翻那種感受，就讓那能夠占據我們身心、在我們周遭填滿歡笑的樂音再次響起，就算聽見別人趁它不在時批評它，又有什麼關係？

「今天我派人送了一封信到洛威克，請求見妳一面。」威爾在她對面坐下來。「我馬上就要走了，離開以前必須再跟妳談一談。」

「幾星期前你去洛威克辭過行了，那時你就說要走了。」多蘿席亞的聲音微微顫抖。

「嗯，可是當時我還不知道某些事，現在我知道了，那些事改變了我對未來的預期。那一次我跟妳見面，心裡想著有朝一日我可能會回來，現在我覺得我不會再回來了。」威爾沒再說下去。

「你希望我知道原因？」多蘿席亞怯生生地問。

「是。」威爾衝口而出，他腦袋往後一仰，惱怒地別開視線，「我當然希望妳知道，我在妳和其他人面前遭到嚴重羞辱，有人惡意污衊我的人格。我希望妳知道，不管在什麼情況下，我都不會貶低自己……任何情況下，我都不會給別人機會指控我為了錢假意追求……任何東西，不需要對我採取任何防備，財富就足以讓我遠離。」一說完話，他馬上站起來往前走，但又不知道要走去哪裡，不知不覺來到離他最近的外推窗旁。此時，窗子敞開著，時間已經來到和一年前相近的季節，當時他跟多蘿席亞站在這裡談話。多蘿席亞發自肺腑同情威爾的憤怒，她只想告訴他，她沒有做過傷害他的事。可是他似乎也將她推開，彷彿她也屬於那個不友善的世界。

「如果你認為我曾經把你看成卑鄙的人，對我未免太不公平。」基於真誠的天性，她想對他解釋，於是她也站起來走到窗前，站在一年前站過的位置，問，「你認為我曾經不相信你？」

威爾看見她走過來，嚇了一跳，連忙後退離開窗子，沒有迎向她的目光。他先是說話怒氣騰騰，現在又避她唯恐不及，多蘿席亞覺得很受傷；她想告訴他，她跟他一樣難受，但她無能為力。然而，他們雖然對彼此有著某些特殊感受，但是誰也不能明言，因此她始終不敢說太多。現階段她不認為威爾會有跟她結婚的念頭，她也害怕自己說的話會隱含這方面的暗示。她只能順著他剛才的話，懇切地說：「我相信沒有人需要防備你什麼。」

威爾沒有回應，相較於他內心的起伏動盪，她這句話在他聽來似乎平淡得冷酷。他發洩了怒氣後，整個人顯得蒼白又哀戚。他走到桌子旁綁好他的速寫集，多蘿席亞站在窗子旁看著他。他們在痛苦的沉默中虛度這最後的相處時光。他對她的熾烈愛情頑固地盤據他心頭，卻又嚴格禁止自己對她表白，那麼他還能說什麼？她被迫留著本該屬於他的金錢，幫不上他的忙，再者，他今天也不像過去那樣呼應她全然的信任和友善，那麼她又能說什麼？

最後威爾還是轉過身來，再次走到窗子旁。

「我該走了。」他的眼神疲倦又灼熱，像是近距離凝視著光線，苦悶的人偶爾會流露出這種神色。

「你以後有什麼打算？」多蘿席亞怯懦地問。「你的計畫還是跟上次道別時一樣嗎？」

「是。」威爾的口氣像是對這個話題不感興趣。「只要有工作我就會做。人總會習慣沒有快樂與希望的生活。」

「這話太悲觀了！」多蘿席亞的眼淚都快掉下來了，不過她擠出笑容，說，「我們以前說過，我們措辭都太強烈。」

「我現在措辭沒有太強烈。」威爾的背部靠向牆角。「有些事，男人一輩子只能承受一次，總有一天他必須明白，最好的時光已經過去了。我經歷這種事的時候太年輕，如此而已。我永遠得不到我最在乎的東西，我指的不只是那東西遙不可及，而是即使我接觸得到，也因為我自己的尊嚴和名譽，以及我自己看重的一切，注定失之交臂。我當然會繼續活下去，就像一個曾經在恍惚之中見過天堂的人一樣活著。」威爾停頓下來，他覺得多蘿席亞不可能聽不懂這番話。事實上，他覺得自己把話說得這麼明白，實在自相矛盾，也抹殺先前對自己的肯定；他只是告訴她，他永遠不會追求她。這樣不算追求她，如果是，恐怕也是一種詭異的追求。

可是多蘿席亞腦海裡浮現的景象跟他心中所想截然不同。她確實一度想到威爾最在乎的或許就是她，內心一陣悸動。但緊接著她動搖了。想到他跟另一個人經常相伴，交談的內容豐富得多，相較之下，她跟他之間那一丁點回憶就顯得蒼白薄弱。他現在說的每一句話，指的可能都是另外那個人，而她自己跟他之間發生過的一切，說穿了也只剩他們之間的單純友誼，以及她丈夫的殘忍行為對這份友誼設下的阻礙。多蘿席亞默默站在原地，失神地盯著地板，心裡閃過無數念頭，最後得出揪心的結論：威爾說的是蘿絲夢。可是她為什麼覺得揪心？他只是想告訴她，即使是這件事，他的行為也是光明磊落的。

對於她的沉默，威爾並不意外。他看著她的時候，思緒紛亂，念頭接連不斷。他瘋狂地希望有什麼事來阻撓他們的分離：某種奇蹟，他們字斟句酌的談話顯然沒有這種效用。然而，她到底愛不愛他？他不能騙自己說他寧可相信她沒有因為愛他而受折磨。他不能否認，他所說的一字一句都隱藏著渴盼，希望確認她愛他。

他們兩個就這樣愣在原地，忘記了時間。等多蘿席亞終於抬起視線準備說話，門突然打開，她的男僕進來說：「夫人，馬準備好了，隨時可以動身。」

「馬上走，」多蘿席亞答。而後轉身對威爾說，「我得寫份備忘錄給管家。」

「我該走了，」威爾說。門已經關上，他走向她，又說，「後天我就離開米德鎮。」

「你做得很對。」多蘿席亞輕聲說。她覺得一顆心受到壓迫，連說話都有困難。

她伸出手，威爾握住片刻，沉默不語，因為他覺得她說的話太冷漠無情，一點也不像她。他們視線交會，他眼神裡有著不滿，她眼裡卻只有哀傷。他轉身走開，拿起速寫簿夾在腋下。

「我從來沒有做過對你不公平的事，請記得我。」多蘿席亞強忍淚水。

「妳為什麼說這種話？」威爾有點生氣。「除了妳，我還能記住些什麼？」

當時他真的有點氣她，這股怒氣驅使他甩頭就走。對多蘿席亞而言，那一幕只是短暫一瞬間：他最後那句話；他走到門口回頭向她行禮；她醒悟到他真的離開了。她頹然坐下，像座雕像般端坐幾分鐘，各種畫面與情緒向她急速湧來。一開始是喜悅，儘管之後會有連串威脅。她開心，因為她發現威爾愛上又放棄的其實是她，而他知道這是世上最不被容許、最該受譴責的愛，為了個人榮譽，只得匆匆離去。他們終究還是分開了，不過……多蘿席亞深吸一口氣，覺得振作了些，她可以毫不保留地想念他。在那個時刻，別離不難承受。初嚐愛與被愛的滋味，悲傷被驅散了，彷彿某種冰冷的壓迫感消融了。她的意識終於能夠掙脫束縛，往事帶著更豐富的涵義湧上心頭。那份喜悅並沒有減少，在那個當下或許更為完整，因為分別已經成了定局，再也不需要擔心外界任何目光和口舌會夾帶指責與輕蔑的猜疑。他的行為正好打消了指責，也讓猜疑化為尊敬。

任何旁觀者都不難看出，她心裡有個念頭支撐著她。當創造力揮灑自如，哪怕做一丁點小事也能全神貫注，就像對著陽光打開一道縫隙。多蘿席亞現在可以輕鬆撰寫她的備忘錄。她用開朗的語調跟管家交代最後幾句話，坐上馬車後，她雙眼發光，沉悶的帽子底下臉頰紅撲撲。她把厚實的黑色面紗往後掀起，專注盯著前方，好奇威爾走哪一條路。他的行為無可指責，她自然而然引以為榮。她內心最明顯的感受是：「我為他辯護是正確的。」

車夫習慣鞭策他的灰馬快速奔跑，因為卡索邦對書桌以外的任何事物既不欣賞也沒耐心，急於奔向旅途的終點，所以這時多蘿席亞坐著馬車往前奔馳。這趟路程相當宜人，前一天夜裡下過雨，浸潤了路上的塵土，碧藍的天空無比開闊，幾團偌大的浮雲在空中暢快地飄移。在無盡的穹蒼底下，地表顯得生氣盎然。多蘿席亞暗自希望能趕上威爾，再看他一眼。

馬車拐了個彎，那個腋下夾著速寫簿的身影就出現了。可是下一刻馬車經過、他舉起帽子致意，她忽然一陣難受，覺得自己高不可攀坐在馬車裡，將他拋在背後。她沒辦法回頭看他。彷彿有一大團不相干的事物將他們分隔開來，逼他們走上不同的道路，離彼此越來越遠，回頭看也沒有用。她不能吩咐車夫停下馬車等他，正如她不能露出任何質疑「我們需要分別嗎？」的神情。不只如此，她置身多麼理性的世界，讓她不敢違背今天的抉擇，對未來心存任何幻想！

「但願我早一點知道，但願他也知道，那麼雖然我們各奔東西，還是可以幸福地想念對方。真希望我可以把他的錢還給他，讓他過得輕鬆一點！」這是最常盤繞她心頭的渴求。只是，儘管她個性獨立，卻抵抗不了沉重的社會壓力。每回想到威爾太需要幫助，人生旅途又是那麼艱辛，又會馬上醒悟到，她所有的親友都認為他們之間必須保持這樣的疏離。她充分理解威爾做出這個決定有其必要。他怎麼能奢望她違抗她丈夫在他們之間設下的障礙？她又怎麼可能告訴自己要跨越那個障礙？

看著馬車越離越遠，威爾覺得未來已經確定，心中苦不堪言。在這種敏感時刻，最微小的事情就足以刺痛他。看著多蘿席亞的馬車飛馳而過，自己卻像個可憐蟲蹣跚前行，努力在這個世界找個立足之地。只是，以他目前的心境，不管什麼樣的職位，都不能為他帶來渴盼的東西。這麼一來，他的離去也只是不得不然，原本支撐他的決心也因此消失。畢竟他不確定她愛他，有哪個男人單方面承受相思之苦，還能嘴硬地說自己樂在其中？

那天晚上他借住在李德蓋特家，隔天晚上，他已經離開了。

第七卷　兩個誘惑

第六十三章

這些瑣事是小人物眼中的大事。

——高德史密斯[1]

「你最近常跟你那位科學天才李德蓋特見面嗎？」在自家的聖誕晚宴上，托勒爾問他右手邊的菲爾布勒。

「很遺憾，不常。」菲爾布勒答。「我住的地方不順路，何況他也太忙。」托勒爾總是取笑他對「新醫學之光」的信心，菲爾布勒照舊充耳不聞。

「是嗎？很高興他有得忙。」敏欽的語氣平和中帶點驚訝。

「他大部分時間都在忙新醫院的事，」菲爾布勒有意延續這個話題。「我的鄰居卡索邦太太常去新醫院，她說他不屈不撓，把布爾斯妥德的醫院管理得有聲有色。他現在在籌設新病房，萬一霍亂傳過來才不會措手不及。」

「我猜也順便構思治療理論，好拿病人當試驗品。」托勒爾說。

「托勒爾，別這樣，公平一點。」菲爾布勒說。「你這麼聰明，不可能看不出大膽創新的思維對醫學界和所有領域的好處。至於霍亂，我猜你們沒有人確定知道該怎麼應付。如果有個人在全新的道路上走得太遠，他自己受的傷害永遠比別人多。」

「我相信你跟朗屈都要感謝他，」敏欽對托勒爾說。「因為他把皮考克最好的病人都送給你們。」

「以一個剛執業的醫生來說，李德蓋特花錢可算大手筆。」酒商哈利．托勒爾說。「看來他在北部的親戚有拿錢贊助他。」

「但願如此。」齊切利說。「否則他不該娶那個我們大家都喜歡的好女孩。該死！那傢伙娶走最漂亮的女孩，太可恨！」

「噯，說得對！而且是條件最好的那個女孩。」史坦迪許附和。

「我朋友溫奇一點都不贊成這門親事，這點我很確定，**他**不會幫他們太多。至於另一邊的親戚能做到什麼地步，可不好說。」齊切利語帶保留地說。

「我猜李德蓋特一開始就沒打算靠行醫謀生。」托勒爾話中帶刺，但這個話題也就此結束。

菲爾布勒不是第一次聽見別人話中有話地暗指李德蓋特明顯入不敷出，不過他猜李德蓋特之所以大手筆籌備婚事，也許另有財源或可望取得其他資金，就算他執業的收入不如預期，財務也不至於發生問題。某天晚上，他不辭辛勞去鎮上找李德蓋特閒聊，發現李德蓋特似乎強自振作，像往常那樣，靜默時從容淡定，說話時精神振奮。他們走進工作室，李德蓋特滔滔不絕地說著支持或反對某些生物學的見解，但沒有像過去那樣提出或展示任何鍥而不捨的研究過程中該有的確切論點；比如「所有的研究都存在收縮與舒張」，或「人的思維必須在全人類的視野與顯微鏡的視野之間，持續擴大或縮小」。那天晚上，他無所不談，好像只是為了抵抗內心的壓力。不久後，他們轉到客廳，李德蓋特請蘿絲夢彈琴，自

1 Oliver Goldsmith，這裡的句子摘自他的長詩〈旅人〉（The Traveler，or a Prospect of Society）。

己沉默地坐在椅子上，兩眼閃耀著怪異的光芒。

菲爾布勒的腦海閃過這個念頭：「他可能服用了鎮靜藥劑。」大概是三叉神經痛吧，或醫學方面的困擾。他不會想到李德蓋特的婚姻可能不美滿，雖然他覺得蘿絲夢相當無趣，是新娘學校培養出來的典型女子，而他母親也因為蘿絲夢始終對諾博小姐視而不見，對她毫無好感，但他也跟所有人一樣，認為她是個溫柔乖巧的嬌妻。「不管怎麼說，當初是李德蓋特愛上她，所以她肯定是他喜歡的類型。」

菲爾布勒自己沒有傲氣，但他知道李德蓋特心高氣傲，除了提醒自己不要太刻薄或太愚蠢，他其實不太在乎個人尊嚴，所以很難理解李德蓋特害怕別人提起他的私事，就跟害怕被燙傷一樣。上次從托勒爾的談話中，他得知某些情況，因而更急於找機會想拐彎抹角地告訴李德蓋特，如果碰到什麼困難，隨時可以找他。

這個機會出現在溫奇家。那是元旦當天，溫奇家辦了派對，這是他高升教區長兼牧師職位的第一個新年，菲爾布勒收到不容推辭的邀約，絕不能遺棄他的老朋友。這場派對氣氛一團和樂，菲爾布勒家的女士們都到了，溫奇家的孩子也都上桌跟大人一起用餐。

弗列德告訴他母親，如果她不邀請瑪麗，菲爾布勒家的女士會覺得自己不受重視，因為瑪麗在她們心目中的地位特殊。瑪麗來了，弗列德樂開懷，可惜爽朗的心情偶爾被烏雲遮蔽——他看見菲爾布勒坐在瑪麗身邊，他又吃起醋來。弗列德以前並不會那麼介意自己有沒有本事，自從擔心「輸給菲爾布勒」，他就開始七上八下，這種恐懼感到現在還壓迫著他。

珠光寶氣的溫奇太太看見瑪麗嬌小的體型、粗糙的捲髮，以及跟粉紅嫩白沾不上邊的臉龐，心裡直納悶，她沒辦法想像自己會喜歡瑪麗穿婚紗的模樣，或以遺傳到葛爾斯家「五官」的孫輩為榮。然而，派對和樂融融，瑪麗格外開心。她替弗列德高興，因為溫奇家的人對她的態度越來越友善。她也樂意讓他們見識一下，就連他們自己認定的公正人士也非常欣賞她。

菲爾布勒發現李德蓋特好像煩悶無聊，也注意到溫奇盡可能避免跟女婿交談。蘿絲夢極其優雅從容。菲爾布勒沒有興趣觀察她，否則只要稍加留意，就會發現她對丈夫少了應有的關注，因為即使基於禮儀必須克制，深情的妻子也難免在不經意間特別留意丈夫。李德蓋特跟人聊天的時候，她彷彿一尊正好望朝向別處的賽姬雕像，絕不會看他。李德蓋特中間離開約一兩小時才又回來，但她好像絲毫沒有察覺。如果是在十八個月前，她眼裡恐怕只看得見他。其實，她密切注意著李德蓋特的一舉一動，她擺出那副溫柔婉約置身事外的模樣，是一種刻意的否定，這麼一來，她可以在不失禮的前提下滿足內心對他的反感。甜點時間時李德蓋特被叫走，女士們回到客廳坐定，菲爾布勒太太對碰巧在近處的蘿絲夢說，「李德蓋特太太，妳丈夫的社交活動大部分妳都不能參與。」

「是啊，醫生是很辛苦的行業，尤其是像他這樣全心全意投入工作的人。」蘿絲夢說完這些大方得體的話之後，就輕盈地轉身走開。

「在家裡沒有人陪的時候，她一定孤單極了。」說話的是溫奇太太，她坐在菲爾布勒太太旁邊。「蘿絲夢生病的時候，我住在那裡陪她，就有這種感覺。菲爾布勒太太，妳也知道我家一直很熱鬧，我先生也喜歡家裡常有人來走動，蘿絲夢從小就習慣這樣的日子，現在丈夫說出門就出門，永遠不知道什麼時候回來。他個性高傲，像個悶葫蘆，這是**我**的看法。」口不擇言的溫奇太太說到最後一句稍微壓低聲音。「蘿絲夢的個性柔順，以前她哥哥弟弟經常招惹她，可是她從來沒發過脾氣，從小就非常乖巧，而那張漂亮的臉蛋任誰也比不上。感謝上帝，我的孩子都是好脾氣。」溫奇太太把寬版帽帶往後一撥，笑盈盈看著另外那三個女兒（七歲到十一歲），任誰看見此時的她，都會相信她剛才那番話。可是她那微笑的目光不得不把瑪麗也收進眼底，因為三個小女孩把瑪麗拉到牆角，纏著她說故事。

瑪麗剛說完格林童話中精靈小矮人的精彩故事，這篇故事她記得滾瓜爛熟，因為蕾蒂最喜歡拿著她心愛的小紅書，把內容讀給她那些孤陋寡聞的哥哥姐姐聽。溫奇太太的小寶貝露易莎興奮地跑到媽媽身邊，兩眼放光地叫道，「媽媽，媽媽！小矮人踩地板太用力，腳拔不出來！」

「我的小天使！」溫奇太太說。「明天再仔細跟我說，趕緊去聽故事！」她的視線隨著露易莎回到那迷人的角落，心裡想著，下回弗列德想再邀請瑪麗過來，她不會再反對，孩子們都那麼喜歡她。

現在角落氣氛更熱烈了，因為菲爾布勒走過去坐在露易莎後面，把她抱在懷裡。其他女孩覺得他一定得聽精靈小矮人的故事，非要瑪麗再說一次。他也要聽，所以瑪麗大方地把故事又說了一次，跟前一次一字不差。弗列德也坐在附近，要不是菲爾布勒一面假裝對故事很感興趣逗孩子高興，一面用愛慕的眼光看著瑪麗，他一定會為瑪麗展現的親和力得意洋洋。

「露兒，妳以後再也不喜歡獨眼巨人了。」弗列德說。

「我喜歡，現在說他的故事。」露易莎說。

「噢，我說得不好。妳找菲爾布勒先生。」

「對。」瑪麗說。「請菲爾布勒先生跟妳說螞蟻的故事，小螞蟻漂亮的屋子被巨人湯姆砸毀了，湯姆聽不見小螞蟻哭喊，以為牠們不在乎，因為他也看不見小螞蟻拿手帕擦眼淚。」

「拜託。」露易莎抬頭看著菲爾布勒。

「不，我是個古板的老牧師，就算我想說故事，也會變成講道，要不要聽我講道？」他戴上近視眼鏡，噘起嘴唇。

「好。」露易莎很給面子。

「我想想，嗯，我們來說說蛋糕的壞處。蛋糕為什麼不好，尤其是加了果乾的甜蛋糕。」

露易莎信以為真，從菲爾布勒腿上爬下來，走向弗列德。

「啊，看樣子過新年不適合講道。」菲爾布勒起身走開。近來他發現弗列德在吃他醋的，也意識到瑪麗在自己心目中還是比其他女人好。

「瑪麗個性真開朗。」菲爾布勒太太一直旁觀兒子的動態。

「沒錯。」溫奇太太不得不回答，因為老太太轉過頭來一臉期待地看著她。「可惜長得不夠漂亮。」

「我不這麼認為。」菲爾布勒太太果斷地說。「我喜歡她的長相。英明的上帝創造出不美麗的優秀女孩，我們就不該太注重外表。我更重視教養，瑪麗任何時候都進退得宜。」老太太語氣有點尖銳。她把瑪麗當成未來的兒媳婦，只是瑪麗跟弗列德的關係有點尷尬，所以這件事還不適合公開。不過菲爾布勒家三位女士都暗自希望坎登會選擇瑪麗。

又有客人進來，彈琴打牌的娛樂也開始了，牌局設在門廳另一邊的僻靜房間。菲爾布勒為了討好母親玩了一局。菲爾布勒太太偶爾也玩紙牌，目的在對抗惡毒傳言和怪異論點，基於這點，就算有牌不跟也捍衛了尊嚴。一局結束後，菲爾布勒把位子讓給齊切利，離開客廳，走過門廳時李德蓋特剛進門，正在脫大衣。

「我正要找你。」菲爾布勒說。

他們沒有進客廳，而是往門廳深處走去，在壁爐前站定。冷冽的空氣讓火光更為鮮明熾熱。

「看吧，打牌，我說戒就戒。」菲爾布勒笑著對李德蓋特說。「現在我不再為了錢打牌，卡索邦太太說這都要感謝你。」

「怎麼說？」李德蓋特口氣冷淡。

「啊，你不想讓我知道，這叫不厚道的緘默，就讓我感受一下受到你幫助的喜悅。有些人不喜歡欠別人人情，但我不會，寧可大家都對我好，多欠點人情沒關係。」

「我不懂你在說什麼。」李德蓋特說。「我只跟卡索邦太太提過你一次，她答應不跟你說這件事，我相信她不會違背諾言。」李德蓋特背靠著壁爐一角，臉上沒有任何光采。

「幾天前，布魯克才跟我說的。他向我道賀，他很高興我得到那個職位。不過他說你扯他後腿，把我捧上了天，一副我是肯恩或提洛森[2]之類的人物，所以卡索邦太太不願意指派其他人。」

「哼，布魯克真是個少根筋的蠢貨。」李德蓋特唾棄地說。

「我倒很慶幸他少根筋。親愛的朋友，我不明白你為什麼不願意讓我知道，你確實幫了我大忙。能夠發現自己之所以行事端正，主要是因為不缺錢，對個人的自滿有強大約束力。一個人如果不需要魔鬼的服務，就不會受誘惑去諂媚魔鬼。現在我不再需要機會的垂憐。」

「賺錢一定得靠機會。」李德蓋特說。「一個人如果在工作上賺到錢，肯定是因為碰上好機會。」

這番話跟李德蓋特過去的言論南轅北轍，但菲爾布勒覺得，一個男人諸事不順心情鬱悶，自然而然會發出這種乖僻論調。他用友善的認同口吻說：「這個世界上有太多事需要忍耐，不過人只要身邊有關心他的朋友，不妨耐心等待，只要是朋友的能力範圍內，也不妨開口求助。」

「啊，沒錯。」李德蓋特心不在焉地說，他換個姿勢，看了看錶，又說，「人總是把困難看得太嚴重。」他清楚知道菲爾布勒在暗示願意幫忙，這點他無法忍受。我們凡人實在固執得不可理喻，李德蓋特長期以來因為私底下幫了菲爾布勒的忙而暗自得意，如今情勢逆轉，換成菲爾布勒察覺到他需要幫忙，他無法接受，堅決保持沉默。再者，主動表示願意幫忙的下一步會是什麼？那就是要他說明狀況，想探知進一步的細節，到了那種地步，他寧可自殺。

菲爾布勒心思細膩，不可能聽不懂李德蓋特的意思。李德蓋特的態度和語氣跟他的體格一樣氣勢恢宏，如果他第一時間回絕你，再多的勸說都是白費唇舌。

「幾點了？」菲爾布勒嚥下受傷的心情。

「十一點多。」李德蓋特答，而後兩人一起走回客廳。

2 肯恩（Thomas Ken，一六三七～一七一一）與提洛森（John Tillotson，一六三〇～九四）是十七世紀英國知名的神職人員兼作家。

第六十四章

紳士甲：擁有權力，就得承擔責任。
紳士乙：不。權力是相對的，你不能指望
擴建堡壘嚇阻步步進逼的危害；
也別想靠隱晦的論述捕到鯉魚。
一切力量都是二元對立，除非有果，
否則因不是因。而主動本身
必須包含被動。於是命令
少了服從就無法存在。

李德蓋特即使願意說出自己的困難，他也知道菲爾布勒能力有限，解決不了他的燃眉之急。往來的商家陸續送來年終帳單，多佛口口聲聲說要買斷他的家具。早先查特姆和卡索邦兩家給的豐厚診金早就揮霍光了，現在唯一的收入微薄又遲緩，都是來自那些不能得罪的病人。現在至少需要一千鎊才能解除他目前的困境，還能餘下一小筆錢；套用一句這種情況下能給人滿懷希望的話：能給他時間「從長計議」。

快樂的聖誕節緊接著是快樂的新年，鄉親過去一年來堆著笑容提供的服務和商品，也到了收取帳款的時節。李德蓋特的煩惱無形中加重許多，幾乎沒辦法專心思索其他事，包括過去他最習慣、最吸引他的主題，他不是個壞脾氣的人，他喜歡思考，心地熱誠善良，加上強健的體格，只要生活條件還算舒適，就不會變成心胸狹窄、敏感易怒的暴躁性格。可是他現在卻面臨最令人惱怒的景況，這怨氣不只源自生活中的煩心事，也來自隱藏在那些煩心事背後的念頭，他覺得自己把精力耗費在有辱身分的俗務上，跟他過去的目標背道而馳。「我現在思考的是**這個**，而我應該思考的卻是**那個**。」這樣的哀怨不斷糾纏他，每一個難題因此加倍難以忍受。

某些男士在文學書籍裡大放異彩，因為他們對整個世界普遍不滿，覺得他們的偉大靈魂誤入這個索然無味的陷阱。然而，想像非凡的自己屈居在渺小的世界，未嘗不是一種安慰。李德蓋特的失意更難承受，他心中懷抱遠大理想，也有機會採取有效行動，可惜他卻受侷限，為自身利益患得患失，終日汲汲營營，只為緩解物質上的憂慮。在權貴人物心目中，他的麻煩或許微不足道，不值得放在心上。畢竟除非債務規模夠大，否則很難引起那些人的關注。沒錯，那些麻煩確實不足掛齒，但對於大多數無權無勢的普通人，如果擺脫不了對金錢的渴望，就跳脫不開那份卑微。因為金錢讓人眼界狹小、抵抗不了誘惑：比如期待他人死亡；意有所指的索討；像馬販一樣以劣馬充良駒；謀奪屬於他人的職位；甚至奢望發災難財。

李德蓋特在貧窮的枷鎖下痛苦掙扎，越來越愁眉不展，跟蘿絲夢之間的隔閡也日益擴大。自從上次跟她談起抵押的事，他想盡辦法跟她建立共識，希望兩人一起努力縮減開支。隨著聖誕節的腳步接近，他的提議也越來越明確。「我們兩個只需要一個僕人，生活花費也可以減到最低。」他說。「我一匹馬就夠了。」

誠如我們所見，李德蓋特開始用更清醒的角度去思考生活開銷問題，過去他雖然在乎這些體面的表相，可是相較於被人發現他負債，或必須開口求人提供金錢方面的協助，那些顧慮都變得微不足道。

「你高興的話，當然可以辭掉另外那兩個僕人。」蘿絲夢說。「可是如果我們過得那麼寒酸，對你的工作恐怕不太好，有身分地位的人可能不會來找你看病。」

「親愛的蘿絲夢，我們沒有選擇。一開始我們就過得太奢侈，妳也知道皮考克住的房子比這間小得多，都是我的錯，我早該想到的。我害妳必須過著比婚前更清苦的生活，如果哪個人有資格抽我一頓鞭子，我甘願受罰。不過，我想我們是因為相愛才結婚，那份愛也許可以讓我們共同度過這次難關，迎向更美好的未來。來，親愛的，把針線放下，過來我這裡。」

當時他對她已經心寒齒冷，但他害怕這場婚姻落得同床異夢，決心修補彼此之間的裂痕。蘿絲夢順從地由著他將她抱在懷裡，可惜她的心已經悄悄離他遠去。可憐的蘿絲夢只看見這個世界一點都不能讓她順心如意，而李德蓋特也是這個世界的一部分。他一隻手摟著她的腰，另一隻手輕輕地蓋住她的雙手。他雖然有點陰晴不定，對待女人卻十分溫柔，從來不會忘記女性不管身體或心靈都比較柔弱。

他開始苦口婆心地勸說：「小蘿，最近我才發現我們家有很多錢在不知不覺中浪費掉了，可能是僕人太粗心大意，而且家裡平時招待太多客人。很多跟我們地位相當的人，生活開銷卻比我們少得多，可能是因為他們不追求高品質，也不浪費小東西。錢好像都是從這些小地方慢慢流出去，朗屈在生活上力求簡樸，而他的病人非常多。」

「喔，如果你打算過朗屈家那種生活，就照你的意思吧！」蘿絲夢將脖子微微一扭。「不過以前你說過不屑那種生活方式。」

「沒錯，他們各方面品味都不好，醜化了勤儉持家的美德。我們不需要跟他們一樣，我只是說，朗屈雖然收入不錯，卻不會亂花錢。」

「特提厄斯，你的收入為什麼不好？皮考克以前就做得很好。你應該更小心一點，別得罪人，而且你也該跟別人一樣開藥。你起步的時候就做得不錯，有不少大戶人家找你看病。標新立異沒什麼好處，你應該多想想大家普遍喜歡什麼。」蘿絲夢的口氣帶著點堅決的告誡。

李德蓋特怒氣竄升，他願意寬容的是女性的柔弱，而非女性的支配。水中仙子膚淺的心靈或許迷人，一旦她開始指手畫腳，就未必了。不過他自我克制，只用專橫而篤定的口吻說：「小蘿，我的工作該怎麼做，由我來判斷，那不是妳該管的事。妳只要知道，未來很長一段時間我們的收入不會太多就夠了，可能不到四百鎊，或者更少，所以我們必須配合調整生活方式。」

蘿絲夢沉默了片刻，定定望著前方，接著說，「你花那麼多時間在醫院做事，我姑父布爾斯妥德應該付你薪水，你不該免費工作。」

「我在醫院的工作是義務性質，這是一開始就說好的，這也不是妳該過問的事。我已經告訴妳唯一的可行方案。」李德蓋特不耐煩地說，接著他隱忍著脾氣，用比較平靜的語調說：「我想到一個辦法，可以幫我們解決大部分困難。我聽說奈德．普林岱爾跟蘇菲．托勒爾要結婚了，可是米德鎮不容易找到好房子，他們家有錢，我相信他們一定願意接手我們這棟房子和大部分的家具，也會願意多付點租金。我打算讓川姆博爾去找普林岱爾談。」

蘿絲夢離開李德蓋特的懷抱，緩步走到房間另一頭，等她轉身再朝他走過來的時候，眼裡已經噙著淚水，但她咬著下唇，擰著雙手，忍著不哭出來。李德蓋特挫折至極，氣得渾身顫抖，卻又覺得這種時候發脾氣太沒男性風度。

「蘿絲夢，我很抱歉。我知道這種事很難接受。」

「當初我忍耐著把餐盤退回去，還讓那個男人來列家具清單，我以為……那樣就夠了。」

「親愛的，當時我跟妳解釋過，那只是擔保，背後還有一筆債務，那筆錢必須在未來幾個月之內還清，否則我們的家具就會被拍賣。如果普林岱爾願意租我們的房子和大部分家具，我們就有能力償還那筆錢和其他債款，順便擺脫一棟我們負擔不起的房子。我們另外找一棟小一點的，川姆博爾有一棟很不錯的要出租，一年只要三十鎊，現在這棟要九十鎊。」李德蓋特這番話說得簡潔有力。我們如果想讓糊塗的腦袋看清緊迫的事實，都會使用這種口氣。

無聲的淚水滑落蘿絲夢臉頰，她拿起手帕擦乾，站在原地盯著壁爐上的大花瓶。她從來不曾這麼憤恨，最後她不疾不徐、慎重地說：「我想不到你會喜歡這麼做。」

「喜歡？」李德蓋特衝口而出，他從椅子上跳起來，惱怒地將雙手插進口袋，慢慢從壁爐旁走開。「這不是喜歡不喜歡的問題！我當然不喜歡這麼做，可是這是唯一的辦法。」他轉身面對她。

「我覺得還有很多辦法。」蘿絲夢說。「我們把東西都賣了，搬出米德鎮。」

「離開後能做什麼？為什麼要離開有工作的米德鎮，去沒有工作的地方？我們無論搬到哪裡，都會跟現在一樣一無所有。」李德蓋特越來越生氣。

「特提厄斯，如果我們真的走到那個地步，那都是因為你。」蘿絲夢轉身面對丈夫，用最堅定的語氣提出指控。「你不肯好好對待你的親人，你得罪上尉。我們去奎林罕的時候，高德溫爵士對我很和善，我相信只要你多跟他親近，讓他知道你的困難，他一定會幫你。可是你不願意那麼做，只想把房子和家具讓給奈德。」

李德蓋特眼神帶點凌厲，用更暴戾的語氣回應，「嗯，如果妳非要這麼說，我確實喜歡那麼做。我承認，比起當個傻瓜白費力氣去哀求，我更喜歡自己的安排。現在妳明白了，我就是喜歡這麼做。」最後一句話語氣強硬的程度，不輸他抓握蘿絲夢柔弱手臂的力道。只是，在其他方面，他一點都不比她強悍。

她立刻不發一語走出房間，懷著強烈決心要阻撓李德蓋特喜歡做的事。

他走出家門，冷靜之後，他覺得這次討論的主要結果，是他心裡多了一份恐懼，害怕日後再跟妻子談起任何可能令他口不擇言的話題。那種感覺就像精緻的水晶出現裂紋，恐怕只要輕輕挪動，就引發致命後果。如果他們不再相愛，他的婚姻就會淪為難堪的諷刺。他很久以前就看清她的負面性格，比如她沒有善感的心，沒有把他的重大心願和他的人生目標放在心上；他吞下了第一波失望，不再奢求完美妻子的深情奉獻與溫馴崇拜，像四肢殘缺的人降低對生命的要求。可是真實生活裡的妻子不只有自己的主張，還依然抓得住他的心，而他極度希望這份感情能維持熱度。在婚姻當中，害怕「我從此不再愛她」，要比確認「她永遠不可能太愛我」更難承受，因此那次發怒之後，他便付出全副心力去原諒她，轉而責怪眼前的難艱處境，而這處境他自己也得負一部分責任。那天晚上他努力安撫她，彌補當天早上造成的傷害。蘿絲夢天生不會排斥別人或擺臭臉，事實上，她喜歡丈夫這樣的表現，因為這代表他還愛她，也還在她的掌控之中，可是這跟**愛他**大不相同。

李德蓋特本人不會輕易再提起搬家的事，只是下定決心去執行，盡量避免不必要的討論。可是隔天早上蘿絲夢主動提起，她輕聲細語地說：「你跟川姆博爾談過了嗎？」

「還沒。」李德蓋特答。「今天早上我會順路去拜訪他，這事不能再拖了。」他認為蘿絲夢談這件事代表她不再反對，起身離去時輕柔地親吻她的頭。

等適合拜訪的時間一到，蘿絲夢就去找普林岱爾太太，一進門就說盡好話賀喜。普林岱爾太太做為奈德的母親，覺得蘿絲夢如今想必已經明白自己當初的愚蠢，看來她兒子一點損失都沒有。不過她本性善良，不至於失了禮節。

「是啊，奈德開心極了。能娶到蘇菲這樣的媳婦，我也心滿意足。她爸爸的酒廠規模那麼大，一定會讓她風光出嫁。我們有這樣的親家，還有什麼可挑剔的。她真是個好女孩，人品樣貌數一數二，卻不擺架子，不裝模作樣。我可沒拿她跟那些貴族小姐比，有些人眼界太高，終究討不到好處。我是說蘇菲不輸鎮上最好的女孩，而且她很懂得知足。」

「我向來覺得她很討人喜歡。」蘿絲夢附和地說。

「我覺得這是上帝給奈德的獎賞，讓他跟這麼好的家庭結親，因為他從來不會自命不凡。」普林岱爾太太再三提醒自己不要得理不饒人，原本的毒舌軟化了些。「托勒爾一家人也不容易，原本他們可能會反對的，因為我們家有些親友跟他們不對盤。大家都知道妳姑母哈麗葉是我年輕時的閨蜜，我先生跟妳姑父關係也不錯，而我自己偏好嚴肅的見解。不過托勒爾家還是喜歡奈德。」

「他確實是個中規中矩、值得讚賞的年輕人。」蘿絲夢適度回報普林岱爾太太的以禮相待。

「他不會像軍隊裡的上尉一樣耍派頭，不會高高在上瞧不起所有人，更不會炫耀口才、歌喉或學識。不過我很慶幸他沒有那些才華，不論活著或死後，那些都沒有好處。」

「噢，那是當然，外在表現跟幸福生活一點關係都沒有。」蘿絲夢說。「我相信他們會是幸福美滿的一對。他們結婚以後要住在哪裡？」

「說到房子，他們沒辦法太強求，暫時看上聖彼得廣場一棟房子，就在海克巴特家隔壁，也是海克巴特的房子，現在正在整修。我想他們找不到更好的地方了，奈德今天應該就會做決定。」

「我相信那房子很不錯，我喜歡聖彼得廣場。」

「嗯，就在教堂附近，街坊鄰居都是斯文人，就是窗子窄了點，而且地勢高高低低。妳知道哪裡有房子出租嗎？」普林岱爾太太的黑眼珠盯著蘿絲夢，好像突然猜到了什麼。

「噢，沒有。我比較少聽說這些事。」蘿絲夢沒料到對方會問這個問題，她走這一趟只是想打聽些有用的消息，避免在現階段這種對她不利的情況下搬家。至於她撒的謊，在她看來那就像她說外在表現跟幸福生活無關這句場面話一樣，不需要放在心上。她相信自己做的事絕對合情合理，李德蓋特的行為才不可原諒。她心裡有個計畫，一旦付諸行動，就能證明當初他放棄高貴身分是多麼錯誤的決定。

蘿絲夢回家時刻意取道川姆博爾的辦公室，她打算去拜訪他。這是她第一次跟別人洽談公事，不過她覺得自己應付得來。一想到她竟然被迫做自己強烈反感的事，她沉默的固執立刻變成積極的作假。以目前的情況，光是拒絕服從、心平氣和地堅持立場已經不夠，她必須根據自己的判斷行事。她告訴自己，她的判斷是正確的，因為「如果我判斷錯誤，當然不會想要去執行」。

川姆博爾當時在他辦公室後面的房間，他用最溫文儒雅的禮儀接待蘿絲夢，不只是因為他充分感受到她的魅力，也因為他善良的天性意識到李德蓋特碰到困難，而這位容貌出眾、風姿綽約的年輕小姐發現自己陷入無法掌控的處境，內心一定痛苦難當。他請她坐下來，自己則是站在她面前撥弄衣裳，基於一片善心，他露出關切備至的神色。

蘿絲夢第一個問題是，她丈夫這天早上有沒有來找他談出租房子的事。

「是的，女士。他來過了。」好心的拍賣商川姆博爾用安慰的語氣，重複自己的話。「可能的話，我下午就會幫他處理，他希望我不要拖延。」

「川姆博爾先生，我來找你，是想說別處理了，也拜託你對外別提起這件事。你能幫我這個忙嗎？」

「當然可以，李德蓋特太太，當然沒問題。不論在公事或其他任何方面，我一向守口如瓶。那麼貴府的委託取消了？」川姆博爾用雙手拉了拉藍色領帶末端，謙恭地看著蘿絲夢。

「是，麻煩你了。我發現奈德先生已經找到房子，就是聖彼得廣場海克巴特先生家隔壁那棟房子。我先生如果發現他的委託白忙一場，一定會很懊惱。而且情況已經改變，我們的房子不需要出租。」

「好極了，李德蓋特太太，有任何需要請隨時吩咐。」川姆博爾以為李德蓋特已經找到財源，相當欣慰。「請相信我，這個委託案到此為止。」

那天晚上，李德蓋特發現蘿絲夢難得活潑開朗，甚至不需要他開口，就願意做些討他歡心的事，頗感安慰，心想，「只要她開心，我又能度過難關，這些煩惱又算得了什麼？這只是我們在漫長旅途中必須通過的一小片沼澤地。只要我的思路能夠恢復清晰，一定熬得過去。」

他心情大好，於是開始為他的實驗結果尋找解釋。這件事他很久以前就想做了，只是為了生活瑣事疲於奔命導致對自己漸漸失望，一直擱置中。蘿絲夢彈奏的輕柔樂音像夜間湖泊上的船槳划水聲，幫助他進入冥思狀態。他重新沉浸在影響深遠的研究裡，體驗到過去那種專注的樂趣。夜已經深了，他推開書本，兩眼盯著爐火，雙手在腦袋後側交握，構思全新的控制實驗，忘懷周遭的一切。

這時蘿絲夢離開鋼琴，靠在椅背裡看著他，說：「奈德先生已經找到房子了。」

李德蓋特嚇了一跳，思路中斷，抬起頭呆望了半晌，像睡夢中被喚醒的人，接著他內心湧起一陣不悅，問：「妳怎麼知道？」

「今天早上我去拜訪普林岱爾太太，她說奈德已經租了聖彼得廣場那間房子，就在海克巴特家隔壁。」

李德蓋特不發一語，他的雙手從後面收回來，按在總是垂落前額的茂密頭髮上，手肘擱在膝蓋上。他失望透頂，彷彿在窒悶的房間裡，他打開一扇門後卻發現門外擋著一堵牆。他同時也確定，他失望的原因令蘿絲夢欣喜。在他的第一波怒火消退以前，他寧可不看她，也不說話。他告訴自己，女人最在乎的終究還是房子和家具。沒有房子和家具的丈夫，只是一個笑話。等他抬起視線，把頭髮撥向兩側，他的深色眼眸茫然空洞，不再期待理解。他只是冷冷地說：「也許會有別人要租，我告訴川姆博爾，如果跟普林岱爾談不成，就繼續找別人。」

蘿絲夢沒有回應。她選擇相信在證明自己的干預正當合理之前，她丈夫和川姆博爾不會碰面。不管怎麼說，她要阻止當前她最害怕的事，沉默片刻之後，她問：「那些討厭的人要多少錢？」

「什麼討厭的人？」

「拿走家具清單的人，還有其他，我是說，到底需要多少錢才能解決你的煩惱？」

李德蓋特審視她片刻，彷彿在查看病症，而後說：「如果普林岱爾可以給我六百鎊支付家具和頭期租金，應該可以應付過去，那時我可以還清多佛的錢，以及其他債主的部分欠款，請他們多寬限一段時間，之後我們節省一點就能慢慢還清。」

「我想知道的是，要多少錢我們才能繼續住在這裡？」

「比我籌得到的多。」李德蓋特的語調裡有著不耐煩的挖苦。他發現蘿絲夢始終抱著不切實際的幻想，不肯接受可行的解決方案，氣惱不已。

「為什麼不告訴我全部的金額？」蘿絲夢有意無意地暗示她不喜歡他的態度。

「好吧，」李德蓋估算著。「至少需要一千鎊才能解決。不過，」他尖銳地補充，「我必須考慮沒有這一千鎊該怎麼辦，而不是假設我有一千鎊。」

蘿絲夢沒再說話。

隔天，她執行她的計畫，寫信給高德溫爵士。之前上尉離開以後，曾經寫一封信給她，他那出嫁的姐姐曼根夫人也同樣來過信，對她流產的事表達慰問，並且有意無意地說希望能再次在奎林罕見到她。

李德蓋特說那些只是客套話，不必當真，她卻暗自相信。她認為是李德蓋特那冷漠輕蔑的態度，他的家族才會疏遠他。她用最優雅迷人的風度回了信，滿心相信一定會收到邀請，沒想到她的信石沉大海。上尉顯然不是愛寫信的人，蘿絲夢猜想那些女孩子多半出國去了。只是，跟國內親友相聚的季節來到了，何況高德溫爵士曾經輕拍她的下巴，聲稱她長得像以美貌聞名的克勞麗夫人，一七九〇年時他曾經愛慕這位夫人。蘿絲夢覺得她不管提出任何要求，高德溫爵士都不會漠視，而且看在她面子上，會樂意盡力照顧他姪子。

她天真地認為高德溫爵士應該伸出援手幫她擺脫煩惱，於是她寫了自認最恰如其分的一封信，讓爵士明白她多麼有見地。她在信中表示，特提厄斯最好能夠離開米德鎮，去更適合發展才華的地方，還說米德鎮的人不討喜的性格妨礙他推展醫療業務，導致他財務出問題，需要一千鎊才能解決。她沒有說自己是瞞著特提厄斯寫這封信。照她的想法，她在信裡代表丈夫向伯父致意，還說伯父永遠是他最敬愛的人。如果坦白說丈夫不知道她寫這封信，就會露出馬腳。可憐的蘿絲夢施展出來的手段不過如此。

這是元旦派對之前的事，蘿絲夢還沒收到高德溫爵士的回信。不過那天早上李德蓋特卻意外得知蘿絲夢已經取銷他對川姆博爾的委託，原因在於他覺得必須讓蘿絲夢慢慢適應搬出洛威克門這間房子的事實，於是克服內心的排斥，吃早餐時向她重提這件事。

「今天早上我會去見川姆博爾，讓他在《先驅報》和《號角報》刊登招租廣告。登了廣告以後，有些原本沒打算換房子的人也許有興趣接手。在這種鄉下地方，有些家庭的人口會越來越多，卻因為找不到新房子，只得擠在舊房子裡。川姆博爾那邊好像還沒找到人。」

蘿絲夢知道不能再隱瞞了。「我讓川姆博爾別找了。」她審慎而冷靜的語調明顯帶著些許防衛。

李德蓋特驚詫地瞪著她，短短半小時前他才為她固定髮辮，悄聲說著甜言蜜語。當時蘿絲夢雖然沒有回應，卻也像尊貴又可愛的雕像般接受他的膜拜，偶爾巧妙地露出酒窩。那份情愫還縈繞他心頭，這時突如其來受到震撼，無法立刻化為明確的怒氣，更多是困惑的痛楚。他放下手裡的刀叉，整個人往後靠向椅背，半晌才開口說話，口氣不失冷淡的嘲諷：「能不能請問妳，什麼時候、又為什麼這麼做？」

「我聽說奈德找到房子，就去找他別說我們房子要出租的事，也叫他別再幫我們找承租人。如果讓人知道你想放棄這間房子和家具，對你的名聲傷害很大。何況我強烈反對這件事，我覺得這個理由夠充足了。」

「那麼我告訴妳的那個緊迫理由就可以不管嗎？我得出不同的結論，也做了相應的措施，也都無所謂嗎？」李德蓋特話鋒犀利，雷霆怒火聚積在他的額頭和眉眼。

面對別人的怒火，蘿絲夢總是冷漠嫌惡地退避，並且更加心安理得，一心認定不管對方怎麼做，錯的都不是她。她答：「任何事情只要我跟你一樣切身相關，我就有權利發言。」

「沒錯，妳有權發言，但只能對我說。妳沒有權利偷偷否決我的委託，把我當傻瓜耍著玩。」李德蓋特口氣仍然犀利，接著又諷刺地說，「我要怎麼說妳才能明白後果？我需要再解釋一次，我們必須搬出這棟房子的原因嗎？」

「你不需要再解釋，」蘿絲夢的聲音像冰冷的水緩緩滴下。「我記得你說過的話，當時你的口氣就跟現在一樣凶，但我還是認為你應該試試其他辦法，而不是走上讓我難過的一步。至於刊登廣告，我覺得那會讓你顏面掃地。」

「我的意見妳不聽，那麼如果我也不聽妳的意見呢？」

「你當然可以不聽，可是我覺得結婚前你應該告訴我，你寧可讓我面對最糟糕的處境，也不願意放棄你的意願。」

李德蓋特沒有回應，只是把頭轉向另一邊，失望地抿住雙唇。

蘿絲夢發現他不看她，站起來把咖啡放在他面前。他沒有理會，腦海裡持續思索爭辯，偶爾挪動一下一隻手臂擱在桌上，或舉起手搓摸頭髮。當時他思緒紛亂心情複雜，滿腔怒火無法發洩，也難以維持堅定的決心。蘿絲夢善用這個時機。「我們結婚的時候，所有人都覺得你地位高尚。當時我怎麼也想像不到，有一天你會想賣掉家具，搬到布萊德街，那裡的房間跟籠子一樣大。如果我們要過那樣的生活，就換個地方，別留在米德鎮。」

「這倒是很值得考慮。」李德蓋特反諷地說。他盯著咖啡，沒有拿起來喝，嘴唇有點憔悴的蒼白。「如果不是因為我剛好負債，這是很好的提議。」

「一定有很多人也負債，只要是體面的人，債主就會信任他們。我聽爸爸說過，托畢茲家以前欠了債，日子還是過得很好。太倉促做決定不是好事。」蘿絲夢展現出穩重的智慧。

李德蓋特麻木地坐在椅子上，內心糾結衝突，顯然他說破了嘴都勸不動蘿絲夢。他只想找個東西砸個粉碎，至少可以製造出一點效應。或者蠻橫地告訴她，他才是一家之主，她必須聽從。可是他不但害怕這些極端做法會影響他們的婚姻，更畏懼蘿絲夢那種默不吭聲我行我素的固執，覺得再多的堅持到她那裡都會被推翻。再者，她剛才暗示自己上當受騙，以為嫁給他能過著幸福美滿的生活，也碰觸到他內心最敏感的痛點。至於說這個家由他做主，那也不是事實。他憑藉情理與高尚自尊建立起的決心，接觸到她的強烈電流就開始動搖。他喝了半杯咖啡，起身往外走。

「我至少必須拜託你，在確認沒有別的辦法以前，暫時別去找川姆博爾。」雖然她什麼都不怕，但她覺得寫信給高德溫爵士的事，暫時別說出來比較安全。「答應我，這幾個星期內你不會去找他，至少找他之前跟我說一聲。」

李德蓋特短促一笑。「我覺得是我該要求妳答應我，別背著我偷偷做什麼事。」他用銳利的目光看了她一眼，轉身走向門口。

「今天要去爸爸家吃飯，你沒忘吧？」蘿絲夢暗自希望他能回過頭來，徹底對她讓步。但他只是不耐煩地應了一聲：「嗯，沒忘。」就走掉了。她覺得他實在太可惡，難道不知道他那些討人厭的提議已經夠氣人了，竟然還惡聲惡氣對她說話。再者，她只是提出小小要求，讓他過些時候再找川姆博爾，他卻不肯跟她說清楚他打算怎麼做，實在太殘忍。她相信自己所做的一切都是為這個家好，李德蓋特憤怒中說出的每一句刺耳話語，都只是在她心裡添加一筆冒犯的紀錄。

近幾個月來，可憐的蘿絲夢慢慢對丈夫失望，而不容改變的婚姻關係也失去魅力，讓人不再對未來懷抱美好幻想。婚姻幫助她擺脫娘家的種種不愉快，卻沒有滿足她所有的渴盼與期待。當初她愛上的那個李德蓋特，只是她自己種種假想條件建構而成。如今大多數條件都已經消失，取代而之的是日常生活瑣事。這些瑣事必須每時每刻緩慢熬過去，不能快速挑選最喜歡的面向，輕飄飄掠過。李德蓋特的工作作息特殊，在家又沉迷那些在她看來只有變態吸血鬼才喜歡的科學研究。當初交往時，她沒能察覺他看待事物自有一套獨特觀點，這一切日復一日沖淡他們的感情。即使他沒有在鎮上到處樹敵，沒有最初揭曉多佛那筆債務時的衝突，她同樣會漸漸對他心灰意冷。

從他們結婚初期到四個月前，這段婚姻曾經為她帶來不少興奮與歡笑，但那些都消失了。她不願意承認接下來的空虛完全是因為她自己的厭倦與無聊。她覺得（也許她想得沒錯）如果能應邀去奎林罕做客，李德蓋特也能離開米德鎮在另一個地方找到新的職位，比如倫敦，或任何能夠擺脫所有麻煩的地方，她就能心滿意足，不再惋惜威爾的離去。其實她已經有點討厭威爾，因為他開口閉口都在讚美多蘿席亞。

這就是元旦那天，李德蓋特和蘿絲夢回娘家用餐時的狀態。她還沒忘記他吃早餐時發了一頓脾氣，對他表現得有點漠不關心。他的內心也飽受煎熬痛苦不堪，而當天早上的情景只是眾多因素之一。他強打精神跟菲爾布勒談話，憤世嫉俗地聲稱所有賺錢的方法基本上都相去不遠，機會主宰一切，選擇只是傻瓜的幻想。這些論調只是顯示他的決心已經動搖，對於過去激發他熱情的事物已經麻痺無感。

他該怎麼辦？想到要帶著蘿絲夢住進布萊德街的小房子，他其實比她更清楚那是多麼淒涼的情景。在那裡，她周遭只有簡陋的家具，內心只有埋怨與不滿。自從缺錢的事實步步進逼，匱乏的生活與跟蘿絲夢在一起的生活，變成越來越難以調和的兩幅畫面；就算他決心強迫那兩個畫面重疊，能改變這艱難處境的方法，仍然遙不可及。另外，儘管他沒有給出妻子想要的承諾，卻也沒有去找川姆博爾。他甚至考慮快速走一趟北部去見高德溫伯父。他曾經認為自己絕不會向伯父求助，那時他還想像不到自己有一天會面對更可怕的生活壓力，而他不認為寫封信就能達到目的。雖然不喜歡那樣的場面，但只有面對面，他才能把事情說清楚，也才能測試親情的效力。當他開始覺得這是最簡單的解決方案，內心卻升起一股憤怒，很久以前他就下定決心要遠離這種可鄙的圖謀，不願意為自己的利益去推敲算計別人的心意和口袋。他跟那些人道不同不相為謀，也以此自豪，他氣自己竟然淪落到與那些人為伍、甚至向他們乞討的地步。

第六十五章

顯然我們倆有一個必須低頭，
既然男人比女人更通情達理，
身為男人的你必然更有耐心。

——喬叟《坎特伯雷故事集》

即使到了生活步調普遍加快的當代，人類拖延回信的習性一如既往，也難怪一八三二年那老高德溫爵士遲遲沒有回覆一封與他無關的信函。新年過去將近三個星期，翹首等待勝利成果的蘿絲夢一天比一天失望。李德蓋特不知道她的期待，看著帳單陸續送來，覺得多佛恐怕再過不久就會拍賣他的家具。他沒跟蘿絲夢說他考慮前往奎林罕，之前他怒氣騰騰地拒絕她的提議，不到最後關頭決不讓她認為他終於妥協。但他確實想好近期內就出發，如果其中一段路搭火車，他就能在四天內趕回來。

可是某天早上李德蓋特出門以後，信差送來一封給他的信。蘿絲夢一眼就看出那是高德溫爵士的來信，她充滿希望，也許裡面附了給她的短箋。關於金錢或其他幫助，當然要跟李德蓋特談。這封信收件人是李德蓋特，甚至回信速度這麼慢，似乎確認她的要求全然得到應允。她心情太亢奮，什麼也做不了，只能坐在飯廳溫暖的角落縫點小東西，那封重要信就擺在她面前的桌上。大約十二點，她聽見丈夫的腳步聲在走道響起，連忙輕快地起身開門，用最爽朗的嗓音說，「特提厄斯，進來，這裡有一封你的信。」

「哦？」他沒有脫下帽子，直接摟住她，將她的身子往後轉，一起走向放信的地方。「是高德溫伯父寄來的！」他驚訝地說。

蘿絲夢重新坐下來，看著他拆信，預期看見驚喜的表情。

李德蓋特的視線迅速掃瞄簡短的信函，她看見他淡褐色的臉龐轉變成嚴肅的蒼白。他的鼻孔翕張嘴唇抖動，隨手把信紙拋在她面前，震怒地說：「如果妳總是背著我偷偷行動，跟我唱反調，隱瞞妳的所做所為，這種生活我沒辦法忍受。」他及時打住，轉身背對她。接著他又向後轉，開始來回踱步，煩躁不安地坐下又站起來，使勁捏著口袋深處的物品，他害怕自己會說出無法挽回的殘酷話語。

蘿絲夢讀信的時候臉色也變了。信的內容如下：

親愛的特提厄斯，

你有所求的時候，別派你太太寫信給我，沒想到你也會使出這種迂迴哄騙的手段。我從來不會寫信跟女人談正經事。至於要我接濟你一千鎊，或者只要半數，我沒那個能力。我自己的家人已經耗盡我每一分錢，我得供養兩個未成年兒子和三個女兒，手上不可能有閒錢。你自己的錢好像沒多久就花光了，在那裡的生活也弄得一團糟，最好趁早搬到別的地方。不過我在你那個行業沒有熟人，所以幫不上你的忙。過去我身為你的監護人，該盡的責任都盡了，也讓你如願學醫。原本你可以從事軍職或進教會服務，你的錢夠支持你順利謀到職位，之後就會有更好的前程。你的查爾斯叔父對於你拒絕做他那一行非常不滿，但我不會。我向來希望你一切順利，現在你凡事只能靠自己。

蘿絲夢讀完信一動不動坐著，雙手交疊在腿上，強自壓抑內心的極度失望，以沉默被動地保護自己免遭丈夫怒火波及。

李德蓋特停下所有動作再次望向她，用尖銳嚴厲的口氣問：「這信足夠讓妳相信在背地裡作梗會造成什麼傷害了嗎？現在妳能不能認清自己沒有能力做判斷，也沒能力代替我出面？有些事該由我做決定，不能用妳的無知隨便插手，妳明白了嗎？」

這些話毫不留情，但李德蓋特不是第一次對她莫可奈何。她沒有轉頭看他，也沒有回應。

「原本我幾乎下定決心要去奎林罕，這麼做會讓我相當痛苦，但也許會有一點幫助。可是無論我怎麼想都沒用，妳一直以來都在私底下跟我作對。妳假裝同意，騙我相信妳，之後我只好任妳擺布。如果妳非得反對我的所有意願，就坦白告訴我，那麼我至少知道該怎麼做。」

親密的愛情關係，一旦變成這種傷害的力量，對年輕的生命是相當難以承受的時刻。儘管蘿絲夢有強大的自制力，仍然有一顆淚珠默默滴落，滑下她的嘴唇。她依然默不吭聲，但她平靜的表面隱藏著一股強烈的反應，她對丈夫厭惡至極，萬分後悔當初認識這個人。高德溫爵士對她太無禮，沒有一點憐惜的心，所以她將他與多佛和其他所有債主歸類在一起，都是自私自利的壞人，一點都不在乎他們帶給她多少苦惱。就連她父親也冷漠無情，不肯多給他們一點錢。事實上，蘿絲夢覺得在她的世界裡只有一個人沒有一點錯處，就是那個編著金色髮辮、一雙小手交疊在膝頭的優雅美人兒。這人從沒說過不得體的話，做任何事都是為了達到最好的結果。而所謂最好的結果，自然是指她最喜歡的結果。

李德蓋特停下來看著她，開始感受到幾乎叫人發狂的無力感，她貌似無辜的沉默，以退為進的指責似乎將過錯推到他們身上，即使最站得住腳的義憤都會被侵蝕，開始懷疑自己的公正性。他必須軟化自己的用詞，才能恢復理智，記住自己是對的一方。

「蘿絲夢，」他努力用嚴肅而不埋怨的口氣說。「我們之間如果不能真誠相待彼此信任，就會導致不可收拾的後果，這點妳難道看不出來？這種事一而再、再而三發生，每次我說出我的決定，妳好像同意了，之後又偷偷違反我的意願。這樣一來，我永遠不知道自己可以相信什麼。如果妳願意承認這件事，我們之間還有一點希望。我難道不可理喻，暴躁又冷酷嗎？妳為什麼不能對我坦白？」

她依然沉默。

「妳能不能告訴我，妳錯了？告訴我，以後妳不會再背著我做任何事？」李德蓋特急切地問。

蘿絲夢靈敏地察覺他語調中的懇求，冷冷回應：「你對我說出那些話，我不可能向你承認或保證什麼，我不習慣聽那種話。你說我『背地裡作梗』，說我『不懂卻隨便插手』，還說我『假裝同意』，我從來沒有用這種方式跟你說話，我認為你應該道歉。你說沒辦法跟我生活在一起，近來卻是你害我過得不開心。我想辦法避免婚姻帶來的困境，這是合情合理的事。」她說完的時候另一滴淚水落下，她同樣默默擦掉。

李德蓋特頹然落坐，覺得自己無計可施。告誡的話說得再多，對她能有一點作用嗎？他放下帽子，一隻手臂往後甩向椅背，垂著眼不發一語，呆坐半晌。蘿絲夢在兩方面超越他，一是她無法領略他的指責的正當性，二是她切身體會到自己的婚姻面臨無法否認的困境。雖然丈夫不知道她在房子出租的事玩了兩面手法，阻止普林岱爾家獲知租屋訊息，她卻不認為自己的行為是一種欺騙。我們沒有義務嚴格區辨我們的行為，正如我們的日常用品和衣物裡的原料也不需要細分。蘿絲夢覺得自己受到委屈，而李德蓋特必須明白這點。

蘿絲夢有多少缺點，就有多麼剛強，但李德蓋特只能全盤接受，這種必要性像鉗子般緊緊夾住他。他已經警醒地預見她對他的愛一去不回頭，也看見他們日後陰鬱沉悶的生活。他原本滿溢的情緒促使這份恐懼與他強烈的怒氣快速輪動。他再自稱一家之主，是毫無意義的吹噓。「最近你並沒有讓我過得開心……我們的婚姻帶給我的困境……」這些話刺激他的想像力，就像痛苦會誘發誇大的夢境。他不但守不住最堅定的決心，甚至落入夫妻反目成仇的可憎枷鎖嗎？

「蘿絲夢，」他用哀愁的眼神望向她。「妳不能計較男人失望又生氣時說的話。妳跟我沒有利益衝突，妳不快樂，我也不會快樂。我之所以跟妳生氣，是因為妳好像看不出來隱瞞會讓我們產生距離。我怎麼可能故意說或做什麼來造成妳的痛苦？我傷害了妳，等於傷害一部分的自己。只要妳能對我坦誠相待，我絕不會跟妳生氣。」

「我只是想避免你把我們推向悲慘境地。」蘿絲夢見丈夫態度軟化，她也軟化了，淚水再度落下。「這裡的人都認識我們，不管丟面子或過寒酸的生活，都叫人無法接受，我不如跟孩子一起死掉算了。」

她邊哭邊說，那柔弱的模樣賦予她的淚水和言語無限力量，輕易征服重感情的男人。李德蓋特把自己的椅子拉到她身邊，用溫柔又有力的手將她嬌美的腦袋拉過來緊貼自己臉頰。他只是撫摸她，沒有說話。這時他還能說些什麼？他沒辦法保證不讓她面對她害怕的慘況，因為他沒有把握能做到。

等他走出家門，他告訴自己，她的日子比他難熬十倍。他在外面還有事做，經常為別人奔走忙碌。他想要盡他所能原諒她，只是，在這份寬容之中，他不可避免地將她想像成另一種比較脆弱的動物。不管怎麼說，她成了一家之主。

第六十六章

「艾斯卡拉斯，受到誘惑是一回事，
墮落又是另一回事。」
——《一報還一報》3

李德蓋特當然知道為人看病能夠減輕自身的煩憂，因為一走到病人床邊，他就需要展現判斷力和同情心，也因此能暫時拋開自己的心事。他已經沒有多餘的心力主動做研究或思索推敲，愚蠢的人之所以還能活得體面，不幸的人之所以能活得平靜，靠的不只是生活中例行公事的驅策，而是必須隨時動腦應付眼前的狀況，以及考慮他人的需求和苦難。大部分人如果回顧過往，都會說我們見過最仁慈的人就是醫生，或者治療師，他們擁有豐富的經驗和精湛的醫術，本著比創造奇蹟的人更崇高的善心來救我們於水火。李德蓋特無論是在醫院或在私人住家看病，都是懷著這種受到雙重祝福的慈悲心，幫助他抵禦內心焦慮和精神頹喪。

然而，菲爾布勒懷疑他使用鎮靜藥劑，倒也沒有錯怪他。他確實曾經試過一、兩劑鴉片酊，當時他第一次感受到財務吃緊的難堪壓力，以及第一次意識到他的婚姻就算不至於演變成寂寞的枷鎖，也必須努力去愛，不能在乎是不是被愛。然而，這種方法只能短暫逃避排解不了的哀愁，對他沒有吸引力。他體格健壯，酒量好卻不貪杯，就算周遭的人都在開懷暢飲，他也只會喝點糖水，甚至有點瞧不起黃湯下肚醜態百出的人。那跟賭博一樣。早年他在巴黎經常旁觀賭博，當成疾病來觀察。賭博獲利就跟杯中物一樣引誘不了他。他告訴自己，唯一吸引得了他的獲利，必須是通過崇高又艱難的過程、耗費心力取得的有益成果。他渴望的力量不是激動手指緊抓一堆錢幣，也不是男人將二十個垂頭喪氣同伴的賭注掃進來時，眼裡那半野蠻、半痴狂的得意神色。

不過正如他嘗試過鴉片酊，他的思緒開始轉向賭博，不是為了追求刺激，而是對那種橫財懷著期待；因為不需要開口求人，也不需要承擔責任。當時他如果在倫敦或巴黎，這樣的念頭一旦碰上機會，很可能會引他走進賭場，不再只是觀察賭徒，而是以相同的熱切盯著他們。如果機會向他展現足夠的善意，贏錢的強烈需求就能超越對賭博的反感。奢求伯父接濟的不切實際幻想破滅後不久發生的一件事，正是一種強烈跡象，顯示只要機會上門，他就會坐上賭桌。

綠龍酒店的撞球間是特定人士經常流連的處所，其中大多數人與我們的朋友班布里奇一樣，都是酒色財氣之徒。可憐的弗列德那筆令人印象深刻的債務，有一部分就是這裡的賭債；當時他賭輸了錢，不得不找班布里奇周轉。很多錢就是在這種輸贏之間來來去去，這在米德鎮是眾所周知的事。綠龍酒店這樣的銷金窟遠近馳名，吸引了不少喜好此道的人。那裡的常客多半像共濟會的創始成員，希望獨享那裡某些更顯著的特色。可惜那地方不是封閉的場所，也有不少體面的老少偶爾會走進撞球間，看看有什麼新鮮事。李德蓋特的體格適合打撞球，他也喜好撞球，早期剛到米德鎮的時候，曾經來這裡敲過幾桿。之後他不再有空閒，也沒興趣跟那裡的人往來。然而，某天晚上他去那裡找馬販子班布里奇，打算把家

3《*Measure for Measure*》，莎士比亞的劇作，這裡的引文出自第二幕第一場。

裡的好馬換成便宜的老馬，委託班布里奇幫他找買主，希望這次換馬可以回收二十鎊。如今他相當重視這些小錢，打算用它們來換取往來商家的耐性。為了節省時間，他順路走一趟撞球間。班布里奇還沒到，不過他朋友賀拉克打包票，說他肯定馬上就來，於是李德蓋特留下來等，打了一局撞球打發時間。那天晚上的他跟菲爾布勒曾經見到的一樣，眼裡有著特殊光采，整個人比平時更生氣勃勃。他出現在那種地方算是奇觀，引起很多人注意，其中不少是米德鎮的熟人，有些圍觀的人和打球的人賭興高昂地下賭注。李德蓋特打得順手，覺得頗有自信。當時賭注就擺在他身邊，他忽然靈光一閃，覺得有機會讓換馬省下來的錢翻倍，於是開始賭自己的勝負，而且一贏再贏。他沒看見班布里奇來了。他不只贏得精神亢奮，也滿懷希望地計畫隔天去布萊辛，因為那裡賭注比較大。只要狠狠咬一口魔鬼的餌食，也許能順利脫身不上鉤，從此擺脫日日糾纏的煩惱。

兩個新來的顧客走進來的時候，他還在贏錢。那兩人其中一個是小霍利，剛從倫敦學法律回來。另一個是弗列德，最近幾個晚上都在這個老地方打發時間。小霍利撞球本領高超，為球局帶來一番新景象。弗列德看見李德蓋特大吃一驚，目瞪口呆地看著他興奮地下注。他站在一旁，跟撞球桌周遭那群人保持一段距離。

弗列德最近經常出門放鬆心情，算是獎勵自己的決心。這半年來，他專心致志跟著葛爾斯做遍各種戶外工作，並且透過嚴格的練習，幾乎已經矯正不良的書寫習慣。這些練習或許不算太嚴格，因為都是利用夜晚時間在葛爾斯家當著瑪麗的面進行。不過近兩星期，菲爾布勒住在米德鎮處理教區事務，瑪麗暫時去洛威克牧師公館陪伴那些女士。弗列德沒有其他樂子，於是走進綠龍酒店，一方面想打撞球，另方面也想跟人聊聊過去熱衷的話題，比如馬匹、打獵和某些嚴格來說不算端正的事情。這一季他沒有打獵，因為他沒有自己的馬，外出大多數時候都搭葛爾斯的輕便馬車，或騎葛爾斯那匹穩重的矮腳馬。弗列德覺得現在的生活比當牧師還循規蹈矩，實在太不幸。

「瑪麗小姐，我告訴妳，學測量和畫設計圖比寫講道辭困難得多。」他曾經對瑪麗這麼說，希望她讚揚他為她付出的努力。「海格力斯與賽修斯[4]和我比起來根本不算什麼，他們也付出勞力，卻沒有學過記帳的字體。」現在瑪麗暫時離開，他就像一條勇猛的狗兒，掙脫不開項圈，乾脆將固定狗鍊的木樁拔起，偷跑出去玩耍。當然，他並不打算跑太遠。他沒有理由不打撞球，但他打定主意不下賭注。至於錢的問題，他心裡籌謀著英勇計畫，打算把葛爾斯給他的八十鎊年薪大部分存下來還債。他只要放棄無謂的開銷就能辦到，他已經夠多衣服了，食宿也不必自己出錢，只需要一年時間，他欠葛爾斯太太的錢就可以還掉大半。可嘆的是，如今葛爾斯太太已經不像當初那麼需要那筆錢。

不管怎樣，這天晚上是弗列德近來第五度踏進撞球間。必須說明的是，他心裡裝著還沒進他口袋的十鎊；這十鎊來自他還沒到手的半年薪水（開心地想著等瑪麗回家，當她的面把另外三十鎊還給葛爾斯太太），他打算用來當賭本，如果碰上情勢看好的局面，他就允許自己冒點風險。這是為什麼？嗯，既然金幣滿天飛，他為什麼不順手抓幾個？他絕不會像以前那樣深陷泥淖。男人（尤其是喜歡尋歡作樂的人）總愛告訴自己，他只要願意，就有能力惹是生非。他們會說，自己之所以沒有山窮水盡身無分文，也沒有不知天高地厚地漫天吹噓，並不是因為他沒腦子，而是他懂得自制。他沒有考慮到正不正當的問題。其實把是否正當套用在讓人心癢難搔的舊習或年輕人多變的性情，那是既不自然又不準確的。可是那天晚上他隱隱約約預見到，如果他打了撞球就會下賭注，之後會喝點調酒，接下來就等著隔天早上被

4 海格力斯（Hercules）是希臘神話中的大力神，精通各種武藝與技能。賽修斯（Theseus）是傳說中的雅典國王，勇闖克里特島國王建造的迷宮，殺死迷宮裡那半人半牛的怪物。

宿醉折磨。很多行為都是從這些模稜兩可的動作開始的。

可是弗列德最意想不到的是，他竟然遇見妹夫李德蓋特。他向來覺得妹夫一本正經，自命不凡，現在卻是狂熱地下注，跟他自己可能會做的事一樣。儘管他約略知道李德蓋特負債，也知道他父親拒絕伸出援手，仍然感受到說不出的震撼，下場賭錢的念頭突然冷卻下來。那是相當怪異的轉變，金髮碧眼的弗列德向來神采飛揚無憂無慮，只要是娛樂活動都能引起他的興趣，現在卻不由自主地肅穆著臉龐，幾乎顯得有點難為情，彷彿看見什麼不合宜的景象。反觀李德蓋特，平時不論做什麼，都透著一股沉著力量和若有所思的高深模樣。現在不論動作、目光和言語都充滿一股無暇他顧的亢奮，像一頭眼神凶猛、利爪伸縮自如的野獸。

李德蓋特下注賭自己的勝負，已經贏了十六鎊。可是隨著小霍利的到來，原本的局勢出現逆轉。小霍利是一流的撞球高手，下場後開始跟李德蓋特對賭。李德蓋特的精神狀態也隨之改變，原本他對自己的球技充滿自信，現在卻得全力對抗別人對他的懷疑。這種對抗的意圖比他的自信更高亢，卻更沒有把握。他繼續賭自己贏，卻開始輸錢，但他沒有收手，因為這時的他全副精神都投注在球檯上，無視周遭的一切。弗列德發現李德蓋特輸得很快，於是開始絞盡腦汁想在不失禮的前提下點醒李德蓋特，也許甚至幫他找個理由離開撞球間。他注意到其他人也在旁觀李德蓋特古怪的反常表現，忽然想到只要輕輕碰碰他手肘，把他叫到外面一段時間，也許就能讓他清醒過來。除了假稱有事找小蘿，想知道她晚上在不在家這個明顯不可信的藉口，他已經沒有別的點子。正當他決定不顧一切採行這個有欠靈光的辦法，剛好有個侍者帶著口信朝他走來，說菲爾布勒先生在樓下，有事找他。

弗列德吃了一驚，心裡一陣不安。不過他讓侍者回說他馬上下樓。他靈光一閃就走向李德蓋特，說，「我能跟你說幾句話嗎？」趁機將他拉到一旁。「剛才菲爾布勒派人上來說有事找我。他人在樓下，如果你有事跟他說，也許會想知道他來了。」這是弗列德臨時捏造的託辭，畢竟他不能說，「你輸得太慘了，所有人都在看你，最好趕快走。」不過他這一招有了很好的效果。

李德蓋特一直沒發現弗列德，這時突然看見他，又提到菲爾布勒，活像遭到當頭棒喝。

「不，不。」李德蓋特說。「我沒什麼特別的事要跟他談。不過，這局打完了，我該走了。我只是來找班布里奇。」

「班布里奇在那邊，他正在大呼小叫，看來不太適合談正事。跟我一起下樓見菲爾布勒。我猜他會臭罵我一頓，你得做我的擋箭牌。」弗列德用了點小心機。

李德蓋特無法忍受被人看出他的羞愧，但他不敢拒絕見菲爾布勒，於是也下樓了。不過他們只是握握手，聊了聊寒冷的天氣。等三個人都走到街上，菲爾布勒似乎樂於跟李德蓋特道別。他顯然有話想單獨跟弗列德談，客氣地說，「年輕人，我有急事才來打擾你，能不能陪我走到聖博托爾夫教堂？」

這天晚上天氣不錯，夜空裡布滿星辰，菲爾布勒建議繞路走倫敦路去老教堂。緊接著他說：「我以為李德蓋特從來不上綠龍酒店？」

「我也這麼以為。」弗列德說。「他說他去找班布里奇。」

「那麼他沒有賭錢？」

弗列德原本不打算談這個，現在卻不得不回答，「有，他賭了。可能只是偶一為之，我從沒見過他去那裡。」

「那麼你最近常去？」

「嗯，去了五、六次。」

「你之前不是有充足理由不再上那兒去？」

「沒錯，那些事你都知道。」弗列德不喜歡像這樣被質問。「我什麼都跟你說了。」

「正因為你跟我說了，所以我現在應該有權利談這件事。我們應該有這個共識，對吧？彼此可以無所不談，我可以聽你說，你也願意聽我說。現在可以換我聊我自己嗎？」

「菲爾布勒先生，承蒙你幫了我很多忙。」弗列德開始憂心忡忡地胡思亂想。

「我不會虛情假意否認我幫你做了點事。不過弗列德，我現在要向你坦白，本來我打算保持沉默，收回我過去對你的協助。有人告訴我，『小溫奇又開始每天窩在撞球間，他應該忍不了多久。原本我不打算做我現在做的事，打算閉上嘴巴，等著你再次沉淪下去，先是下注，然後……』」

「我還沒下注。」弗列德連忙打岔。

「那樣很好。總之，我很想袖手旁觀，看著你走錯路，耗盡葛爾斯的耐心，失去你這一生最好的機會，那是你費了千辛萬苦才得到的機會。你該知道我為什麼會有那樣的念頭，我相信你心裡很清楚。你一定知道，一旦你的愛情圓滿了，我的愛情就會落空。」

沉默片刻，菲爾布勒似乎等著弗列德承認他知情。他動聽的嗓音隱含一絲情感，讓他的話顯得更為莊嚴，可是再多的感動都消除不了弗列德的驚慌。

「我不可能放棄她。」弗列德略微遲疑後說。這不是假裝大方的時刻。

「如果她也愛你，你確實不能放棄。不過像這樣的感情就算時日久遠，也未必不會變。我不難想像，你的行為可能讓她對你的感情漸漸動搖。你別忘了，她接受你是有條件的。在這種情況下，一旦你錯失良機，另一個自認有幸在她心中占一席之地的男人，也許有機會得到她的愛與尊敬。我認為很有可能發生這種結果。」菲爾布勒強調。「現有的好感也能夠建立良好關係，也許甚至比長期的情誼更有利。」

弗列德覺得就算菲爾布勒現在使用的是利喙和尖爪，而不是能說善道的舌頭，他的攻擊手段也不會更殘酷。他驚恐地認定菲爾布勒之所以提出這些假設論點，是因為他知道瑪麗的感情已經生變。

「我當然知道我不會有機會，」弗列德心慌意亂地說。「如果她拿我跟……」他及時打住，不願意表露心中的所有感受，接著他用怨苦的口氣說，「我一直以為你對我很友善。」

「我確實是，所以才有今晚的談話，可是我很不願意這麼做。早先我告訴自己，『那個年輕人如果要傷害自己，你何必插手干預？你難道比不上他。你多活十六年，難道不比他更有優勢？你挨過餓，難道不比他更有權利心想事成？如果他有可能變得落魄潦倒，隨他去吧，你等著坐收漁利，反正你未必阻止得了他。』」

兩人都沒說話，弗列德突然感到一陣刺骨的寒顫。接下來會怎樣？他害怕得知已經有人跟瑪麗通風報信。他覺得菲爾布勒給他的是威脅，而不是忠告。

等菲爾布勒重新開口，他的語調已經可喜地轉回正題。「不過，我曾經釋出好意，現在決定維持舊有路線。弗列德，我覺得我必須告訴你，我心情的轉變，才能確保自己不會走偏。你明白我的意思嗎？我要你為她和你自己創造幸福的人生，如果我的忠告可以阻止事態往相反方向發展，你也都聽到了。」

他說到最後一句時壓低聲音。當時他們站在一片綠地上，這裡有條叉路通往聖博托爾夫教堂。菲爾布勒停住腳步伸出手，像在示意談話已經結束。弗列德感受到一股全新的悸動。某個對細膩行為具有高度觀察力的人曾說，那種悸動讓人全身上下體驗到一股重生的震顫，覺得已經做好準備開啟全新的人生。當時弗列德就體驗到這樣的效應。

「我會好好做人。」他及時打住，沒有說出下半句「做個能被你和她看重的人」。

在此同時，菲爾布勒又想到了什麼，說：「弗列德，你別想太多，我認為目前瑪麗對你的感情沒有任何改變，你不必太擔心，只要你做得好，其他的事都不會出錯。」

「我永遠不會忘記你做的一切。」弗列德答。「我不想說太多感謝的話，我會努力不辜負你的好意。」

「這就夠了。再見，上帝祝福你。」

他們就這樣分開了，兩個人各自走了很長一段路，才消失在暗夜星光下。

弗列德的心情可以用幾個字總結：「嫁給菲爾布勒對瑪麗肯定是件好事，但如果她愛的是我，而我又是個好丈夫呢？」

菲爾布勒的心情或許可以濃縮成一個聳肩和短短一句話，「一個小女子竟能在男人的生命中扮演這麼重要的角色，以致於放棄她或許是一種英雄表現，而得到她或許能導正自身！」

第六十七章

心靈發生了內戰：
需求在叫嚷中將決心推下神聖王座，
自尊這位首輔大臣簽下屈辱的條約，
為饑饉的暴民扮演稱職的
使節和巧舌如簧的辯士。

幸好李德蓋特在撞球間輸了錢，打消他再試手氣的念頭。而且隔天他清算時，發現連原先贏的錢也都輸光了，甚至還欠了四、五鎊賭債，因而對自己生起厭惡感，想到自己不但跟綠龍酒店那夥人聚賭，還差點同流合汙，那可憎的模樣始終縈繞腦海。下海賭博的哲學家跟好賭成性的庸俗之輩，二者相去不遠，主要的差別在於，哲學家事後會反思。李德蓋特也做了一番極不愉快的自我反省。他的理智告訴自己，只要換個場景，假使當時他去的是賭場，可能就會陷入萬劫不復的境地，因為那裡的機會不能只用拇指和食指捏，而是需要用雙手去抓。只是，儘管理智扼殺了賭博的欲望，他還是覺得只要保證有足夠的運氣，寧可去賭也不願選擇另一個越來越不可避免的辦法。那個辦法就是向布爾斯妥德求助。李德蓋特已經太多次向自己或旁人誇口，說他和布爾斯妥德沒有從屬關係，他之所以協助他的計畫，純粹是因為那些計畫能讓他實踐自己在醫學和大眾福祉方面的理念。私底下跟布爾斯妥德聊天時，他經常覺得自己是基於公益利用這個跋扈的銀行家，靠這個信念來維持自己的自尊。他對布爾斯妥德的觀點不屑一顧，覺得他各種行為動機彼此矛盾衝突，荒謬可笑。這麼一來，他等於為自己創造了難以逾越的阻礙，很難為自己的私事向對方提出重大請求。

話雖如此，早在三月初他的情況已經走到緊要關頭。到了這種時刻，人們會開始聲稱他們當初發誓時沒弄清楚狀況，還會看見過去認定不可能的事，明顯地越來越可能成真。多佛很快就會執行那可惡的抵押，他看病的收入一轉手就還了舊債，如果讓人們知道他的財務多麼吃緊，就連採買日常用品都很難再賒帳。更甚者，蘿絲夢的絕望與不滿仍然是他揮之不去的惡夢，他開始明白自己恐怕無法避免低頭向人求助。最早他考慮過是不是該寫封信給岳父，但問過蘿絲夢後，發現他猜得沒錯，她已經找過她父親兩次，第二次是在收到高德溫爵士的回信之後；她爸爸說李德蓋特必須自己想辦法。「爸爸說生意一年不如一年，越來越需要借錢周轉，很多生活享受都得放棄，扣掉生活開銷，他現在連一百鎊的閒錢都拿不出來。他說，叫李德蓋特去找布爾斯妥德，他們私交一直都很好。」

事實上，李德蓋特自己也想到，如果他最後必須請人無擔保的借錢給他，相較於旁人，不如找跟他關係密切的布爾斯妥德，起碼他們會因公事沾點邊。他的醫療業務發展不利，布爾斯妥德要負一部分責任。另外，他參與新醫院計畫也令布爾斯妥德十分滿意。可是我們一旦像李德蓋特一樣走到需要仰仗別人的地步，怎麼可能不找理由消除求助於人的恥辱？近來布爾斯妥德對醫院確實顯得興趣缺缺，但那是因為他健康狀況每況愈下，還出現難纏的神經症狀，其他方面看起來倒是沒什麼變化，一如既往地彬彬有禮。只是，打從一開始李德蓋特就察覺布爾斯妥德對他的婚姻和其他私人事務漠不關心。不過，在此之前李德蓋特一直覺得他們之間的關係是冷漠比熟絡來得好。一天拖過一天，他遲遲不願意去找布爾斯妥德。儘管他習慣做了決定就去執行，可是這件事可能導致的任何結果和後續效應都令他反感，所以他始終怯步。他經常跟布爾斯妥德見面，卻沒有利用這些機會談他的私事。他尋思：「不如寫信給他，比起拐彎抹角說話，我寧可寫信。」轉念又想，「不。如果我當面跟他談，只要發現他反應冷淡，隨時可以打退堂鼓。」

儘管如此，日子一天天過去，信也沒寫，也沒專程安排見面，向布爾斯妥德求助實在太沒面子，他再三踟躕。在這種情況下，他不由自主地思考另一個更違反他本意的解決方案，考慮該不該採用蘿絲夢那個經常惹惱他的天真想法，也就是在情況惡化以前離開米德鎮。但問題來了：「我的執業權價值已經不高，會有人肯出錢買嗎？如果有，正好為我們離開做準備。」

他仍然覺得放棄目前的工作是可鄙做法，明明是值得讚賞又前景看好的事業，卻要半途而廢，在沒有正當目標的情況下重起爐灶。除此之外還有另一個障礙，即使有人願意承接他的業務，那人也不可能在短時間內出現。之後呢？就算去到最大的城市或最遙遠的鄉鎮，蘿絲夢住在簡陋的房子裡，一定會牢騷滿腹，頻頻怪罪他拖累了她。一個人如果走到運勢的谷底，不管在職業上有多少成就，都可能長時間停留在那裡。在英國這種地方，科學洞見和附家具的寒酸屋舍未必不相容，不相容的主要是科學抱負和拒絕住那種地方的妻子。

在他舉棋不定之際，機會幫他做出決定。布爾斯妥德派人送來字條，請他去銀行。布爾斯妥德近來得了慮病症，也飽受失眠之苦，覺得自己精神面臨崩潰。其實他的失眠只是習慣性消化不良的附帶症狀，沒有想像中嚴重。那天早上他想立即讓李德蓋特診查，雖然他主訴的症狀過去都已經描述過了。李德蓋特說了些勸慰的話消除他的恐懼，但那些也是舊話重提。見到布爾斯妥德安心接受診斷結果，李德蓋特覺得這個時刻比預期中更容易提出他的個人需求，因為他經常建議布爾斯妥德少為公務操心。

「不管多麼輕微的精神壓力，都可能對敏感的體質造成損害。」李德蓋特說。這時話題已經從個人延伸到一般領域。「就算是年輕力壯的人，也敵不過焦慮的深度侵擾。我天性筋骨強健，不過近來也因為重重煩惱，幾乎有點吃不消。」

「如果霍亂傳染到我們這個地區，像我這種易受感染的體質恐怕很難倖免。聽說倫敦已經出現病例，我們最好圍繞在上帝仁慈的寶座周遭請求保護。」布爾斯妥德不是故意忽略李德蓋特的暗示，只是太擔心自己的安危。

「不管怎麼說，你已經為全鎮採取了完善又務實的防範措施，那就是請求保護的最佳方式。」李德蓋特說。布爾斯妥德用拙劣比喻和蹩腳邏輯闡述宗教信念，又對他表達的共鳴充耳不聞，著實令他反感。不過他專注執行籌謀已久的求助計畫，沒有表現出異樣。他又說，「鎮上已經徹底清潔消毒，也補足相關用品。如果霍亂真的來了，就連對手都會承認醫院的各項安排是大眾的福利。」

「確實。」布爾斯妥德態度有點冷淡。「李德蓋特先生，你剛才建議我放鬆心情避免操勞，近來我一直在考慮這件事，而且付諸實行的可能性相當大。我打算放下大部分的事業，不管是慈善或生意，至少休息一段時間。我可能也會離開目前的住處，搬到海邊暫住，當然這是基於健康考量。那段期間灌木苑可能會關閉或出租。你建議我這麼做嗎？」

「當然。」李德蓋特靠向椅背，看著布爾斯妥德嚴肅的淡色眼眸和只關心自己的行為表現，他的不耐煩再也藏不住。

「關於我們的醫院，有件事我一直想跟你談一談。」布爾斯妥德接著說。「基於我剛才提到的狀況，我肯定沒辦法再參與管理事務，但持續投資大量經費，卻不能親自監督或做到某種程度的管理，這不符合我對責任的看法。當初建醫院的資金主要由我提供，也為後續營運挹注大筆金錢，如果我最後決定離開米德鎮，我不會再對新醫院提供除此之外的其他贊助。」

布爾斯妥德照慣例停頓下來，李德蓋特心裡的想法是，「他可能虧了不少錢。」他覺得這是最合理的解釋。另外，布爾斯妥德這番話也讓他在震驚之餘修正原本的期待。他答：「看來醫院的收支很難打平。」

「確實。」布爾斯妥德清亮的嗓音依然審慎。「除非做點調整。目前只有卡索邦太太可能願意增加捐款，我跟她談過這件事。我要跟你說的就是這個，我向她建議，新醫院的制度最好能做改變，以便獲得更廣泛的支持。」他再次停頓。

這回李德蓋特也保持沉默。

「我所謂的改變，指的是跟醫療所合併，讓大家把新醫院視為舊醫療所的擴充，由同一個理事會管理。另外，兩個單位的管理也會合而為一。這麼一來，新醫院營運困難的問題就能排除，地方人士的捐款意願也不會再有分歧。」布爾斯妥德又停頓了，原本望著李德蓋特臉龐的視線向下移，看著他外套的鈕釦。

「這無疑是籌措經費的好辦法。」李德蓋特的語氣帶點反諷。「可惜我高興不起來，因為最直接的結果是其他醫生為反對而反對、顛覆或打斷我的做法。」

「李德蓋特先生，你應該很清楚，我高度看重你積極採用的獨立自主新方針。不瞞你說，基於對上帝意旨的服從，我非常認同原本的政策，可是既然上帝示意我放棄，我就放棄。」

布爾斯妥德這番話展現他激怒人的本領。他用令李德蓋特不齒的拙劣比喻和蹩腳邏輯來解釋自己的行為動機，這種陳述方式正好讓李德蓋特有口難言，無法表達自己的憤怒和失望。李德蓋特快速尋思一番，問：「卡索邦太太怎麼說？」

「那正是我接下來要陳述的內容。」布爾斯妥德早就準備好一番完善的說辭。「你也知道她是非常慷慨的女士，也擁有一筆可以運用的資金，不過我猜數額並不大。她說雖然已經把大部分的資金投在另一項用途上，但她也願意考慮自己是否有能力完全取代我在醫院的角色。不過她希望有多一點時間思考，我告訴她這件事不急，因為我自己的計畫也還不確定。」

李德蓋特原本想說，「如果卡索邦太太接替你的位子，那是有好無壞。」但他還有一點掛慮，沒有說出心裡的話。他又說，「那麼我應該跟卡索邦太太聊一聊。」

「沒錯，她也表達了這個意願。她說要聽聽你的意見，才能做決定。不過不是現在，她好像出遠門了，這裡有一封她寫來的信，」布爾斯妥德把信抽出來，讀道，「『目前我有別的事要處理，要跟詹姆斯爵士和查特姆夫人去約克郡看土地，我對那片土地做出的決定可能會影響我對醫院的捐款額度。』李德蓋特先生，這件事暫時還不急，我只是先讓你知道未來可能的變化。」

布爾斯妥德把信重新收進口袋，換了個坐姿，彷彿他的事情辦完了。李德蓋特對醫院重新燃起希望，因此更清楚意識到那些危害他希望的難題，於是覺得如果他要尋求幫助，必須馬上開口，而且要積極進取。

「感謝你跟我說這些。」他的語氣十分堅定，卻不時頓了頓，像是有點勉強。「我的職業是我人生的最高目標，而我將醫院視為現階段最能發揮我專長的地方，可惜發揮得好也不等於財務上的成功。某些原因造成人們對新醫院接受度不高，我的業務推展也因此受到波及，當然，我對醫學的熱忱或許不無關聯。我的病人多半都沒有能力付診金。如果我不需要付錢給別人，我一定會喜歡他們。」

李德蓋特等待片刻，布爾斯妥德卻只是點個頭，專注看著他。於是他繼續吞吞吐吐地說下去，像在咬嚼滋味不佳的韭葱。

「我的經濟狀況出了問題，除非有個相信我和我的未來的人願意借我一筆免擔保的資金，否則很難解決。當初我來到這裡的時候手上的錢不多，未來也不可能從家族獲得金錢。婚後的開銷遠遠超出我的預估。目前的問題是，我需要一千鎊才能徹底解決。我是說，如果有一千鎊，那最大一筆債務提供的擔保品就不會被拍賣，還能還掉其他債務，留一點錢在身邊，讓我們度過這段收入偏低的時期。我發現內人的父親不可能借錢給我，所以才向你……說明我的情況，因為你是另一個唯一可能跟我的成敗有點個人關係的人。」李德蓋特痛恨自己說的這番話，不過他說出來了，而且說得清楚明白毫不遲疑。

布爾斯妥德答得並不匆忙，卻也沒有拖泥帶水。「李德蓋特先生，我很難過，坦白說我聽到這件事並不驚訝。在我看來，我很遺憾你娶了我內弟的女兒。那一家人習慣鋪張浪費，他們之所以能維持目前的生活，很大部分是靠我的資助。李德蓋特先生，我給你的建議是，不要再擴大你的債務，也別再做沒有把握的掙扎，你應該直接宣布破產。」

「雖然宣布破產比較輕鬆，」李德蓋特站起來，苦澀地說，「對我的未來卻沒有幫助。」

「生命本來就不輕鬆。」布爾斯妥德說。「可是親愛的先生，我們來到人間注定要經歷苦難，它能幫助我們成長。」

「謝謝你。」李德蓋特不太明白布爾斯妥德的話。「我占用你太多時間，再見。」

第六十八章

如果罪行也衣冠楚楚優雅斯文，
那麼美德又能做什麼樣的裝扮？
假使犯錯、使詐和輕率，
也假仁假義樂善好施呢？
世界，這書寫天下事的巨冊，
這言談舉止的宇宙地圖，
在長遠的歷史中強力掌控，證明
最直接的途徑仍然最有可為。
經驗本著它的嚴謹博學，
以整個世界的眼睛觀看。
世世代代保留著聰明才智，
難道不比盲目欺騙更安全！

——丹尼爾《穆索菲勒斯》[5]

布爾斯妥德在與李德蓋特的談話中提到（或洩露），他的未來動向和志趣可能有所改變，原因在於他的一段慘痛經歷。這事要從拉夫歐斯在拉爾徹拍賣會上認出威爾說起，當時布爾斯妥德有意對威爾做點補償，藉此感動上帝，阻止不快的後果，可惜事與願違。

他認定拉夫歐斯除非含笑九泉，否則不久後一定會回到米德鎮，這個想法事後得到印證。聖誕節前夕，拉夫歐斯重新來到灌木苑，布爾斯妥德在家裡接待他。他成功阻止拉夫歐斯跟他的家人接觸，自己卻免不了一場麻煩，也引起他妻子的擔憂。拉夫歐斯比過去幾次見面更難對付，由於長時間精神不穩定，飲酒過度的後遺症也越來越嚴重，聽過的話轉頭就忘。他堅持要留宿，布爾斯妥德覺得讓他在自己的房間過夜，盯著他，至少比讓他去鎮上來得好。拉夫歐斯樂不可支，因為他把風光體面、家財萬貫的同夥布爾斯妥德惹得火冒三丈。他開玩笑地說，布爾斯妥德有機會接待一個曾經幫他做事，卻沒有得到全部報酬的人，想必開心極了。他這種誇大的玩笑話暗藏狡猾的算計，那就是讓布爾斯妥德付出更高的金額，做為擺脫這新一波折磨的代價。只是，他的算計有點擦槍走火。

布爾斯妥德承受的痛苦，確實超過粗枝大葉的拉夫歐斯所能想像。他告訴他太太，這個可悲的傢伙多行不義自食惡果，如果沒人理會，下場可能不堪設想。他在不直接說謊的情況下暗示，他基於某些家族關係，必須照顧這個人，而這人精神狀況失常，最好小心提防。他隔天早上會親自駕馬車送他走。透過這些暗示，他覺得妻子會提高警覺，約束他們的女兒和僕人遠離那個人，同時也解釋了他為什麼不准任何人進那個房間，還要親自送酒食過去。他膽顫心驚地坐在那個房間裡，擔心大嗓門的拉夫歐斯聊起過去的事被人聽見，甚至擔心妻子好奇走到房門外偷聽。他怎麼能禁止她這麼做？怎麼能打開門揭發

5《穆索菲勒斯》（*Musophilus*）是英國詩人薩繆爾・丹尼爾（Samuel Daniel）一五九九年發表的長詩。

她，從而暴露自己的恐懼？她是個誠實坦率的女人，不可能為了查探惱人的內情做出這麼不堪的行為。可惜恐懼會左右對事情的評估。

就這樣，拉夫歐斯玩火自焚，招致意料之外的結果。他不給別人留餘地的結果是布爾斯妥德覺得唯一的辦法就是全力反撲。當天晚上他送拉夫歐斯上床之後，命令車夫隔天早上七點半備好他的廂式馬車。到了清晨六點，他早已經梳洗完畢，靠禱告度過一段坐立不安的時刻。他向上帝表示，如果他曾經在上帝面前以假弄真或信口開河，都是為了避免最險惡的罪行。然而，儘管他間接做過不少惡事，卻出人意表地排斥直接說謊。只是，他所做的許多惡事雖然帶來全心全意翹首企盼的結果，它們本身卻像細微的肌肉活動，總是被意識忽略。而只有我們清楚意識到的事，我們才覺得全能的上帝也清楚看見了。

布爾斯妥德拿著蠟燭來到拉夫歐斯床邊，看見拉夫歐斯明顯睡得不安穩。他靜靜佇立，希望燭光能漸進地、溫和地喚醒床上的人。因為他擔心拉夫歐斯突然被吵醒，發出太大聲響。足足兩三分鐘的時間裡，他看著拉夫歐斯又是顫抖又是喘氣，似乎就要甦醒，最後發出幽長的、半壓抑的呻吟，驚恐地環顧周遭，渾身戰抖呼吸急促，沒有發出其他聲響。布爾斯妥德放下蠟燭，等他恢復神智。

大約十五分鐘後，布爾斯妥德以前所未見的冷淡態度和不留餘地的口吻說，「拉夫歐斯，我這麼早來找你，是因為我已經下令七點半備妥馬車，由我親自送你去伊爾斯利。你可以在那裡轉搭火車或公共馬車。」拉夫歐斯正要回應，卻被布爾斯妥德蠻橫地打斷。「先生，別說話，仔細聽我說。我會給你一筆錢，日後只要你寫信過來，我會偶爾支付你合理的金額。但如果你選擇再來這個地方，如果你重新出現在米德鎮，說些對我不利的話，我不會再給你任何幫助，你就等著承受後果。不會有人因為你破壞我的名聲付你大筆金錢。你能用的手段，我都清楚，如果你敢再來惹我，我就豁出去。起來吧，先生，照我的話做。別出聲，否則我派人請警察來把你拉出我家。你可以去鎮上所有小酒館說個痛快，不過你別奢望我幫你付半毛酒錢。」

布爾斯妥德這輩子很少用這麼強悍的態度說話。他花了大半夜審慎琢磨這番話和它可能的效應，儘管他不認為這些話可以成功阻止拉夫歐斯繼續糾纏，卻也認為這是他的最佳策略。這天早晨他的態度成功震懾了疲憊不堪的拉夫歐斯。面對他的冷酷決絕，拉夫歐斯膽怯了，在早餐時間以前被安靜地送上馬車。僕人以為他是主人的窮親戚，而主人向來不苟言笑自視甚高，會以這樣的堂表親為恥，急於擺脫，一點也不奇怪。布爾斯妥德跟他痛恨的拉夫歐斯共乘的這十幾公里路程，是這個聖誕節鬱悶的開端。接近目的地時，拉夫歐斯的精神已經恢復，心滿意足地跟布爾斯妥德告別，因為布爾斯妥德給了他一百鎊。布爾斯妥德之所以出手大方，理由不一而足，但他本身沒有細細探究。早先他站在床邊看著睡不安枕的拉夫歐斯時，他必定看出了這人的身體狀況比上次拿他兩百鎊時虛弱得多。

布爾斯妥德用尖銳的語氣反覆強調他的決心，不許拉夫歐斯再來耍弄他，也讓對方徹底明白，是他自己用行動表明，收買他跟反抗他的風險一樣高。不過，送走這個瘟神後，布爾斯妥德回到他安詳的家，卻覺得自己恐怕只能暫時喘一口氣。那種感覺像是他做了一場討厭的惡夢，醒來以後甩不掉那些景象和隨之而來的可憎感受。彷彿在他人生的各種歡樂場景裡出現一隻危險的爬蟲，留下黏滑的痕跡。

即使外在形象沒有受到威脅，但在深層的內在生命中，在別人心中的形象，有多少是自己想像出來的？由於妻子小心翼翼避談那件事，布爾斯妥德更清楚意識到她心裡殘留著不安的預感。他在家裡向來習慣享有至高無上的地位和絕對的服從，現在他確定有人暗中懷疑他藏著不可告人的祕密，在觀察他，打量他，以致於他說教的口氣變得結結巴巴。布爾斯妥德個性多慮，凡事總是往壞處想，他持續想像自己即將承受恥辱帶來的痛苦。沒錯，即將。雖然他祈禱自己的反抗可以徹底擺脫拉夫歐斯，卻不敢抱太大的希望。如果他失敗了，不可避免的結果就是蒙羞。他告訴自己，如果事情真的發生，那就是上帝的懲罰和斥責，是一種預習，但他畏懼想像中的烈火焚身。他覺得必須逃過這場恥辱，才更能彰顯上帝的榮光。那份畏懼終於促使他著手準備離開米德鎮。如果他邪惡的過去必須被揭露，那麼他要去到一個遙遠的地方，減輕被舊識鄙夷目光燒灼的痛感。一旦搬到他鄉異地，就不會有太多人關注他。即使拉夫歐斯追蹤而至，他受到折磨也會輕微得多。他知道如果永遠離開這個地方，妻子會非常不捨，考量其他因素，他也偏好留在已經落地生根的這裡。因此，一開始他做的準備是有彈性的，在各方面給自己留一點退路。也許離開一段時間之後，上帝的善意干預會驅散他的恐懼，他還可以再回來。他以健康欠佳為由開始移交銀行的職務，不再積極掌控地方上的生意，卻沒有排除日後重新回歸的可能性。由於景氣普遍蕭條，他的獲利也開始縮減，這種種安排更增加他的開銷，也減少他的收入。醫院變成他可以名正言順縮減的主要開支。

就是因為這件事，他才找李德蓋特說那些話。不過現階段他只是初步安排，未來如果確定無此必要，隨時可以取消。他遲遲不願踏出最後幾步，儘管心中害怕，他卻像很多遭遇船難或馬車面臨翻覆的人一樣，執著地認為會有什麼來救他免於危難。他覺得晚年遷居而打亂自己的人生，或許操之過急，尤其他很難找到充分的理由向妻子說明，為什麼要無限期舉家搬離這個他唯一願意居住的地方。

布爾斯妥德如果決定離開，還得處理斯東居農場的管理問題。針對這片產業以及他在米德鎮擁有的所有屋舍與土地的問題，他徵詢葛爾斯的意見。他跟每一個有這方面事務的人一樣，想要找一個把雇主利益放在自己利益之上的人。布爾斯妥德希望保留斯東居這片產業，將來願意的話，可以回到這裡重拾他管理監督的樂趣。葛爾斯建議他別全權委託給管家，而是將土地、牲畜和設備按年度租給佃戶耕作，收取一定比例的獲利。

「葛爾斯先生，我能夠麻煩你依照這些條件幫我找人嗎？」布爾斯妥德問。「再者，如果我把剛才討論的那些事交給你管理，請問我每年該付你多少酬勞？」

「我會考慮一下。」葛爾斯以一貫的耿直回答。「我得看看能不能忙得過來。」

如果不是考慮到弗列德的未來，葛爾斯不會想增加業務量。他年紀越來越大，他太太經常擔心他工作過勞。可是他跟布爾斯妥德談話結束後，對於斯東居的出租，他忽然想到一個非常誘人的點子。如果他願意承擔監督責任，布爾斯妥德會不會同意他指派弗列德進駐那片產業？這會是弗列德絕佳的訓練機會。除了增加一小筆收入，還有時間跟著他學習處理其他業務。他跟妻子提起這件事的時候顯得歡天喜地，以致於她即使擔心他接太多工作，卻不願意潑他冷水。

「如果我可以告訴那孩子事情已經談妥，他一定會很高興。」葛爾斯邊說邊靠向椅背，容光煥發。「蘇珊，妳想想看，早在費勒斯東在世的時候，弗列德就已經很中意那個地方。現在他做了這一行，終於可以在那裡認真做事，實在是最好的演變。布爾斯妥德可能會繼續讓他承租，以後他可以慢慢買下那些牲畜。我看得出來，布爾斯妥德還不確定自己是否會回來。我這輩子還沒這麼開心過。蘇珊，假以時日，兩個孩子就可以結婚了。」

「布爾斯妥德還沒同意以前，你不要跟弗列德說這事吧？」蘇珊溫柔地提醒丈夫。「至於結婚的事，凱勒伯，我們做長輩的不需要催他們。」

「那倒未必，」葛爾斯把腦袋晃向一邊。「婚姻可以讓人馴服，之後我就不需要花太多心思約束弗列德。不過，在事情定下來以前，我什麼都不會說，我會再跟布爾斯妥德討論。」

他一找到機會就去做這件事。布爾斯妥德對他的內姪弗列德沒有多少慈愛之心，但他有許多生意上的瑣碎事項，非常希望葛爾斯代為管理。他覺得除非交給葛爾斯這麼誠信的人，否則那些生意必定虧錢。基於這個理由，他沒有反對葛爾斯的提議。他之所以同意這個對溫奇家族成員有利的提案，還有另一個理由。他太太聽說了李德蓋特的債務問題，焦急地問丈夫能不能幫幫可憐的蘿絲夢。當時布爾斯妥德告訴她，李德蓋特的問題沒那麼容易解決，最明智的辦法就是「順其自然」。那時她第一次埋怨丈夫：「尼可拉斯，我一直覺得你對我娘家有點無情。我娘家的親戚都是正正當當的人，他們或許太俗氣，可是沒有人敢說他們不正派。」

「親愛的哈麗葉，」布爾斯妥德不敢直視妻子淚漣漣的雙眼。「我資助妳弟弟大筆金錢，總不能連他出嫁的女兒都要我照顧。」

這話沒錯，於是哈麗葉的抗議減弱了。她變成同情可憐的蘿絲夢，她早就知道蘿絲夢接受的奢華教養會造成什麼樣的後果。

經過那次對話，布爾斯妥德覺得等到必須告訴妻子，他打算永遠離開米德鎮時，再讓她知道他做了一項對弗列德有益的安排。現階段他只說有意關閉灌木苑幾個月，暫時移居南部海岸。

於是葛爾斯得到他想要的答覆，也就是假使布爾斯妥德無限期離開米德鎮，就由弗列德依照議定的條件承租斯東居。葛爾斯對這個「美好的轉變」充滿希望。他實在太開心，如果不是妻子深情的責怪增強他的自制力，他一定會把這一切告訴瑪麗，因為他想「讓那孩子安心」。總之，他克制住自己。他連弗列德都瞞得緊，沒讓他發現他已經悄悄跑了幾趟斯東居，只為深入了解那裡的土地和禽畜的現況，做個初步估算。相較於事情進展的速度，他確實有點操之過急。但他是基於滿腔父愛，一心想著為弗列德和瑪麗爭取這可能的幸福，就像是他為他們藏著的生日禮物。

「可是萬一這整件事變成空中樓閣呢？」蘇珊問他。

「沒事，沒事。」葛爾斯答。「空中樓閣就算垮了也壓不死人。」

第六十九章

如果你聽說了傳聞，就帶著它入土。

——《聖經外傳》[6]

布爾斯妥德跟李德蓋特見面的同一天下午三點左右，他坐在銀行的經理辦公室裡，辦事員進來告訴他，馬已經備好了，還說葛爾斯在外面，想要跟他談一談。

葛爾斯進來後，他用最友善的口吻說：「請坐，葛爾斯先生。幸好你來得及時，我知道你是個大忙人。」

「嗯。」葛爾斯溫和地應了一聲，慢慢晃了一下腦袋，而後坐下，把帽子放在地板上。他兩眼盯著地面，上身前傾，修長的手指垂落在雙腿之間，一根根手指輪流動著，彷彿它們也跟著他沉穩的大腦一起冥思苦想。

布爾斯妥德跟所有認識葛爾斯的人一樣見怪不怪，知道這是他談論重要議題的前奏。他覺得葛爾斯可能是想再次建議他買下布萊曼巷的部分房舍進行拆除，犧牲一小部分資產讓整個區域空氣更流通，光

6《*Ecclesiastes*》，或譯《德訓篇》，為基督教外典。

線更充足，是很好的回報。正是由於這一類的提議，葛爾斯偶爾會讓雇主傷透腦筋，但他發現布爾斯妥德通常樂意採納他的改善計畫，彼此共事相當愉快。不過，等他再度開口，語調卻是相當壓抑：「布爾斯妥德先生，我剛從斯東居過來。」

「那裡沒出什麼事吧？」布爾斯妥德答。「我昨天才去過。今年阿貝爾把小羔羊照顧得很不錯。」

「喔，沒錯。」葛爾斯沉重地抬起視線。「有一點事。有個陌生人，好像病得很重，需要看醫生，所以我來跟你說一聲。他姓拉夫歐斯。」他目睹自己的話帶給布爾斯妥德的震撼。

關於這件事，布爾斯妥德認為自己時時刻刻提心吊膽，不會再受驚嚇，可惜他想錯了。

「可憐的傢伙！」他用慈悲的口吻感嘆道，嘴唇略微顫抖。「你知不知道他是怎麼去那裡的？」

「我帶他去的。」葛爾斯平靜地答。「用我的小馬車送他去的。他下公共馬車後走了一小段路，我在過了收費站那個彎道碰見他。他在斯東居見過我，要我載他一程。我看他生病了，覺得應該送他到安全的地方。我覺得你應該馬上請醫生去看他。」葛爾斯說完就拿起地上的帽子，慢慢站起來。

「那是當然。」布爾斯妥德心亂如麻。「葛爾斯先生，能不能請你順路去找李德蓋特先生？等等！這時候他可能在醫院。我先派人騎馬送個字條過去，我自己也會趕去斯東居。」

布爾斯妥德迅速寫了張字條，親自出去吩咐下屬送出去。等他回來的時候，葛爾斯仍然站在原地，一隻手扶著椅背，另一隻手拿著帽子。布爾斯妥德當時心想，「也許拉夫歐斯只跟葛爾斯說他生病了。葛爾斯可能會像上次一樣起疑心，想不通這個不三不四的傢伙為什麼自稱跟我很熟，不過他什麼都不會知道。何況他跟我關係良好，我對他還有用。」他想確認這些樂觀猜測，可是主動開口打聽拉夫歐斯說或做了什麼，等於暴露自己的擔憂。「葛爾斯先生，我太感謝你了。」他以一貫的禮貌語氣說。「我的僕人幾分鐘就會回來，之後我會親自去看看能幫這個不幸的人做點什麼。你有別的事要跟我談嗎？如果有，請坐下來。」

「謝謝你。」葛爾斯右手輕輕一揮，不願意就座。「布爾斯妥德先生，我想說的是，我必須請你委託別人管理你的生意，比如斯東居的出租和其他事項，感謝你對我慷慨大方，不過我必須放棄。」

強烈的確定話語像刀鋒，刺中布爾斯妥德的靈魂。

「葛爾斯先生，這實在太突然。」除了這句話，其他都說不出來。

「確實如此。不過我已經決定了，我必須放棄。」葛爾斯溫和的口氣透著堅定。他發現布爾斯妥德似乎在那溫和的口氣底下畏縮了，臉色死氣沉沉，移開視線，不敢迎向他的目光。葛爾斯深深同情他，就算能找到合用的藉口，他也不願意解釋自己推辭的理由。

「你會這麼做，恐怕是聽了那個不幸傢伙對我的詆毀。」布爾斯妥德急於探知全部的真相。

「沒有錯。我不能否認是因為他說的話才做這個決定。」

「葛爾斯先生，你為人誠懇踏實，我相信你不會違背上帝的教誨，不會因為聽信別人的信口雌黃造成我的損害。」布爾斯妥德搜索枯腸尋找能打動葛爾斯的說辭。「我們之間的關係向來對彼此都有利，不能因為這種薄弱的理由輕易放棄。」

「就算我覺得上帝不會贊同，但只要我辦得到，就會避免造成任何人的損失。」葛爾斯答。「我希望我能愛護我的同胞。可是先生，我不得不相信這個拉夫歐斯說的是實話。跟你一起工作，透過你取得利益，我高興不起來，心裡會不痛快。我必須請你另請高明。」

「好吧，葛爾斯先生。可是我至少要知道他說了什麼難聽話，我必須知道自己受到什麼樣的惡意中傷。」面對這個放棄自身利益的平靜男人，布爾斯妥德開始惱羞成怒。

「沒那個必要。」葛爾斯揮了揮手，輕輕點個頭，仍然維持寬容的語氣，不願意讓眼前的可憐人太難堪。「除非因為某些未知的事迫不得已，否則我永遠不會重述他對我說的話。如果你為了獲利過著有害的生活，為了自己獲取得多，用欺騙的手段剝奪別人的權益，我敢說你一定後悔了，你會希望重新來過，卻又辦不到，心裡一定很苦。」葛爾斯停頓片刻，搖搖頭。「我沒有必要增加你的痛苦。」

「可是你確實增加我的痛苦了。」布爾斯妥德被迫發出由衷的懇求。「你不肯幫我，造成我的痛苦。」

「我也是迫不得已。」葛爾斯舉起手，語氣更溫和了。「很抱歉。我不會評斷你，不會說『他是壞人，我是好人。』但願不會。我不是無所不知。人都可能犯錯，也可以洗心革面重新開始，生命的污點卻無法抹除，這是很嚴厲的懲罰。如果你的情況就是這樣，我替你覺得遺憾。可是我沒辦法再跟你共事，如此而已。其他的一切我決定全部埋葬。再見。」

「葛爾斯先生，請等一下！」布爾斯妥德匆忙說，「那麼我是不是可以相信你不會對任何男人或女人散布那些惡意誹謗，哪怕其中可能有一丁點真實性存在？」

葛爾斯被激怒了，他氣沖沖地說：「如果我沒那個意思，又何必說？我並不怕你，也從來沒興趣散布那種事。」

「請原諒我，我情緒太激動。這個放蕩的男人害慘我了。」

「別說了！你因為他的惡行獲利，你該擔心自己是不是害他沉淪。」

「你錯怪我了，因為你輕信於他。」布爾斯妥德備感壓抑，像置身惡夢中。他沒辦法斷然否認拉夫歐斯可能說出的話，卻也慶幸自己逃過一劫，因為根據葛爾斯的語氣，似乎並沒有要求他否認。

「不。」葛爾斯不認同地舉起手。「只要有足夠的證據，我願意相信那些都是假的。我沒有剝奪你澄清的機會。至於對外散布，除非是為了拯救無辜的人，否則我認為揭發別人的罪惡，本身就是一種犯罪行為。那就是我的想法，布爾斯妥德先生。另外，我說過的話不需要發誓。再見。」

幾小時後，葛爾斯在家裡不經意地對妻子說，他跟布爾斯妥德意見不合，已經放棄代管斯東居，未來也不會再幫他做任何事。

「他是不是干涉太多？」蘇珊覺得布爾斯妥德或許碰觸到某些丈夫最在意的事，而且在原料和工作模式方面沒辦法依照他認為對的方式去做。

「嗯。」葛爾斯低下頭，肅穆地揮了揮手。蘇珊知道這代表他不想繼續討論這個話題。

至於布爾斯妥德，他幾乎立刻上馬前往斯東居，急於趕在李德蓋特之前抵達。他腦海裡填滿各種畫面和猜測，在在訴說他的希望和恐懼，正如我們在搖撼全身的振動中聽出音調。葛爾斯獲知他的過去，也拒絕接受他的委託，帶給他深深的恥辱。除此之外，想到聽見拉夫歐斯那番話的是葛爾斯，他又感到安心。這種安心幾乎凌駕那份恥辱。他覺得這似乎是一種預兆，顯示上帝有意幫他免除最嚴重的後果。他的祕密可望保住，因為拉夫歐斯受到病痛折磨，而且被帶到斯東居而不是別的地方。布爾斯妥德想到這些事帶來的可能性，一顆心怦怦狂跳。如果最後他擺脫身敗名裂的危機，如果他能得到完全的自由，那麼他一定要比過去更虔誠。他在心裡默念這個誓言，彷彿它能夠促成他渴望的結果。他要自己相信那虔誠決心的力量，相信它有決定死亡的力量。他知道他應該說，「依祢的意旨實行。」而且他經常說。但他仍然強烈盼望，上帝的意旨就是讓那可恨的人死亡。

布爾斯妥德到了斯東居以後，仍然被拉夫歐斯的改變嚇了一跳。如果不是他臉色灰白身體虛弱，布爾斯妥德會以為他的改變只在精神方面。他已經不再有興致扯著嗓門折磨人，整個人似乎陷入一種強烈而不明的恐懼。他的錢都沒了，其中一半被人搶走。他叫布爾斯妥德別生氣，他來這裡只因為他病了，有人在四處找他，在追蹤他。他什麼都沒說，守口如瓶。布爾斯妥德不明白那是他精神症狀的表現，覺得可以趁拉夫歐斯心智脆弱時逼問真相。他指責拉夫歐斯說謊，因為他明明已經告訴那個用小馬車送他來到斯東居的人。拉夫歐斯指天誓日地否認自己說謊。事實上他的意識已經不連貫，他在膽顫心驚的狀態下對葛爾斯所做的詳盡敘述，只是幻覺般的夢囈，已經不復記憶。

布爾斯妥德發現這可悲的傢伙意識不清，一顆心再度往下沉。他最想知道拉夫歐斯是不是真的沒有對葛爾斯以外的鎮民提起過去的事，可惜看樣子很難從他嘴裡問出真相。管家告訴他，葛爾斯離開後拉夫歐斯跟她要了啤酒，之後沒再說話，看起來身體很不舒服。管家說話時神色坦然，那麼或許可以斷定拉夫歐斯沒有洩露祕密。阿貝爾太太跟灌木苑的僕人一樣，猜想這個陌生人是那種有錢人家都頭痛的惹人嫌「親戚」。一開始她以為這人是瑞格的親戚，只要牽涉到遺產，引來這種大蒼蠅是再自然不過的事。至於他為什麼也是布爾斯妥德的「親戚」，就讓人猜不透了。不過阿貝爾太太同意丈夫的話，說這事「誰也不知道」。這個答案已經提供她充分的想像空間，於是她搖搖頭，沒有進一步起疑。

不到一小時李德蓋特就來了。當時拉夫歐斯在護牆板客廳裡，布爾斯妥德走到門外迎接李德蓋特，說：「李德蓋特先生，我請你來診治一個不幸的人。這人很多年前曾經受雇於我，後來去了美國，回來以後恐怕過著遊手好閒的放蕩生活。現在他走投無路，我有義務照顧他。他跟這片產業的前任主人瑞格有點親戚關係，才會找到這裡來。他好像病得很重，顯然也意識不太清楚，我覺得必須盡全力幫他。」

李德蓋特還清楚記得不久前和布爾斯妥德談話的情景，現在一句話都不想多說，只是輕輕欠身回應。不過，走進客廳前他下意識地回頭問，「他叫什麼名字？」詢問姓名也是醫生的專業技能之一，這點倒是和務實的政治人物類似。

「拉夫歐斯。約翰．拉夫歐斯。」布爾斯妥德答。不管病情如何演變，他都希望李德蓋特除了拉夫歐斯的姓名，其他一無所知。

李德蓋特經過詳細診查與思考，囑咐讓拉夫歐斯臥床休息，盡量保持安靜，之後就跟布爾斯妥德走到另一個房間。

「看來他的病很嚴重。」布爾斯妥德搶在李德蓋特之前發表見解。

「是，卻也不是。」李德蓋特答得語焉不詳。「這種日積月累的併發症很難預測。不過病人體格相當結實，我認為這場病未必會危及生命。當然，治療起來有點棘手，需要有人看護照料。」

「我會親自留下來。」布爾斯妥德說。「阿貝爾太太和她丈夫沒有這方面的經驗。如果你能幫我送個字條給我太太，我在這裡過夜不會有問題。」

「我覺得沒這個必要。」李德蓋特說。「他好像很安份，又好像受了驚嚇，接下來也可能會吵鬧不受控制，不過這裡有男人在，對吧？」

「我不只一次為了清靜在這裡住過幾個晚上。」布爾斯妥德淡淡地說。「現在我也打算這麼做。必要的時候阿貝爾太太和她丈夫可以跟我替換，也可以協助我。」

「好吧，那我向你說明注意事項。」李德蓋特對布爾斯妥德的怪異行徑不覺得驚訝。

等他囑咐完畢，布爾斯妥德問，「你覺得他有希望復元？」

「是。除非出現我目前還診查不出來的併發症。」李德蓋特答。「他目前的病況還可能惡化，不過只要照我的方式治療，過不了幾天就會好轉，但一定得嚴格執行。記住，如果他要求喝任何烈酒，都別給他。在我看來，像他這種狀況的人，死因多半是治療不當，而不是疾病。儘管如此，他還是可能出現其他症狀，明天早上我再過來。」

李德蓋特等了一下，拿到給布爾斯妥德太太的字條後就離開了。一開始他對拉夫歐斯的過去沒有多想，專心回想近期魏爾醫生[7]在美國發表的經驗談，文中針對酒精中毒病例提出的正確療法引起熱烈討論。李德蓋特早年在國外時，對這個主題很感興趣。當時治療這類病人的普遍做法是不禁止飲酒，持續提供大量鴉片酊。他並不贊同這種方式，並且多次依照自己的判斷施治，得到不錯的成效。

「這人生病了，」他心想。「可是他顯然過得窮困潦倒，我猜他是布爾斯妥德救濟的對象。真是奇怪，有些人竟可以既冷酷又好心，一點都不衝突。布爾斯妥德對待某些人可說是我見過最沒有同情心的，然而，他卻可以為救濟對象費盡苦心，不惜花大錢。我猜他有某種測試方法，可以看出上帝關心哪些人，而他已經認定上帝不關心我。」

這一絲怨怒源由頗多，而且隨著他接近洛威克門，那股不平持續在他的思緒中擴大。這天早上他從醫院被布爾斯妥德的人喊去銀行，到現在還沒回過家。現在慢慢走近家門，卻沒有帶回一丁點解決問題的希望。他沒辦法籌到足夠的錢，眼看著勉強維持婚姻的一切就要付諸流水，他和蘿絲夢也會因此孤立無援，被迫醒悟到他們能帶給彼此的安慰多麼薄弱。他能忍受自己失去妻子的柔情，卻無法忍受他對妻子的柔情彌補不了她物質上的匱乏。想到過去和未來的恥辱，他的自尊已經飽受摧殘。然而，相較於另一份更深刻的苦楚，自尊心遭到的折磨幾乎難以察覺。那份苦楚在於，他認為未來在蘿絲夢心目中，他只會是一個帶給她失望與不幸的人。

他從來不喜歡捉襟見肘的貧窮生活，過去也不曾想過自己會走到那一步。如今他已經開始想像，兩個彼此相愛心意相通的人，面對破舊的家具還能談笑風生，一起核算家裡能買得起多少雞蛋和奶油。只是，那詩情畫意的場景，似乎與黃金時代的逍遙生活一樣遙不可及。在蘿絲夢的心裡，縮水的奢侈品沒有存在的空間。他極其悲涼地下馬走進屋子，覺得只有晚餐能帶給他一點欣慰。他心想，最好今晚就把他向布爾斯妥德求助被拒的事告訴蘿絲夢，盡快讓她做好最壞的打算。

可是他的晚餐得等上一段時間，才能送進他嘴裡，因為他一進門就看見多佛的代理人已經派人來到家裡。他向僕人詢問妻子的下落，得到的答覆是她在她的臥房。他上樓去，看見她臉色蒼白地躺在床上，不發一語，對他的言語和表情沒有一絲反應。他坐在床邊俯身看著她，用禱告般的吶喊語調對她說：「我可憐的蘿絲夢，原諒我害妳受苦！我們繼續愛對方好嗎？」

她無語望著他，臉上依然是空洞的絕望。緊接著她晶藍的雙眼湧出淚水，雙唇也顫抖起來。堅強的李德蓋特這天承受太多，他把頭埋在她枕邊低聲啜泣。

隔天一早她就回娘家，他沒有阻止她。如今無論她想怎麼做，他好像都不該阻止。半小時後她就回來了，說爸爸和媽媽要她這段日子回娘家暫住，等這些倒楣事過去。爸爸說債務的事他幫不上忙，如果他幫了這次，以後還會接二連三發生。她最好等到李德蓋特能給她舒適的生活再回來。

「特提厄斯，你會反對嗎？」

「照妳的意思做。」李德蓋特答。「不過事情還沒到最後關頭，不需要著急。」

「我明天才會走，」蘿絲夢說。「還得打包行李。」

「喔，如果是我就不會急著明天走，誰也不知道會發生什麼事。」李德蓋特尖銳地挖苦。「也許我會摔斷脖子，以後妳的日子就好過了。」

李德蓋特對蘿絲夢的愛既是情感的激發，也是深思熟慮後的決心，可惜這份愛無可避免地被這些憤怒時的嘲諷或告誡打斷。這是他們兩人的不幸。她覺得他不可理喻，對他那些刁難極為反感，幾乎無法接受他持續表現的愛意。

---

7 指美國醫生約翰・魏爾（John Ware，一七九五～一八六四），一八三一年發表〈酒毒性譫妄症的成因與治療〉（Remarks on the History and Treatment of Delirium Tremens）。

「看來你不希望我回娘家。」她的語氣冷淡而平和。「你直說就好了，何必出口傷人？那麼我不走了，哪天你讓我走，我才走。」

李德蓋特不再說話，直接出門看病。他覺得挫敗又煩亂，眼睛底下出現黑眼圈。蘿絲夢沒看見，因為她沒辦法正眼看他。特提厄斯總是有辦法把事情搞得讓她更難受。

第七十章

我們的行為依然遠遠跟隨我們，
過去的我們造就今日的我們。

李德蓋特離開斯東居後，布爾斯妥德做的第一件事是翻找拉夫歐斯的口袋。拉夫歐斯說他生病又沒錢，直接從利物浦過來。如果他說的是假話，那麼他口袋裡一定會有旅舍帳單之類的東西，可以查明他去過哪些地方。他的錢包裡塞了各種帳單，可是聖誕節後在其他任何地方的帳單只有一張，日期是當天早上。這張帳單跟馬市宣傳單一起塞在他外套下襬的口袋，記載他在馬市所在的畢爾克利一家旅舍投宿三天的費用。帳單金額不小，鑑於拉夫歐斯沒帶行李，很可能他為了留點旅費，把行李箱抵押給旅店。他的錢包裡沒錢，口袋只剩兩枚六便士和幾便士零錢。

布爾斯妥德總算放心了，因為這些證據顯示，拉夫歐斯在聖誕節那次難忘的到訪之後，確實遠離米德鎮。他一直待在遠方，周遭都是不認識布爾斯妥德的人。就算他到處散播米德鎮某個銀行家多年前的醜聞，他那愛折磨人以及自吹自擂的性格又能得到多大的滿足？就算他真的說出去了，又能造成什麼傷害？現在的重點是盯緊他不會再胡言亂語，不會像碰見葛爾斯時那樣不知不覺說出來。布爾斯妥德非常擔心他見到李德蓋特也亂說話。

他一個人熬夜陪著拉夫歐斯，只提醒管家和衣就寢，以免半夜有事叫她。他說他睡不著，想照醫生的吩咐妥善照顧病人。他也確實做到了，雖然拉夫歐斯不停討白蘭地，直嚷著他在往下沉，說他底下的地面在下沉。他躁動不安，輾轉難眠，還有點擔心害怕，但不算難照料。他不肯吃李德蓋特指定的餐點，想吃的又遭到拒絕。他好像很畏懼布爾斯妥德，可憐兮兮地求他別生氣，別為了報復讓他餓肚子，還連聲賭咒地說他從沒跟任何人說過他壞話。即使是這種話，布爾斯妥德也不希望李德蓋特聽見。可是他斷斷續續的胡言亂語還有另一個更驚人的警訊，那就是天破曉時拉夫歐斯好像突然以為醫生來了，忙不迭對醫生說布爾斯妥德想要餓死他，因為他要報復他洩露祕密，其實他什麼都沒說。

布爾斯妥德跋扈的個性和強硬的意志力總算發揮用途。他外表看似虛弱，目前又是心緒不寧，卻在這個艱苦的局勢中找到需要的力量。在那個煎熬的夜晚和早晨，他像一具行屍走肉，儘管身體冰冷，卻已經恢復行動力，麻木冰冷地支配一切。在此同時絞盡腦汁想著自己要對抗的是什麼，該怎麼做才能確保安全。不管他如何向上帝禱告，不管他內心如何看待這可悲傢伙的精神狀態，如何認定自己有職責承受上天給他的懲罰，不該冀望他人蒙受災難；不管他如何努力將言語濃縮為堅定的心理狀態，他渴望的景象仍然鮮明逼真得叫人難以抵擋，穿透並散布到他心靈的各個角落。伴隨那一連串景象而來的，是它們的辯解。他不由自主地看見拉夫歐斯的死亡，認為那是他自己的獲救。

這個可悲的傢伙就算死了又如何？他不知悔改。但犯法的人不也是不知悔改？而他們的命運由法律決定。如果這回上帝賜予的是死亡，只要不親手加速死亡的到來，只要他一絲不苟地遵從醫囑，那麼視死亡為可喜之事就不是罪過。即使這樣也可能出差錯，畢竟人類的處方並不可靠。李德蓋特曾經說過，治療也可能加速死亡，為什麼他自己的治療方法不能？話說回來，在對與錯之間，意圖決定一切。

於是布爾斯妥德致力將他的意圖和他的渴求分開。他在心裡宣稱要遵照醫囑，又何必為這些醫囑的效力傷神？那只是願望慣用的花招。願望會利用任何不相關的猜疑，為自己爭取更大的空間。比如無法確定的效果，比如看似沒有規則的模糊地帶。話雖如此，他確實謹遵醫生的指示。

他的焦慮持續指向李德蓋特。前一天早上他們之間那段談話他記憶猶新，只是那段記憶如今附帶著某些當時未曾出現的醒悟。當時他不在乎醫院可能的變革會帶給李德蓋特什麼苦惱，也不在乎自己拒絕金援會引來李德蓋特什麼樣的反應。他認為李德蓋要求太多，自己拒絕得合情合理。現在他回想那一幕，覺得自己恐怕已經把李德蓋特變成敵人，於是興起安撫的念頭，或者讓李德蓋特對他感恩戴德。他後悔莫及，覺得就算不合理，當時也該犧牲點金錢略施小惠。布爾斯妥德認為，如果他事先給了李德蓋特重大利益，那麼就算李德蓋特有所懷疑，甚至從拉夫歐斯的胡言亂語拼湊出些什麼，也不至於產生對他不利的想法。可是這個醒悟好像來得太遲。

鬱悶的布爾斯妥德心中出現可堪憐憫的怪異衝突。多年來他渴望變成比過去更好的人，將自私的欲念融入教條，為它們披上嚴苛的外袍，以便他跟它們長相左右，像個虔誠的唱詩班。如今恐懼在它們之間生起，它們再也無法唱誦，只能口徑一致地哭求平安。

李德蓋特到的時候已經接近中午，他原本打算早點來，卻有事耽擱了。他憔悴的面容沒有逃過布爾斯妥德的眼睛。不過他立刻把注意力轉向病人，鉅細靡遺地詢問病情的變化。

拉夫歐斯的狀況變糟了，幾乎吃不下東西，一直睡不著，躁動不安地念叨，幸好不至於太狂暴。布爾斯妥德擔憂的問題沒有發生，拉夫歐斯幾乎沒有注意到李德蓋特的存在，一直語無倫次或低語。

「他怎麼樣？」布爾斯妥德私下問。

「症狀惡化了。」

「你覺得比較不樂觀了嗎？」

「不，我仍然認為他有機會康復。你還是要親自守在這裡嗎？」李德蓋特突然轉頭問布爾斯妥德。布爾斯妥德被問得惶惶不安。其實李德蓋特並沒有任何疑心。

「嗯，應該會。」布爾斯妥德穩住自己，從容地回答。「哈麗葉已經知道我留在這裡的原因。阿貝爾太太和她丈夫的經驗不太夠，不能把病人丟給他們，何況他們在這裡的職責並不包括看護。看來你有新的指示。」

李德蓋特的新指示是，如果幾小時之後病人依然無法入睡，就給病人服用鴉片酊，但必須嚴格限制劑量及次數。他口袋裡帶著一瓶預先備妥的鴉片酊，仔細地告訴布爾斯妥德劑量與間隔，以及何時該停用。他慎重強調不停用會導致什麼危險，也再次囑咐不能讓病人喝酒。

「根據我的診斷，」李德蓋特總結道。「我最擔心的是麻醉劑中毒。他體力相當不錯，就算吃得少一點，也能熬得過去。」

「李德蓋特先生，你的臉色不太好，我認識你這麼久，沒見過你這樣。」布爾斯妥德此刻對李德蓋特的關懷有別於前一天的冷漠，正如他現在對自己的疲倦毫不在意，也跟過去一點小病痛就大驚小怪大不相同。「你好像煩惱重重。」

「確實沒錯。」李德蓋特毫不客氣地應了一聲，拿起帽子準備離開。

「是不是又出了什麼問題？」布爾斯妥德探詢地說，「請坐下。」

「不了，謝謝你。」李德蓋特有骨氣地說。「昨天我已經向你說明我的處境，除了債主已經派人到我家執行，其他沒什麼好說的，再大的麻煩也只要一句話就能交代清楚。再見了。」

「別走，李德蓋特先生，先別走。」布爾斯妥德說。「這件事我重新思考過了。昨天我太驚訝，考慮不夠深入。內人很擔心她姪女，如果你遭受厄運，我也會感到傷心。我肩負的責任非常繁重，不過幾經思考，與其看著你求助無門，我應該做點犧牲。你說一千鎊就能擺脫債務，讓你重新站穩腳步？」

「是。」李德蓋特內心一陣雀躍，喜悅凌駕其他所有感受。「一千鎊就能清償我所有債務，手頭還能留下一點錢。我會節省生活用度，況且我的業務也可能會成長。」

「李德蓋特先生，如果你願意稍等一下，我可以開一千鎊的支票給你。在這種情況下，要幫就得幫到底，免得白忙一場。」

布爾斯妥德開支票時，李德蓋特轉頭面向窗外，想著自己的家，想著他起步穩當的人生總算免遭挫敗，遠大的理想仍然在望。

「李德蓋特先生，你可以開一張本票給我。」布爾斯妥德拿著支票走向李德蓋特。「希望日後你情況好轉，可以慢慢還錢。在此同時，想到你不會再陷入更艱難的困境，我覺得很欣慰。」

「非常感謝你。」李德蓋特說。「你幫我找回希望，讓我能繼續從事愉快又有意義的工作。」他覺得布爾斯妥德拒絕之後又重新考慮，是再正常不過的事，符合他更為慷慨助人的那一面。他鞭策他的老馬加快速度，想早點回家告訴蘿絲夢這個好消息，再去銀行兌換現金還給多佛的代理人。這時有個掃興的念頭閃過他腦海，像乘著黑暗翅膀凌空掠過的不祥預兆。他意識到自己跟幾個月前多麼不同，受到天大的恩惠竟然喜不自勝，竟然因為得到布爾斯妥德的金錢資助大喜過望。

布爾斯妥德採取對策排除一個隱患，卻不覺得比較安心。他基於不良動機希望爭取李德蓋特的好感，儘管他沒有在意那個動機的強度，它卻依然活躍無比，像流淌在他血液裡的煩惱因子。人會起誓，卻不會放棄違反誓言的可能性。他真的故意違反誓言嗎？一點也不。可是那股想要背棄誓言的意願似有若無地在他心裡運作，就在他反覆提醒自己當初起誓原因的同時，慢慢滲入他的思路，鬆弛他的肌肉。讓拉夫歐斯迅速恢復，再度濫用他那可惡的花招：布爾斯妥德怎麼可能期待這樣的事情？拉夫歐斯一命嗚呼才能帶來解脫。他間接祈禱那樣的解脫。他對上帝說，可能的話，就讓他在塵世的餘生免除恥辱的威脅，因為一旦蒙愛恥辱，他就再也不能服侍上帝。

李德蓋特的診斷無法保證這個禱告得到應驗，到了隔天，布爾斯妥德開始為拉夫歐斯頑強的生命力氣惱，他寧可看見他陷入死亡的沉寂。迫切的意願激起謀害這個殘暴生命的衝動，因為意願本身無力主宰那個生命。他暗暗告訴自己太累了，今晚不要守在病人床邊。他要把病人交給阿貝爾太太，必要時可以找她丈夫幫忙。

到了六點，忽睡忽醒的拉夫歐斯醒來了，卻更加躁動，不停叫嚷著他在往下沉。布爾斯妥德遵照李德蓋特的指示，開始讓他服用鴉片酊。大約半小時之後，他喊阿貝爾太太過來並說，他身體不太舒服，沒辦法再照顧下去，必須把病人託付給她。接著他依照李德蓋特的指示，向她說明每次鴉片酊的劑量。她問布爾斯妥德，除了給鴉片酊，她還需要做什麼？

「除了給他湯或蘇打水，目前沒事。有什麼問題妳可以找我。除非出現重大變化，今晚我就不進這個房間了。需要幫忙就找妳丈夫。我必須早點睡。」

「先生，你確實很需要休息。」阿貝爾太太說。「也需要多吃點增強體力的東西。」

布爾斯妥德放心地離開，不再擔心拉夫歐斯在夢囈中會透露什麼，因為他只是前言不搭後語地念叨，不會有引人懷疑的危險。不管如何他必須冒這個險。他先去樓下的護牆板客廳，開始考慮該不該命人備馬連夜趕回家，不去在乎凡塵俗務的後果。接著他又後悔這天晚上沒有請李德蓋特再來一趟，也許會有不同的診斷結果，判定拉夫歐斯病況惡化。該不該派人把李德蓋特找過來？如果拉夫歐斯真的惡化，逐步邁向死亡，布爾斯妥德覺得自己可以懷著對上帝的感恩安心入睡。可是他的病情加重了嗎？李德蓋特過來以後也許只會說，病人的情況正如他的預期，接下來應該能睡得更沉，慢慢恢復健康。何必找他過來？布爾斯妥德害怕聽見那樣的結果。不管李德蓋特有什麼想法，做什麼診斷，都阻止不了他預見某一種可能性，那就是康復後的拉夫歐斯還是跟過去一樣。等他恢復了折磨人的力量，他就得拖著妻子遠走高飛，讓她在遠離親人和故鄉的地方度過餘生，對他心生芥蒂。

他坐在爐火旁左思右想一個半小時，突然想到一件事，驚得站起來，點燃他從樓上帶下來的蠟燭。他想到的是，他沒有告訴阿貝爾太太什麼時候該停用鴉片酊。他拿起蠟燭，卻一動不動在原地站了很長時間。她可能已經讓他喝下超過李德蓋特指示的劑量。布爾斯妥德覺得自己此刻身心俱疲，忘記一部分的指示情有可原。他拿著蠟燭上樓，遲疑該直接回房間睡覺，或轉向病人的房間修正自己的疏忽。他在走道上停住腳步，面向拉夫歐斯房間的方向，依稀聽見他的呻吟聲和喃喃低語。那麼他沒有睡著。既然他還是睡不著，誰又能知道遵照李德蓋特的囑咐究竟對或不對？他轉身走進自己房間，還沒換好睡衣，就聽見阿貝爾太太的敲門聲。他拉開一道門縫，方便聽見她輕聲說話。

「先生，我能不能給那個可憐人喝點白蘭地或什麼的？他嚷嚷著自己往下沉，除了鴉片酊，什麼都進不了他的嘴，他好像一點力氣都沒有，一個勁地說他要沉到地底下去了。」

令她驚訝的是，布爾斯妥德沒有回答。他內心正在天人交戰。

「如果他繼續不吃不喝，一定會死掉。以前我照顧可憐的主人羅賓森先生時，得不停給他波特酒和白蘭地，一次給一大杯。」阿貝爾太太直言地說。但布爾斯妥德還是沒有立刻說話，於是她接著說，「人都快死了，不能再浪費時間。先生，我相信你也不會這麼做。不然我只好給他我自己家的蘭姆酒。可是你既然整夜照顧他，又盡全力幫他……」

這時一把鑰匙從窄小的門縫遞出來，布爾斯妥德啞著嗓子說，「這是酒櫃的鑰匙，裡面有很多白蘭地。」

隔天清晨大約六點，布爾斯妥德起床，花了點時間禱告。有沒有人以為私底下的禱告必然坦誠，必然直指行為的根源？私人禱告是無聲的言語，而言語是一種呈現。即使在自我反省的時刻，誰能呈現出真實的自己？布爾斯妥德還沒有靜心思考過去二十四小時以來各種紛亂的事件。

他站在走道傾聽，聽得見費力的鼾聲。接著他走進花園，看著草地和初春新芽上的白霜。他重新回到屋裡見到阿貝爾太太，吃了一驚。

「妳的病人怎樣了？睡著了？」他努力裝出開朗的語調。

「先生，他睡得可沉了。」阿貝爾太太答。「到三四點才慢慢睡著。你要上樓看看他嗎？我覺得暫時沒人守著也沒不礙事。我男人去田裡幹活了，小丫頭盯著水壺。」

布爾斯妥德上樓去了。他一眼就看出拉夫歐斯的睡眠並不能讓他康復，反而會一步步將他帶往死亡的深淵。他環顧房間一圈，看見酒瓶裡還有些白蘭地，也看見鴉片酊的藥瓶幾乎空了。他把藥瓶藏起來，再把白蘭地酒瓶拿到樓下，重新鎖進酒櫃裡。

吃早餐的時候，他在考慮究竟該立刻騎馬去米德鎮，或等李德蓋特過來。他決定留下來，並且讓阿貝爾太太去做她的事，他照顧病人。

他坐在病人床邊，看著這個威脅自己安寧的仇敵無可挽回地陷入沉寂，覺得幾個月以來不曾這麼平靜過。他的良心得到安撫，因為祕密像奉命下來拯救他的天使，漸漸收攏雙翼。他拿出筆記本查看裡面的備忘錄，那是他為了離開米德鎮預做的各種安排，其中有些已經著手執行。現在他只需要離開一段時間，於是開始考慮哪些維持現狀，哪些要取消；有些節省開銷的措施，他覺得十分滿意，在他暫時放下管理職務這段時間也許適合執行。他仍然希望多蘿席亞願意負擔醫院的大部分支出。

時間就這樣過去了，直到病人的鼾聲出現明顯改變，強迫他把全副注意力移轉到床上那個正在消逝的生命。那個生命曾經為他所用，他也曾經慶幸那個生命夠卑鄙下流，代替他做他想做的事。正是當時那份慶幸，迫使此時的他慶幸那個生命已經走到終點。

誰能說有人暗中加速拉夫歐斯的死亡？誰會知道怎麼做才能救活他？

李德蓋特在十點半抵達，正好目睹病人嚥下最後一口氣。他走進房間那一刻，布爾斯妥德看見他臉上閃過一個表情，與其說那是驚訝，倒不如說是承認自己判斷錯誤。他不發一語在床邊站了半晌，注視著那個邁向死亡的人。從他臉上壓抑的表情不難看出，他內心正在進行一場激辯。

「病情什麼時候開始變化？」他轉頭問布爾斯妥德。

「昨晚不是我守在這裡。」布爾斯妥德說。「我太累了，把他交給阿貝爾太太照顧。她說他大約三、四點時睡著。我八點以前進來，他幾乎也是這個狀態。」

李德蓋特沒有再提問，只是默默看著，最後他說，「都結束了。」

這天早上，李德蓋特覺得自己重新找回希望與自由。他帶著往日的活力出門工作，也覺得自己夠強大，能夠承受婚姻生活的不足。他知道布爾斯妥德是他的恩人，為此感到不自在。這個病例的結果出乎他的意料，他想向布爾斯妥德問清楚詳情，卻不知該用什麼方式開口才不會侮辱人。如果他去問管家……唉，人都已經死了，暗指某些人的無知或粗心害了他性命又有什麼用？不管怎麼說，錯的也許是他自己。

他跟布爾斯妥德一起騎馬回米德鎮，途中聊了很多事，主要是霍亂、上議院通過改革法案的機率，以及政治聯盟的強硬態度等。他們沒有多談拉夫歐斯，不過布爾斯妥德提到必須將他安葬在洛威克教堂墓園。他說，據他了解，拉夫歐斯唯一的親人是瑞格，但瑞格對他不友善。

李德蓋特回家以後，菲爾布勒來看他。菲爾布勒前一天沒有到鎮上，但李德蓋特的債務被強制執行的事到晚上已經傳到洛威克。消息是擔任教堂執事的鞋匠史拜塞傳過去的，而他的消息來自他哥哥，也就是洛威克門可敬的鐘匠。自從那天晚上看見李德蓋特跟弗列德一起從撞球間出來，菲爾布勒一想到李德蓋特就愁眉不展。如果是別人在綠龍酒店玩個一次或多玩幾次，只是小事一樁；但如果是李德蓋特，就意味著他變得不像過去的他，開始做些過去他嗤之以鼻的事。

菲爾布勒聽過一些無聊的流長蜚短，他心想，李德蓋特的改變或許跟婚姻不美滿有關，但可以確定的主因還是外界越來越言之鑿鑿的債務問題。他開始擔心所謂李德蓋特有財力或背後有親友當靠山恐怕真實性不高。上一次他向李德蓋特問起這件事，被他一口回絕，所以不太願意再次嘗試。可是一聽說債權人進駐，菲爾布勒於是克服自己的退縮。

李德蓋特剛送走一名他十分關切的貧窮病人，看到菲爾布勒連忙上前伸出手，眉開眼笑的模樣令菲爾布勒十分驚訝。這難道也是對同情與幫助的傲慢推拒？無所謂，同情和幫助還是必須送出去。

「李德蓋特，你好嗎？我今天來看你，是因為聽說了一點事，很擔心你。」菲爾布勒的口氣像個友愛的兄長，沒有一絲責備。這時他們都坐下了。

李德蓋特立刻回答：「我大概知道你指的是什麼，你聽說有人來執行債權，是嗎？」

「是。那是真的嗎？」

「是真的。」李德蓋特一派輕鬆，彷彿他現在已經不在意談論這件事。「不過危機過去了，債已經還清了。現在我的困難都解決了，負債擺脫了，希望可以用更完善的方式重新開始。」

「聽你這麼說，我非常欣慰。」菲爾布勒放鬆地靠向椅背，用如釋重負的輕快低語說。「這比我在《泰晤士報》讀到的任何新聞更讓人振奮。我得承認我來的時候心情相當沉重。」

「謝謝你過來。」李德蓋特誠摯地說。「現在我心情變好了，更能坦然接受你的善意。早先我確實飽受打擊，可能一時之間還忘不了傷痛。」他臉上的笑容有點悲涼。「不過現在我感受得到刑具已經移除。」

菲爾布勒沉默片刻，接著懇切地說，「親愛的朋友，允許我問個問題。如果太冒昧，請原諒我。」

「我不認為你會問什麼無禮的問題。」

「那麼……我是為了讓自己安心，你沒有……你沒有為了還債，又欠下日後可能帶給你更多麻煩的債務吧？」

「沒有。」李德蓋特臉色微微泛紅。「我不需要騙你，因為事實如此。幫我的人是布爾斯妥德。他借給我一大筆錢，一千鎊，讓我慢慢還。」

「嗯，他這麼做很寬厚。」菲爾布勒強迫自己稱讚不喜歡的人。過去他曾經勸李德蓋特避免跟布爾斯妥德有過多私人牽扯，現在覺得有點尷尬，不敢往那方面多想，趕忙又說，「布爾斯妥德自然而然會關心你的境況，你跟他合作以後，收入不增反減。我很高興他做了彌補。」

聽見菲爾布勒這些善意推測，李德蓋特有點不自在，讓他更清楚地意識到幾小時前首度浮現他心頭的那些不安思緒，也就是布爾斯妥德原本表現得漠不關心，一轉眼又對他大發慈悲，可能純粹出於自私的動機。他沒有回應菲爾布勒的話。他不能把借錢的過程告訴菲爾布勒，可是那情景在他腦海越來越清晰。同樣的情況還包括菲爾布勒巧妙避談的事實，也就是他欠了布爾斯妥德人情，而這是他過去決心要避免的關係。他沒有回應，轉而說起未來打算如何撙節開支，如何學會從不同角度看待自己的人生。

「我打算開設診療室。我覺得在這方面我走錯方向。如果蘿絲夢不介意，我還想收個實習生。我不喜歡這種事，但只要用心把事情做好，未必會貶低自己的身分地位。反正我已經受過重創，再來點小擦傷也不會太難受。」

可憐的李德蓋特！他隨口說的「如果蘿絲夢不介意」已經成為他思想的一部分，也清楚標示他肩負的枷鎖。可是菲爾布勒跟他一樣滿懷希望，看不出有什麼事值得憂心，溫柔親切地表達恭賀後離開了。

第七十一章

小丑：……是在葡萄串房，你喜歡坐在裡面，不是嗎？
弗洛斯：確實，因為那屋子寬敞，冬天待在裡面很舒適。
小丑：喔，好極了，希望這些都是真話。

——莎士比亞《一報還一報》

拉夫歐斯死後五天，班布里奇悠閒地站在通往綠龍酒店庭院的大拱門底下。他不是個喜愛獨處沉思的人，只是剛從酒店裡走出來。在這個午後時分，任何人悠然自得地站在拱門下，就會像隻找到吃食的鴿子，必然吸引同伴靠攏過來。不過這裡沒有實質的食物可供分享，但聰明人輕易就嗅出這裡可能有以八卦傳聞形式呈現的精神糧食。對面那位性情和順的布商霍普金斯第一個做出反應，因為他的顧客以女性為主，她們特別想要跟男性說話。班布里奇對他愛理不理，霍普金斯當然喜歡跟**他**聊天，他卻不太樂意跟閒雜人等多費唇舌。過不了多久就聚集了一小群更重要的聽眾，其中有些是滯留的過路人，有些則是特地緩步走過來，想聽聽綠龍酒店有什麼新鮮事。

班布里奇總算覺得值得開金口聊聊：他剛從北部回來，在那裡看到不少好馬，也買了幾匹回來。他在唐卡斯特瞧見一匹棗紅色種馬，將近四歲。他拍胸脯保證，在場的先生們如果見過更好的馬，可以把他「從這裡轟到希爾福德」。先生們如果不信，可以自個兒去瞧一瞧。還有兩匹黑馬，他打算訓練來拉四輪馬車，牠們讓他想起一八一九年賣給福克納那兩匹馬，當時的價錢是一百基尼，兩個月後福克納轉手賣了一百六十鎊。哪位先生能證明他說了假話，歡迎把他罵得狗血淋頭，罵到口乾舌燥。

他正說得口沫橫飛，鎮書記兼律師霍利走了過來。霍利不喜歡出入綠龍酒店，因為那樣有失身分。他只是碰巧經過看見班布里奇，想起曾經委託他找一匹馬，於是大步走過來打聽結果。班布里奇說他在畢爾克利選了一匹灰馬，請霍利看過再說。如果霍利對這匹馬有一丁點不滿意，那麼班布里奇就是不懂馬之人。要說班布里奇不懂馬，那根本是天方夜譚。霍利背對馬路站著，正在跟班布里奇約時間去看馬，順便試騎，這時有個人騎著馬慢慢經過。

「是布爾斯妥德！」人群中有兩三個人低聲說，其中有人用了「先生」這個稱謂，那是布商霍普金斯。其他人都只是下意識地喚出這個名字，就像他們看見里弗斯頓公共馬車出現在遠方，也會喃喃喊上一聲。霍利漫不經心地看一眼布爾斯妥德的背影，但班布里奇循線望過去的時候，扮了個嘲諷的鬼臉。

「天哪！我倒是想起來了，」他稍微壓低聲音。「霍利先生，除了你的馬，我還從畢爾克利帶了其他東西回來，也就是布爾斯妥德的精彩故事。你知道他是怎麼發財的嗎？哪位先生想聽點新鮮事，我免費奉告。如果做壞事的人都受到懲罰，布爾斯妥德可能得在波特尼灣[8]做禱告囉。」

「這話什麼意思？」霍利雙手插進口袋，往前一步走到拱門下。如果布爾斯妥德真是個惡棍，那麼霍利就有先見知明。

「我是聽布爾斯妥德一個老朋友說的。」班布里奇突然伸出食指比了個手勢。「他去了拉爾徹的拍賣會，不過當時我不認識他，那回錯過了。他八成在找布爾斯妥德。他說他知道布爾斯妥德所有的祕密，跟他要多少錢他都會給。不過他在畢爾克利灌了一杯烈酒，就什麼都跟我說了。我才不相信他想告發他，他只是愛吹牛，天南地北，滿嘴跑馬，一副可以撈錢似的。人都該懂得適可而止。」班布里奇嫌惡地做出評論。他大肆吹噓，覺得大家都愛聽，十分得意。

「那人叫什麼名字？現在在哪裡？」霍利問。

「我走的時候他在薩拉森海德旅店，他姓拉夫歐斯。」

「拉夫歐斯！」霍普金斯驚叫。「我昨天布置他的喪禮會場。他葬在洛威克，布爾斯妥德給他送葬，很體面的喪禮。」人群反應激烈，班布里奇連聲咒罵，其中「下地獄」算是最溫和的。霍利皺起眉頭，腦袋再往前湊，激動地問，「什麼？那人死在什麼地方？」

「斯東居。」霍普金斯說。「那裡的管家說他是她家主人的親戚，星期五去的時候已經病了。」

「咦，我星期三還跟他喝酒。」班布里奇打岔。

「有沒有找醫生治療？」霍利又問。

「有，找了李德蓋特。布爾斯妥德照顧了他一夜。第三天早上死的。」

「班布里奇，接著說，」霍利繼續追問，「關於布爾斯妥德，這人說了什麼？」

圍觀的人越來越多，鎮書記霍利在這兒，表示這裡肯定有值得一聽的事；總共有七個人在聽班布里奇娓娓道來。他說的我們多半都知道了，包括威爾的事，只是增添了點在地色彩和環節。那正是布爾斯妥德害怕被人揭穿的往事。那是來自他早年生活糾纏不休的鬼魂，他希望它們隨著拉夫歐斯的屍體永遠被埋葬。他騎馬經過綠龍酒店時，滿心相信上帝已經拯救了他。沒錯，是上帝！他還沒有向自己招認是他動了手腳換取這樣的結果。他接受了看似奉送過來的東西。沒有人能證明他做了什麼讓那人的靈魂加

8 Botany Bay，位於澳洲雪黎，早期英國流放犯人的地方。

速離開。

可是這些關於布爾斯妥德的流言，像火焰的氣味般傳遍米德鎮。霍利派信任的辦事員去斯東居追查詳情。那人假裝詢問乾草收成，其實是找阿貝爾太太打聽拉夫歐斯的事和他生病的經過。他就這樣發現是葛爾斯用他的小馬車把人送到斯東居，於是找藉口來到葛爾斯的辦公室。辦事員詢問他有無時間參加仲裁案，而後順口問起拉夫歐斯的事。葛爾斯被迫承認他上星期已經拒絕布爾斯妥德委託的業務，除此之外沒有提及任何不利於布爾斯妥德的傳聞。霍利自己得出結論，認為拉夫歐斯把布爾斯妥德的過去告訴葛爾斯，他才會拒絕幫布爾斯妥德做事；幾小時後，霍利這麼告訴托勒爾。這番話輾轉流傳，到最後聽起來彷彿不僅僅是推論，而是葛爾斯直接說出來的話。這麼一來，就連認真查證的歷史學家都會認定，就是葛爾斯對外宣揚布爾斯妥德過去的惡行。

霍利很快就發現，無論是拉夫歐斯揭發的那些往事，或者他死亡的疑雲，都不足以定布爾斯妥德的罪。他親自騎馬跑了一趟洛威克村莊，一方面查看相關紀錄，另一方面跟菲爾布勒商討這整件事。菲爾布勒跟霍利一樣，對於布爾斯妥德爆出醜聞並不驚訝，不過他為人公正，不會因為厭惡某人就下定論。然而，跟霍利談話時，菲爾布勒心裡默默拼湊出另一個臆測，預告不久後理所當然會在米德鎮引發議論、「根據事實推斷」的結果。菲爾布勒一面猜測布爾斯妥德懼怕拉夫歐斯的原因，一面覺得可能是因為那份懼怕，他才會對李德蓋特慷慨大方。雖然他不願意相信李德蓋特明知故犯地接受賄賂，卻也擔心這些錯綜複雜的問題可能會嚴重損害李德蓋特的名聲。他看得出來霍利還不知道李德蓋特突然還清債務，因此謹慎地避談那個話題。

「哎，這整件事實在離奇。」他深吸一口氣，不想再沒完沒了地討論無法求證的事。「原來咱們那位性情多變的威爾有個很不尋常的血統！勇敢的年輕小姐和波蘭愛國音樂家的結合，這身世已經夠特別了，我怎麼也想不到他還有個開當鋪的猶太籍外祖父。不過，沒有人知道最後會組合出什麼樣的結果。某些泥土具有淨化效果。」

「果然不出我所料。」霍利上馬時說，「猶太人、科西嘉人或吉普賽，該死的外國血統。」

「霍利，我知道你看他不順眼，但他其實只是個生性淡泊、不同流俗的年輕人。」菲爾布勒笑著說。

「是啊，那是你們輝格黨的偏執。」霍利慣常用辯解的口氣說。菲爾布勒可真是個討人喜歡的善良傢伙，讓人誤以為他是托利黨人。

對於李德蓋特給拉夫歐斯看病的事，霍利騎馬回家的路程中並沒有多想，覺得那充其量只是進一步證明布爾斯妥德心裡有鬼。可是李德蓋特突然擺脫擔保品強制執行的命運，清償了在米德鎮積欠所有債務的消息飛快傳開，也順勢引發各種猜測與議論，似乎有憑有據，傳得沸沸揚揚。

沒多久，包括霍利在內的很多人都聽說了，他們很快推論出，李德蓋特突然有了錢和布爾斯妥德意圖掩蓋拉夫歐斯那件醜聞，二者之間存在意味深長的關係。就算沒有直接證據，肯定也猜得到那筆錢來自布爾斯妥德。畢竟李德蓋特的事早就在鎮上流傳，大家都知道不論他岳家或自家都不肯幫他。不過直接證據很快出現，除了銀行職員的說法，還有單純的哈麗葉親口向普林岱爾太太提起這筆借貸，普林岱爾太太告訴從托勒爾家嫁過來的媳婦，托勒爾則是廣為宣傳。人們普遍覺得這件事事關重大，需要安排晚宴好好餵養，於是邀請卡乘著布爾斯妥德和李德蓋特這起醜聞的勢頭，有如雪花般紛飛。人妻、寡婦和單身女子比平時更勤於拿著針線活出門。從綠龍酒店到多勒普的酒館，各個娛樂場所都熱鬧滾滾議論著某個話題，連上議院會不會撤銷改革法案都相形失色。

所有人都相信，布爾斯妥德會對李德蓋特出手大方，背後肯定藏著不可告人的原因。事實上，霍利第一時間邀請一小群人密商，其中包括托勒爾和朗屈兩位醫生，目的在討論拉夫歐斯的病情。他向眾人陳述他從阿貝爾那裡打聽到的細節，比如李德蓋特開具的死亡證明，顯示死因是酒精中毒導致震顫性譫妄。關於這種疾病的治療，醫生都堅守傳統路線，因此明白表示這些細節看不出任何可疑之處。但道德瑕疵不可避免地存在：布爾斯妥德顯然渴望擺脫拉夫歐斯；他肯定早就知道李德蓋特深陷債務危機，卻選在這個節骨眼雪中送炭。另外，大家傾向相信布爾斯妥德是個不擇手段的人，也認為李德蓋特跟其他高傲自大的人一樣，一旦發生財務危機，很容易被收買。即使那筆錢只是讓他對布爾斯妥德早年的劣跡保密，仍然為李德蓋特帶來污名。何況早先李德蓋特為了出人頭地，對布爾斯妥德卑躬屈膝，還敗壞同行前輩的名聲，早就遭人不齒。因此，雖然沒有直接事實顯示斯東居那起死亡病例涉及任何不法罪行，霍利那群人商討之後認定，這件事情確實「不單純」。

儘管這種含糊其詞的說法定不了罪，卻也足以讓很多人不以為然，或尖酸刻薄地諷刺兩句，就連各行各業有身分地位的資深人士也不例外。一般百姓也是寧信其有，因為神祕事物永遠比事實更容易取信於人。比起單純獲知真相，人們更喜歡猜測前因後果。猜測很快就變得比事實更可信，也更能容許矛盾的存在。在某些人心目中，布爾斯妥德的早年事跡已經熔成一團謎，變成流動的金屬，在閒聊中傾瀉出來，再隨上天的意思變成光怪陸離的形狀。

屠宰巷的坦卡酒館那虎虎生威的老闆娘多勒普太太的思維就屬於這一類，她經常駁斥某些顧客膚淺的實際觀察，因為那些人自以為他們從外在世界搜集的資訊，跟她心裡「冒出來」的想法一樣真實。當然，她不清楚自己心裡那些想法從何而來，但它們就出現在她眼前，就像「用粉筆寫在壁爐板的欠款」一樣清楚明白。「就像布爾斯妥德會說的，他的心那麼黑，如果他的頭髮知道他的心在想什麼，他就會把它們連根拔掉。」

「那可真怪，」喜歡思考的鞋匠林普說。他視力不太好，說話尖聲尖氣。「我在《號角報》讀到過，那是威靈頓公爵變節投向天主教懷抱時說的話。」

「可能吧。」多勒普太太說。「既然有個惡棍這麼說，另一個惡棍當然更有可能這麼說。瞧他以前滿口仁義道德，姿態擺那麼高，一副全國的牧師都瞧不上眼，還不是得向魔鬼討教，最後栽在魔鬼手上。」

「是啊，他是共犯，你還不能把他趕到國外。」玻璃工人克拉布聽了太多消息，搞得一頭霧水。「不過據我所知，有人說布爾斯妥德先前擔心醜事被發現，打算逃走。」

「不管他逃不逃，都會被趕出去。」剛走進來的理髮匠迪爾說。「霍利的辦事員福列徹的手指頭痛，今天早上我幫他刮鬍子，他說他們都想把布爾斯妥德趕走。塞西格先生也不站在他那邊了，還說要把他趕出教區。鎮上有些先生說，他們寧可跟犯人一起吃飯。福列徹說了，『我也是。你們想啊，有個人老是說他的信仰比別人虔誠，裝得一副十誡還不夠他用似的，幹的壞事卻比監牢的犯人多，還有什麼比這種人更倒胃口的？』這話是福列徹親口說的。」

「不過如果布爾斯妥德把資金都抽走，對鎮上恐怕不是好事。」林普畏畏縮縮地說。

「嗯，有些比他好的人沒有他那麼慷慨。」有個染整工人用堅定的語氣說。他鮮紅色的雙手跟他敦厚的臉龐看起來不太協調。

「可是在我看來，他那些錢留不住。」玻璃工人說。「不是有人說可以把他的錢全拿走？據我所知，如果那些人去告他，就可以把錢要回去。」

「沒這種事！」理髮匠覺得自己比多勒普酒館這些酒客高尚些，卻還是喜歡來這裡廝混。「福列徹說沒有這種事。他說就算他們有再多證據，證明那個雷迪斯羅是誰的孩子，那頂多也就像他們可以證明我是從東部沼澤區來的，沒有一點作用。」

「你說的是什麼話！」多勒普太太氣沖沖反駁。「如果法律連孤兒都不幫，那麼假使上帝把我的孩子都帶走，我倒要感謝祂。照你這麼說，你爹娘是誰根本無所謂。人家都說找律師不能只找一個，迪爾先生，你這麼聰明的人怎麼會不懂。大家都知道事情都有兩面，也許不只兩面，否則我倒想知道誰還願意打官司？這也太糟心，如果證明自己是誰的孩子也沒用，要那麼多有的沒的法律做什麼。福列徹想怎麼說都隨他，別拿那一套唬我！」

迪爾討好地對多勒普太太陪笑臉，彷彿她的本事不輸律師。他在酒館欠了不少酒債，對老闆娘的奚落習慣逆來順受。

「大家說得沒錯，如果他們告上法院，該追究的不只是錢的事。」玻璃工人說。「還有那個死掉的倒楣傢伙。在我看來，他以前一定是個比布爾斯妥德更正派的紳士。」

「確實是更正派的紳士！我可以替他擔保。」多勒普太太說。「而且根據我聽到的，相貌也好得多。上次收稅官鮑德文先生來的時候，就站在你現在坐的地方，他說，『布爾斯妥德帶到鎮上的錢都是偷來騙來的。』當時我告訴他，『鮑德文先生，這沒啥奇怪的。自從那次他走進屠宰巷說要買我樓上的房子，我看見他就心裡發毛。正常人臉色不會那麼死白，也不會無緣無故用那種眼神盯著你，一副要看穿你的脊梁骨似的。』我是那麼說的，鮑德文先生親耳聽見了。」

「妳說得很對。」克拉布說。「我聽說那個叫拉夫歐斯的精神抖擻，紅光滿面，雖然現在死翹翹埋在洛威克墓園，可活著的時候挺好相處。要我說，有些人應該知道他為什麼會埋在那裡。」

「這話沒錯！」多勒普太太附和，有點不屑克拉布沒膽子明說。「一個人被拐到前不著村後不著店的屋子裡，有人錢多到可以把大半個鄉鎮的人送進醫院請看護照顧，卻寧可沒日沒夜坐在病床邊照料，除了某個醫生之外不許任何人靠近。而那個醫生沒有原則，又窮得響叮噹。之後他口袋就飽飽的，錢多的可以還清肉販拜歐斯上等帶骨肉塊的舊帳。那帳款從去年九月底米迦勒節欠到現在，幾乎整整一年。我不需要別人跑來告訴我那裡面有見不得人的事，我也沒興趣擠眉弄眼打啞謎。」

多勒普太太環顧周遭一圈，以霸氣酒館老闆娘之姿鎮壓全場。少數比較勇敢的人出聲附和，林普喝了一口酒之後把攤開的雙掌合在一起，用力夾在雙膝之間，低頭看著，兩眼無神陷入沉思。彷彿他的腦子被多勒普太太熾烈的言語烤焦，暫時停擺，只有等到更多滋潤，才能恢復運作。

「為什麼不把那個人的墳墓挖開，讓驗屍官好好查一下？」染整工人說。「開棺驗屍不算稀罕。如果有什麼骯髒勾當，說不定查得出來。」

「瓊納斯先生，沒用的！」多勒普太太斷然否決。「醫生的把戲，我太清楚了。他們太奸詐，不會留下把柄。何況這個李德蓋特要把還沒斷氣的人剖開，想也知道他為什麼要看體面之人的五臟六腑。他對藥很了解，你不管聞了看了、吞下肚沒吞下肚，永遠弄不清。我就看過甘比特給的藥水，他是咱們福利會的醫生，人品高尚，在整個米德鎮，他接生的孩子活下來的比誰都多。我說我看過那藥水，不管在瓶子裡或倒出來，都沒什麼不一樣，隔天卻能害你肚子疼。所以我讓你自己做判斷，沒什麼好說的！我只想說，幸好他們沒有讓這個李德蓋特來我們的福利會，不然很多媽媽的孩子就要遭罪。」

多勒普酒館的這個熱門話題，也是鎮上各階層共同關心的議題，而且向外擴散，一邊傳到了洛威克牧師公館，另一邊到了蒂普頓農莊。溫奇一家人都聽說了，哈麗葉的全體親友聊起來總說：「可憐的哈麗葉」。而李德蓋特依然蒙在鼓裡，只納悶人們為什麼用怪異的眼神看他。布爾斯妥德也還不知道自己的祕密已經公諸於世。他跟鄉親的關係原本就不友好，自然不容易察覺人們的態度有什麼異樣。再者，他已經確定不需要離開米德鎮，早先許多懸而未決的事如今都塵埃落定，因此忙於處理善後。

「這一、兩個月內我們去喬汀翰度個假，」他對他妻子說。「那裡除了空氣新鮮，水質乾淨，對心靈也很有益。在那裡住六星期，可以讓我們精神煥發。」

他真的相信度假能讓身心舒暢，也決定往後要活得加倍虔誠，彌補近期的罪過。他在心裡以假設語氣描述這些罪過，禱告時也以假設語氣請求上帝寬恕：「如果這件事我犯了錯。」

至於醫院的事，他沒再跟李德蓋特多說什麼，擔心讓人發現拉夫歐斯一死，他就突然改變計畫。他暗自相信李德蓋特懷疑他故意不遵守醫囑，也必定會猜測背後的動機。可是李德蓋特對拉夫歐斯的過去一無所知，而布爾斯妥德也不急於強化他那似有若無的猜疑。至於一口咬定某種治療方法能讓病人痊癒或喪命，李德蓋特向來反對這樣的武斷態度。他沒有權利說話，也有動機保持沉默。於是布爾斯妥德覺得上帝已經放過他。唯一讓他深深畏怯的情況是偶爾遇見葛爾斯，不過葛爾斯總是略微嚴肅地脫帽致意。

在此同時，地方上的重要人物對他的反感卻與日俱增。

城裡出現第一件霍亂病例，鎮上緊急召開會議討論迫在眉睫的公共衛生問題。自從國會匆匆通過法案，授權地方徵稅辦理防疫，米德鎮也成立委員會負責監督，各種消毒與預防工作獲得輝格黨與托利黨兩派一致同意。目前需要討論的議題是：在鎮外找一塊地掩埋屍體，經費究竟該以徵稅或勸募方式取得。這是一場公開會議，幾乎鎮上所有重要人士都應該出席。

布爾斯妥德是委員會成員，十二點不到，他就從銀行出發，打算全力促成以私人勸募方式籌措經費。早先他遲疑不決，因為他已經退居幕後有一段時間，但這天上午他覺得應該恢復過去扮演的角色，在鎮上的公共事務展現行動力與影響力，用這種方式度過他的下半生。

不少人跟他往同一個方向前進，他看見李德蓋特。兩人會合後聊起這次會議的主題，一起走進會場。鎮上的大人物都比他們早到，不過正中央的大型會議桌主位附近還有幾個空位，他們往那裡走去。菲爾布勒坐在對面，離霍利不遠。所有的醫生和治療師都到了。會議主席是塞西格牧師，蒂普頓的布魯克坐在他右手邊。

李德蓋特發現他和布爾斯妥德入座時，其他人互相使了眼色。主席宣布會議主題，陳述以募款方式購買土地的優點，還說這片土地必須夠大，日後可以做為公墓使用。這時布爾斯妥德起身要求發言。他的音頻偏高，在這種會議向來壓低嗓音話語流暢，與會眾人都聽慣了。李德蓋特再次看見人們互相使眼色。

而後霍利站起來，用他堅定宏亮的嗓音說，「主席先生，在正式討論以前，我請求針對社會觀感問題發表一點意見。除了我以外，許多在場人士也認為這件事必須先處理。」

即使基於公共禮儀必須約束「無禮用辭」，霍利說話時那種唐突簡慢和沉著篤定的語氣依然氣勢驚人。塞西格批准他的請求，布爾斯妥德坐了下來。霍利繼續發言。

「主席，接下來我要說的話不只代表我自己，在場至少有八位先生都跟我抱持相同看法，也明確要求我代為表達。我們一致認為，必須籲請布爾斯妥德先生辭去他以納稅人和體面紳士的身分擔任的各種公共職務。我也在此向他提出這樣的呼籲。有些行為和做法其實比許多應受法律懲戒的行為更糟糕，卻因為各種情況，無法以法律追究。正直的先生們不想與犯過這種劣行的人為伍，就必須盡力保護自己。我和那些我可以稱之為本案委託人的朋友們就決定這麼做。我並沒有明指布爾斯妥德做過任何可恥的行為，但我要求他公開否認並反駁某個人對他所做的不利指控。那人指控他曾經長期從事不法行業，而且以不誠實手法取得他的財富。如今那人已經死亡，而且死在他的房子裡。如果布爾斯妥德先生無法否認，就該辭去他代表紳士們擔任的各種職務。」

會議室裡的所有目光都轉向布爾斯妥德。

布爾斯妥德第一次聽見自己的名字時，一顆心彷彿處於驚濤駭浪中，幾乎危及他脆弱的體格。李德蓋特也飽受衝擊，某種隱約模糊的預感似乎凝聚成驚悚的事實。只是，看見布爾斯妥德蒼白的面容露出畏縮痛苦的表情，他意識到自己那股忿恨的嫌惡感，被醫者為受苦的人排憂解難的本能壓抑下來。

布爾斯妥德驀然醒悟到，自己這一生終究失敗了。他名譽掃地，平時以正義之士自居，對別人說教，如今卻沒有勇氣迎向人們的目光。上帝在眾人面前拋棄了他，讓他赤裸裸地面對人們得意洋洋的鄙視。那些人喜形於色，因為事實證明他們對他的厭惡正當合理。對於他的同謀的死亡，他用閃爍言辭蒙騙自己的良心，如今看來也是一番徒勞。因為那閃爍言辭已經變成被揭發的謊言的長長獠牙，充滿惡意朝他撲來。這一波波念頭閃過他腦海，像折磨人的恐懼感，沒能殺死他，讓他還能聽見捲土重來的咒罵聲。重拾安全感之後突然意識到事情敗露，而體驗到這種感受的不是一般罪犯的粗糙心靈，而是極其敏感的神經，屬於一個在環境造就下、長期支配與掌控一切的男人緊繃的生命。

但那緊繃的生命藏著一股回應能力。儘管他體質虛弱，內心卻有著自我保護的頑強意志。這股意志力像火焰般持續竄出來，驅散教義引發的所有恐懼。即使他的處境令仁者哀憫，那股意志力已經在他慘白的臉色底下鼓動，放出光芒。霍利還在說最後一句話時，布爾斯妥德覺得自己應該回應，而且是反擊。但他不敢站起來說，「我沒犯錯，那些都是子虛烏有的事。」他現在認定有人洩密，就算他大膽反擊，那頂多也像拉一塊薄弱易脆的破布來遮蔽赤裸的身體，沒有一點作用。

接下來幾分鐘全場鴉雀無聲，每個人都盯著布爾斯妥德。他文風不動坐著，緊靠著椅背。他不敢冒險站起來。等他開始說話的時候，雙手按住座椅的兩側。他的聲音清晰可聞，只是比平時沙啞一點。他咬字清楚，只是會在句子中間停頓，彷彿喘不過氣來。他先轉向塞西格，再轉頭看著霍利，說：「主席，你身為基督教牧師，我在此向你提出抗議，請你不要批准別人基於惡意憎恨所提出的請求。那些敵視我的人樂意聽信信口開河之人對我的誹謗。他們用嚴苛的標準檢視我。我變成惡意中傷的犧牲品，那些流言指控我從事不法行業……」布爾斯妥德說到這裡，嗓門抬高了，語氣也變尖銳，聽起來像低聲吶喊。「那麼誰能指控我？那些不符合基督精神、甚至卑鄙無恥的人沒有資格。有人使用下流手段達到自己的目的，有人靠強辭奪理的狡辯謀生，也有人把錢花在自己的感官享受上。我卻是奉獻自己的金錢，追求今生與死後最崇高的目標。他們憑什麼指控我？」

他說出「強辭奪理」四個字之後，會場掀起陣陣喧鬧聲，半是低語，半是噓聲。霍利、托勒爾、齊切利和海克巴特，四個人猛地跳起來，霍利的怒吼瞬間爆發，另外三個人來不及出聲。

「先生，如果你說的是我，我請你和其他所有人一起來檢視我在工作上的表現。至於符不符合基督精神，我拒絕聽你言不由衷地空談教義。至於怎麼花錢，我至少不會與竊賊為伍，騙走別人該繼承的財富，用來資助自己的信仰，戴上神聖的面具排斥一切享樂。先生，我沒有假裝自己道德多麼崇高，也沒有找任何必要的高尚標準來衡量你的行為。我再次籲請你針對那些不利於你的傳聞，提出令人滿意的解釋，否則就請你辭掉所有公共職務，因為我們不願意與你共事。先生，你的人格因為傳聞和近期行為蒙上污點，如果不能證明你的清白，我們不願意和你這樣的人合作。」

「霍利先生，請讓我說幾句話。」主席塞西格說。

霍利還沒消氣，他不耐煩地欠身回應，坐了下來，恨恨地把雙手插進口袋。

「布爾斯妥德先生，目前的討論最好到此為止。」塞西格轉頭對面無血色、渾身顫抖的布爾斯妥德說。「現階段我必須贊成霍利先生陳述的社會觀感問題。如果可能的話，我認為你基於基督徒的職責，必須澄清外界的謠言。我個人願意給你機會，聽你說明。只是，我不得不說，你此刻的態度跟你平時主張的原則兩相違背，而那些原則是我必須在意的。身為你的牧師，以及一個希望你能恢復名譽的人，我現在建議你離開會場，避免進一步妨礙會議進行。」

布爾斯妥德躊躇片刻，而後拿起地板上的帽子，慢吞吞站起來。他搖搖欲墜地緊抓椅子一角，李德蓋特看在眼裡，覺得他好像渾身乏力，沒有人扶肯定走不出去。他能怎麼辦？他不能眼睜睜看著有人因為沒人伸出援手，在他身旁癱倒。他站起來，把手臂伸向布爾斯妥德，就這樣帶著他走出會議室。這個動作原本只是出於貼心的責任感和純粹的慈悲心，此時此刻卻帶給他難以形容的苦楚。他這樣彷彿在公然表態，表示他跟布爾斯妥德同一陣線，而他已經充分明白別人怎麼看待這種關係。他現在已經醒悟到，這個顫顫巍巍倚著他手臂的男人借他那一千鎊，意在收買，而拉夫歐斯的治療顯然被人基於邪惡動機動了手腳。這些事環環相扣，一點都不難推測。鎮上的人知道布爾斯妥德借他錢，認為那是賄賂，也相信他明知是賄賂還是收下了。可憐的李德蓋特，這些念頭在他腦海裡攪得他心煩意亂，他的道德感卻又強迫他送布爾斯妥德回銀行，再派人去傳喚他的馬車，等著陪他回家。

防疫會議的正事匆匆討論完畢，話題很快轉向。出席者各自組成小團體，三五成群熱烈討論起布爾斯妥德和李德蓋特的事。

這件事早先布魯克只聽說過隻字片語，心裡很不自在，覺得自己當初贊同布爾斯妥德的做法好像「有點過了頭」。現在他終於聽見所有傳聞，跟菲爾布勒聊起身陷醜聞疑雲的李德蓋特，善意的口氣帶點哀傷。當時菲爾布勒正要走路回洛威克。

「坐我的馬車。」布魯克說。「我要去看多蘿席亞，她昨晚從約克郡回來，應該會想見你。」

於是他們共乘前往，布魯克厚道地期望李德蓋特沒有做任何不名譽的事。當初李德蓋特帶著他伯父高德溫爵士的信來找他，他就覺得這個年輕人相當出色。菲爾布勒沒說什麼。由於深知人性的弱點，所以他沒有把握李德蓋特面對難堪的經濟困境時，不會做出失格的事。

馬車駛近莊園大門時，剛好站在石子路上的多蘿席亞過來迎接他們。

「親愛的，」布魯克說。「我們剛開完會過來，討論防疫的事。」

「李德蓋特先生也去了嗎？」多蘿席亞的氣色紅潤，生氣勃勃。沒戴帽子的她站在四月的燦爛陽光下。「我想見他，跟他好好談一談醫院的事。先前我拜託布爾斯妥德幫我知會他。」

「唉，親愛的，」布魯克說。「我們聽了些壞消息。沒錯，壞消息。」

菲爾布勒要回牧師公館，於是他們穿過庭園走向教堂院子的大門，一路上多蘿席亞聽到了那些悲傷的事。她聽得很專注，還請他們再把涉及李德蓋特的事實和傳言重複一次。沉默半晌後，她在教堂院子大門前停下腳步，熱切地對菲爾布勒說：「你不相信李德蓋特做了卑鄙的事吧？我不相信。我們把真相查清楚，還他清白。」

第八卷　日落與日出

第七十二章

豐富的靈魂是雙面鏡，
正面映照無數美景，
背面重現過往物事。

多蘿席亞生性寬厚熱血沸騰，聽見李德蓋特遭到懷疑接受賄賂，很想立刻證明他的無辜。只是，她聯想到菲爾布勒打牌的往事，憂傷地制止自己。

「這件事很棘手。」菲爾布勒說。「我們要從哪裡查起？要嘛公開請地方法官和驗屍官調查，要嘛私底下問李德蓋特。這件案子沒有足夠的證據可以要求公開調查，否則霍利早就做了。至於直接找李德蓋特談，我必須承認我不敢，他可能會覺得這是重大羞辱。我跟他很難談私事，這種事我經歷過不只一次。再者，詢問他以前必須先知道真相，才有把握得到好的結果。」

「我相信他是無辜的，我相信人幾乎都比別人想像中好一點。」多蘿席亞說。過去兩年，她經歷過一些印象深刻的事，讓她強烈質疑人們對他人的不利評論。她也第一次對菲爾布勒感到不滿，不喜歡他這麼小心翼翼地權衡後果，不願意堅定地相信正義與仁慈的力量能克服一切，帶來好的結果。

兩天後，菲爾布勒、布魯克和詹姆斯夫婦一起在多蘿席亞家用餐，等到甜點擺上桌，僕人退下，布魯克頻頻點頭打盹，多蘿席亞鼓起勇氣重提舊話題。

「李德蓋特如果知道他的朋友一聽見有人誹謗他，第一個想法就是證明他的無辜，他一定能夠理解。人活在世上如果不是為了讓彼此活得更輕鬆，那又是為了什麼？我碰上麻煩的時候，他給我建議；我生病的時候，他幫我治療，我不能對他的煩惱漠不關心。」

多蘿席亞的語調和神態氣勢十足，絲毫不輸將近三年前在她伯父家主持晚宴的模樣，而三年來的經歷讓她更有權力表達堅定的立場。可是詹姆斯已經不是昔日那個羞怯順從的追求者，而是憂心忡忡的妹婿。他真心欣賞這位大姨子，卻時時擔心她再一次看不清真相，做出跟下嫁卡索邦一樣糟的事。現在他用「對極了」回應她時，笑容淡了許多，而且多半是表達反對意見的序曲，不再是單身漢的恭順。多蘿席亞驚訝地發現她必須拿定主意不要怕他。基於他是她最知心的朋友，更必須如此。現在他就反對她的想法。

「可是多蘿席亞，」他用規勸的口氣說。「妳不能用這種方式去為別人操心他的人生。李德蓋特必須明白自己的處境，而且他很快就會明白。如果他能為自己辯白，他會去做。他必須為自己出頭。」

「我覺得他的朋友應該等待機會。」菲爾布勒補充說。「這種事不是沒有可能。我自己也曾經深刻體驗到自己的弱點，所以我能想像，即使像李德蓋特那樣光明磊落的人，也有可能抗拒不了誘惑，接受別人間接提供的金錢援助，讓他對過去的某些醜陋事實三緘其口。我是說我可以想像，如果某個人遭逢困境承受壓力，如果他跟李德蓋特一樣債務纏身。除非有更確鑿的證據，否則我不相信他會做出比這更糟的事。可是恐怖的復仇女神不會放過某些錯誤，總是有人會把別人的過錯解讀為犯罪。這時除了他自己的認知與信念，很難有其他證據來洗脫他的污名。」

「天哪！太冷酷了！」多蘿席亞雙手緊握一聲驚呼。「那麼就算全世界都不相信那個人，你難道不願意挺身而出相信他的無辜？再者，一個人的品格就會率先替他說話。」

「可是親愛的卡索邦太太，」菲爾布勒對她的激情露出溫和的笑容。「人的品格不是大理石切割出來的，不是固定不變的東西。它有生命，隨時在改變，也跟我們的身體一樣可能會生病。」

「那麼它就有機會獲救復元。」多蘿席亞答。「我敢要求李德蓋特先生告訴我真相，好讓我幫他的忙。我為什麼要害怕？詹姆斯，既然我不買那塊地，我可能會接受布爾斯妥德先生的提議，接替他的位子，提供醫院營運資金。那麼我就必須請教李德蓋特先生，深入了解如果依照目前的計畫繼續執行，未來能帶給地方什麼好處。現在我有最好的機會請他跟我說真話，也許他跟說我的話能夠澄清一切。那時我們大家可以一起支持他，幫他解決麻煩。人們願意讚揚各式各樣的勇氣，卻不欣賞為最親近的朋友展現的勇氣。」多蘿席亞潤澤的雙眼散發光采，她伯父被她激昂的語調喚醒，開始聆聽。

「確實，有些發揮同情心的事，我們男人很難辦成，女人卻不妨試試。」菲爾布勒幾乎被多蘿席亞的熱情打動。

「但女人必須小心謹慎，要聽從比她見多識廣的人。」詹姆斯眉頭微皺。「多蘿席亞，不管最後妳怎麼做，現階段妳真的只能靜觀其變，不要主動插手管布爾斯妥德這件事。我們不知道事情會怎麼演變。」接著他轉頭問菲爾布勒，「你一定贊成我的看法吧？」

「我確實覺得再等等比較好。」菲爾布勒答。

「對，親愛的，」布魯克其實不太知道大家談到哪裡，卻還是說了幾句普遍適用的話。「事情很容易做過頭，妳不可以讓妳的想法偏離太遠。至於倉促把資金投進計畫裡，這樣不好。葛爾斯拖著我花了大錢修理這、修理那，還有排水系統之類的，為了那些事，我口袋裡的錢都快被掏光了。我得踩煞車了。至於你，詹姆斯，你用橡木圍籬把土地圈圍起來，太花錢了。」

多蘿席亞心神不定地聽從剛才的勸阻，跟西莉亞走進圖書室，那裡現在是她平時的客廳。

「多多，妳一定要聽詹姆斯的話。」西莉亞說。「否則妳會惹上麻煩。妳以前就常惹麻煩。每次只要妳照自己的意思做，就會出事。現在有詹姆斯替妳考慮，我覺得這是上帝的恩典。他讓妳推行妳的計畫，卻不會讓妳陷得太深。這就是妹婿比丈夫好的原因。丈夫不會讓妳照自己的計畫做。」

「說得一副我想要個丈夫似的！」多蘿席亞說。「我只是不想隨時隨地被人澆一盆冷水。」性情仍然不夠溫馴的多蘿席亞忍不住氣哭了。

「多多，別這樣。」西莉亞的喉音比平時更低沉了。「妳前後矛盾，先是這樣，而後又變那樣。以前妳很不爭氣，總是聽卡索邦的，我覺得如果他不准妳來看我，妳也會照辦。」

「我當然要聽他的，那是我的本分，是我對他的感情。」多蘿席亞的視線透過晶瑩的淚水望出來。

「那麼妳為什麼不稍微聽一下詹姆斯的話，就當是妳的本分？」西莉亞的口氣有一點迫切。「因為他一心只替妳著想。當然，男人懂的道理比女人多，除了女人比較擅長的事以外。」

多蘿席亞笑了，氣也消了。

「我指的是孩子之類的事。」西莉亞解釋道。「如果我知道詹姆斯錯了，我一定會堅持到底，不像妳以前老是向卡索邦屈服。」

第七十三章

同情滿腹愁思的人吧，那苦惱
四處遊蕩，可能找上你我。

李德蓋特告訴哈麗葉，她丈夫開會時突然暈眩，應該很快就能恢復。他說隔天會再來看看，但如果有突發狀況，可以馬上通知他。他用這一番說詞安慰焦慮的哈麗葉，之後跳上馬回家，為了不被人打擾，他騎了五公里路繞到鎮外。

他覺得自己暴躁又不可理喻，像是強忍著刺痛感，怒不可遏，幾乎要詛咒自己為什麼來到米德鎮。來到米德鎮後碰上的所有倒楣事，好像都在為這場可恨的禍患鋪路。這場災殃會斷送他崇高的理想，就連庸俗之輩都會認為他的名聲已經遭受破壞，再難挽回。在這種時刻，誰也沒有餘力悲天憫人。

李德蓋特認為自己受苦受難，覺得別人是導致他命運坎坷的禍首。事情的發展跟他原本的預期大相逕庭，外人闖入他的生命，阻撓他的計畫。他的婚姻像是一場徹底的災難，他必須一個人發洩完這股怒氣，才敢回去面對蘿絲夢。否則只要見到她，他就可能火冒三丈，做出不理智的行為。大多數人一生中總有某些時刻，最高尚的特質只會阻撓內心所思所想。李德蓋特那顆溫柔的心，此時此刻變成一股害怕違背本心的恐懼感，不再是激發他柔情的誘因。因為這時的他愁思難解。知性的生命潛藏著高尚的思想與目標，只有熟知這種生命優勢的人才能理解，一旦失去那份安詳，在世俗煩惱的掙扎中耗竭心力，是多麼悲哀的事。

當周遭的人都懷疑他做了卑鄙的事，他又無法證明自己的清白，要如何自處？他怎麼能夠默默離開米德鎮，彷彿在逃避正義的譴責？然而，他又該怎麼做，才能為自己澄清？

他親眼目睹了會議上那一幕，雖然不知道任何細節，卻足以認清自己的處境。看樣子布爾斯妥德害怕拉夫歐斯揭發他的醜事。現在李德蓋特可以猜到整件事的來龍去脈。「他擔心我聽到不利於他的消息，所以施加恩情綁住我，這也是他的態度突然從冷酷轉為大方的原因。另外，他可能對病人動了手腳，可能沒有聽從我的囑咐。我擔心他真的這麼做了。但不管他有沒有做，外面的人都認定他用了什麼方法毒死那個人，也認為我就算沒有為虎作倀，至少也坐視他的罪行。只是，他或許沒有下毒害人。他對我的態度之所以轉變，也許真是反悔了，像他所說是三思後的結果。我們所謂的『只是可能』，有時可能是真的。而我們覺得比較容易相信的事，卻可能遠離真相。雖然我有所懷疑，但布爾斯妥德或許並沒有加害拉夫歐斯。」

他陷入左右為難的殘酷處境。如果別人以不屑、冷眼和回避的態度對他提出指控，就算他不顧一切為自己辯解，公布他知道的一切，又有誰會相信？公開為自己作證，聲明「我拿那筆錢不是接受賄賂」，只會讓自己變成傻子。表面的現象永遠比他的聲明更可信。再者，說出涉及他的所有事項，勢必會揭露布爾斯妥德的某些事，加深外界對他的懷疑；比如，必須說出他向布爾斯妥德透露自己的財務危機時，還不知道世上有拉夫歐斯這個人存在。當初他會接受那筆借款，是因為他早先開口借過錢，並不知道後來被叫去治療拉夫歐斯的時候，布爾斯妥德已經有了借他錢的新動機。話說回來，懷疑布爾斯妥德動機不單純，也許冤枉了他。

問題又來了：如果他沒借那筆錢，那麼他的做法會不同嗎？當然，如果他到的時候拉夫歐斯還活著，也還有治癒的希望，而當時他又覺得布爾斯妥德可能沒有遵照他的囑咐，他就會抽絲剝繭詳細追查。如果調查結果證實他的猜測，那麼就算他欠了布爾斯妥德一大筆人情，他還是會揭發這件事。但如果他沒有借錢，如果布爾斯妥德沒有收回叫他宣告破產的冷漠建議，那麼他——李德蓋特——就算發現那個人死了，還會不會放棄追查？他還會擔心得罪布爾斯妥德嗎？對於治療方法的爭議，以及醫界同仁對他的療法的否定，他的立場還能同樣堅定，抱持相同看法嗎？

李德蓋特回想事情經過，抗拒所有的指責時，上面那些問題在在令他不安。如果他沒有人情壓力，那麼他最重視的就會是病患的治療，也會遵守明顯可見的規則，對交付到他手上的生命，採行最有益的措施，或者監督旁人務必做到。結果他卻無所謂地認為，不管布爾斯妥德基於什麼理由違反他的囑咐，都不能算是犯罪。還認為根據主流見解，聽從他的囑咐也未必能起死回生，並且認定不聽從醫囑充其量只是失禮的行為。然而，牽扯上這些事以前，他再三反對以道德觀念質疑病理上的問題，斥之為顛倒黑白。他還曾經說，「臨床上即使是最純粹的實驗，仍然符合道德良知。我的職責是照顧生命，做我認為最有益的事。科學理所當然比教條更嚴謹。教條容許失誤，而科學本質上就是與失誤的對抗，過程中還得保有良知。」唉！科學的良知已經跟金錢的恩情和自私的考量同流合污了。

「米德鎮有哪個醫生會像我一樣質問自己？」可憐的李德蓋特如此自問。對於命運的壓迫，他展開新一波反抗。「但他們會覺得有理由把我跟他們遠遠隔離，一副我是麻瘋病人似的！我看得出來，我的業務和我的名聲都徹底毀了。即使有可靠的證據證明我無辜，在這個該死的地方也不會有什麼差別。」

在此之前已經有太多令他困惑的跡象，那就是在他還清債務、開心地重振旗鼓時，鎮上的人似乎在閃躲他，或用怪異的眼光打量他。他甚至聽說他的兩個病人轉而找別人治療。現在真相大白，普遍的排斥已經展開。李德蓋特天生衝勁十足，也難怪這種無可救藥的誤解輕易就引起頑強的抵抗。他飽滿的額頭偶爾顯露的怒氣並不是毫無意義。他帶著錐心刺骨的傷痛，騎馬出鎮兜風，等他回到鎮上已經下定決心，不管未來還會面臨多麼險惡的情勢，他也要留在米德鎮。他不會被誹謗擊退，不會向惡意屈服。他會勇敢面對到底，不會表現出一絲膽怯。基於他寬大的天性和蔑視一切的力量，他決心繼續毫不保留地展現他對布爾斯妥德的感恩心情。跟布爾斯妥德扯上關係，確實對他有致命傷害。如果那一千鎊還在他手上，還沒拿去還債，他也真的會還給布爾斯妥德。他寧可一無所有，也不要接受沾染賄賂污名的援助（別忘了，他有一身傲骨）。然而，儘管那個人類同胞已經被擊垮，他畢竟受過他的幫助，不能背棄他。他不能為了幫自己脫罪，可悲地對另一個人咆哮怒吼。

「我要做我認為對的事，不向任何人解釋。他們會想辦法斷我的生路，可是……」他的決心越來越頑強。只是，隨著離家越來越近，早先因為榮譽與尊嚴受傷陷入痛苦掙扎，暫時被他拋到腦後的蘿絲夢重新占據他的心靈。

蘿絲夢會怎麼看待這些事？這是綁在他身上的另一條沉重鐵鍊，可憐的李德蓋特沒有心情承受她愚蠢的操控。他不想告訴她這個不久後他們要共同面對的麻煩，寧可等事情偶然爆發。想必不會等太久。

第七十四章

求主憐憫，賜我們白頭到老。

——《多俾亞傳》：祈禱成婚[1]

在米德鎮，如果丈夫名聲不好，做太太的不可能長時間蒙在鼓裡。女人之間的感情再親密，也不會直接把關於對方丈夫的不利傳聞或事實坦誠相告。可是女人如果閒得發慌，又突然聽聞可能對鄉親鄰里造成重大傷害的事，各方面的道德感就會百花齊放，刺激她們對外宣揚。其中一種道德感就是坦率。根據米德鎮的慣用語，坦率指的是一有機會就讓朋友知道你不看好他們的才能、行為或地位。健全的坦率從來不會被動等待別人來徵詢它的意見。再來是對真理的喜愛。這個詞寓意甚廣，不過在這種情況下指的是，強烈反對妻子過著跟她丈夫的品德不相稱的幸福生活，或者對自己的命運表現得太滿意。該有人給那可憐的人兒一點暗示，讓她知道如果她聽到真相，就不會對她的帽子和晚宴的可口餐點顯得那麼心滿意足。其中最重要的，是關心朋友的道德感能不能提升。這個道德感偶爾可以稱為她的靈魂，能從讓人沮喪的話語獲益，說這話的時候還得若有所思地盯著家具，做出為朋友著想，不忍心把話說盡的姿態。總之，我們可以說善良的心靈基於古道熱腸，為了朋友著想，故意惹她不開心。

米德鎮所嫁非人的女性之中，蘿絲夢和她姑媽哈麗葉儘管情況有別，幾乎沒有誰像她們這樣殊途同歸地激起這種道德感。哈麗葉的人緣不差，她也從來不曾刻意傷害任何人。男士普遍覺得她是個溫柔漂亮的女人，也認為布爾斯妥德選擇這樣一個氣色紅潤的妻子，暴露他偽君子的本色。畢竟他口口聲聲貶低世俗享樂，就該娶個面色蠟白、愁眉苦臉的女人。布爾斯妥德的醜聞傳開後，人們對她的評論是，「唉，可憐的女人！她生性光明磊落。我跟你打包票，她從來沒有懷疑過他什麼。」平日跟她親近的女性聊天時經常說到「可憐的哈麗葉」，猜想著哪天她發現真相，心裡是什麼感受，也揣測到目前為止她知道多少了。人們對她沒有惡意，反而好心好意替她著急，嘀咕著她該怎麼想、怎麼做比較好。如此一來，大家當然忙著回憶她從出嫁前到現在的性格與事跡。

人們議論著哈麗葉之時，不可避免會想到蘿絲夢，她跟她姑媽一樣前景堪慮。蘿絲夢跟姑媽同屬米德鎮聲名遠播的老溫奇家族，雖然也因為嫁給外地人成為婚姻的受害者，人們對她的批評卻比較嚴厲，同情心也比較少。溫奇家族雖然不完美，卻沒什麼見不得人的祕密，從來不會有什麼還沒「爆發」的壞事。大家都說哈麗葉跟她丈夫一點都不像，她有她自己的缺點。

「她就是愛賣弄，跟她丈夫一樣把信仰掛在嘴上。」海克巴特太太正在為一小群客人泡茶。「她喜歡嚷讓她從里弗斯頓之類的地方請來牧師和天曉得什麼人，覺得這樣就高人一等。」

「這也不能怪她，」史普拉格太太說。「鎮上的上等人幾乎都不想跟布爾斯妥德打交道，她的宴會又不能沒有客人。」

「塞西格牧師向來支持他，」海克巴特太太說。「我猜他現在後悔了。」

「不過他心裡從來都不喜歡他，這點大家都知道。」托勒爾太太說。「塞西格先生從來不走極端，他

1《多俾亞傳》（*Book of Tobit*），為天主教與東正教《舊約聖經》的一部分。此處引文出自第八章第七節。

遵循的是福音的真理。只有像泰克那種牧師，想要宣揚非國教的讚美詩集之類的不入流信仰，才會跟布爾斯妥德合得來。」

「據我所知，泰克為了他的事沮喪極了。」海克巴特太太說。「他是該沮喪，聽說他家的收入有一半都靠布爾斯妥德。」

「這會讓人懷疑他的教理。」史普拉格太太的年紀比較大，思想比較古板。「未來很長一段時間，米德鎮不會有人以信奉衛理宗自誇。」

「我覺得不能把人們做的壞事歸咎到他們的宗教信仰上。」鷹隼臉孔的普林岱爾太太說。到目前為止她一直只聽不說。

「天哪！我們忘了，」史普拉格太太驚呼。「不該在妳面前聊這些。」

「我不會偏袒任何一方。」普林岱爾太太紅著臉說。「我先生跟布爾斯妥德的關係確實不錯，而哈麗葉嫁給他之前就已經是我多年的好朋友。不過我向來堅定立場，也會跟她說她哪裡做錯了。話說回來，關於信仰這件事，我必須說布爾斯妥德就算沒有宗教信仰，也可能會做那些事，甚至更糟的事。我可沒說他的信仰沒有過頭，我向來主張溫和路線。可是事實就是事實。在巡迴審判庭受審的人未必都是信仰太極端的人。」

「嗯，我只能說，我認為她應該離開他。」海克巴特太太話鋒巧妙一轉。

「我不這麼認為。」史普拉格太太回應。「嫁雞隨雞，嫁狗隨狗。」

「那不代表要跟著丈夫進監牢。」海克巴特太太。「誰能跟這樣的男人一起生活！我寧可被毒死。」

「是啊。如果這樣的男人還能得到賢慧太太的服侍和照顧，那等於鼓勵犯罪。」托勒爾太太說。

「可憐的哈麗葉一直是賢慧的妻子。」普林岱爾太太說。「她認為她丈夫是世上最好的男人，他對她也確實有求必應。」

「過些日子就知道她會怎麼做了。」海克巴特太太說。「我猜她到現在還不知道，真可憐。我真希望也相信我不會見到她，因為我太害怕，擔心說溜嘴透露她丈夫的事。妳們覺得她聽到消息了沒？」

「我覺得還沒。」托勒爾太太說。「聽說他病了，星期四開會以後一直待在家裡。昨天她跟女兒上教堂，還戴著新的托斯卡尼草帽，上面點綴著一根羽毛。她的服裝從來不受她的信仰影響。」

「她對服裝樣式很講究。」普林岱爾太太有點被刺傷。「那根羽毛是她刻意叫人染成淡紫色，好搭配衣服。我必須幫她說句話，她的行為向來不失端正。」

「我猜瞞不了太久，她就會知道這些事了。」海克巴特太太表示。「溫奇家已經知道了，因為溫奇那天也有參加會議。那對他是很大的打擊，一個是他女兒，一個是他姐姐。」

「的確是。」史普拉格太太認同。「大家都覺得李德蓋特再也不能在米德鎮趾高氣揚。那個人死的時候他拿到一千鎊，這事很難撇清。想起來都會打哆嗦。」

「驕傲必敗。」海克巴特太太說。

「我替哈麗葉難過，卻不替蘿絲夢難過。」普林岱爾太太說。「她需要受點教訓。」

「我猜布爾斯妥德會全家搬到國外。」史普拉格太太說。「家裡出了醜事的人都會這麼做。」

「這對哈麗葉是最致命的打擊。」普林岱爾太太說。「這回她會被擊垮，我發自內心同情她。不管她有什麼缺點，總是少見的好女人。從小謹言慎行，有一副好心腸，沒有任何污點，她的抽屜永遠井井有條。她也是這樣教育凱特和愛倫。妳們可以想像她住在國外會多辛苦。」

「我先生說他會建議李德蓋特這麼做。」史普拉格太太說。「他覺得李德蓋特應該留在法國。」

「那最適合**她**了。」普林岱爾太太說。「她就是那種輕佻性格，不過那是像她媽媽，她跟她姑媽一點都不像。哈麗葉經常勸蘿絲夢，據我所知，當初她不贊成蘿絲夢嫁李德蓋特。」

目前的情勢讓普林岱爾太太心情相當複雜。她不但跟哈麗葉私交甚篤，普林岱爾家的大染坊跟布爾斯妥德之間的合作也獲利豐厚。她希望外界對布爾斯妥德的批評誇大其辭，卻更擔心別人認為她替他遮掩過錯。再者，普林岱爾家最近剛跟托勒爾家族結親，順勢打進米德鎮最上流的圈子。這樁婚姻各方面她都非常滿意，只除了親家那些嚴肅觀點。她相信如果換個角度看，那些確實也是最正確的想法。近來精明的普林岱爾太太是非觀有點混淆，她沒辦法調和這些立場相抵觸的「上等人」。另外，近期的事件讓她既傷心又滿足，因為這些事可以讓那些需要謙卑的人謙卑，卻也重重打擊到她的手帕交。哈麗葉雖然有些缺點，但她還是希望她過著富足的生活。

在此同時，可憐的哈麗葉還沒察覺步步進逼的災難，內心卻也越來越不安。這份不安從拉夫歐斯最後一次造訪灌木苑就開始了。那個討厭的男人帶病去了斯東居，她丈夫竟然留在那裡照顧他。丈夫說拉夫歐斯早年受雇於他，幫他做了不少事，如今落魄又無依無靠，他基於善心必須照顧他。她接受他的解釋，之後聽丈夫說他身體狀況改善不少，能夠繼續管理所有業務，還天真地為丈夫感到慶幸。開會那天李德蓋特帶著生病的丈夫回家，終於擾亂她內心的平靜。接下來幾天雖然丈夫不斷安慰她，要她放心，她卻經常暗自垂淚，因為她相信丈夫不只身體承受病痛，心靈也飽受折磨。現在他不讓她誦讀，也幾乎不要她陪在身邊，理由是外界的聲音和動作會刺激他敏感的神經。她猜他關在自己的房間裡是為了處理各種文書，她認為一定發生了什麼事，也許他虧損一大筆錢不讓她知道。她不敢問丈夫，只好向李德蓋特打聽。那是防疫會議後第五天，那幾天她除了上教堂，沒去任何地方。

她說：「李德蓋特先生，請別隱瞞我，我想知道真相。我先生出了什麼事？」

「只是輕微的神經受創。」李德蓋特顧左右而言他，覺得不該由他來揭發不堪的真相。

「那是什麼造成的?」哈麗葉漆黑的大眼睛直視李德蓋特。

「公共場所空氣中總有某些有毒物質。」李德蓋特答。「強壯的人抵抗得了,衰弱的人難免受到一定程度的影響。通常很難判定具體的感染時間,或者該說,很難確定抵抗力為什麼在某個時間變弱。」

哈麗葉對這個答案並不滿意。她仍然相信丈夫碰上某種禍事,故意不讓她知道,而她的性格堅決反對這種隱瞞。她讓兩個女兒去陪伴丈夫,自己乘馬車到鎮上訪友。她心想,如果丈夫的事業出了問題,她應該可以看見或聽見一點蛛絲馬跡。她去拜訪塞西格太太,但她不在家。她轉到教堂院子另一邊的海克巴特家。海克巴特太太從樓上的窗戶看見她,擔心自己見到哈麗葉會說錯話,本想讓僕人說她不在家。但她突然覺得跟哈麗葉見上一面應該很有意思,只要下定決心不透露一點口風就行。

於是哈麗葉被請進客廳,海克巴特太太下樓去見她。她話說得比平時少,雙手也一反常態頻頻互搓,以此提醒自己說話要謹慎,並決定不問候布爾斯妥德。

「最近這一星期我除了教堂哪裡都沒去。」寒暄幾句後哈麗葉說。「星期四,我先生開會的時候身體突然不舒服,所以我一直在家裡陪他。」

海克巴特太太一隻手按在胸口,另一隻手撫著那隻手的手背,視線循著地毯的圖案移動。

「海克巴特先生那天也有去開會嗎?」哈麗葉追問。

「嗯,他去了。」海克巴特太太保持同樣的姿態。「大家決定用勸募的方式籌款買地。」

「只希望不會有霍亂的死者埋葬在那裡。」哈麗葉說。「真是恐怖的災難。我向來覺得米德鎮是個健康的地方,可能是因為我從小在這裡長大,早已經習慣了。我最喜歡住的地方就是這裡,尤其是我們這個區域。」

「如果妳能一直住在米德鎮,我也會很高興。」海克巴特太太發出一聲輕嘆。「不過,不管命運把我們帶到哪裡，我們都要學習順從。我相信鎮上一定有人希望妳過得好。」海克巴特太太其實很想說，「如果妳肯接受我的建議，就會離開妳丈夫。」可是她看得出來這可憐的女人還不知道大難臨頭，而她最多只能給她一丁點心理準備。

哈麗葉忽然渾身發冷顫抖，海克巴特太太這番話明顯藏著不尋常的訊息。雖然她今天出門是為了弄清真相，現在卻沒有勇氣貫徹目標，於是話題一轉，問起海克巴特家孩子的近況，之後就告辭。她還得去拜訪瑟琳娜。前往普林岱爾家的路上，她開始猜想，那天在會議上她丈夫可能跟宿敵發生嚴重爭執，也許海克巴特先生就是其中之一。這就解釋得通了。

可是她跟瑟琳娜說話的時候，那個叫她安心的解釋動搖了。瑟琳娜接待她的態度感傷中帶著親切，就連最普通的話題也回答得謹慎小心。一般的爭吵不可能引發這種效應，最嚴重的後果也不會只是造成她丈夫身體不適。早先哈麗葉覺得，比起旁人，她更願意向瑟琳娜打聽。現在她驚訝地意識到，老朋友未必是最容易坦誠相告的人，因為過去在其他情況下的談話會形成阻礙。再者，她也不喜歡一個向來屈居下風的人來憐憫她、提供她消息。瑟琳娜意有所指地暗示她絕不會背棄朋友，因此哈麗葉相信丈夫一定是碰上了不好的事。她沒辦法用天生的率直口氣問，「妳知道些什麼？」反而急於離開，害怕聽到什麼明確訊息。她心慌意亂地確定，丈夫發生的不幸肯定比虧錢更嚴重。因為她敏感地注意到，瑟琳娜跟海克巴特太太一樣，在她提起自己丈夫時假裝沒聽見，像是假裝沒聽見某種私人污點。

她緊張又匆忙地道別，叫車夫送她去溫奇的工廠。那段為時甚短的路程中，她對自己的一無所知感到極度害怕，等她走進弟弟溫奇所在的私人會計室，她雙腿發抖，向來紅潤的臉龐毫無血色。

溫奇看見她，也出現類似反應。他從椅子上站起來，拉住她的手，以一貫的口無遮攔問：「哈麗葉，上帝垂憐妳！妳都知道了。」

那一刻，或許比接下來的所有時刻都難挨。那一刻精神高度集中，如果遭遇情感的重大危機，就容易流露出天性上的偏頗，並且預告掙扎結束之後，最終會採取什麼作為。假使拉夫歐斯不曾出現，她能想到的或許還是財務的損失。可是現在，伴隨著弟弟的表情和言語，丈夫犯錯的念頭突然閃過她腦海，而後在恐懼的陰影下，她想到丈夫蒙受恥辱的景象。在那份灼熱的羞恥感之下，她唯一想到的就是世人的目光。緊接著她的心猛地一顫，哀傷地跟丈夫共同承擔恥辱與眾叛親離，心中沒有指責。一眨眼工夫，她內心已經經歷這一連串轉折。她頹然落坐，抬眼望著站在面前的弟弟。

「華特，我什麼都不知道。出了什麼事？」她有氣無力地問。

他把事情全都告訴她，不加修飾，娓娓道來，讓她明白那個醜聞幾乎無法辯白，特別是關於拉夫歐斯的死。

「傳言不會消失。就算陪審團判定他無罪，人們還是會議論紛紛，指指點點，擠眉弄眼。這個世界就是這樣，人言可畏，有沒有罪不是重點。這是致命的一擊，布爾斯妥德毀了，李德蓋特也逃不過。我不敢斷言真相是什麼，我只希望我們從來不認識布爾斯妥德和李德蓋特這兩個人。我寧可妳一輩子沒結婚，蘿絲夢也一樣。」

哈麗葉不發一語。

「哈麗葉，妳必須努力撐住，大家都不怪妳。不管妳做什麼決定，我都會支持妳。」溫奇說得直白，卻是一番好意。

「華特，扶我上馬車。」哈麗葉說。「我沒什麼力氣。」

回到家的時候她對女兒說，「親愛的，我身體不太舒服，想回房躺一下。去照顧妳爸爸，讓我一個人靜一靜。我不吃晚餐了。」她回自己房間鎖上門。

她需要時間適應受創的心靈和殘缺的可悲生命，才能踩著穩定的腳步，走到分配給她的那個位置。過去二十年來，她相信他、尊敬他。現在由於他的欺騙，她用全新的角度探索丈夫，沒辦法寬厚地看待他。回想起來，歷歷往事似乎變成令人作嘔的騙局。他娶她的時候，心裡藏著一段骯髒的過去。她對他的信任蕩然無存，不管他遭受多麼嚴重的指控，她都沒有信心為他辯解。她天生胸懷坦蕩，如今卻得共同承擔丈夫的恥辱，內心的苦楚難以言喻。

她受到的教養有欠完善，她的談吐和習性像一塊怪異的拼布，卻有一顆忠實的心。那個男人跟她分享近半生的榮華富貴，自始至終珍愛她。如今他受到懲罰，她怎樣都無法背棄他。有一種背棄，是繼續跟遭到背棄的人同桌而食、同榻而眠，這種沒有愛的親近更令人黯然神傷。她鎖上房門的時候就知道，她應該打開門下樓去見她不幸的丈夫，去撫平他的哀傷，跟他談他的過失；告訴他，她要哀悼，但不會責備。可是她需要時間蓄積力量，需要用淚水揮別她生命中的喜悅和尊嚴。

終於決定下樓的時候，她做一系列小動作讓自己定下心來。在嚴格的旁觀者看來，這些動作或許有點可笑，但她用這種方式告訴有形無形的旁觀者，她已經接受恥辱，開啟生命的新頁。她拿掉所有的首飾，穿上一襲樸素的黑衣。她沒有戴華麗的帽子，放棄大蝴蝶結髮飾，把頭髮放下來梳整齊，戴上素面圓帽，儼然像個早期的衛理公會教徒。

布爾斯妥德知道妻子出了一趟門，回來之後說她不舒服。這段等待的期間，他跟她一樣痛苦難挨。他希望她從別人口中聽到真相（也相信她已經聽見了），覺得這比任何形式的自白容易多了。現在他認為她已經知道真相，於是在苦惱中等待結果。他不讓女兒留下來陪他，只允許她們吩咐僕人幫他送來餐點，卻一口都沒吃。他覺得自己在得不到同情的悲慘處境中慢慢枯萎，也許在妻子臉上再看不到她對他的柔情。就算他向上帝求助，恐怕也得不到回應，只有受懲罰的壓力。

他妻子打開門走進來的時候，已經是晚上八點。他不敢抬頭看她，坐在椅子上垂著視線。她走向他的時候覺得他整個人變小了，好像枯槁皺縮了。全新的憐憫和昔日的柔情像一道巨浪，沖刷過她全身。她一隻手按住他擱在扶手上的手臂，另一隻手搭在他肩膀上，用肅穆卻和善的口氣說：「尼可拉斯，抬起頭。」

他視線往上移，愣了一下，有點疑惑地看著她。她蒼白的臉龐、異於往常的哀悼服飾、顫抖的雙唇，都在說：「我知道。」她的雙手和目光溫柔地落在他身上。他失聲痛哭，她坐在他身旁陪他一起哭。他們還沒有辦法談論兩人共同承受的恥辱，也沒辦法談論他那些不光彩的行為。他無聲地招供，她也無聲地承諾忠誠。儘管她心胸開闊，卻還是沒有勇氣說出彼此心知肚明的事，彷彿不願意碰觸灼熱的火焰。

她不能問他：「有多少是中傷和不實的猜測？」

他也不能說：「我是清白的。」

第七十五章

明知現有的歡樂是虛假，卻看不清得不到的歡樂是幻夢，導致三心二意。

——帕斯卡[2]

債權人派駐的代表離開、討厭的債務都清償以後，蘿絲夢一度看到光明，覺得有機會重拾過去的歡樂。但她不開心，她的婚姻生活沒有滿足她任何希望，破壞了她美好的想像。在這短暫的平靜期，李德蓋特想到自己心情煩亂時經常大發雷霆，讓蘿絲夢承受了不少痛苦，因此對她的態度格外溫柔。只是，他也失去昔日的神采。他仍然認為他們理所當然必須量入為出，刻意循序漸進地勸她接受。即使她的回應是希望搬到倫敦住，他也會強忍怒氣。有時候她沒有這樣回答他，只是滿不在乎地聽他說，納悶著這樣的人生還有什麼盼頭。她丈夫發怒時說的那些嚴苛又輕蔑的話語，深深冒犯了她的自負，而相識之初他非常喜歡她這份自負。她覺得他凡事剛愎自用，在心裡暗暗嫌惡。正因如此，不管他多麼溫柔，都不足以彌補他沒能帶給她的幸福。他們跟街坊鄰居關係不好，看來也不必再期望奎林罕的親戚，除了威爾偶爾來信，生活沒有一點展望。

當初威爾決定離開米德鎮，她覺得受傷又失望。雖然她知道也猜中他愛慕多蘿席亞，心裡卻寧可相信他其實更仰慕她，至少未來必然會如此。蘿絲夢這樣的女人通常認定，她們遇見的每個男人只要自認有一點希望，都不可能看上別的女人。多蘿席亞各方面都很好，可是威爾愛上她的時候還不認識蘿絲夢。蘿絲夢覺得威爾跟她說話有時戲謔地挑她毛病，有時誇張地大獻殷勤，是在掩飾更深的情感。跟威爾在一起讓她欣喜，虛榮心得到滿足，感受到浪漫的愛情。李德蓋特已經失去魔力，再也無法帶給她這種感受。她甚至幻想——世間男女怎麼可能沒有這些遐想？——威爾故意誇大他對多蘿席亞的愛慕，只為了刺激她。威爾離開以前，可憐的蘿絲夢滿腦子想的都是這些——比起李德蓋特婚後的表現，威爾更適合當她的丈夫。這個想法實在錯得離譜，因為蘿絲夢對婚姻的不滿在於婚姻本身的狀況，在於婚後必須自我壓抑與忍讓，與她丈夫的性情無關。可是構思鏡花水月般的「美滿生活」，有種情感上的吸引力，填補她空洞乏味的人生。她製造一點浪漫來調劑平淡的生活，幻想威爾永遠保持單身，一直住在她家附近，隨傳隨到。他雖然不曾對她表白，彼此卻心意相通，這份愛不時在有趣的場合釋出溫柔的火焰。他的離去帶給她相當程度的失望，也加深她對米德鎮的厭倦。不過，一開始她還能換換口味，幻想著跟奎林罕那個家族往來的樂趣。後來婚姻生活的煩惱越來越多，又找不到其他管道排解，她只能懷著遺憾追憶那曾經帶給她安慰的虛假羅曼史。世間男女總是可悲地誤解自己的情感表現，有時將自己曖昧不安的渴盼視為天賦，有時則是信仰，更常看成偉大的愛情。威爾總是在來信中侃侃而談，這些信一半寫給她，一半寫給李德蓋特。她給他回過信，她覺得他們還有重逢的機會。她最期待的改變是李德蓋特搬到倫敦，到了倫敦一切都會變得美好，她默默決定要促成這件事，也開始採取行動。就在這個時候，突然傳來的可喜承諾讓她心花怒放。

那個承諾是在那場難忘的會議之前不久來到，形式也沒什麼特別，只是威爾寫給李德蓋特的一封

---

2 Blaise Pascal，十七世紀法國哲學家，這裡的文句摘自他的思考紀錄《思想錄》（*Pensees*）。

信。信裡主要談的是威爾近來對殖民計畫的關注，附帶提到未來幾星期內他要走訪一趟米德鎮。他開心地期待此行，幾乎像小學生期待放假。他希望李德蓋特家的地毯上仍然保留他的位子，還有許多美妙琴音等著他，但他還不確定具體日期。李德蓋特把信讀給蘿絲夢聽的時候，她的臉龐像恢復生機的花朵，變得更嬌美，更鮮麗。這下子再沒有什麼難以忍受的事，債已經還清，威爾要來了，李德蓋特會接受勸說離開米德鎮搬去倫敦，倫敦跟「小鄉鎮有天壤之別」。

那就像是個天清氣朗的早晨。只是，可憐的蘿絲夢頭上的天空很快又烏雲密布。她丈夫再度陷入憂鬱，卻不肯告訴她原因（他受創的心靈害怕面對她的淡漠與誤解）。她很快做出遠離事實的新奇解釋，跟過去她認定的那些令她不快的理由無關。她的心情歡欣雀躍，覺得李德蓋特只是比平時更悶悶不樂，所以才對她不理不睬，顯然也刻意避開她。於是，會議過後幾天，她自作主張發出邀請卡，想辦一場小型晚宴。她自信這是明智的做法，因為街坊鄰居好像在疏遠他們，所以她要恢復過去的交際應酬。等客人都答應赴宴，她就會告訴李德蓋特，順便教他當醫生的人該怎麼跟鄰里來往：對於別人的職責，她向來格外注重。可是所有的邀請卡都被回絕了，最後一封回函落入李德蓋特手中。

「這是齊切利的筆跡，他為什麼寫信給妳？」李德蓋特把信遞給她時，納悶地問。她只好讓他看內容。之後他嚴厲地盯著她，說：「蘿絲夢，為什麼要瞞著我寄邀請卡？我拜託妳，絕對不要邀請任何人來家裡。我猜妳也請了別人，他們都拒絕了。」

她沒有吭聲。

「妳聽見我的話了嗎？」李德蓋特大吼。

「當然聽見了。」蘿絲夢像優雅的長頸鳥似地把頭轉向一邊。

李德蓋特一點也不優雅地甩頭走出房間，他瀕臨暴怒邊緣。蘿絲夢覺得他越來越叫人忍無可忍，有什麼理由要這樣獨斷獨行。任何事情只要他覺得她不會感興趣，他就不想跟她談，這已經變成他不假思索的習慣。關於那一千鎊，她只知道那是向她姑父布爾斯妥德借的。李德蓋特討人厭的壞脾氣和街坊鄰居的明顯疏遠，似乎都莫名其妙地從他們財務問題解決之後開始。她原本打算等客人接受邀請後，再去邀請她母親和家人，因為她已經好幾天沒見到他們。現在她突然覺得好像所有人都聯合起來孤立她和她那個喜歡得罪所有人的丈夫，於是她決定戴上帽子回娘家，問清楚到底怎麼回事。

她到的時候已經過了晚餐時間，只有她父親和母親坐在客廳裡。他們用悲傷的表情跟她打招呼，喊了聲，「親愛的！」就沒再說話。

她從沒見過父親這麼頹喪，於是走到他身旁坐下，問：「爸，出了什麼事？」

他沒有回答，不過她母親說：「噢，親愛的，妳什麼都不知道嗎？妳很快就會聽說了。」

「跟特提厄斯有關嗎？」蘿絲夢臉色變得蒼白。一聽說出事，她立刻聯想到李德蓋特最近令人困惑的行為。

「唉，親愛的，沒錯。妳嫁了個專惹麻煩的人，欠債已經夠糟了，這回問題更大。」

「好了，露西，別說了。」溫奇說。「蘿絲夢，妳沒聽說妳姑父布爾斯妥德的事嗎？」

「沒有。」可憐的蘿絲夢覺得這次的麻煩跟過去經歷過的都不一樣，像某種堅不可摧的隱形鉗制力量，讓她內在的靈魂癱軟無力。

「親愛的，這些事妳最好知道。」她父親把一切都告訴她，最後說：「情勢對李德蓋特不利，我覺得他最好離開這裡。我不認為他做了不好的事，相信他也是身不由己。」雖然過去他想盡辦法挑李德蓋特的錯。

蘿絲夢飽受震撼。她覺得沒有誰的命運比她更悽慘，竟然嫁給一個捲入不名譽事件的男人。很多情沉下，罪行最讓人難以承受的是恥辱。蘿絲夢必須要有抽絲剝繭的反思能力，才能在這種時刻感受到，如果她丈夫確實做了犯罪行為，她的麻煩只會更嚴重。可惜她天生沒有這種思考能力，她覺得這是她平生的奇恥大辱。她天真地嫁給這個男人，相信他和他的家族能帶給她榮耀！她在父母面前保持一貫的沉默，只說，如果李德蓋特早聽她的話，他們很久以前就離開米德鎮了。

「她很堅強。」她離開後，她母親說。

「感謝上帝！」溫奇情緒低落。

蘿絲夢回家時帶著一股對丈夫的合理厭惡。他究竟做了什麼？又是怎麼做的？她都不知道。他為什麼什麼都不告訴她？他沒有跟她提起這件事，她當然不能主動開口。她一度想請爸爸再讓她回娘家住，仔細一想，又覺得娘家生活枯燥至極。在那樣的處境下回娘家住，生命好像一點意義都沒有。她沒辦法想像自己那樣過日子。

接下來兩天，李德蓋特發現她不太一樣，知道她已經聽到壞消息。她會不會主動找他談，或者她會一直保持沉默，像在暗示她相信他有罪？我們別忘了他目前的心理狀態並不健康，只要跟人接觸都會感到痛苦。在這種情況下，蘿絲夢當然有理由埋怨他，不肯對她開誠布公。可是處於痛苦中的他原諒了自己：她知道真相後根本不想跟他說話，那麼當初他不敢告訴她不是情有可原嗎？只是，在內心深處他知道錯在自己，所以他焦慮不安。兩人之間的冷戰變得難以忍受，彷彿遭逢船難後乘著同一片殘骸漂流，卻各自轉頭不願意看對方。他心想，「我是個傻子，不是已經不抱任何期待了嗎？我娶到的是憂慮，不是助力。」

那天晚上他說：「蘿絲夢，妳聽說了什麼讓妳難過的事嗎？」

「是。」她放下針線。她做針線時顯得沒精打采心不在焉，跟平時的她大不相同。

「妳聽見什麼了？」

「大概是所有的事，爸爸告訴我的。」

「外面的人都認為我做了不光彩的事？」

「是。」蘿絲夢軟弱無力地說，雙手又開始機械式地做起針線。

沉默無語。李德蓋特心想，「如果她對我有一丁點信任，對我有一丁點了解，現在就應該主動告訴我，她不相信我會做什麼不名譽的事。」

可是蘿絲夢的手指繼續懶怠地縫著。關於這件事，不管他們要談什麼，她都認為特提厄斯應該先開口。她能知道什麼？再者，如果他沒有做錯事，為什麼不為自己澄清？

李德蓋特原本就認定沒有人會相信他，就連菲爾布勒也沒來找他，心情因此無比低落，這時妻子的沉默為他帶來新一波的怨苦。一開始他主動問她，是希望藉由這次談話驅散聚攏在他們之間的陰冷霧氣，現在他覺得這份決心被絕望的憤恨打斷了。她好像認為這次的事受苦的只有她自己，就跟以往的每次困境一樣。在她眼中，他始終是一個與她無關的人，做著她不贊同的事。他氣憤地從椅子上跳起來，雙手插進口袋，在房間裡來回踱步。他知道自己必須控制這股怒氣，把一切都告訴她，讓她相信事情的真相。他幾乎已經學乖，知道必須屈從她的性格，也由於她欠缺同理心，他必須付出更多。他決定把話說清楚，不能錯過這個機會。如果他能讓她嚴肅地體會到，他受到不實污衊，現在就不能逃避，必須勇敢面對。如果她知道所有的麻煩都來自當時他太缺錢，他就能強而有力地說服她，這時他們應當齊心協力，盡可能節省開支。這麼一來或許有機會度過難關，不必依賴別人。他會仔細向她說明，他想要採取的措施，並且贏得她心甘情願的支持。他只能這麼做，不然他還有什麼辦法？

他不知道自己憂心忡忡地來回走了多久，蘿絲夢覺得非常久，希望他能坐下來。她同樣認為這是個好機會，可以鼓吹特提厄斯做他該做的事。不管這件倒楣事背後的真相是什麼，有個令人害怕的後果不容忽視。李德蓋特終於坐下來。他沒有選擇平時的位子，而是坐在離蘿絲夢比較近的地方。他上身靠向她，鄭重地看著她，重啟那個哀傷的話題。他好不容易戰勝自己，正準備用嚴肅的語調開口說話，彷彿這是唯一的機會。

他甚至已經輕啟雙唇，卻見蘿絲夢放下雙手對他說：「特提厄斯……」

「嗯？」

「你現在總該放棄留在米德鎮的念頭了吧。我不能繼續在這裡生活，我們搬去倫敦。爸爸說你最好搬走，其他人也都這麼說。不管我必須忍受什麼苦難，離開這裡都會輕鬆一點。」

李德蓋特被潑了一盆冷水，難受至極。他說不出費盡心思準備好的話，反倒被她拉著重彈老調。他無法承受，臉色一變起身走出去。或許如果他夠強硬，在她氣勢較弱的時候堅定自己的決心，那天晚上可能會有比較好的結果。如果他有能力撐過那個障礙，也許還有機會改變蘿絲夢的想法和意願。人的天性不管多麼執拗或乖癖，我們都沒辦法確定是不是抵抗得了比他們更強大的人施加的影響。說不定他們會被暴風席捲，暫時順服，融入那個以激烈的行動將他們包圍的靈魂。但可憐的李德蓋特內心陣陣抽痛，他的心力不足以承擔這份任務。想要彼此互相理解，心意相通，仍然像過去一樣遙不可及。不只如此，由於嘗試後失敗，這個目標好像變得比登天還難。

他們繼續同床異夢地生活在一起，李德蓋特懷著絕望的心情做著所剩無幾的工作，蘿絲夢理直氣壯地覺得他太殘酷。跟特提厄斯說什麼都沒用，等威爾來了，她要把一切都告訴他。雖然她平時大多保持沉默，卻也需要有人認同她的委屈。

第七十六章

處於憂患之人所祈求的，
無非仁慈、憐憫、愛與安詳；
並且懷著感恩的心，
回報這些美好的願望。
……
因為仁慈有著一顆人類的心，
憐憫有張人類的臉龐。
至於愛，它是神化身為人，
安詳則是人類的服裝。

——威廉・布雷克《純真之歌》[3]

3《純真之歌》（*Songs of Innocence*）是英國浪漫主義文學代表布雷克（Willian Blake，一七五七～一八二七）的詩集。這裡的詩句摘自收錄其中的詩〈至上的形象〉（The Divine Image）。

幾天後李德蓋特應多蘿席亞的邀請，騎馬前往洛威克莊園。他並不意外布爾斯妥德來信表示決定離開米德鎮，因此提醒李德蓋特之前討論過的醫院事宜，他對於醫院的安排維持初衷。布爾斯妥德說，在他執行下一步計畫之前，有責任向卡索邦太太重提此事，而卡索邦太太的答覆跟先前一樣，想先跟李德蓋特談一談。布爾斯妥德在信中指出，「你可能已經改變想法。即使如此，最好也跟她說清楚。」

多蘿席亞急切地等待李德蓋特到來。儘管她聽從身邊男士們的建言，沒有「插手管布爾斯妥德這件事」（套用詹姆斯的話），卻始終記掛李德蓋特的艱難處境。當布爾斯妥德再度詢問她關於醫院的事，她覺得機會來了，可以執行她先前急著想做卻被勸阻的事。她住在豪華宅邸裡，漫步走在自家大樹的綠蔭下，心思往外探索，思考著其他人的命運，情感則被禁錮著。舉手之勞就能做點好事，這個念頭「像一股熱情盤繞她心頭」[4]。一旦別人的需求明確地呈現在她眼前，她便時時刻刻渴望伸出援手，自己的安樂因而顯得淡然無味。這次跟李德蓋特見面，她信心滿滿，不在乎別人說他避談私事，也不在乎自己只是個年輕女子。多蘿席亞需要展現她對人類的同胞愛時，年紀和性別這些事在她看來毫不相干。

等待的時候，她坐在圖書室什麼事也做不了，只能回想過去跟李德蓋特見面時的各種情景。那些情景都牽涉到她的婚姻和她婚姻生活的苦惱。不，其中有兩次她對李德蓋特的記憶附帶痛苦感受，一次跟他妻子有關，一次則是另一個人。如今多蘿席亞的痛苦已經消失，卻留下對李德蓋特婚姻狀況的揣測，根據他的談話猜想他跟妻子之間的關係。這些思緒對她而言就像一齣戲，看得她雙眼發亮，整個人似乎憂心得繃緊了神經，儘管她只是坐在棕色的圖書室裡，望著窗外的草地和與深色長青樹形成對比的翠綠新芽。

李德蓋特進來的時候，她看到他面容的改變，幾乎感到震驚。她已經兩個月沒見過他，感受到的變化特別明顯，那倒不是憔悴或消瘦，而是一種持續處於憤懣和沮喪的情緒裡，過不了多久臉部就會產生的枯萎，就連年輕人也無法倖免。她向他伸出手，她真摯的表情讓他的神色稍微軟化了些，但也只是少了一點憂鬱。

「李德蓋特先生，我一直很想見你一面。」多蘿席亞說。他們已經面對面坐下。「只是一直拖著，直到布爾斯妥德先生再次跟我提起醫院的事，才請你過來。我知道醫院跟醫療所分開管理要得到成效，必須仰賴你。或者，至少取決於你對醫院的樂觀期望。我相信你不會拒絕跟我分享你的所有看法。」

「妳在考慮要不要大筆資助醫院。」李德蓋特說。「我老實告訴妳，這件事妳不能看我的動向做決定，我可能必須離開米德鎮。」他的口氣有點唐突。他感到痛心絕望，覺得只要蘿絲夢打定主意反對，他什麼都做不成。

「希望不是因為沒有人相信你？」多蘿席亞用滿滿的關懷說出清晰的語句。「我知道你遭受到不幸的誤會。我從一開始就知道那些是誤會，你從來沒做過壞事，也不會做任何可恥的事。」

李德蓋特第一次聽見有人相信他的清白，他深吸一口氣，說，「謝謝妳。」他沒辦法多說什麼。這個女人寥寥幾句信任的話語，對他竟有那麼重大的意義，這在他的人生中是非常新穎又怪異的體驗。

「我懇求你告訴我，那是怎麼回事。」多蘿席亞無所畏懼地說。「我相信真相能證明你的無辜。」

李德蓋特倏地站起來走到窗子旁，忘了自己身在何處。他經常在腦海裡尋思，有沒有可能把事情解釋清楚，又不會顯得太嚴重，以至於有欠公平地陷布爾斯妥德於不義。答案總是否定的。他三番兩次告訴自己，無論他怎麼說，都改變不了別人的看法。所以現在多蘿席亞的話聽起來像在引誘他，讓他去做一件他冷靜思考時判定為不合理的事。

---

4 這個句子改寫自英國浪漫主義詩人華滋華斯的〈寫於亭潭寺上數哩處〉（Lines Composed a Few Miles above Tintern Abbey）中的詩句。

「請你告訴我，」多蘿席亞繼續請求，語調是純粹的誠摯。「之後我們一起商量。明明可以想辦法阻止，卻放任人們誤信某個人是壞人，這樣很不好。」

李德蓋特終於回過神來，他轉過身來，看見多蘿席亞抬頭望著他，一臉溫柔的信任與莊嚴。面對高貴的天性，感受到那寬厚的期待和熾熱的善心，往往能改變我們周遭的光線。我們開始看見事物更廣闊、更平靜的一面，也願意相信別人能夠根據我們整體的人格看待我們、評論我們。這些日子以來，李德蓋特只覺得生命像在荊棘叢裡掙扎拖行，現在他開始被那股影響力撼動。他重新坐下來，覺得過去的自己慢慢恢復，只因為眼前的人相信他。

「我不想苛責布爾斯妥德先生。」他說，「他在我最需要的時候借錢給我，只是，現在我寧可沒借那筆錢。他的過去被挖出來，現在處境堪憐，健康狀況岌岌可危。不過我願意把一切告訴妳。能對相信自己的人吐露真相，而且不是在為自己的誠實辯解，對我也是一種安慰。妳能對我公正，必定也能對他公正。」

「請相信我，」多蘿席亞說。「沒有經過你的同意，我絕不會向任何人轉述你說的話，但我可以告訴別人，你已經把事情都跟我說清楚，而且我確定你沒有一點過錯。菲爾布勒先生會相信我，我伯父和詹姆斯爵士也會。甚至，我還可以去找鎮上某些人，他們雖然跟我不熟，卻會相信我的話。他們會知道我除了尊重真相，主持正義，沒有別的動機。我會盡一切能力為你澄清。我平時也沒什麼事做，再沒有比這件事更值得我努力的。」

多蘿席亞天真地描繪自己打算怎麼做的時候，那聲音幾乎可以讓人相信她能做出一番成效。那絕對溫柔的女性聲調，似乎足以抵抗口齒最便給的指控者。李德蓋特一點都不認為她痴人說夢。他有史以來第一次放棄堅持，願意接受寬厚的憐憫，不再為了自尊心咬牙苦撐。他對她細說從頭，從財務出問題，到不得已向布爾斯妥德求助。慢慢地，他越說越釋懷，於是把當時心裡琢磨很久的話都說了出來：包括他對患者的治療跟主流療法反其道而行；他最後的懷疑；他身為醫生的職責；以及接受那筆錢雖然不至於影響他履行任何公認的義務，卻擔心會左右他個人的意向和專業上的做法。

「後來我聽說霍利派人去詢問斯東居的女管家。」他補充說，「她說她把我留下的那瓶鴉片酊都讓病人服下，還給他喝了不少白蘭地。那並沒有違背一般的處方，即使是一流的醫生都不會反對，在那方面我沒有一點嫌疑。他們唯一的把柄是我拿了錢。他們認為布爾斯妥德有強烈動機要那個人死，他借我那筆錢，是為了讓我配合他動手腳害那個病人，而我不管怎樣都算接受賄賂保持沉默。這些就是最難撇清的嫌疑，也符合大家的喜好，永遠沒辦法推翻。我不知道我的處方為什麼沒有確實執行。也許布爾斯妥德真的沒有犯罪意圖，甚至也沒有故意違反我的囑咐，只是沒有交代下去。可是那些都跟大家的想法沒關係。在這種情況下，一個人會根據品格遭受譴責，人們相信某人以某種不確定的方式犯了罪，只因為他有動機。布爾斯妥德的品格囊括了我的，因為我拿了他的錢。我像毀損的玉米一樣枯萎了，事情已經定案，再也翻不了案了。」

「這實在太殘忍！」多蘿席亞感嘆道。「我知道你很難證明自己無辜。像你這樣志向比一般人遠大、想要造福人群的人，竟然遭遇這種事。我沒辦法坐視這種情況繼續下去。我知道你有崇高的理想，我還記得你第一次跟我談醫院時說的話。一個人嚮往偉大目標，也努力去追求，最後卻失敗，我覺得這是最悲傷的事。」

「的確是。」李德蓋特發現這才是他最該傷心的點。「過去我有抱負，希望自己有能力改變一切，我太高估自己的力量和優勢。不過，最難克服的障礙只有自己才看得到。」

「假如……」多蘿席亞若有所思地說，「假如你留在米德鎮，我們依照目前的計畫繼續經營醫院，就算只有幾個人相信你，外界對你的負面印象也許會慢慢消失。他們會看到你那公正無私的目標，會有機會讓大家承認對你不公平，也還是有機會像你提過的路易斯和雷奈克一樣聲名遠播，到那時我們都會以你為榮。」說完，她露出笑容。

「如果我像過去那麼相信自己，也許可行。」李德蓋特哀戚地說。「想到自己被惡意中傷逼得轉身逃跑，任由傳聞繼續蔓延擴散，我就痛徹心扉。不過，我還是不能要求任何人投注大筆金錢支持由我執行的計畫。」

「我覺得值得我去做。」多蘿席亞直率地說。「你想想，我的錢讓我很不安心，金額不夠完成我最喜歡的偉大藍圖。對我個人而言卻又太多，我不知道該怎麼辦。我自己每年有七百鎊收入，卡索邦先生留給我每年一千九百鎊，銀行裡還有三～四千鎊，隨時可以動用。我原本打算籌措一筆款項買土地，建一座村莊，規劃成工業學校，日後再用我多餘的錢慢慢償還。可是詹姆斯爵士和我伯父說風險太高。也就是說，如果能用我的錢做有意義的事，我會感到很開心，我希望讓其他人過更好的生活。我不需要錢，卻有那麼多錢，心裡一直很不好受。」

李德蓋特憂愁的臉龐綻開笑容。多蘿席亞說這些話時像個孩子，肅穆的眼神滿是真摯，令人難以抗拒。那神情加上她對崇高境界的善解，融合成值得敬重的人品。（至於世上大多數人所屬的較低境界，可憐的多蘿席亞懵懵懂懂，所知有限，也沒辦法想像。）不過，她覺得李德蓋特的笑容代表贊同她的計畫。

「你現在應該看得出來你顧慮太多。」她勸說，「辦醫院是好事，讓你的生活重新回歸健全幸福的軌道也是好事。」

李德蓋特的笑容消失了。他說，「妳確實有善心和財力去執行，只要那些事可行。可惜……」他有點遲疑，茫然地望著窗外。她默默等著。最後他轉過頭來急躁地對她說：「我又何必瞞妳？妳也知道婚姻是什麼樣的束縛，妳一定能理解。」

多蘿席亞覺得心跳加速，難道他也有同樣的苦？但她不敢接腔。

他馬上接著說：「我現在無論做什麼，採取任何步驟，都不能不考慮我太太的幸福。我在沒有家累的情況下想做的事，現在都不可能了。我不能看著她傷心難過。她嫁給我的時候不知道自己要面對什麼樣的生活，當初如果不嫁給我，對她可能比較好。」

「我知道。只要不是情非得已，你不願意讓她痛苦。」多蘿席亞自己的經歷記憶猶新。

「她無論如何都不肯留在米德鎮。她想要離開，她已經厭煩了在這裡遭受的苦惱。」李德蓋特又匆匆打住，以免說得太多。

「可是如果她看到留下來會有什麼好處……」多蘿席亞繼續規勸。她看著李德蓋特，一副他已經忘了剛才考慮過的理由。他沒有馬上回應。

「她不會懂的。」他答得相當簡潔。一開始他覺得這句話只能點到為止，他停頓片刻，「再者，我已經沒有勇氣繼續在這裡生活下去。」他決定讓多蘿席亞更了解他的艱難處境。「這次的事，她其實一知半解。我們沒辦法跟對方溝通，我不確定她是怎麼想的，也許會擔心我真的做了什麼卑劣的事，都怪我，我應該更坦誠一點，可是我自己內心也非常煎熬。」

「我可以去看看她嗎？」多蘿席亞懇切地說。「她會接受我的善意嗎？我會告訴她，你沒有做過任何錯事，誰也沒有資格指責你什麼。我會讓她知道，所有公正人士到最後都會相信你的清白。我能讓她打起精神來。你問她願意見我嗎？我見過她一次。」

「妳當然可以去見她。」李德蓋特答。這個提議帶給他一點希望。「她發現妳看重我，會覺得很有面子，也會很開心。我不會告訴她，妳要去見她，免得她覺得這是我的意思。我很清楚所有的事都該由我親自告訴她，可是……」他又打住，沉默了半晌。

多蘿席亞想告訴他，她很清楚夫妻之間的溝通存在無形的障礙，但她忍住沒說出來。在這方面，即使真心的同情也可能造成傷害。她把話題拉回比較不私人的面向，也就是李德蓋特的工作。

她開心地說：「如果你太太知道有朋友願意相信你，支持你，那時她可能會喜歡你留下來繼續追求理想，做你想做的事。也許到時你會接受我的建議，也會覺得留在醫院工作是正確的決定。如果你仍然相信醫院是個能讓你發揮專長的地方，一定願意留下來吧？」

李德蓋特沒有回答。

她看得出來他猶豫不決，她溫和地說：「你不需要馬上決定。我過幾天再答覆布爾斯妥德也不晚。」

李德蓋特又遲疑了一下，最後用最堅決的口氣回答：「不。我寧可不給自己瞻前顧後的餘地。我對自己不再有把握，我是指我的人生發生變化之後，對自己還能做什麼，不再有把握。這時還讓別人為我付出大量心力，有點可鄙。反正我可能必須離開，其他事我看不太可能改變。所有的事都很難預料，我不能讓妳的善心因為我付諸流水。算了，讓新醫院和舊醫療所合併吧，讓一切繼續進行，就像我從沒來過這裡一樣。我進醫院以後寫了一些相當有價值的紀錄，我會把它交給能好好運用的人。」最後他哀怨地總結，「未來很長一段時間，我必須專心賺錢，沒有餘力想別的事。」

「聽見你說出這麼絕望的話，我心裡很難受。有些朋友對你的未來有信心、相信你有能力做大事，如果你允許他們幫你度過難關，他們會很高興。我有那麼多錢，如果你每年拿走其中一部分，直到你不再需要努力賺錢，等於幫我減輕心理負擔。為什麼沒有人這麼做呢？想要做到絕對的公平太困難，這算是辦法之一。」

「上帝祝福妳，卡索邦太太！」他說話的口氣強而有力，同時也精神飽滿地站起來，手臂擱在原本坐的皮椅椅背上。「難得妳有這樣的想法。可是我不該允許自己接受妳這種好意，我給不出足夠的保證。至少我不能淪落到為我沒做到的事接受津貼。我很清楚不該再有任何期待，只能以最快的速度離開米德鎮。我在這裡很難有收入，就算會有，也得等很久。何況，搬到新的地方，比較容易做些必要的調整。我必須向其他男人看齊，好好想想怎麼迎合大眾，怎麼增加收入：到繁華的倫敦找個出路，力爭上游；到濱海地區執業；或去南方某個休閒度假小鎮，讓自己名利雙收。我只能爬進那樣的殼裡，想辦法讓我的靈魂在裡面活著。」

「你這是放棄戰鬥，這樣不勇敢。」多蘿席亞說。

「的確不勇敢。」李德蓋特不否認。「但如果一個人害怕的是漸漸麻痺呢？」接著他又用另一種語調說：「不過妳的信任對我是很大的鼓舞。跟妳談過之後，一切好像不再那麼難以承受。如果妳能讓某些人知道我是無辜的，尤其是菲爾布勒，我會銘感五內。希望妳不要提起有人沒有聽從醫囑的事，否則會被人扭曲。畢竟我沒有證據，大家都是根據對我的印象做判斷。妳只要說出我自己的那部分就可以了。」

「菲爾布勒先生會相信你，其他人也會。」多蘿席亞說。「我會讓大家明白，指控你被人收買去做壞事是多麼愚蠢的流言。」

「很難說。」李德蓋特聲音像在悶哼。「我沒有接受賄賂，可是所謂的成功，偶爾也潛藏著賄賂的意味。那麼妳願意幫我一個大忙，去見我太太？」

「是，我會的。我記得她非常漂亮。」多蘿席亞對蘿絲夢的每一個印象都深深刻在腦海。「希望她會喜歡我。」

李德蓋特騎馬離開時心想，「這個年輕女士的心地跟聖母瑪麗亞一樣寬厚。她顯然一點都不在乎自己的未來，願意一口氣送出一半的收入，彷彿她什麼都不要，只需要一張椅子，她坐在上面用那清澈的雙眼俯視底下向她禱告的可憐人。她好像有一種我不曾在其他女人身上看到的特質，那是對男性的友誼，男人可以和她做朋友。當年她把卡索邦幻想成英雄，不知道她對男人是否還有其他類型的情感？比如威爾？他們之間肯定有一份特殊感情。卡索邦想必也知道。她的愛比她的金錢對男人更有幫助。」

多蘿席亞馬上訂定計畫，要幫李德蓋特擺脫他欠布爾斯妥德的人情。她覺得這是李德蓋特目前承受壓力的部分來源，儘管只是一小部分。她趁著剛才的談話記憶猶新，寫了一封短箋。她在信裡表示，她比布爾斯妥德更有權力提供那筆李德蓋特用得上的錢，如果李德蓋特不允許她幫這一點小忙，未免不近人情，畢竟是她單方面受惠，因為她多餘的錢一直找不到合適的用途。她說只要李德蓋特肯接受她的請求，他想稱呼她「債權人」或任何名稱都無妨。她在信裡放了一千鎊，決定隔天帶著信去看蘿絲夢。

第七十七章

你的墮落留下一抹陰影，
致使才德兼備的君子遭受懷疑。
——《亨利五世》[5]

隔天李德蓋特去布萊辛辦事，他告訴蘿絲夢，晚上才會回家。近來她除了上教堂，活動範圍都在屋子裡和花園，只有一次回家看她爸爸。她對爸爸說：「爸，如果特提厄斯決定要走，你會幫我們搬家，對吧？我想我們會很缺錢，希望有人能幫我們。」

溫奇答道：「嗯，女兒。我可以拿出一、兩百鎊，反正是最後一次了。」

除此之外，她都坐在家裡，憂思惆悵，一顆心始終懸著。她滿心期待威爾的來訪，那是她的希望和關注的焦點，可以趁機加把勁鼓吹李德蓋特立刻著手準備離開米德鎮去倫敦。她實在想得太多，到最後幾乎確定威爾的到來會是他們搬家的強烈誘因，根本弄不清二者之間有什麼關聯。這不是蘿絲夢特有的傻念頭，有太多人都是這樣排列前因後果。而這種排列一旦斷鏈，往往帶來最強烈的震撼。看見某個

5 摘自莎士比亞劇本《亨利五世》第二幕第二場。

結果是怎麼產生的，通常等於看見可能的疏漏和窒礙。然而，只看到偏好的原因，再賦予想要的結果，我們就會排除疑惑，浮想聯翩不著邊際。這就是可憐的蘿絲夢當時的心理活動。她邊想邊整理家裡的東西，動作跟往常一樣優美，只是速度慢了點。有時她坐到鋼琴前面想彈支曲子，卻只是坐在琴凳上，十指懸在木質琴蓋上方，百無聊賴地望著正前方發呆。她的鬱悶表現得太明顯，像連續不斷的無聲責備，令李德蓋特莫名地怯懦。堅強的李德蓋特深深理解美麗柔弱妻子的痛苦。他覺得他破壞了她的人生，不敢面對她，有時候看見她走過來，竟會嚇一跳。他害怕她，也為她擔憂。這些情緒偶爾會被怒氣驅散，等怒氣消失，又更強烈地湧上心頭。

李德蓋特不在家的時候，蘿絲夢有時會在她樓上的房間枯坐一整天。這天早上她下樓來，打扮好準備出門走一走。她要去寄信給威爾，內容規矩莊重，只是暗示自己遇上麻煩，希望他早點過來。家裡僅剩的一名女僕看見她穿著外出散步的服裝下樓，心想，「她戴帽子的模樣比誰都美，可憐的人兒。」

在此同時，多蘿席亞滿腦子想著探望蘿絲夢的事，關於過去和可能的未來的無數念頭在她腦海起伏，都圍繞著這次的拜訪打轉。昨天李德蓋特向她透露他婚姻生活的某些煩惱之前，蘿絲夢在她心裡的印象總是跟威爾息息相關。即使在她最心煩意亂的時刻，即使卡瓦拉德太太那繪聲繪影的傳言令她焦慮不安的時刻，她想要做的……不，應當說她內心最無法克制的衝動，依然是為威爾澄清所有不實汙衊。後來她跟他見面時，聽他提起不得不斬斷的一段感情，一開始以為他指的是蘿絲夢。她傷心之餘立刻能理解，畢竟他跟美麗的蘿絲夢相處的機會更多，兩人除了音樂之外，可能還有其他共同興趣。可是緊接著他說出那番道別的話，寥寥幾句熱情話語，暗示她才是他深愛的對象，只是這份愛令他害怕，因此他決心將它埋藏心底，一個人遠走天涯。那次分別後，多蘿席亞相信威爾愛她，他的榮譽感和他不願落人口實的決心令她自豪又欣喜，所以她不再擔心他跟蘿絲夢之間的關係。她確信他們的關係無可指責。

有一種人，當我們擁有他們的愛，就會覺得像是受到了淨化與洗禮。他們以他們對我們純淨無瑕的信任，讓我們變得正直清白。我們的罪會變成最嚴重的褻瀆，拆毀信任這座無形聖壇。「如果你不好，世間就沒有好人。」這區區幾個字能讓責任顯得意義超凡，也可能讓悔罪更為痛徹心扉。

多蘿席亞正是這種人。她最主要的缺點都來自她坦蕩熱情的天性，她對別人明顯可見的過失充滿同情，卻由於缺乏生活經驗，沒辦法敏銳地猜測或懷疑隱藏的錯誤。她的單純讓她輕易相信別人，將別人理想化，而這正是她身為女性的強大力量。這種力量從一開始就對威爾產生劇烈影響。當初他向她辭別的時候，用簡短的話語表達對她的感情，以及她的財富造成他們分離。正因為言詞精簡，多蘿席亞就得設法詮釋。這對他有好處，他覺得自己在她心目中得到最高評價。

這點他猜對了。分開這幾個月以來，他們之間的關係帶給多蘿席亞一份甜美又哀傷的安定感。她覺得自己的內在完整無缺，沒有任何瑕疵。當她有心捍衛她相信的計畫或人，內心就會生出積極的對抗力量。她覺得威爾受到她丈夫的誤解，人們又以各種外在條件藐視他，在在都加深她對他的感情和讚賞。布爾斯妥德的事曝光以後，威爾的社會地位再次受到影響，卻也在她內心激起一股全新的抵抗，不認同她所屬那個高門大戶圈子裡的人所說的話。

「小雷迪斯羅的祖父是個收贓贓的猶太當鋪老闆。」這句話伴隨布爾斯妥德的醜聞，在洛威克、蒂普頓和弗列許三處豪宅被一再強調，變成標籤貼在威爾身上，比「養白老鼠的義大利人」糟糕得多。正直的詹姆斯志得意滿地認為，多蘿席亞和威爾之間千山萬水的距離因此變得更遙遠。他認為自己的憂慮未免可笑，也相信自己此時的慶幸絕對公正無私。再者，向布魯克指明威爾血統上的污點或許也帶給他一絲愉悅，因為這能讓布魯克更清楚看到自己的愚蠢。身邊的人再三提及威爾在這個悲慘故事裡扮演的角色，多蘿席亞看到了背後的惡意，但她保持沉默。過去她談到威爾總是有話直說，現在她學會自我約束。她知道他們之間有了更深一層的關係，而這種關係只能是個神聖的祕密。她的沉默將她的反抗情緒牢牢包裹，徹底發光發熱。人們似乎一心一意想把威爾的不幸當成恥辱拋在他身上，卻只是加深她內心的執著。

她不奢望將來跟他建立更親密的關係，卻也沒有毅然決然放棄。她把自己跟威爾的關係看得非常簡單，純粹只是她婚姻悲劇的一部分。她認為自己的命運已經夠好了，如果還覺得不夠幸福，甚至為此心中悲嘆，就是一種罪行。感情帶來的歡樂只能留在記憶裡，對此她沒有怨言。在她看來，再婚只是某個素昧平生的追求者令人厭惡的提議。而她的親友認定的追求者該有的優點，將會成為她受苦的來源。比如她伯父認為合適的條件是，「親愛的，找個能幫妳管理財產的人。」她答：「如果我知道該把錢用在什麼地方，我寧願自己管理。」不，她堅守絕不再婚的宣言。她未來的人生路漫長而平淡，沒有顯著路標。但她相信只要一路往前，自然會在沿途得到指引，找到同行的旅伴。

自從她決定去見蘿絲夢，除了睡眠時間，她對威爾的感情一直處於活躍狀態。那份感情變成一幅背景，她看見蘿絲夢的影像鮮明地映現眼前，卻不妨礙她對她的關懷與憐憫。李德蓋特和蘿絲夢之間顯然存在某種心靈隔閡，沒辦法對彼此敞開心扉，而李德蓋特依然把妻子的幸福看成自己的宗旨。局外人不能直接干涉這問題，但多蘿席亞深深同情蘿絲夢，因為外界對她丈夫的懷疑一定讓她感到孤單。她去向她表達對李德蓋特的尊重和對她的理解，肯定對蘿絲夢有點幫助。

「我要跟她聊聊她丈夫。」多蘿席亞坐在往鎮上的馬車裡時這麼想著。晴朗的春日早晨，潮濕土壤的氣味，青翠欲滴的嫩葉從半開半閤的葉鞘釋出飽滿的新綠，在在呼應她跟菲爾布勒一席長談後的愉快心情。菲爾布勒欣然接受她對李德蓋特的行為提出的辯詞。「我要帶給她好消息，也許她願意跟我說說話，把我當朋友。」

多蘿席亞去洛威克門還有另一項任務，就是去拿為學校訂製、精心調音的新校鐘。由於那地方離李德蓋特家不遠，她讓車夫留在那裡等店家包裝，自己橫越馬路走到對面。李德蓋特家的大門開著，女僕正好出來查看停在附近的馬車，發現從車上下來的夫人正朝她走過來。

「李德蓋特太太在家嗎？」多蘿席亞問。

「夫人，我不清楚。請進，我去看看。」穿著圍裙的瑪莎有點不自在，但還算夠鎮定，她知道不能稱這個擁有二駕馬車、端莊高貴的年輕寡婦為「太太」。

「請您進來，我去看看。」

「就說我是卡索邦太太。」多蘿席亞說。

瑪莎走在前面帶路，帶她進客廳，再上樓去看出門散步的蘿絲夢回來了沒。

她們走過寬敞的門廊，轉向通往花園的小徑。客廳門沒上閂，瑪莎推開後沒往裡看，等多蘿席亞走進去就轉身離開。門扇被推開又關上，沒有發出一點聲響。

這天早上多蘿席亞的心填滿過去和未來的種種，不太留意外在的景物。她發現自己站在門裡，沒看見什麼特別的東西。緊接著她聽見有人在低聲說話，那聲音像白日的夢境般令她震驚。她不由自主向前走出一兩步，越過阻擋視線的書櫃一角，看見異常清晰明確的一幕景象，令她停住腳步、動彈不得，一時之間慌亂得說不出話來。

她進來的這扇門的牆邊擺著一張沙發，有個人背對她坐在上面，那是威爾。蘿絲夢就坐在他身旁，淚眼婆娑地望著他，淚光為她的臉龐增添一抹新的光澤。她的帽子掛在背後，威爾上身靠向她，將她往上舉的雙手握在自己手中，用低沉的嗓音熱烈地說著話。

蘿絲夢沉浸在激動的情緒裡，沒有發現默默靠近的身影。然而，經過那極其短暫的第一波衝擊後，多蘿席亞茫然地後退，撞上某種家具。蘿絲夢突然意識到多蘿席亞的存在，反射性地抽回雙手站起來，看著被擋住去路的多蘿席亞。威爾也猛地跳起來回頭看，跟多蘿席亞四目相對。

多蘿席亞眼中多了一道新的閃光，似乎變成了玻璃珠。但她立刻把視線投向蘿絲夢，用穩定的嗓音說：「打擾了，李德蓋特太太，妳的女僕不知道妳在這裡。我來送一封重要信件給李德蓋特先生，我想親手交給妳。」

她把信放在阻擋她退路的小桌子上，之後遠遠看了蘿絲夢和威爾一眼，行個禮，快速走出去，在走廊遇見驚訝的瑪莎。瑪莎向她致歉，因為女主人不在家。之後她送這位奇怪的夫人出去，暗自猜想高貴的人可能比一般人更沒耐心。

多蘿席亞用最敏捷的步伐走到對街，迅速坐上馬車。

「去弗列許府。」她告訴車夫。這時如果有人看見她，一定會覺得她臉色雖然比平時蒼白，卻從來不曾這麼從容淡定，神采奕奕。那也確實是她當時的體驗，彷彿受到狠狠的奚落，激動之餘察覺不到其他任何感受。她目睹難以置信的景象，澎湃的情緒一股腦沖刷回來，漫無目標蜂湧而至。她需要某種行動來移轉激盪的心情。她渾身充滿力量，可以走路或工作一整天，不需要食物和飲水。她決定繼續貫徹這天早上出門前訂定的計畫，去弗列許和蒂普頓向詹姆斯和她伯父澄清李德蓋特受到的誤解。李德蓋特在困境中的婚姻問題現在有了另一種意義，讓她更熱心、更迫切地想支持他。當初她為自己的婚姻掙扎時，總是迅速在痛苦中屈服，從沒感受過這種志在必得的義憤。她認為這是全新力量的象徵。

「多多，妳的眼睛好亮！」西莉亞驚訝地說。這時詹姆斯剛走出去。「妳對眼前的一切視若無睹，不管是小亞瑟或別的東西。妳一定想做讓人不放心的事。跟李德蓋特有關嗎？或發生了別的事？」西莉亞習慣用預期的角度觀察姐姐。

「是，親愛的，發生了很多事。」多蘿席亞用她飽滿的嗓音回答。

「什麼事？」西莉亞雙臂舒適地交抱，整個人向前靠在手臂上。

「地球上所有人都會碰到的麻煩事。」多蘿席亞舉起雙臂擱在腦袋後面。

「天哪，多多，妳打算幫他們解決嗎？」西莉亞問，姐姐這種哈姆雷特般的顛狂言語令她不安。

不過詹姆斯又進來了，他準備陪多蘿席亞去蒂普頓。這天的任務她順利完成，直到她在自家門口下車以前，決心始終沒有動搖。

第七十八章

但願一切成為過去，我躺進墳墓，
有她可貴的忠誠充當我的墓碑。

蘿絲夢和威爾呆立原地，彼此都不知道站了多久。威爾看著多蘿席亞剛才站過的地方，蘿絲夢不解地看著他。她覺得這段時間漫無止境，剛才發生的事雖然令她氣惱，卻也有喜悅。膚淺的心靈幻想自己輕易就能左右旁人的情感，暗自以為他們那無足輕重的戲法可以扭轉最深的溪流，自信滿滿地認為用些花俏的姿態與言語，就能弄虛為實。她知道威爾受到重大打擊，對於別人的心理狀態，她向來只在乎自己想從中獲取什麼，從來不習慣設身處地為人著想。再者，她自認有能力安撫別人，讓別人順服。就連性情最乖張的特提厄斯，到最後不也都聽她的。雖然碰上不少難纏的麻煩，蘿絲夢還是跟婚前一樣，可以誇口說她從沒放棄過決心要做的事。她伸出手，指尖搭在威爾的外套袖子上。

「別碰我！」他的口氣凌厲得像揮出的鞭子，整個人驟然跳開，臉色一陣紅一陣白，全身上下彷彿因為刺痛震顫不已。他轉身走到客廳另一邊，跟她面對面站著，手指放在口袋裡，腦袋向後仰，凶狠的目光不看蘿絲夢，鎖定離她幾公分的某個點。

她氣極了，表現出來的反應卻只有李德蓋特看得懂。她突然安靜地坐下來，解下掛在脖子上的帽子，跟披巾一起放好。她的小手非常冰冷，交疊放在腿上。

威爾如果第一時間拿起帽子離開，可能會比較好，可惜他不想這麼做，反而留下來，想用他的怒氣擊碎蘿絲夢。要求他不發洩怒氣，承受她帶給他的災殃，等於要求中了標槍的黑豹不疾衝反撲。然而，他要怎麼對一個女人說，他很想詛咒她？他怒不可遏，卻不能無視社會禮儀。他的怒火即將噴發，蘿絲夢的聲音成了最後一根稻草。

她用流暢的聲調挖苦說：「你大可以出去追卡索邦太太，向她解釋你比較喜歡誰。」

「出去追她！」他一聲怒吼，語氣無比尖銳。「妳以為她會回頭看我一眼嗎？或者會再重視我跟她說過的任何一句話，不把它們看成不屑一顧的髒東西？解釋！男人怎麼能為了解釋去踐踏另一個女人？」

「你想怎麼跟她說都沒關係。」蘿絲夢抖得更厲害了。

「妳以為我犧牲了妳，她會更喜歡我？她那樣的女人不會喜歡我做可鄙的事來奉承她，也不會因為我蹧蹋妳，就相信我說的是真話。」他像一頭看見獵物卻靠近不了的猛獸，狂野焦躁四處走動。接著他又發出怒吼：「以前我沒有什麼值得期待的，有也不多，但至少可以確定她相信我。不管別人說我什麼，對我做什麼，她都相信我。現在都完了！從今以後她會認為我只是個卑劣的偽君子，會覺得我沒有本事，只能靠巴結諂媚上天堂，背地裡卻狡猾地把自己廉價賣給任何惡魔。她會認為我是對她的侮辱，從我們第一次……」威爾突然停下來，彷彿發現自己抓在手上的東西不能扔出去，也不能砸碎。他又從蘿絲夢剛才的話裡找到宣洩管道，彷彿那些話是需要掐死、甩掉的爬蟲。「解釋！叫男人去解釋自己是怎麼掉進地獄的！解釋我比較喜歡誰！我從來沒有比較喜歡她，就像呼吸一樣，沒有比較喜歡的問題。有她在，別的女人我都看不見。我寧可碰死後的她，也不願碰其他活著的女人。」

蘿絲夢面對這一波波有毒武器攻擊，幾乎忘了自己是誰，甚至好像醒悟到另一個驚人的全新生命。

過去李德蓋特發脾氣的時候，她感受到的是冰冷堅決的厭惡，理直氣壯地保持沉默。現在那些都不見了，她所有的感受都變成難以理解、史無前例的痛苦。她不曾經歷過這樣的鞭笞，這時她體驗到一股全新的畏懼與退縮。在燒灼與刺痛中，她深刻體驗到別人的心情與她不同。威爾罵完了以後，她已經變得楚楚可憐，雙唇發白，欲哭無淚的眼睛驚慌沮喪。如果此時站在她面前的是特提厄斯，他一定會為她這副慘相感到心痛，會坐在她身邊安慰她，用力擁抱她，而她向來看不上那樣的安撫。

威爾沒有做出憐惜的舉動也是情有可原。他跟這個破壞他珍貴寶藏的女人沒有任何情誼，他覺得自己無可厚非。他知道自己對她殘忍，但他火氣還沒消，繼續走動著，有點心不在焉。

蘿絲夢一動不動地端坐著。最後威爾好像回過神來，拿起帽子，卻猶豫地站了半晌。他剛才對她那種態度，現在好像連一句普通的客套話都很難說出口，只是就這樣一聲不吭地走掉，太野蠻，他做不出來。他被自己的憤怒困住，一籌莫展。他走向壁爐架，伸出手臂靠上去，默默等待……他也不知道等待什麼。報復的火焰仍然在他心裡燃燒，他說不出任何話來化解僵局。然而，當他走到壁爐旁這個他曾經享受過友情撫慰的地方，卻意識到就連這裡也有災難等著他。他赫然發現麻煩不只在這棟房子外，屋子裡也有；原本的不祥預兆好像變成鉗子，慢慢朝他逼近。這個無助的女人帶著悲涼煩悶的心撲進他懷抱，他的生命可能從此被她奴役。但他陰鬱地反抗敏捷思慮提出的警告，當他的視線落在蘿絲夢憂愁的面容，他覺得自己比她更值得同情。因為痛苦必須變成美化後的回憶，才能轉為仁慈。

他們就這樣靜默幾分鐘，面對面，隔著一段距離。威爾臉上仍然掛著無聲的怒氣，蘿絲夢則是無語的哀愁。可憐的她沒有力氣用憤怒還以顏色，她寄託全部希望的幻象轟然倒塌，這個打擊徹底撼動她。她的小小世界只剩斷垣殘壁，她踉踉蹌蹌地走在裡面，孤獨又迷惘。

威爾希望她說點什麼，沖淡他剛才那番殘酷言語。那番話好像留在原地盯著他們，取笑任何修復友誼的意圖。她終究沒有說話，最後他迫於無奈開口問她，「晚上我該不該來找李德蓋特？」

「你自己決定。」蘿絲夢用勉強聽得見的音量回答。

之後威爾走出大門。瑪莎自始至終都不知道他來過。

威爾走了以後，蘿絲夢想要起身，卻又暈眩地跌坐下來。等她腦子清醒一點，又覺得有氣無力，沒辦法走過去搖鈴。她就這樣處於無助狀態，直到瑪莎覺得她消失太久，終於想到在一樓的房間找她。蘿絲夢說她突然覺得頭暈乏力，要瑪莎扶她上樓。等回到樓上臥房，她立刻撲倒在床上，連衣裳都沒換，無精打采地躺著，跟之前某個難忘的憂傷日子一樣。

那天李德蓋特如他的預期提早回來，大約五點半到家，發現她躺在床上。他以為她生病了，急得什麼都不顧了。他幫她診了脈，她用很久以來不曾有過的專注目光望著他，彷彿他的陪伴帶給她某種欣慰。他立刻察覺到她的改變，在她身旁坐下，溫柔地伸出手臂摟住她，俯身對她說，「我可憐的蘿絲夢！出了什麼事？」

她緊靠著他，情不自禁地抽噎哭泣。接下來那個小時他什麼都沒做，全心全意安撫她。他猜多蘿席亞來找她談過，現在她心情激動，對他的態度顯然有點不同，應該是跟多蘿席亞談話之後，想法改變導致的結果。

第七十九章

我在夢裡看到，他們說完話的時候，已經非常靠近平原中央一處軟爛的泥潭，一個不小心掉了下去。那個泥潭名為失望。

——班揚[6]

等蘿絲夢平靜下來，李德蓋特讓她待在房間，希望她使用鎮靜劑後能順利入睡。他打算在工作室度過這個夜晚，他先走進客廳拿一本留在那裡的書，卻看到多蘿席亞放在小桌子上那封署名給他的信。早先他沒問蘿絲夢，多蘿席亞是不是來過，讀過信之後確定了答案，因為信裡提到她會親自送信過來。

稍晚威爾來了，看見李德蓋特驚訝的表情，就知道他不知道自己白天來過，但威爾不能問他，「你太太沒說我早上來過？」

李德蓋特問候過威爾後，馬上說：「可憐的蘿絲夢身體不舒服。」

「希望不是太嚴重。」威爾說。

「嗯，只是輕微受到打擊，應該是情緒太激動。她最近精神太緊繃。事實上，威爾，我太倒楣了。你離開以後我們經歷了幾場磨難，最近的麻煩比之前的還糟糕。你剛到不久吧？看起來累垮了。你來的時間還不夠久，沒聽到什麼傳聞吧？」

「我搭夜車，早上八點才到懷哈特，之後一直休息到現在。」威爾覺得自己不誠實，可是除了這個遁辭，他沒別的選擇。接著他聽李德蓋特說起他遭遇的麻煩。那些事蘿絲夢已經從她的角度對他描述過，但她沒有提到威爾也被牽連，因為那跟她沒有切身關係，所以威爾現在才知道。

「你也被連累了，我覺得讓你知道比較好。」李德蓋特比大多數人都清楚威爾會有多難過。「只要你在鎮上走動，很快就會聽說。拉夫歐斯應該真的跟你談過。」

「是。」威爾輕蔑一笑。「只要流言沒有把我說成整件事裡最聲名狼藉的人，就算走運了。說不定最新版本是我跟拉夫歐斯密謀，要殺死布爾斯妥德，所以才會逃離米德鎮。」威爾心想，「我的名字在她心裡又多沾染了些東西。只是，這些都無所謂了。」關於布爾斯妥德向他提出的補償措施，他沒告訴李德蓋特。威爾對自己的私事坦率大方從不遮掩，但大自然塑造他的時候手法格外細膩，所以他有一種體貼的寬容，這份寬容提醒他在這時候保持緘默。當他聽說李德蓋特的不幸來自他借了布爾斯妥德的錢，馬上決定不提自己拒絕接受布爾斯妥德補償的事。

李德蓋特向威爾訴說自己的事時也有所保留；他沒有提到他們遭逢困境時，蘿絲夢是什麼心態，至於多蘿席亞，他只說，「只有卡索邦太太主動來告訴我，她不相信別人對我的懷疑。」他察覺到威爾表情有異，就沒再提到多蘿席亞。他不清楚他們的關係，害怕不小心說出傷人的話。而且他忽然想到，威爾這次回到米德鎮，主要是為了多蘿席亞。

兩個男人相互憐憫，但只有威爾單方面猜到李德蓋特的麻煩有多嚴重。

李德蓋特百般無奈地說起他打算搬到倫敦定居，帶著淡淡的笑意說，「老朋友，你又可以常來我家

6 約翰・班揚（John Bunyan，一六二八～一六八八），英格蘭布道家，這裡的文字摘自他的知名著作《天路歷程》第一部。

打發時間了。」

威爾感受到難以言喻的哀傷，一句話也沒說。那天早上蘿絲夢哀求他鼓吹李德蓋特搬去倫敦，他彷彿在神奇的全景圖裡看見未來的景象。在那裡面，他苦悶地屈服於環境中的各種小誘惑，那比任何重大失足更容易墮入地獄。

一旦我們消極看待未來的自己，看著我們默許自己被帶著做些不痛不癢的惡事，追求不光彩的成就，就走到了危險邊緣。可憐的李德蓋特就是站在那個邊緣暗自哀嘆，威爾也逐步接近。

這天晚上，威爾覺得對蘿絲夢發怒的冷酷行為讓自己背負某種義務，而他害怕那個義務。他害怕李德蓋特深信不疑的善意，害怕對自己墮落的人生感到厭惡，因為到最後，他只會輕率地遊戲人生。

第八十章

嚴謹的立法者！你擁有
上帝最仁慈的恩典；
我們也不曾見過
比你的笑容更美的事物。
花圃裡的花朵對你微笑，
你的每一個足跡都散發清香；
你讓星辰的運行有條不紊，
最古老的天道因為你，強健如新。

——華滋華斯〈責任頌〉

那天早上多蘿席亞去見菲爾布勒時，答應從弗列許回來後就去牧師公館吃晚餐。她跟菲爾布勒一家人經常往來互訪，所以她可以聲稱在莊園的日子一點都不孤單，藉此推拒旁人的建議，暫時不聘請貼身女伴。她回到家以後想起上午的約定，心裡很高興。當時距離換裝還有一個小時，她直接走到學校，向校長和老師介紹新校鐘，專注地傾聽他們聊著瑣碎事務和陳年話題，煞有介事地覺得自己的生活十分忙碌。回家的路上，她停下來跟老園丁邦尼閒談。邦尼拿著花草籽正在栽種，以睿智老農的姿態聊起農務，細說哪些作物能為土地創造最大收益。他也分享跟田地打交道六十年的經驗，那就是，如果你的土壤相當肥沃就沒問題，但如果一直下雨，下個不停，泡成一片爛泥，那可就……

多蘿席亞發現自己太沉迷社交活動，時間已經有點晚，連忙匆匆換裝，趕到牧師公館時卻還太早。牧師公館從來都不嫌沉悶，菲爾布勒就像塞耳彭的懷特[7]，永遠不乏新鮮話題，逢人就聊他那些啞巴嬌客和門徒。他總是教導教區的小男孩別欺負牠們，最近他指定兩隻漂亮的山羊為村莊裡的公共寵物，讓牠們像聖畜似地隨意走動。

這天晚上直到喝完茶後氣氛始終一片和樂。多蘿席亞比平時更健談，跟菲爾布勒深入討論生物使用觸角互通簡單訊息的可能性，說不定牠們的國會也經過改革。這時突然出現某種語意不清的聲音，吸引所有人注意。

「杭莉亞塔．諾博，」菲爾布勒太太看見她妹妹焦急地查看桌腳椅腳。「出了什麼事？」

「我的菱形玳瑁盒不見了。可能被小貓咪推走了。」嬌小的諾博小姐嘴裡不由自主地繼續發出她特有的海狸叫聲。

「姨媽，那東西很珍貴嗎？」菲爾布勒戴起眼鏡查看地毯。

「是威爾送我的。」諾博小姐說。「德國製的盒子，漂亮極了。可是只要掉落地，就會滾得非常遠。」

「既然是威爾送的……」菲爾布勒用理解的語氣低聲說。他站起來幫忙找。盒子最後在食品櫃底下找到。

諾博小姐開心地抓在手上，說，「上次掉在爐柵底下。」

「那是我姨媽心愛的東西。」菲爾布勒一面笑著對多蘿席亞說，一面坐下來。

「卡索邦太太，如果杭莉亞塔．諾博喜歡某個人。」菲爾布勒太太加強語氣說，「她就變得像小狗，會拿那人的鞋子當枕頭，睡得更香甜。」

「如果是威爾的鞋，我確實願意。」諾博小姐說。

多蘿席亞努力報以微笑。她驚訝又氣惱，因為她發現自己心臟怦怦狂跳，上午的激動情緒重新襲來，想擠出笑容都有困難。她提心吊膽，擔心自己情緒轉變太明顯，於是站起來，用毫不掩飾的焦慮語調低聲說，「我該走了，今天太累了。」

觀察力敏銳的菲爾布勒也站起來，說，「確實是，妳到處幫李德蓋特澄清誤會，一定累壞了，執行這種任務之後精神最容易疲乏。」

他挽著她回到莊園，一路上多蘿席亞沉默不語，就連他道晚安都沒有回應。

抗拒已經到達極限，她的心情再度低落，被逃脫不開的苦悶牢牢抓攫。她虛弱地讓坦翠普離開，鎖上房門，轉身面對空蕩的房間，雙手用力按在頭頂，悲嘆道：「噢，我曾經真心愛他！」

接下來那一小時，她被痛苦的浪潮劇烈搖撼，再也沒有力量思考。她只能在啜泣短暫停歇時輕聲吶喊，哀悼她從羅馬那段時間以來細心栽植培育、小小的信賴種子；哀悼堅持一份無聲的愛與信任的喜悅，即使那人遭到其他人輕蔑，她仍然看重他；哀悼在他心裡獨占一席的女性自豪；哀悼她曾有過的美好朦朧願景，希望有朝一日他們在人生旅途的某個地方重逢時，彼此仍然心有靈犀，回首過往歲月，恍

7 指英國自然學者吉伯特．懷特（Gilbert White，一七二〇～一七九三），他的著作《塞耳彭自然史與民俗紀事》（*The Natural History and Antiquites of Selborne*）對後世生物學影響深遠。

如昨日。

那一小時裡，她經歷了孤獨那慈悲的雙眼經年累月在人類心靈掙扎中目睹的一切。她哭求鐵石心腸、冷漠無情和難挨的消沉來解救她，讓她擺脫內心那神祕、無形的壓迫。她躺在冰涼的地板上，任由夜晚寒氣慢慢將她包裹。她高貴的身軀在抽泣中顫動，像個絕望的孩童。

有兩個影像……兩個活生生的形體將她的心撕成兩半，像那個想像孩子被一劍劈成兩半的母親[8]的心。那母親想像自己把孩子鮮血淋漓的半個身軀抱在懷裡，心痛地看著另外一半被那個說謊的女人帶走，而那女人絲毫感受不到她的痛苦。

那會心一笑的親近感，共同語言的心意相通，那是她曾經信賴的開朗男子。他像清晨的精靈來到她陰暗的地窖，當時的她是某個衰朽生命的新娘。如今，一個前所未有的念頭浮上心頭，她向他伸出雙臂，哀怨地哭喊道，他們的親密感即將成為過去。她盡情地訴說絕望，從中發現自己的感情。

而威爾就在那裡，冷漠疏離，卻始終在她身邊，如影隨形。那是已經變質的信賴，再無絲毫希望，是被揭穿的幻象。不，那是個活生生的男人，她不再為他憐惜痛哭，因為她心中充滿鄙夷、憤慨、嫉妒與挫敗的自尊。多蘿席亞的怒火很難熄滅，伴隨唾棄與斥責吐出陣陣火舌。他為什麼闖進她的生命？少了他，她的生命或許完整健全。他為什麼帶著虛情假意的關懷和有口無心的話語來找她？畢竟她沒有同等廉價的事物可以跟他交換。他知道他在迷惑她，明知自己的心只剩一半，卻在臨別那一刻還想讓她相信他把整顆心都給了她。他為什麼不繼續留在他自己的圈子裡？她對那圈子裡的人沒有任何要求，只祈求他們別那麼可鄙。可是即使只是輕聲吶喊和哀嘆，終究還是耗盡她的精力。最後她平靜下來，只剩無助的飲泣，就這樣抽抽噎噎地在冰涼地板上入睡。

到了冷峭的破曉時分，周遭的一切昏暗不明，她醒了；醒來以後並沒有昏昏沉沉地納悶自己身在何處、發生了什麼事，而是無比清晰地知道自己正沉浸在悲傷中。她站起來，披上保暖衣物，坐進一張她經常在深夜時獨坐的大椅子。她夠健壯，即使熬過這樣艱辛的夜晚，除了些許酸痛和疲倦，身體倒不至於有恙。可是她醒來以後心境變了，她覺得自己的靈魂好像從劇烈的衝突中解脫。她不再跟自己的哀傷搏鬥，反倒可以跟它並肩而坐，當成長久的同伴，向它傾訴所思所想。現在各種思緒紛至沓來，依照多蘿席亞的天性，只要情緒發洩過後，她就不會繼續枯坐在災難的窄小牢籠裡，不會沉緬在自己的悲痛中，事不關己地冷眼旁觀別人的命運。

現在她刻意回想前一天上午的經歷，強迫自己思索每一個細節和其中可能的涵義。那個場景只有她一個人嗎？那是她自己的事嗎？她強迫自己將它跟另一個女人的生命連繫在一起。她出門的時候懷著渴望，想為這個女人陰霾密布的年輕生命帶進些許明朗與慰藉。她走出那間可憎的客廳時，內心湧現第一波嫉妒的憤慨與嫌惡，於是把拜訪時的憐憫初衷全都拋到腦後。她用熾烈的鄙視吞噬威爾和蘿絲夢，彷佛覺得蘿絲夢被燒得一乾二淨，從此消失在她的視野裡。可是等到平時占優勢的正義感征服了動亂，再次向她提示對待事物更合宜的態度，那種鼓動女人仇視情敵、原諒不忠情人的拙劣意念後繼乏力，無法再左右她的行動。

過去她曾經為李德蓋特的苦難思前想後，如今那些思緒重新活躍起來。他和蘿絲夢為時尚短的婚姻，跟她自己的婚姻一樣，除了顯而易見的困境，似乎也有隱藏的難題。這些鮮活的同情心重新萌發，變成一股力量；像我們習得的知識那般明確，不會再讓我們用無知的目光看待一切。她對內心無可救藥的哀傷說，它應該要求她去幫助人，而不是鼓吹她放棄努力。

8 典故出自《聖經．列王紀上》第三章第十六到二十七節，所羅門王智慧斷案，判定真假母親。

那三個生命難道不是面臨危機？他們跟她有所往來，她因此有義務幫助他們，就像他們拿著神聖的橄欖枝求援[9]一樣。她要拯救的對象不能由她自己隨心所欲去尋找，而是被選定來交給她。她嚮往完美無瑕的正義，希望它主宰她的心靈，支配她迷途的意念。

「今天我該做點什麼？該如何採取行動？多希望我能克制自己的痛苦，強迫它保持沉默，好好替那三個人著想。」

經過了很長時間，她才想到這個問題，那時曙光已經穿透進來。她拉開窗簾往外看，窗外是一小段道路和大門外的田野。那條路上有個男人背著包袱，還有個女人抱著孩子。她還看見田地裡有移動的身影，可能是牧羊人和他的狗。遠方天際是淺灰藍的晨曦，她感受到世界何其大，也想到無數人們一覺醒來面對勞務和磨難。她也是那不由自主怦怦搏動的生命的一部分，不能縮在她奢華的避風港當個旁觀者，也不能蒙住雙眼，一味自私埋怨。

這一天她會做些什麼現在還不太清楚，可是某件她能做的事鼓動著她，像漸漸靠近的低語聲，很快就會變得清晰。她脫掉身上那套彷彿殘留（深夜獨坐後的）倦怠感的衣服，開始梳洗。她搖鈴喚人，坦翠普披著睡袍進來。

「天哪，小姐，妳昨天晚上沒睡。」坦翠普脫口驚呼。她先看到整齊的床鋪，又看到多蘿席亞的臉色。多蘿席亞雖然洗過臉，蒼白的臉頰和發紅的眼瞼卻像極了哀慟的聖母。「妳會害死自己，妳一定會，誰都會認為妳現在終於可以過得舒坦點。」

「坦翠普，別擔心。」多蘿席亞笑著說。「我睡了，身體也好得很。我想喝杯咖啡，越快越好。妳把我的新衣裳拿來，今天可能還會用到我的新帽子。」

「小姐，那衣裳和帽子已經等妳一個多月了，要是能看到妳身上的黑紗少一點，我會謝天謝地。」

坦翠普邊說邊彎腰點火。「像我常說的，服喪是有必要的。到了第二年只需要裙子下襬三層褶邊，帽子裡盤上樸素的一圈，也就夠了。至少我這麼認為。妳戴起網紗，那模樣像極了天使。」她心急地看著爐火說，「如果哪個想娶我的男人自以為了不起，覺得我該為他蒙著那醜陋的黑紗兩年，讓他做夢去吧。」「親愛的坦翠普，火這樣就夠了。」多蘿席亞說話的口氣跟早年在洛桑時一樣，只是聲音壓得很低。「幫我拿咖啡來。」

她整個人縮進大椅子裡，腦袋靠向椅背，彷彿累得不想說話。坦翠普一肚子納悶地走出去，不明白小姐為什麼這麼矛盾，明明臉色比任何時候都像寡婦，卻要改穿已經放了一兩個月的輕喪服。坦翠普永遠解不開這個謎。多蘿席亞想藉此告訴自己，儘管她埋葬了內心的喜悅，她的人生依然積極向上。新衣裳代表新的開始，這個傳統觀念縈繞她腦海。於是她趁機抓住這微薄的助力，希望求得冷靜的決心，因為這個決心得來不易。

不管怎樣，到了十一點，她徒步走向米德鎮，因為她決定這第二趟探視並拯救蘿絲夢的行動必須盡量低調，避免引人注意。

9 典故出自希臘悲劇作家艾斯奇勒斯（Aeschylus，西元前五二五～四五八）的作品《祈援女》（*The Suppliants*），描述達奈俄斯（Danaüs）的五十個女兒為拒絕五十個堂兄弟強娶，逃到阿爾戈斯（Argos），在神廟以橄欖枝向天神宙斯請求保護。

第八十一章

大地呀，這一夜你也穩定如昔，
此刻在我腳下清新地甦醒，
並將你全部的歡樂賜給我，
讓我找回旺盛的決心，
追尋我嚮往的崇高生命。

——《浮士德》第二部

多蘿席亞再次來到李德蓋特家。她在門口跟瑪莎說話時，李德蓋特就在附近的房間，門半開著，正準備出門。他聽見她的聲音，馬上出來迎接她。

「今天早上你太太能不能見我？」她覺得最好絕口不提前一天過來的事。

「當然能。」李德蓋特發現多蘿席亞的臉色跟蘿絲夢一樣糟，但不願意多想。「請跟我進來，我去跟她說一聲。昨天妳走了以後她身體不太舒服，今天早上好多了。她再次見到妳一定很高興。」

多蘿席亞果然猜得沒錯，李德蓋特對昨天的事一無所知，顯然以為她已經完成原定的任務。多蘿席亞出門以前寫了一張小紙條，打算讓女僕轉交給蘿絲夢，請她跟她見一面。沒想到會遇見李德蓋特，現在李德蓋特上樓找蘿絲夢，她的心情莫名焦慮起來，不知結果會如何。

李德蓋特帶她進客廳，從口袋拿出一封信交給她，說：「這是我昨天晚上寫的，準備送到洛威克給妳。大恩不言謝，寫信至少比言語好一點，因為**聽不到**自己表達的感謝多麼不足。」

多蘿席亞的臉頓時發亮。「你願意接受我借你的錢，該說謝謝的是我。那麼你同意了？」她忽然不太有自信。

「是，支票今天會送到布爾斯妥德手上。」他沒再說話，轉身上樓找蘿絲夢。

蘿絲夢剛梳妝打扮好，無精打采地坐在椅子上，想著接下來該做什麼。她習慣動動手做些瑣碎的事，即使傷心的時候也是一樣。於是她找點事來忙，慢吞吞做著，有時又覺得無趣停下來。她臉色還是不好，卻已經恢復平時的嫻靜。

李德蓋特不太敢多問，免得擾亂她的心神。他告訴她，多蘿席亞在信裡附了支票，之後又說：「小蘿，威爾已經到了。昨天晚上他跟我聊了很久，我敢說他今天一定會再來。他看起來垂頭喪氣。」

蘿絲夢沒有回應。

現在他上樓來，非常溫柔地對她說，「小蘿，卡索邦太太又來看妳了，妳願意見她吧？」她臉色漲紅，好像嚇了一跳。李德蓋特並不意外，因為昨天她們見過面後她情緒那麼激動。他心想，那激動是有益的，畢竟她對他的態度好像改善了。蘿絲夢不敢拒絕，也不敢親口說出昨天那件事。多蘿席亞為什麼又來了？沒有答案，蘿絲夢只能用恐懼填補空白。由於威爾那番傷人話語，現在她只要

10《浮士德》（*Faust*）是德國知名作家歌德（Johann Wolfgang von Goethe，一七四九～一八三二）根據德國民間古老傳說改編而成的悲劇，這裡的引文出自第二部第一幕第一場。

想到多蘿席亞，內心就是一陣刺痛。不管怎樣，雖然難堪，也不知道多蘿席亞為什麼找她，她不敢不配合。她沒有回應，只是站起來，讓李德蓋特幫她披上薄披巾。

他說，「我馬上要出門。」

這時有個念頭閃過她腦海，於是她說，「你跟瑪莎說一聲，別帶任何人進客廳。」

李德蓋特應允，自認完全理解她為什麼這麼說。他帶她下樓到客廳門口就轉身離開，暗自覺得自己是個沒用的丈夫，需要借助另一個女人的影響力來爭取妻子的信任。

蘿絲夢走向多蘿席亞時，用鬆軟的披巾裹住身體，用冰冷的疏離武裝靈魂。多蘿席亞來跟她談威爾的事嗎？如果是，蘿絲夢討厭這種冒失行為，決心用無動於衷的客套面對她說的每個字。威爾將她的自尊傷得太重，她沒辦法對他和多蘿席亞產生任何歉疚感，因為她受的傷嚴重得多。多蘿席亞不只是他「比較愛」的女人，又是李德蓋特的恩人，有著她望塵莫及的優勢。在痛苦困惑的蘿絲夢看來，這個多蘿席亞……這個在她生命各種面向都居主導地位的女人，現在一定是挾帶那份優勢過來，不懷好意地向她示威。事實上，不只蘿絲夢，任何人如果只看到表面事實，不明白多蘿席亞的單純動機，都想不通她為何而來。

蘿絲夢在距離訪客三公尺的地方站定，行個禮，看起來像她自己的可愛幽靈。優雅的苗條身軀裹著白色披巾，嬰兒般的圓潤嘴唇和臉頰都給人溫和與天真的印象。多蘿席亞已經脫了手套，每當她需要感到自由的時候，都抗拒不了這麼做的衝動。她朝蘿絲夢走去，臉上滿滿的哀傷與迷人的坦然，她伸出一隻手。蘿絲夢不得不迎向她的目光，以及把自己的小手放在她手中。當她的手被多蘿席亞溫柔憐愛地握住，之前先入為主的想法立刻發生動搖。蘿絲夢善於觀察別人的臉色，她看到多蘿席亞的臉少了昨天的紅潤與開朗，卻相當溫柔，像她堅定柔軟的手。

只不過，多蘿席亞高估了自己的力量。這天早上她的心思之所以清明活躍，不過是神經亢奮的延續，以致於她的身體像最精緻的威尼斯水晶，反應極度靈敏。這時她看著蘿絲夢，突然發現自己的心漸漸脹滿，說不出話來，必須用盡全部的力量才能忍住不讓淚水滴落。她辦到了，那陣情緒只是掠過她臉龐，像幽靈般的啜泣。但蘿絲夢因此覺得多蘿席亞的心理狀態想必跟她想像的不一樣。

她們不發一語各自就坐，挑選了兩張距離最近的椅子，剛好也最靠近彼此。早先蘿絲夢行禮時，暗自決定要離多蘿席亞遠一點，現在她顧不得那些，只是好奇接下來會發生什麼事。

多蘿席亞用簡單明瞭的言語訴說，越說越堅定。「昨天我帶著任務來，卻沒有完成，所以這麼快又來拜訪妳。我來是為了跟妳談李德蓋特先生最近受到的不公平待遇，希望妳不會嫌我多事。如果能多知道些他的事，他不是不願意為自己的名譽辯白，只是不喜歡談自己的事，妳會很高興，對吧？妳會樂意知道自己的丈夫有熱心的朋友，而且始終相信他的高尚人品，是不是？妳願意聽我說這些，不覺得我太冒昧吧？」

那真摯的懇求語調像一股寬宏大量的暖流，撫過蘿絲夢的退縮與畏懼，淹沒她記憶中那些在她與多蘿席亞之間造成嫌隙與憎恨的事。多蘿席亞當然也知道昨天那些事，但她顯然不打算提起。蘿絲夢如釋重負，一時之間腦子一片空白。她的心情放鬆下來，得體地回應道：「我知道妳人很好，我很願意聽妳說關於特提厄斯的任何事。」

「前天我請他去洛威克跟我談醫院的事，」多蘿席亞說。「關於那件害得他被無知人們懷疑的不幸事件，他都跟我說了。他做了些什麼，心情又是如何。他之所以肯告訴我，是因為我非常大膽的主動問他，我相信他沒做過可恥的事，所以求他告訴我真相。他坦承沒跟任何人說過，連妳也沒說。他非常討厭對別人說『我沒有錯。』一副這句話就可以作證似的，因為有罪的人也都這麼說。事實上他根本不認識那個叫拉夫歐斯的人，也不知道他藏著什麼骯髒祕密。他以為布爾斯妥德之所以借他錢，是因為他先前拒絕，後來基於善心後悔了。他一心一意只想用正確的方法救治那個病人，結果不如他的預期，他也很挫折。不過，他到現在仍然認為應該沒有人故意害死那個人。我把事情的經過告訴了菲爾布勒先生、布魯克先生和詹姆斯爵士，他們都相信妳丈夫是無辜的。妳聽到這些心情會好起來，對吧？會得到勇氣吧？」

多蘿席亞表情變得歡快生動，蘿絲夢近距離迎向那張笑臉，沐浴在那種無私的熱情下，忽然有種面對上位者的害羞怯懦。她紅著臉難為情地說，「謝謝妳，妳人真好。」

「他覺得自己沒有把事情真相都告訴妳，實在太不對了。不過妳會原諒他的。他之所以沒說，是因為比起其他的事，他最在乎是妳的幸福，他跟妳的生命是不可分割的一體，他的不幸一定會傷害到妳，那是最令他痛心的事。他願意告訴我，因為我是不相干的局外人。後來我問他，能不能來看妳，因為我太擔心妳和他的煩惱。那就是我昨天來找妳的目的，我今天來也是為這個。煩惱很難承受，對不對？眼看著別人碰上麻煩，忍受錐心刺骨的痛苦，明知道自己能幫上忙，怎麼可能不試試呢？」多蘿席亞被自己表達的感受打動，什麼都忘了，只知道將心比心，對蘿絲夢的苦感同身受。她的語調隨著那股情緒越來越激昂，幾乎直接滲入聽者骨髓，就像某種在黑暗中受苦的動物在低聲哀鳴。她下意識地又伸手搭在剛才按住的那隻手上面。

蘿絲夢內心的傷痕彷彿被人刺中，感受到無法遏抑的痛苦，忍不住歇斯底里哭了起來，就像前一天晚上依偎在丈夫懷裡時一樣。

可憐的多蘿席亞意識到勢不可擋的哀傷重新襲來，不自由主地想著，蘿絲夢此時混亂的心情恐怕也跟威爾大有關係。她開始擔心自己恐怕沒辦法一直保持冷靜，撐到這場會談結束。蘿絲夢雖然已經把手抽走，多蘿席亞的手仍然按在她腿上，艱辛地對抗漸漸往上竄的淚水。她努力掌控情緒，告訴自己這不只是她生命的轉捩點，也是另外三個人的。她自己的人生已經發生不可逆轉的改變，那三個與她相關的生命也瀕臨危險與憂傷。身旁這個泣不成聲的脆弱女子，也許還有時間拯救她，避免她發展出那種不見容於世的關係。眼前這個時刻非比尋常，因為昨天的事情她跟蘿絲夢都記憶猶新，都還深深撼動她們。她覺得彼此之間的這份關係夠特別，所以她對蘿絲夢擁有特別的影響力，雖然她不知道蘿絲夢很清楚她對威爾的感情。

多蘿席亞想像不到的是，蘿絲夢生命中從沒遭遇過這樣的危機。過去她對自己充滿自信，看誰都不順眼，現在那個夢幻世界在第一波強烈震撼中粉碎了。她帶著排斥的厭惡和恐懼來到多蘿席亞面前，覺得多蘿席亞必然嫉妒她，憎恨她。沒想到多蘿席亞出乎意料地對她真情流露，她的內心更是搖搖欲墜，彷彿行走在一個剛剛崩塌的未知世界裡。

蘿絲夢的哭泣漸漸止息，也放下遮住臉龐的手帕。她跟多蘿席亞對望，那雙眼睛像藍色花朵般無助。都哭成這樣了，何必再考慮儀態的問題？多蘿席亞幾乎跟她一樣像個小孩，臉上掛著被忽視的無聲淚痕。兩人都放下矜持。

「剛才我們在討論妳丈夫。」多蘿席亞有點羞怯地說。「之前我已經好幾個星期沒見到他，那天見到他吃了一驚，因為他整個人變得非常低落。他說他在這場困境中非常孤單，但我覺得如果他願意對妳開誠布公，也許心裡會好受得多。」

「不管我說什麼，特提厄斯都很生氣，很不耐煩。」蘿絲夢猜想丈夫一定跟多蘿席亞說了她的不是。「他應該很清楚我為什麼不喜歡跟他談不開心的事。」

「他只是責怪自己沒有告訴妳。」多蘿席亞說。「談到妳的時候，他不願意做任何讓妳不高興的事，還說他做任何決定當然都必須考慮他的婚姻，所以他才會拒絕我的提議，不願意繼續在醫院服務。因為那樣一來他就得留在米德鎮，而他不願意做任何讓妳感到痛苦的事。他能跟我說這些，是因為他知道我也在婚姻中受過苦，當時我丈夫生病以後計畫受阻，心情沮喪。他也知道我能體會，日復一日擔心傷害到跟我們牽絆在一起的人，是多麼辛苦的事。」

多蘿席亞稍做等待，她看見蘿絲夢的臉悄悄閃過一抹淡淡的欣喜。不過蘿絲夢沒有回應，於是她繼續說下去，心情越來越激動。「婚姻跟其他的事完全不同，婚姻中的親近感甚至有糟糕的一面。即使我們對別人的愛比……對伴侶的愛更多，那也沒有用。」可憐的多蘿席亞無比焦慮，說起話來結結巴巴。「我是說，在婚姻中，我們失去了在愛情裡給予或獲得幸福的所有力量。我知道那種愛也許很珍貴，但它會謀殺我們的婚姻，而後婚姻就變成要命的枷鎖，其他的一切都消失了。接著我們的丈夫……如果他給了我們愛與信任，而我們不但沒有幫助他，反而變成他生命的詛咒……」

她的聲音壓得很低。她心裡有點害怕，擔心自己太莽撞，也擔心自己是在妄自尊大指責別人。她沉浸在自己的憂慮當中，沒有注意到蘿絲夢也在顫抖。她想要表達的是同情，不是責難。於是她伸出雙手握住蘿絲夢的手，用更快速的亢奮語調說，「我知道，我知道那種感情可能很珍貴，它趁虛而入掌控我們。放棄太難，可能像死亡一樣，而我們不夠堅強，我不夠堅強……」她在悲傷中奮力拯救別人，但悲傷的浪濤挾著排山倒海的威力將她淹沒。她心情激動得說不出話來，她沒有哭，只是覺得內心好像被緊緊攫取。她的臉色變成更沒有血色的蒼白，雙唇顫抖，雙手無助地按住底下那雙手。

蘿絲夢被多蘿席亞那股更強大的情緒支配，在全新的浪潮中隨波逐流，發現所有事物都有了陌生又驚人的不明確面向。她不知道該說些什麼，卻不由自主地湊過去親吻多蘿席亞的額頭，接下來一兩分鐘兩個人緊緊相擁，像一起遭逢船難的人。

「妳想的不是真的。」蘿絲夢壓低聲音急切地說。她感覺得到多蘿席亞的手臂環抱著她，也意識到一股神祕的渴望，必須擺脫某個東西，那東西像殺人罪般壓迫著她。

她們鬆手分開，看著對方。

「昨天妳來的時候……事情不是妳想的那樣。」蘿絲夢用同樣的語調說。

多蘿席亞驚訝之餘集中精神，想聽蘿絲夢進一步說明。

「當時他告訴我，他有多愛另一個女人，好讓我知道他永遠不會愛我。」蘿絲夢越說越快。「現在我覺得他恨我，因為……因為昨天妳誤會他。他說都是因為我，妳會把他當成壞人，會以為他不誠實。可是事情不該是這樣。我很清楚他從來沒有愛過我，也從來沒有把我放在眼裡。昨天他說只要有妳在，別的女人他都看不見。昨天的事都是我的錯。他說因為我的關係，他永遠沒辦法跟妳解釋。他說妳永遠不會再把他當好人。不過現在我告訴妳了，他再也不能怪我。」蘿絲夢基於一股過去未曾有過的動力，將滿腔心事盡數傾吐。她被多蘿席亞的情緒征服，開始掏心掏肺。威爾對她的責備像一道未癒的刀傷，在訴說的過程，她覺得自己在抵制那份責備。

多蘿席亞的心情變化太強烈，幾乎沒辦法稱之為喜悅。那是混亂與迷惘，是前一天晚上和當天早上的緊繃情緒殘留的痛苦餘韻。她可以預見，等她有能力去感受，這一定會帶來喜悅。她目前的心情是強烈、毫無保留的同情心。現在她可以全心全意關心蘿絲夢，也誠摯地回應她剛才的話：「對，他再也不能怪妳。」多蘿席亞習慣放大別人的善良，現在她發自內心喜歡蘿絲夢，覺得蘿絲夢寬宏大量排除她的痛苦，一點都不覺得蘿絲夢其實是受到她的精神感召才說出真相。兩人靜默片刻後，她說：「今天我來看妳，妳不生氣吧？」

「不，妳對我太好了。」蘿絲夢答。「我沒想到妳心地這麼好。本來我很不開心，現在還是不快樂，一切都叫人哀傷。」

「日子會越來越好，妳丈夫會得到應得的好評。現在他需要妳的安慰，他非常愛妳。失去這種愛會是最慘重的損失。幸好妳還沒失去。」多蘿席亞努力驅散那股如釋重負的強大感受，以免妨礙她勸說蘿絲夢回心轉意的任務。

「那麼特提厄斯有沒有說我哪裡做得不好？」蘿絲夢覺得李德蓋特可能什麼都跟多蘿席亞說了，也覺得多蘿席亞確實跟其他女人不同。她這個問題或許隱藏著一絲妒意。

多蘿席亞露出笑容，說：「當然沒有！妳怎麼會有這種想法？」

這時門開了，李德蓋特走進來。

「我是基於醫生的職責回來。我出門以後一直放心不下兩張蒼白的臉龐。小蘿，卡索邦太太看起來跟妳一樣需要照顧。早上把妳們留在這裡，我覺得沒有盡到職責，所以我去過科爾曼家後就趕回來了。卡索邦太太，我發現妳是走路來的。天色變了，可能會下雨，要不要我找人去府上派車來接妳？」

「噢，不用！我體力好得很，也需要走一走。」多蘿席亞歡欣鼓舞地站起來。「我跟你太太聊了很多，現在該走了。經常有人說我不知節制，話太多。」

她向蘿絲夢伸出手，兩人真摯地道別，沒有親吻或其他親密表現。她們之間已經有太多情感交流，不再需要表面禮儀。

李德蓋特送她到門口時，她沒有再提到蘿絲夢，只告訴他，菲爾布勒和其他朋友都相信他說的話。

李德蓋特回到蘿絲夢身邊時，她已經累得癱坐在沙發上。

「小蘿，」他站在她面前撫摸她的頭髮。「妳跟卡索邦太太相處這麼久，覺得她怎麼樣？」

「我覺得她一定是最好的人，」蘿絲夢答。「而且她很漂亮。如果你太常去找她談事情，就會比以前對我更不滿！」

李德蓋特被她的「太常」逗笑了。「那麼她有沒有讓你對我滿意一點？」

「應該有。」蘿絲夢抬頭看他。「特提厄斯，你的眼神多麼憂鬱，把你的頭髮往後撥。」

他舉起白皙的大手照她的話做，蘿絲夢的心思又回到他身上，他覺得很感恩。可憐的蘿絲夢游移不定的心思受盡創傷後回歸了，變得溫馴，能夠安心停留在曾經看不上的居所。而那個居所還在，李德蓋特哀傷認命地接受他被束縛的命運。他選擇了這個軟弱女子，勇敢承擔她的人生。他必須辛酸地扛起這個負擔，賣力往前走。

第八十二章

我的哀傷等在前方，我的喜悅留在背後。

——莎士比亞《十四行詩》11

眾所周知，離鄉背井的人靠希望活著。除非不得已，不可能持續流落異鄉，四處飄蕩。威爾當初將自己逐出米德鎮，只在回程的路上設下一道路障，那就是他的決心。然而，他的決心肯定不是牢固的鐵柵，只是一種心理狀態，輕易就能跟其他狀態融為一支小步舞曲，轉眼間就行禮、微笑，斯文流暢地走位。幾個月過去了，他越來越不明白為什麼不能走一趟米德鎮。他只想知道多蘿席亞的消息，如果匆匆走訪的期間機緣巧合遇見她，他也問心無愧，不需要因為先前說不回舊地卻食言感到愧疚。反正他與她今生無緣，冒險到她住的地方轉一轉又有什麼關係。至於那些像惡龍似地守在她身邊的親友，隨著時間和空間的轉換，他們的想法好像越來越不重要了。

接著出現一個跟多蘿席亞不太相關的理由，米德鎮之行於是多了一層公益色彩。威爾無私地關注某個在美國西部建立屯墾區的新計畫，為了計畫能完善執行，需要籌措資金。威爾考慮再三，不知道該不該趁機善用布爾斯妥德對他的虧欠。他心想，讓布爾斯妥德拿出當初要給他的那筆錢，為更多人謀福利，也算是值得稱許的好事。他一直猶豫不決，他實在不願意再跟布爾斯妥德扯上關係，原本可能很快打消念頭，但後來他覺得也許到了米德鎮，他就能做出正確決斷。

那是威爾為自己的米德鎮之行找的理由。他打算把這個困擾告訴李德蓋特，跟他討論錢的問題，也準備每天晚上到李德蓋特家消遣，跟美麗的蘿絲夢彈琴唱歌，說說笑笑。他也不會忽略洛威克牧師公館那群朋友。牧師公館緊鄰洛威克莊園，那可不是他的錯。當初離開時基於一股傲氣，他不願意落人口實，說他是為了找機會跟多蘿席亞不期而遇，而沒有向菲爾布勒一家辭行。可是飢餓會消磨我們的傲氣，而威爾對某個形影和特定的嗓音極度飢渴。什麼都消解不了那種飢渴；歌劇不行；跟政治人物狂熱交談不行；他在報紙社論發表的新文章得到的好評（來自非主流圈子）也沒用。

於是他來了，信心十足地預見他熟悉的那個小世界裡的一切會是如何，甚至擔心到時候沒有任何意外驚喜。沒想到那個單調乏味的世界竟然處於驚濤駭浪之中，就連說笑與弦歌都具有爆炸威力。抵達的第一天就發生了他人生中最致命的事件。他徹夜擔心那件事帶來的不良後果，太害怕擺在眼前的煩惱，隔天早上吃早餐時看見往里弗斯頓的公共馬車到站，匆匆趕出去跳上車，好讓自己至少放鬆一天，不需要在米德鎮做任何事。

威爾陷入這種紛亂糾結的危機，其實不如想像中那麼罕見，只是識見短淺的人們看不出來。李德蓋特是他真心敬重的人，這次他卻發現李德蓋特處境艱難，需要他表達絕對而真誠的同情。但因為蘿絲夢的關係，他最好跟他們疏遠，甚至完全不接觸。在這種情況下，想要雪中送炭顯然是不可能的事。威爾天生敏感多情，性格裡沒有不冷不熱的中間地帶，不管碰上什麼事，都會演變成激情戲碼裡的衝突情節。蘿絲夢將她的幸福寄託在他身上，已經夠叫他為難的了，而他對她那一場咆哮怒吼，更成了解不開

11　摘自莎士比亞《十四行詩》（*Sonnets*）第五十首。

的難題。他痛恨自己的殘忍，卻不敢由衷地表達悔意。他必須再去見她，這段友誼不能突然無疾而終，他也害怕面對她的痛苦。

在此同時，眼前的生活毫無樂趣可言，那種感覺就像他的雙腳被砍掉，必須拄著拐杖展開新生活。那天晚上他左右為難，不知道該不該搭上公共馬車，不是往里弗斯頓那班，而是去倫敦。他給李德蓋特留張字條，解釋離開的理由。可是有根強勁的繩索拉著他，不讓他衝動地離開，想念多蘿席亞的快樂遭到破壞；明知必須放棄，卻始終抱著一線希望。如今希望破滅，這個痛苦來得太快太急，他還沒辦法認命接受，直接奔赴同樣沒有希望的遠方。

因此他沒有採取更決絕的行動，只是跳上往里弗斯頓的馬車。天還沒黑，他就搭同一班車回來，因為他決定當天晚上還是要去一趟李德蓋特家。我們都知道，盧比孔河[12]是一條毫不起眼的溪流，它的意義全然取決於特定的無形條件。威爾覺得自己被迫跨過這條邊界小河，但渡河後他看見的並不是帝國，而是不甘願的屈從。

然而，即使在日常生活中，我們偶爾也會見證崇高品格的救助力量。為了情誼委屈自己，可能會產生解危的神聖效用。當初多蘿席亞經過一夜的煎熬之後，如果沒有走那趟路去看蘿絲夢，嗯，也許她會贏得謹慎的美名。但當天晚上七點半，坐在李德蓋特家壁爐前的三個人可就沒那麼好運了。

蘿絲夢做好迎接威爾的心理準備，見到他的時候顯得疲倦又冷淡，李德蓋特覺得那是因為她精神疲乏。至於她為什麼精神疲乏，他不可能認為那跟威爾有任何關係。她默默坐在一旁，低著頭做針線，李德蓋特要她靠在椅背上休息一會兒，用這種方式間接替她致歉。威爾彆扭極了，因為他表面上必須假裝久別重逢跟蘿絲夢打招呼，心裡卻在想經過前一天那一幕，她現在是什麼心情。他們像兩個痛苦的瘋子，依然被那一幕冷酷地綑綁。整個晚上李德蓋特都沒有離開，不過蘿絲夢倒好了茶，趁威爾過來端茶的機會把折疊的小紙條放在他的碟子上。

他看見紙條後連忙收起來，回到旅店時也不急著讀，擔心蘿絲夢寫給他的東西會加深他的痛苦，最後，他還是就著床頭燭光打開來看。紙條上只有簡單幾個字，用她秀氣流暢的字體寫著：

「我已經跟卡索邦太太說了，她不會再誤會你。我之所以告訴她，是因為她來看我，而且非常友善。現在你不能再責怪我了。我沒有妨礙你什麼。」

威爾看完信後既開心又激動，他思考紙條上的內容，想著多蘿席亞和蘿絲夢的談話過程，只覺臉頰和耳朵發燙。多蘿席亞聽過解釋之後，受傷的尊嚴完全修復了嗎？她對他的看法或許沒辦法再回到從前，他們的關係也產生無法逆轉的改變，出現永久的裂痕。他就這樣胡思亂想，變得憂懼不安，像夜晚遭逢船難驚險逃生的人，在黑暗中踏上陌生土地。

在可惡的昨天以前（除了很久以前，同一個房間面對同一個人那惱火的一刻），他們心目中和想像中的彼此，一直彷彿存在另一個世界。那裡陽光照耀著高大的白色百合花，沒有邪惡潛藏其中，也沒有任何人能夠闖入。可是現在，多蘿席亞還會在那個世界與他相遇嗎？

---

12 Rubicon，位於義大利北部，西元前四九年凱撒大帝從這裡揮軍進攻義大利。「橫渡盧比孔河」引申為破斧沉舟奮勇向前。

第八十三章

向我們甦醒的靈魂道聲早，
我們凝視彼此的目光沒有恐懼；
因為愛控管對其他一切的喜好，
將一個小小空間變成全世界。

——約翰・多恩[13]

多蘿席亞見過蘿絲夢後連續兩夜好眠，到了第三天早晨，她已經甩掉所有疲憊，甚至覺得渾身充滿用不完的精力。也就是說，只要她能靜下心來做任何事，就會有多餘的力量應付自如。前一天她花了不少時間出門散步，還去了兩趟牧師公館，不過她從來不說自己為什麼要這樣消耗時間。這天早上，她氣惱自己像個孩子似地毛毛躁躁，今天一定要做點不一樣的事。村莊裡有什麼事可做？天哪！沒有。每個人都豐衣足食，沒有誰家的豬死掉。

這天是星期六，家家戶戶都在刷洗門窗和門階，去學校也沒用。不過有不少問題她想弄清楚，她決定積極處理其中最重要的。她坐在圖書室裡，面前堆著她特地挑選出來的書，都跟經濟學有關。她想研究該怎麼使用金錢，才不至於損害他人的利益，或者為他人創造最大的好處（其實意思是一樣的）。茲事體大，只要她能掌握要旨，她的腦子一定能靜下來。可惜她的思緒飄走整整一小時，最後發現每個句子都讀了兩次，腦子裡想著許多東西，卻沒有一件跟書本內容有關。太叫人氣餒了。她該不該叫人套上馬車去一趟蒂普頓？不，基於這個或那個原因，她偏好留在洛威克，但她必須約束遊走的心思。自律是一門藝術，她在棕色圖書室裡一圈又一圈走著，思索該用什麼方法鎮住她飄蕩的思緒。也許最好的辦法就是單純找件事來做，某種她必須全力以赴的事。不是可以研究小亞細亞的地理？過去卡索邦經常指責她在這方面太鬆散。她走到放地圖的櫃子，打開其中一卷：今天早上她說不定可以確定帕夫拉哥尼亞不在黎凡特海岸[14]，順便解決她另一個知識空白，確認夏利伯人[15]就是居住在黑海沿岸。當你需要轉移注意力的時候，地圖是絕佳讀物，因為上面有太多名稱。如果你回頭再看一遍，它們就會組成和諧的樂音。多蘿席亞認真地查看起來，低著頭貼近地圖，壓低聲音讀出上面的地名，讀著、讀著總是變成反覆的音階。儘管經歷過諸多磨難，這時的她看起來像個小女孩，十分逗趣，邊念邊點頭，手指點著念過的地名，嘴唇微微噘起，不時停下來舉起雙手捧著臉頰，驚呼道，「天哪！天哪！」這些動作就跟旋轉木馬一樣，沒有停下來的理由。但最後還是被打斷了，僕人推開門通報：諾博小姐來訪。

嬌小的諾博小姐的帽頂高度還不到多蘿席亞的肩膀，她受到熱情的歡迎。只是，她的手被多蘿席亞握住的時候，嘴裡不停發出海狸般的聲響，像有什麼事難以啟齒。

「請坐，」多蘿席亞推了一張椅子過來。「有什麼事要我做嗎？我會很開心有事可做。」

---

13 John Donne（一五七二～一六三一），英國玄學派詩人，這裡的段落選自他的作品〈The Good Morrow〉（早安）。

14 帕夫拉哥尼亞（Paphlagonia）是小亞細亞古地名，位於黑海南岸。黎凡特海（Levantine）指的是地中海東部海域。

15 夏利伯人（Chalybe）是古代小亞細亞的種族。

「我一會兒就走。」諾博小姐把手伸進她的小提籃，緊張地抓住裡面的某件物品。「有個朋友在教堂院子等我。」她又發出那種意義不明的海狸叫聲，下意識地把抓在手裡的物品拿出來——是那個菱形玳瑁盒子。多蘿席亞覺得自己臉紅了。

「是威爾。」諾博小姐怯懦地說。「他擔心自己冒犯了妳，拜託我來問妳，願意花幾分鐘見他嗎？」

多蘿席亞沒有馬上回答。當時她想，她不能在圖書室見他，因為她丈夫的禁令似乎盤據在這裡。她望向窗外，她能在外面的庭園跟他見面嗎？烏雲密布，樹木也開始顫抖，像是畏懼即將到來的暴風雨。再者，她不敢出去見他。

「卡索邦太太，請妳見他一面。」諾博小姐怯生生地說，「不然我就得回去跟他說『不行』，他會傷心。」

「好，我見他。」多蘿席亞說。「請讓他過來。」她還能怎麼辦？這個時候除了見威爾，她沒有別的渴求。這個願望掛在她心頭，其他的一切都變得不重要。只是，她又覺得心跳加速，像某種警惕……覺得她為了他做了大逆不道的事。

諾博小姐快步走出去傳達訊息。多蘿席亞站在圖書室正中央，交握的雙手垂落身前，端莊地站在那裡走神，沒有努力平復心情。那個時刻，她的心思根本不在肢體動作上，她思索威爾在想些什麼，思索別人對他的冷酷無情。什麼樣的職責會要求她對人冷酷？打從一開始，她對他的感情就摻雜了這種對不公平詆毀的反抗。現在她的心經過那段苦惱後重新振作起來，那股反抗變得比以往更加強烈。「如果我太愛他，那是因為他受到太多委屈。」她心裡有個聲音對圖書室某個假想對象這麼說。

這時門開了，她看見威爾站在眼前。她沒有動彈。他走向她，臉上帶著比以往更明顯的疑慮和怯懦。他心裡充滿不確定感，擔心自己的表情或言語會進一步拉開他們之間的距離。

多蘿席亞也害怕自己的感情。她看起來像被魔咒綑綁，整個人定住不動，交握的雙手沒辦法分開，某種深沉的渴盼困在她眼底。

威爾發現她沒有像往常一樣伸出手，於是在她面前一公尺處停住腳步，困窘地說，「非常感謝妳願意見我。」

「我也想見你。」多蘿席亞一時找不到別的話說。她沒想到要坐下來。這種女王般的接見方式帶給威爾的感受不太好，但他決定說出他想說的話。

「我這麼快就回來，妳可能會覺得我太傻，甚至覺得我做錯了。我因為沒有耐性受到了懲罰。妳一定知道我有個難堪的出身，事情已經傳開了。我離開以前就知道了，也決定只要有機會再見到妳，就要告訴妳。」

多蘿席亞默默動了一下，她放開交握的雙手，卻又馬上交疊在一起。

「沒想到那件事變成八卦傳聞。」威爾接著說。「我想跟妳說一件跟那個有關的事，那是在我離開以前發生的，也是我這趟回來的原因；至少是我給自己找的藉口。我想找布爾斯妥德捐錢做公益，那筆錢是他之前有意給我的。也許他也不是那麼壞，他私下提議要為過去的傷害補償我，要每年給我豐厚的年金做為彌補。那些討厭的事，妳應該都知道了？」威爾疑惑地看著多蘿席亞，只是顯得越來越不服氣。每次想到自己命運中的這件事，他會都如此。他接著說，「妳應該知道這件事帶給我的只有痛苦。」

「是，我知道。」多蘿席亞連忙回答。

「我不接受用那種錢支付的年金。我相信如果我接受了，就會破壞我在妳心中的形象。」現在他為什麼不放膽跟她說這種話？她知道他愛她。「我覺得……」他還是說不下去了。

「你的做法正符合我對你的期待。」多蘿席亞臉色綻放光采，腦袋在美麗的頸子上豎得更直。

「雖然其他人都因為我的身世對我產生偏見，但我相信妳不會。」威爾一如往常把腦袋往後甩，深深凝視她，眼裡有著沉重的懇求。

「如果這是另一個困境，那會是讓我堅持相信你的另一個理由。」多蘿席亞熱情地回答。「沒有什麼可以讓我改變，除非……」她情緒激動，很難繼續說下去。她強自鎮定，用顫抖的聲音輕輕說：「除非我覺得你變了，不如我過去想像中那麼好。」

「我各方面肯定都沒有妳想像中那麼好，只有一件事除外。」確認她的感情後，他也勇敢傾訴衷情。「那就是我對妳的真心。只要想到妳懷疑我的真心，其他事我都不在乎了。我覺得一切都完了，沒有什麼值得努力，剩下的只是忍受。」

「我不懷疑你了。」說著，多蘿席亞伸出手。她莫名為他擔憂，這份擔憂激起一股難以言喻的深情。他拉住她的手，舉到唇邊一吻，喉嚨彷彿發出一聲哽咽。這時他另一隻手拿著帽子和手套，儼然像個畢恭畢敬的保皇黨。拉住的手不願鬆開，多蘿席亞心亂如麻地把手抽回來，轉頭走向一旁。

「烏雲變得那麼黑，樹也被吹得東倒西歪。」她邊說邊走向窗戶，幾乎察覺不到自己在說或做什麼。

威爾跟在她背後一小段距離外，倚著一張皮椅的椅背站定。他把帽子和手套放在皮椅上，總算擺脫那叫人難以忍受的虛禮。在多蘿席亞面前，他從沒講究過這些俗套。坦白說，他靠著椅背的時候，心情相當輕鬆，現在他不再憂心地揣測她對他的觀感。

他們默默站著，沒有看對方，而是望著在強風中搖晃的長青樹，樹葉淺色的背面襯著越來越黑暗的天空。威爾從來沒有像現在這麼期待暴風雨的到來，因為風雨一來，他就不需要急著離開。樹葉和細枝被吹得滿天飛舞，雷聲漸漸逼近。光線越來越昏暗，這時突然一道閃電，他們驚嚇之餘看向對方，相視而笑。

多蘿席亞開始說出心裡的想法。「你說沒什麼值得努力，這種話不對。如果我們失去自己的主要福祉，還有其他人的福祉值得去努力。有些人會因此得到快樂。我在最失意的時候，好像最能明白這個道理。如果不是這個想法帶給我力量，我很難想像自己怎麼熬得過那些苦難。」

「妳沒有體驗過我經歷的那種苦難。」威爾說。「那種知道妳肯定唾棄我的苦楚。」

「可是我體驗過更糟的，覺得別人不懷好……」多蘿席亞脫口而出，卻及時打住。

威爾臉色漲紅。他覺得不管她想說什麼，想必都牽涉到導致他們分離的致命因素。他靜默片刻，之後激情地說：「我們至少可以坦誠相待，這也是一種安慰。既然我必須離開，既然我們注定要分離，妳不妨想像我是站在墳墓邊緣的人。」

他說話的時候，閃電的強光劃過天際，讓他們看清對方的模樣。那光線像絕望的愛那般驚悚。多蘿席亞快速從窗子旁躲開，在她背後的威爾反射性地抓住她的手。他們就這樣握著手站定，像兩個孩子，望著窗外的暴風雨。啪啦一聲響雷在天空中奔騰而過，大雨傾瀉而下。他們轉身面對彼此，威爾剛才的話言猶在耳，兩人都沒放開手。

「我沒有希望了。」威爾說。「即使妳愛我跟我愛妳一樣深，即使我是妳的全部，我幾乎確定永遠是個窮人。從務實的角度來看，一個人只能仰仗不可捉摸的命運。我們不可能在一起。我如果向妳求婚，就會是一種卑劣的行為。我打算從此消聲匿跡，可是我想做的事老是辦不成。」

「別難過。」多蘿席亞用清晰溫柔的語調說，「我會跟你一起承擔分別的痛苦。」

她的嘴唇在顫抖，他的也是。沒有人知道誰的嘴唇主動去碰觸另一個人的，但他們在顫抖中親吻，之後就分開來。雨水彷彿憤怒的精靈凶猛地拍擊窗玻璃，疾馳的狂風緊隨在後。在這種時刻，不論忙人或閒人都會滿懷敬畏地停住腳步。

多蘿席亞坐進離她最近的椅子，是一張擺在房間中央的雙人矮凳。她雙手交疊放在腿上，望著窗外陰鬱的世界。威爾站在原地看了她一眼，就在她身旁坐下，把手按在她手上。她手心朝上跟他相握。兩人就這樣坐著，沒有看對方，直到雨勢漸歇，四周開始陷入沉寂，彼此心裡千愁萬緒，不知從何說起。

雨聲停歇時，多蘿席亞轉頭去看威爾。

他突然一陣驚呼，像面臨酷刑的威脅，跳起來說，「這不可能！」

他走回皮椅後面，靠著椅背，像是跟自己的怒氣對抗。她哀傷地看著他。

「將別人拆散就跟殺人或其他恐怖罪行一樣要人命。」他又大喊。「生命因為小事被殘害，叫人難以忍受。」

「不，別那麼說。你的生命不需要被殘害。」多蘿席亞溫柔地說。

「不，一定會的。」威爾滿腔怒火。「妳用這種口氣說話真殘忍，一副我還能有什麼慰藉似的。妳也許看得到悲傷之外的東西，我卻不能。妳太狠心，明知道結果是怎樣，卻用那種口氣說話，等於把我對妳的愛不屑一顧地扔回來。我們永遠不可能結婚。」

「未來也許有機會。」多蘿席亞的聲音在顫抖。

「什麼時候？」威爾哀怨地問。「何必把希望寄託在我未來能不能成功？將來我有沒有能力養家活口還得靠運氣，除非我出賣自己的文筆和口才為人作嫁。這點我看得清楚明白。我不能向任何女性求婚，就算她不需要放棄奢華享受也不行。」

兩人都沉默無語。多蘿席亞有太多話想說，可是那些話太難說出口。她的心被它們占滿，腦子突然一片空白。她不能說自己想說的話，心裡很難過。威爾憤怒地看著窗外。如果他能看著她，不要從她身旁走開，她會覺得比較容易啟齒。最後他轉過來，依然靠著椅背，下意識地伸手拿帽子，用惱怒的口氣說，「再見。」

「噢，我受不了，我的心會碎掉。」多蘿席亞從椅子上跳起來。她激烈的情感衝破言語的阻礙，眼淚也奪眶而出，撲簌簌掉下來。「我不在乎財產，我討厭我的錢。」

下一瞬間威爾已經來到她身旁，將她摟在懷裡。她的頭往後仰，也輕輕推開他的臉，方便跟他說話。她那雙淚汪汪的大眼睛單純地凝視他，像個孩子般抽抽噎噎地說，「我自己的錢就夠我們生活了，一年七百鎊，太多了。我要的不多，我不需要新衣服，也會學習管理家計。」

第八十四章

雖然古往今來的歌謠，
都說我該受指責；
它們的指控無中生有，
傷害了我的人格。

——〈黑姑娘〉16

那時上議院剛把改革法案踢出去[17]，也難怪卡瓦拉德牧師走在弗列許府大溫室旁的斜坡草地上，雙手伸在背後抓著《泰晤士報》，跟詹姆斯談論國家前景，像在溪邊釣鱒魚那般淡定。卡瓦拉德太太、查特姆老夫人和西莉亞偶爾坐在庭園休閒椅，偶爾散步去看小亞瑟。小亞瑟坐在四輪禮車裡，享受幼兒期的佛陀該有的待遇，頭頂上遮篷的周圍垂墜著漂亮的絲質流蘇。

女士們也聊政治，不過只是穿插一兩句；卡瓦拉德太太非常在意增封貴族這件事，根據她從堂親那裡聽到的消息，她敢打包票崔貝里被他太太煽動投向反對派，因為當初改革議題一提出來，崔貝里太太就嗅到封爵機會，為了贏過她那個嫁給準男爵的妹妹，她連靈魂都可以出賣。查特姆夫人覺得這種行為實在該罵，然後又想到崔貝里太太的母親是梅爾斯普林的渥辛翰家的小姐。西莉亞覺得當「夫人」比當

「太太」好，而多蘿席亞只要能隨心所欲，從來不想贏過誰。卡瓦拉德太太說，如果街坊鄰居都知道你身上沒有一丁點高貴血統，就算贏過別人也沒什麼好得意的。

西莉亞停下來看看小亞瑟，又說，「如果小亞瑟是子爵就好了，爵爺的小牙齒冒出來了！如果詹姆斯是伯爵，他確實有可能是子爵。」

「親愛的西莉亞，」老夫人說。「詹姆斯的頭銜比任何新伯爵都有價值。以前我從來不奢望他父親的爵位更高一點。」

「哎呀，我說的是亞瑟的小牙齒。」西莉亞自在地說。「啊，我伯父來了。」

她踩著輕快的步伐去迎接布魯克，詹姆斯和卡瓦拉德牧師剛好也走過來跟女士們會合。西莉亞挽住伯父。

布魯克拍拍她的手，有點悶悶不樂地說，「嗯，親愛的！」他們走到其他人面前，布魯克的表情明顯沮喪。以目前的政治情勢，這是可以理解的。他跟所有人握手致意，只淡淡地說，「你們大家都在。」

牧師笑著說：「布魯克，別把法案沒通過的事放在心上，全國的老百姓都跟你站在同一邊。」

「法案，是吧？嗯！」布魯克顯得有點心不在焉。「被否決了，是吧？不過上議院太過分了，總有一天得收斂一下。悲傷的消息，嗯，我是說咱們自己家的傷心事。你不可以怪我，詹姆斯。」

---

16 摘自十五世紀英國民謠〈黑姑娘〉（The Not-Browne Mayde）。這首民謠收集在英國神職人員波希（Thomas Percy，一七二九～一八一一）編纂的《古代英國詩歌集成》（*Reliques of Ancient English Poetry*）。

17 一八三一年九月，英國下議院通過改革法案，到了隔年五月初被上議院否決，引起軒然大波。國王為了平息風波，決定增封貴族，爭取在上議院占多數，終於在五月底順利通過改革法案。

「出了什麼事？」詹姆斯問。「但願不是又有獵場看守人被槍殺？發生這種事一點也不奇怪，因為崔平・巴斯那種人輕易就被放過。」

「獵場看守人？不是。我們進屋吧，進屋我再告訴你們。」說著，布魯克向卡瓦拉德夫婦點點頭，示意他們也可以一起聽。走進屋內時，他又說，「至於像巴斯那種盜獵的傢伙，詹姆斯，如果你是治安法官，就會發現定罪不是件容易的事。嚴刑峻罰當然很好，讓別人幫你執行就更好。你自己也是個心軟的人，沒錯，跟德拉科或傑弗利[18]那種人不一樣。」

布魯克的心情明顯緊張煩亂。他如果有什麼難以啟齒的事，通常會牽扯一些不相干的話題，彷彿他要說的事是一帖藥，加點東西混合後就不會太苦。他繼續跟詹姆斯聊盜獵者的事，直到所有人都坐下來。

卡瓦拉德太太不耐煩再聽他嘮叨，說：「我急著想知道悲傷的消息。獵場看守人沒有被槍殺，話題結束。到底什麼事？」

「這件事太傷腦筋了。」布魯克說。「幸好妳跟牧師在這裡。這是家務事，不過卡瓦拉德，你能幫助我們大家勇敢承受。」接著他轉向西莉亞，「親愛的，我得跟妳說，妳絕對想不到；詹姆斯，你一定會氣壞了！不過，嗯，你也阻止不了，比我好不到哪去。世事很難預料，同樣的事會再發生。」

「一定是多多的事。」西莉亞習慣把姐姐看成家族機器裡的危險零件。這時她坐在丈夫腳邊的矮凳上。

「拜託你快說吧！」詹姆斯失去耐性。

「嗯，詹姆斯，卡索邦的遺囑我也無可奈何，那種遺囑只會讓事情變糟。」

「確實如此！」詹姆斯匆匆附和。「可是**什麼事**變糟了？」

「多蘿席亞要再婚了。」布魯克邊說邊對西莉亞點頭。

西莉亞驚駭地抬頭瞄她丈夫一眼，伸手按住他膝蓋。詹姆斯氣得臉色發白，但沒有說話。

「我的老天！」卡瓦拉德太太驚呼。「不是嫁給雷迪斯羅吧？」

布魯克點點頭。「沒錯，就是雷迪斯羅。」之後明智地保持沉默。

「看吧，漢弗里！」卡瓦拉德太太朝她丈夫揮揮手。「下回你得承認我還算有先見之明，或者你跟過去一樣盲目，繼續跟我唱反調。當初你**猜想**那個年輕人已經離開英國。」

「也許他離開過，後來又回來了。」牧師平靜回答。

「你什麼時候聽說的？」詹姆斯不想聽任何人說話，卻找不到別的話可說。

「昨天。」布魯克溫和地答。「我去了一趟洛威克，多蘿席亞派人請我過去。事情發生得很突然，兩天前他們兩個都沒想到會這樣，沒錯，完全想不到。世事很難預料。多蘿席亞已經下定決心，反對也沒用。我說了重話，詹姆斯。她可以照自己的意思做。」

「一年前我就該找他出來決鬥，一槍斃了他。」詹姆斯生性並不凶殘，他只是需要說點狠話一吐怨氣。

「詹姆斯，那樣很不好。」西莉亞說。

「詹姆斯，理性一點，冷靜看待這件事。」牧師看見向來溫和的朋友情緒失控，他覺得很難過。

「這種事發生在自己家，任何人只要有點尊嚴，或有點是非觀念，都沒辦法輕鬆看待。」詹姆斯臉

18 德拉科（Draco），西元前七世紀雅典城法官，據稱是第一位編纂法典的人，他制定的法律以嚴峻知名，動輒處以死刑。傑弗利（George Jeffreys，約一六四五～一六八九），威爾斯法官，執法也主張嚴懲。

色依然蠟白。「這實在太令人憤慨。如果雷迪斯羅有一丁點羞恥心，就該馬上離開英國，永遠不再回來。不過我不意外，卡索邦葬禮的隔天，我就說過這事該怎麼處理，可惜沒有人聽進去。」

「詹姆斯，你當時的建議根本行不通。」布魯克說。「你說要把他弄上船送出去，我認為雷迪斯羅不會任由我們擺布，他有自己的主見。他這個人非比尋常，我以前總說他這個人非比尋常。」

「沒錯。」詹姆斯忍不住回嘴。「很遺憾你對他評價那麼高。多虧你，他才會在這裡住下來。多虧你，我們才會看到多蘿席亞這樣的女性自貶身分嫁給他。」詹姆斯這番話說得斷斷續續，百般艱難。「一個被她丈夫載明在遺囑裡的男人，光憑這點，她就不該再跟他見面。他害她失去身分地位變成窮人，竟然卑劣到接受她這樣的犧牲；他立場始終遭到質疑，出身不好……還有，他沒有原則、個性輕浮。這就是我的看法。」詹姆斯加強語氣說出最後一句，轉向一旁翹起二郎腿。

「該說的我都跟她說了。」布魯克帶著歉意說。「我是說貧窮、放棄身分等等。我說，『親愛的，妳不知道一年七百鎊是什麼樣的日子，何況沒有馬車之類的東西，身邊的人沒有一個知道妳是誰。』我說了重話。不過我建議你找多蘿席亞談一談。問題在於，她討厭卡索邦的財產。她會跟你說的。」

「不，很抱歉，我不跟她談。」詹姆斯冷靜了一點。「我沒辦法再見她，太痛苦了。像多蘿席亞這樣的女人做了錯事，我很難過。」

「詹姆斯，公平點。」個性寬容的牧師覺得沒必要為這種事生氣。「卡索邦太太為男人放棄財產的做法或許太魯莽。我們男人彼此看不順眼，看見女人這麼做，都會說她愚蠢。不過我認為你不該這樣指控她，嚴格來說，這不算錯事。」

「我認為她錯了。」詹姆斯說，「我認為多蘿席亞嫁給雷迪斯羅是錯誤的行為。」

「親愛的朋友，我們常因為某件事不合我們意，就認定那是錯的。」牧師平和地說。他跟很多生性豁達的人一樣，偶爾會一針見血地對那些自詡為正義而怒的人說些逆耳的真話。詹姆斯掏出手帕咬住。

「多多這麼做實在太嚇人，」西莉亞替丈夫辯解。「她明明說過**再也不**結婚，任何人都不嫁。」

「我也聽她說過這種話。」查特姆夫人一派莊嚴，彷彿她的話是鐵一般的證據。

「這種話總是藏著沒說出口的例外。」卡瓦拉德太太說。「叫我納悶的是，你們竟然覺得驚訝。你們沒有做任何事去阻止。如果你們邀請崔頓爵爺過來，用他那些慈善理念追求她，說不定他一年內就把她娶走。其他的辦法都不穩當。卡索邦已經為這個做了萬全準備，他做了討人厭的事，或者上帝讓他做了討人厭的事，然後他刺激她違背他的心意。想要讓廉價品變得誘人，就是用這種方法幫它抬高身價。」

「牧師，我不知道你怎麼定義『錯事』，」詹姆斯被刺傷還有點不痛快，挪動椅子面對牧師。「我們的家族不能接納那樣的人。至少，我要代表自己發言。」他小心避開布魯克的視線。「別人可能覺得跟他相處太開心，不需要在乎妥不妥當的問題。」

「唉，詹姆斯，我不能不管多蘿席亞。」好脾氣的布魯克邊說邊揉腿。「某種程度上我必須扮演她的父親。我告訴她，『親愛的，我不會拒絕挽著妳進教堂。』先前我已經跟她說過重話，我還可以撤銷她孩子的繼承權，即使手續麻煩，而且會花點錢，不過我可以那麼做，沒錯。」

布魯克對詹姆斯爵士點了點頭，他覺得既表達了自己的決心，也寬慰了詹姆斯爵士合情合理的苦惱。他不知道自己用了多麼高明的招數化解僵局，因為他碰觸到詹姆斯羞於啟齒的動機。關於多蘿席亞下嫁威爾這件事，詹姆斯的反應，部分原因來自情有可原的偏見，甚至合理的評價；這偏見是嫉妒引起的反感，就跟當初多蘿席亞嫁給卡索邦時一樣。他深信這場婚姻會為多蘿席亞帶來致命後果。可是在這些情緒之中還摻雜著一個念頭，而他太正直善良，不願意承認自己有這種想法。無可否認，如果蒂普頓和弗列許兩片莊園都由他兒子繼承，變成一大片圈圍起來的漂亮產業，將會是一樁美事。因此，當布魯克暗示這種可能性，詹姆斯突然覺得難為情，喉頭好像哽住，甚至漲紅了臉。剛才他發洩第一波怒氣時口齒比平時更流暢，布魯克的寬慰卻比牧師尖銳的暗示更有效，成功制止他的舌頭，

西莉亞剛才聽見伯父提到婚禮的事，很高興終於有機會發表看法。但她表現得很淡然，彷彿接下來討論的是晚宴邀請函。「伯父，你是說多多馬上就要結婚了？」

「三星期內辦婚禮。」布魯克無奈地說。接著他轉而向牧師尋求支持，「卡瓦拉德，我阻止不了。」

牧師說：「我不會為這種事大驚小怪。如果她喜歡過貧窮的生活，那是她的事。如果她嫁那個年輕人是因為他有錢，絕不會有人說什麼。很多領聖俸的牧師原本也沒錢。伊琳諾就是個例子，」這個惱人的丈夫接著說，「她嫁給我的時候也惹怒家族。當時我一年收入幾乎不到一千鎊，笨頭笨腦，大家都不覺得我有什麼好，連雙像樣的鞋子都沒有，所有男人都不認為會有女人看上我。除非我聽到雷迪斯羅更不好的事，否則我必須支持他。」

「漢弗里，那些都是詭辯，你自己心裡很清楚。」他妻子說。「重點只有一個，你的情況也是這樣。說得一副你不姓卡瓦拉德似的！如果你換個姓氏，有誰認為我會嫁你這樣的醜八怪？」

「何況還是個牧師。」查特姆夫人表示認同。「伊琳諾嫁給你，不算放棄身分地位。雷迪斯羅先生的身分很難說得清楚，詹姆斯，你說是吧？」

詹姆斯輕哼一聲，不像平時回應母親那麼恭敬。西莉亞抬頭看著他，像隻若有所思的小貓咪。

「不得不說他的血統成分很嚇人！」卡瓦拉德太太說。「首先是卡索邦的墨魚汁，再加一點波蘭叛國提琴家或舞蹈家，對吧？然後還有老猶……」

「伊琳諾，別胡說。」牧師站起來。「我們該回家了。」

「不管怎麼說，他是個英俊小子。」卡瓦拉德太太想辦法補救。「如果不是身世太複雜，他看起來倒

是挺體面的。」

「我跟你們一起走。」布魯克輕快地跳起來。「你們明天都來我家吃晚餐。親愛的西莉亞，可以嗎？」

「詹姆斯，你會去吧？」西莉亞拉住丈夫的手。

「當然，如果妳想去的話。」詹姆斯把背心往下拉了拉，暫時還擺不出和善的面容。「我是說，如果不會見到其他人的話。」

「不會。」布魯克能體諒詹姆斯的情緒。「多蘿席亞不會來，嗯，除非你事先見過她。」

等屋裡只剩下詹姆斯和西莉亞時，她問：「詹姆斯，我能不能乘馬車去洛威克？」

「什麼？現在嗎？」詹姆斯有點驚訝。

「對，有重要的事。」西莉亞答。

「西莉亞，別忘了，我沒辦法見她。」詹姆斯說。

「她放棄結婚就可以吧？」

「說這些有什麼用？算了，我去一趟馬廄，叫布里格斯駕馬車過來。」

西莉亞雖然沒說出口，但心裡覺得她去一趟洛威克會非常有用，至少有機會讓多蘿席亞改變心意。從小到大她都覺得只要自己說句明智的話，就能夠影響姐姐；可以打開一扇小窗，讓她陽光般的洞見照亮多多那個以怪異燈光照明的世界。再者，當了媽媽的西莉亞覺得自己更有能力勸說膝下猶虛的姐姐。有誰比她更了解姐姐，或比她更愛姐姐？

多蘿席亞在起居間裡忙著，看見妹妹走進來她滿心歡喜。畢竟她結婚的消息才公布，想不到西莉亞這麼快就來了。她已經誇張地預想親友們會有多氣憤，甚至擔心西莉亞可能從此被迫跟她保持距離。

「咪咪，很高興看到妳！」多蘿席亞雙手搭在妹妹肩膀上，眉開眼笑看著她。「我幾乎以為妳不會來看我。」

「出門太匆忙了，我沒帶亞瑟。」西莉亞說。

她們坐在兩張小椅子上，面對面，膝蓋碰膝蓋。

「多多，那樣很不好。」西莉亞溫和地說，美麗的臉蛋盡量不展露情緒。「妳讓我們大家都失望了。我怎麼也沒辦法想像，妳不可能離開這裡去過那樣的生活。何況妳還有那麼多計畫！妳一定沒想到妳的計畫。詹姆斯什麼都肯幫妳做，一點也不怕麻煩，妳一輩子都可以做自己想做的事。」

「親愛的，剛好相反，」多蘿席亞說。「我永遠沒辦法做我想做的事。我到現在還沒實現過任何計畫。」

「那是因為妳想做的都是不可能的事，不過妳還會想到別的計畫。再者，妳**怎麼能**嫁給雷迪斯羅？我們沒有人認為妳**能**嫁給他。詹姆斯太震驚了。這跟以前的妳完全不一樣。當初妳嫁給卡索邦，是因為他有偉大的靈魂，又老又沉悶又有學問。現在要嫁的雷迪斯羅卻沒有家產或任何東西。我覺得這是因為妳總是想讓自己不開心。」

多蘿席亞笑了。

「多多，這是非常嚴肅的事。」西莉亞板起臉。「妳要怎麼生活？妳還會跟奇怪的人住在一起。以後我再也見不到妳，妳不會再關心小亞瑟，我本來以為妳會一直……」很少掉眼淚的西莉亞眼眶都濕了，嘴角也在抽動。

「親愛的西莉亞，」多蘿席亞溫柔又慎重地說。「如果以後妳見不到我，那不是我的錯。」

「是妳的錯。」西莉亞還是哭喪著小臉蛋。「詹姆斯不願意，我怎麼能去找妳，或接妳來我家。他覺得這件事不對，覺得妳錯得太離譜，多多。不過妳經常做錯事，我卻還是愛妳。沒有人想像得到妳以後會住在什麼地方，妳能去哪裡？」

「我要去倫敦。」多蘿席亞答。

「妳怎麼能住在大街旁？何況妳會變窮。我的東西可以分一半給妳，可是如果我見不到妳，要怎麼拿給妳？」

「謝謝妳，咪咪。」多蘿席亞的語氣滿是溫情。「別擔心，也許過些時候詹姆斯會原諒我。」

「可是如果妳不結婚就會好得多，」西莉亞擦乾眼淚繼續勸說。「就不會有不愉快的事，妳也不會做大家都反對妳做的事。詹姆斯經常說妳應該當女王，可是妳這樣就不像女王了。多多，妳也知道妳總是犯什麼樣的錯，這次也是。大家都認為雷迪斯羅不適合妳，而且妳**說過**妳不會再婚。」

「西莉亞，也許我真的不夠聰明，」多蘿席亞說。「如果我更好一點，也許能做更好的事。這是我現在想做的事。我答應嫁給威爾，就會嫁給他。」

多蘿席亞說這番話的語氣，西莉亞很久以前就熟悉了。她沉默了半晌，用放棄爭辯的口吻說，「多多，他很喜歡妳嗎？」

「希望吧，我很喜歡他。」

「這樣很好。」西莉亞安心地說。「我只是希望妳能嫁給詹姆斯這樣的人，住得非常近，我可以搭馬車去找妳。」

多蘿席亞露出微笑，西莉亞彷彿陷入沉思，接著又說，「我想像不到事情怎麼會變這樣。」她想知道事情的經過。

「確實想像不到。」多蘿席亞捏捏妹妹的下巴。「如果妳知道事情的經過，就不覺得奇怪了。」

「妳不能告訴我嗎？」西莉亞輕鬆地放下手臂。

「不能，親愛的。妳必須跟我一起體會，否則妳永遠不會知道。」

第八十五章

於是陪審團出來了，他們分別是盲目先生、無用先生、惡意先生、縱慾先生、放蕩先生、任性先生、高傲先生、敵意先生、騙徒先生、殘酷先生、厭光明先生、不饒恕先生。他們各自在心裡做出不利於他的裁決，事後一致決定以罪犯身分將他送到法官面前。早先他們討論的時候，首席陪審員盲目先生率先發言：我看得一清二楚，這個人是異教徒。無用先生接著表示：這種傢伙不該存在世間！惡意先生贊同：對，我討厭他的長相。縱慾先生說：我永遠無法忍受他。放蕩先生附和：我也是，他總是譴責我的行事。任性先生高喊：絞死他，絞死他。高傲先生說：可悲的人渣。敵意先生強調：我打心底討厭他。騙徒先生說，他是個惡棍。殘暴先生說：絞刑太便宜他了。厭光明先生說：我們把他清理掉。而後不饒恕先生表示，就算把全世界都給我，我也不跟他共存。我們現在就定他死罪。

——《天路歷程》[19]

當不朽的班揚描繪迫害者聲嘶力竭指控的畫面，有誰同情被定罪的忠誠？面對群眾責難的時候，有誰能夠知道自己遭到不白之冤，能確信眾人指責的正是我們唯一的優點，這樣的好運就算最偉大的人都

19 引文摘自班揚的《天路歷程》第一部，描述忠誠與朝聖者行至浮華市，被視為公敵受審。

不太可能擁有。一個人一方面說服自己那些向他投擲石塊的人都是邪惡的化身，另一方面卻沒辦法以殉道者自居；或者知道自己之所以遭處石刑，不是因為他宣揚正義，而是因為他不是自己宣揚的那種人。這才是值得同情的命運。

布爾斯妥德就是在這種折磨下，做著離開米德鎮的各種準備，哀傷地逃往冰冷的陌生環境，了卻這挫敗的殘生。妻子的盡責、寬容與堅貞幫他擺脫某個他害怕的後果。只是，在他心目中妻子仍然像法庭，他不敢向她認罪，依然奢求她的擁護。關於拉夫歐斯的死，他在心裡用模稜兩可的言語為自己辯解，認為那是他祈求的全能上帝的意旨，但他還是戒慎恐懼，不敢向妻子全盤托出，不敢接受她的審判。他做過的那些事，經過自己編造的論點和動機沖刷稀釋，似乎不難取得無形的寬恕。但她會怎麼看待它們？他無法承受的是她心中從此認定那是謀殺。他覺得自己被她的懷疑籠罩。他之所以有勇氣面對她，是因為他認為她沒有把握，還不能判定他犯下最嚴重的罪行。某一天，也許在他彌留之際，會向她坦承一切。在那個陰暗時刻，當他的生命漸漸消逝，她握著他的手，或許會靜靜聆聽，不排斥他的碰觸。也許吧。然而，隱瞞已經是他一生的習慣，招認的衝動軟弱無力，敵不過對更難堪恥辱的恐懼。

布爾斯妥德畏畏縮縮地擔心妻子，不只是他不願意受到她的嚴厲評斷，更令他飽受折磨的是，目睹她受苦。她將女兒送進一所靠海的寄宿學校，盡可能讓不知情的她們遠離這次危機。女兒離開後她如釋重負，不需要向她們解釋她的哀傷，也不需要看著她們驚駭猜疑，從此她可以終日沉浸在憂愁裡，任由白髮漸增，眼瞼日益鬆弛。

「哈麗葉，告訴我，妳希望我怎麼做。」布爾斯妥德對她說。「我是指關於財產的安排。我不打算賣掉我在鎮上的土地，這些留給妳，當做以後的生活保障。如果妳在這方面有任何想法，一定要跟我說。」

幾天後她去弟弟家回來後，對他說出心裡醞釀很久的事。「尼可拉斯，我想幫我弟弟家做點什麼，而且我覺得我們有責任對蘿絲夢和她丈夫做點補償。華特說李德蓋特不得不離開米德鎮，他的業務幾乎垮了，他們沒有錢可以到任何地方重新開始。我寧可我們擁有少一點，補償我可憐的弟弟一家人。」哈麗葉不願意說得太直白，只說「做點彌補」，她相信她丈夫能聽懂。

基於她不知道的特別理由，布爾斯妥德聽到她的提議心生畏怯。他遲疑片刻後說：「親愛的，妳建議的方法行不通。李德蓋特已經還我一千鎊了，是卡索邦太太借錢給他，只為了避免他欠我人情。他這麼做等於拒絕接受我任何幫助。他的信在這裡。」

那封信好像深深刺傷哈麗葉；信裡提到卡索邦太太的借款，像在反映一個事實，也就是大多數人都理所當然地認為沒有人願意跟她丈夫沾上關係。她沉默了一段時間，淚水潸潸落下。她舉手擦掉眼淚，下巴止不住顫抖。布爾斯妥德坐在她對面心痛不已。兩個月前她還明亮紅潤的臉龐，如今已經在哀傷中失色。那張臉蒼老了，跟他憔悴的面容相依為命。

他打起精神安慰她，說：「哈麗葉，還有別的辦法。只要妳願意出面，應該可以幫上妳弟弟的孩子。我覺得這對妳也有好處，可以妥善管理我打算留給妳的土地。」

她專注盯著他。

他繼續說：「葛爾斯曾經想幫我管理斯東居，好把妳姪子弗列德安插在那裡工作。那裡的一切都照舊，他們不用付租金，每年繳納一部分收益。弗列德在葛爾斯手底下做事，這是很好的起步。這個安排妳還滿意嗎？」

「嗯，滿意。」哈麗葉恢復了一點活力。「可憐的華特頹喪極了。我離開以前要盡全力拉他一把，我們感情一直很好。」

「哈麗葉，妳必須自己跟葛爾斯說這件事。」布爾斯妥德不喜歡接下來必須說的話，卻樂見他預期的結果，原因不只是帶給妻子安慰。「妳必須告訴他，那片土地等於是妳的，他不需要跟我接觸。妳可以委託史坦迪許幫妳洽談。我會這麼說，是因為葛爾斯拒絕當我的代理人。我會把他起草的文件交給妳，上面列了合作條件。妳可以請他重新考慮。如果妳是為妳姪子向他提議，我想他有可能會接受。」

第八十六章

人的心一旦填滿愛情，就像在聖潔鹽液浸漬下長期保鮮。正因如此，在生命的黎明時分相愛的人，彼此的依戀終生不渝，舊時的戀情永不褪色。愛情確實具有防腐效果。達夫尼斯和克洛伊變成費萊蒙和鮑西絲[20]。那麼這就是老年，是與黎明相似的黃昏。

——維克多・雨果《笑面人》[21]

到了茶點時間，蘇珊聽見丈夫在走廊上，她打開客廳門詢問，「凱勒伯，你回來了。吃過晚餐了嗎？」（葛爾斯的用餐時間要聽從他的「工作」支配。）

「吃過了，很豐盛的一餐，冷羊肉和其他叫不出名字的東西。瑪麗在哪裡？」

「大概跟蕾蒂在花園。」

「弗列德還沒來嗎？」

---

20 達夫尼斯（Daphnis）和克洛伊（Chloé）是田園牧歌中常見的少男少女名字，費萊蒙（Philémon）和鮑西絲（Baucis）則是希臘神話中相伴到老的夫妻，代表忠實。

21 Victor Hugo（一八〇二～一八八五），法國浪漫文學代表人物。《笑面人》（*L'homme qui rit*）是他的長篇小說。

「還沒。凱勒伯，你不喝杯茶再出去？」蘇珊看見粗心大意的丈夫重新戴上剛脫下的帽子。

「不用，我只是要跟瑪麗說兩句話。」

瑪麗在花園綠草如茵的角落裡，那裡的兩棵梨樹之間高高掛著一座鞦韆。她頭上綁著粉紅色手帕，正前方突伸出去，遮擋地平線射過來的刺眼陽光。她把鞦韆上的蕾蒂推得又高又遠，小女孩樂得放聲大笑又尖叫。瑪麗看見父親，馬上離開鞦韆迎上去，把粉紅手帕往後推，對著遠遠走來的父親不自覺地露出親密的笑容。

「瑪麗，我專程來找妳。」葛爾斯說。「我們散散步。」

瑪麗很清楚父親有事要說，他的眉頭擠成感傷的角度，嗓音帶點溫柔的嚴肅。她跟蕾蒂一樣大的時候，就學會判讀這些表情。她挽住他手臂，兩人走到那排堅果樹轉了彎。

「瑪麗，很不幸妳還得等上一段時間才能結婚。」葛爾斯的視線盯著拿在另一隻手上的手杖末端，沒有看女兒。

「爸，沒有不幸，我打算快快樂樂的。」瑪麗笑著答。「我已經度過二十四年快樂的單身生活，我猜應該不必再等二十四年。」停頓片刻後，她轉頭望著父親，認真地說，「如果你能接受弗列德的話？」

葛爾斯噘起嘴唇，明智地把臉撇向另一邊。

「爸，上星期三你誇獎他了，你說他對家畜有獨到見解，而且眼光銳利。」

「有嗎？」葛爾斯狡猾地反問。

「有，我全記下來了，時間、年份等。」瑪麗說。「你喜歡有條有理記錄所有的事。再者，他對你的態度非常好，對你特別尊敬，而且再也找不到脾氣比他好的人了。」

「我懂，妳這是在哄我，想讓我相信他是個好對象。」

「不，爸，我愛他不是因為他是好對象。」

「那是為什麼？」

「因為我愛他很久了，我最喜歡責備的人就是他，這是挑選丈夫時的重要考量。」

「那麼妳已經下定決心了？」葛爾斯恢復一開始的嚴肅語調。「最近事情有很多新發展，妳的意願也沒有改變嗎？」（葛爾斯這句話暗藏深意）「畢竟，遲了總比錯過好。女人絕不能勉強自己的心，否則對男人沒有一點好處。」

「爸，我的感情沒有變。」瑪麗平靜地。「只要弗列德不變心，我就不會變心。我覺得我跟他都不能沒有對方，不管我們多麼欣賞其他人，最喜歡的永遠是彼此。跟別人在一起對我們會是天翻地覆的改變，就像發現過去熟悉的地方都不一樣了，或者改掉所有事物的名稱。我們必須耐心等待對方，弗列德也知道。」

葛爾斯沒有立刻接腔，只是拿手杖鑽著青草小徑。接著他帶著豐富情感說：「有個消息要告訴妳，弗列德如果搬進斯東居，管理那片產業，妳覺得如何？」

「爸，那怎麼可能？」瑪麗詫異地問。

「他是幫他姑媽管理。那可憐的女人苦苦哀求我，她想幫弗列德，這或許是弗列德的好機會。他可以慢慢存錢把那些牲畜買下來，何況他對農務有天分。」

「太好了，弗列德一定開心極了！這實在美好得難以置信。」

「嗯，不過妳得知道，」葛爾斯轉過頭來。「這件事還是必須由我承擔，由我負責監督。妳母親可能不會明說，但她會擔心我。弗列德以前不夠謹慎。」

「爸，你的工作可能會太多。」瑪麗的喜悅收斂了些。「如果增加你的負擔，我不會開心。」

「不會，孩子，工作是我的樂趣，只要不害妳母親擔憂。還有，如果妳跟弗列德結婚，」說到這裡，葛爾斯的聲音明顯顫抖。「他會安定下來，也能存錢。妳跟妳母親一樣聰慧，也有我的靈敏，不過是女性化的那種。妳能管得住他。他晚一點會過來，但我想先讓妳知道，我猜妳會想親口告訴他。之後我會好好跟他談一談，看看接下來該怎麼進行。」

「親愛的好爸爸！」瑪麗激動地喊道，雙手摟住父親的頸子。葛爾斯心滿意足地低下頭，接受女兒的撫慰。「沒有哪個女孩像我一樣，覺得自己的父親是世上最好的人！」

「胡說，以後妳會覺得妳丈夫更好。」

「不可能，」瑪麗恢復平時的語氣。「丈夫是比較次等的男人，需要時時管教。」

蕾蒂跑過來跟著他們。三個人一起走進屋子時，瑪麗看見弗列德來到果園門口，走過去迎接他。

「你這個奢華的年輕人，穿這麼好的衣裳！一點都不懂節儉。」瑪麗打趣道。

弗列德站在原地舉起帽子，開玩笑地向她行禮。「瑪麗，妳也太嚴苛。看看這外套的袖口！我花了好些工夫刷了刷，穿出來才有點體面。我留著三套禮服，捨不得穿，其中一套是留給結婚用的。」

「到時候你一定會很滑稽，像過期時裝雜誌上的男士。」

「才不，放個兩年不至於過時。」

「兩年！弗列德，清醒點。」瑪麗轉身往前走。「別想得太美好。」

「為什麼不行？美好的期待總比不美好的讓人開心。如果我們兩年內還結不了婚，到時候就會是讓人無法接受的事實。」

「我聽過一個年輕人的故事，他一度懷著美好的夢想，後來卻吃了苦頭。」

「瑪麗，如果妳要跟我說什麼壞消息，我要開溜了，我要進屋去找葛爾斯先生。我心情不太好，我父親最近受到太多打擊，家裡氣氛很糟，我沒辦法再承受壞消息。」

「如果我告訴你，你要搬進斯東居，管理那裡的農場，要特別謹慎過日子，每年存點錢，直到把那裡的牲口和家具都買下來，而你也變成川姆博爾先生所謂的農業專家，體格健壯，可惜把希臘文和拉丁文都忘得一乾二淨，這算壞消息嗎？」

「瑪麗，妳不是在瞎說吧？」弗列德雖然不敢相信，卻有點激動臉紅。

「我父親剛才告訴我這是未來可能的發展，他從來不瞎說。」瑪麗抬頭看著他。他們一起走著，他拉她的手有點太用力，把她捏痛了，但她沒有抱怨。

「瑪麗，如果真是那樣，我就會變成非常好的人，而且我們可以馬上結婚。」

「先生，沒那麼快，我可能會拖個幾年再跟你結婚？那樣的話，你就有時間可以胡作非為，到時候如果我有更喜歡的人，就有理由甩掉你。」

「瑪麗，拜託別開玩笑。」弗列德情緒激動。「告訴我，這些都是真的，這件事也讓妳很開心，因為妳最愛我。」

「是真的。弗列德，這件事讓我很開心，因為我最愛你。」瑪麗順從地覆誦一遍。

他們在斜屋頂門廊的階前徘徊，弗列德幾乎悄聲說，「瑪麗，當初我們用雨傘環訂婚的時候，妳經常……」

瑪麗眼裡的笑意更明顯了，可是掃興的小班跑到他們面前，布朗尼汪汪叫跟在他後頭。小班說：「弗列德和瑪麗！你們到底要不要進去？不進去的話，我可不可以吃你們的蛋糕？」

尾聲

每個界限都既是開頭也是結束。長時間跟年輕的生命相處之後，誰能說忘就忘，不去好奇他們往後的歲月又經歷了些什麼？因為人生的某個片段不管多麼典型，都不會是平整羅網的一片樣本：承諾或許不會兌現；熱情的開端可能後繼乏力；潛在的力量也許得到企盼已久的機會；過去的錯誤可能使人痛改前非。

婚姻向來是無數故事的終點，卻仍然是個重要起點。亞當和夏娃便是如此。他們在伊甸園度蜜月，卻在荒野的荊棘與蒺藜之間生下第一個孩子。婚姻也是家庭史詩的開場，不管是逐步征服終至琴瑟和鳴，讓未來的年歲成為生命高峰，一起變老共享甜美的回憶，或者閨房勃谿兩相厭棄。

某些人像古代的十字軍戰士，帶著輝煌的希望和熱情出發，卻在中途受挫，徒留對彼此和周遭世界的不滿。

所有關心弗列德和瑪麗的人，都會樂意知道這兩個人並沒有遭到這樣的挫敗，而是共同創造了美滿幸福的生活。弗列德在很多方面都讓街坊鄰居跌破眼鏡。他在郡內頗有名氣，公認是個理論與實務兼具的農民，發表了〈綠色植物的栽植與牛隻養殖〉的論文，在各個農業會議上普遍得到好評。米德鎮對他的讚揚就保守多了，那裡大多數人傾向認為那篇文章的真正作者是他妻子，因為他們從沒想過弗列德會對蕪菁和飼料甜菜有興趣。

後來瑪麗為她的兒子們寫一本名為《偉人故事集——取材自普魯塔克[1]》的小書，由格利普出版社印刷發行。鎮上所有人都樂意把功勞歸在弗列德身上，因為他上過大學，「研究過古代」，原本有機會可以當牧師。

這麼一來，大家都知道米德鎮民心明眼亮，不可能被矇騙。另外，任何人寫了書也沒必要稱讚，因為通常是別人捉刀代筆。

此外，弗列德的心性從此堅定不移。結婚多年後，他告訴瑪麗，他的幸福有半數要感謝菲爾布勒，因為菲爾布勒在關鍵時刻狠狠刺激他，拉了他一把。我不敢說他從此以後不曾被自己的樂觀誤導，畢竟農作的收成和牛隻出售的利潤經常不如他的預期；他也經常自信可以靠馬匹買賣賺錢，可惜買來的馬總是出狀況。不過，瑪麗認為這當然是那匹馬的錯，不是弗列德眼光不好。他還是喜歡騎馬，卻很少打獵一整天。偶爾這麼做，他竟然甘願被人取笑是懦夫，也不肯縱馬跳過圍籬，因為他好像看到瑪麗和兒子們坐在寬闊的柵門上，或看見他們的捲髮從樹籬和溝渠之間露出來。

他們有三個兒子，沒生女兒，瑪麗並不覺得遺憾。每回弗列德說想要有個像她一樣的女兒，她就會笑著說，「你母親可能會受不了。」溫奇太太年紀大了，風韻漸失不如往昔，卻欣慰地覺得弗列德的兒子之中至少有兩個是真正的溫奇家人，長得「不像葛爾斯那邊」。瑪麗卻暗自高興，因為最小的兒子穿上短腰外套，就是她父親小時候的模樣，玩彈珠或拿石頭打下熟透的梨子時百發百中。

小班和蕾蒂小小年紀就當了舅舅和阿姨，兩個人經常爭辯究竟姪子或姪女比較可取。小班認為，很明顯女孩子能做的事比男孩子少，所以她們才會穿裙子，顯示需要她們做的事不多。蕾蒂的論點多半來

1 Plutarch（約四六～一二八），羅馬時代的希臘作家，著有《希臘羅馬名人傳》（*Lives of the Noble Grecians and Romans*）。

自書本，她生氣地反駁說，上帝用獸皮做衣服給亞當和夏娃穿[2]。她還想到，東方的男人也穿裙子。不過她第二個論點削弱了第一個論點的莊嚴性，顯得多餘，所以小班輕蔑地回應，「更證明他們的愚蠢！」說完馬上請他母親仲裁，看看男孩是不是比女孩有用。葛爾斯太太宣布，男孩女孩一樣調皮，不過男孩子毫無疑問比較強壯，可以跑得比較快，投擲得更遠更準。小班很滿意這個神諭般的回答，不在乎調皮不調皮。可是蕾蒂鬱悶極了，因為她的優越感比她的肌肉更強勁。

弗列德始終沒有致富，他的樂觀並沒有讓他懷抱這個夢想。不過他慢慢存夠錢，買下斯東居的禽畜牲口和家具，葛爾斯為他安排的工作讓他安然度過農家免不了碰上的「災年」。瑪麗當了家庭主婦後，變得跟她母親一樣精打細算，但她不像她母親那樣教導孩子功課，以致於蘇珊擔心孩子們的文法和地理基礎不夠紮實。幸好他們上學後都名列前茅，也許是因為在家時都喜歡跟媽媽在一起。冬天晚上弗列德騎著馬回家時，會事先愉快地預想護牆板客廳那明亮的爐火，為其他沒有娶到瑪麗的男人感到遺憾，特別是菲爾布勒。他現在可以大方地跟瑪麗說，「他比我好十倍，更值得擁有妳。」瑪麗答，「他當然是，正因如此，他沒有我能過得比較好。至於你，我不敢想像你沒有我會變成什麼模樣，可能是一個因為租馬和買麻紗手帕負債累累的助理牧師！想到這個，我都會打寒顫。」

打聽一下可能就會知道，弗列德和瑪麗還住在斯東居。那株爬藤植物仍然將它茂密的花瓣灑向石牆另一邊，落在那片種著一排威嚴胡桃樹的田地。只要天氣晴朗，也能看見那對早年以雨傘環互許終身的戀人青絲變了白髮，安詳地坐在敞開的窗子裡。在老費勒斯東的年代，瑪麗經常奉命從那個窗子探頭往外，看看李德蓋特到了沒。

李德蓋特的頭髮來不及變白，他五十歲就過世了。他的妻子和孩子靠他高額的壽險給付維持生活。後來他業務十分繁忙，隨著季節變化往返倫敦和歐洲某個溫泉區。他寫過一篇關於痛風的專論，而痛風這種疾病往往跟財富相伴相隨。很多有錢人信賴他的醫術，但他始終認為自己的人生是一場失敗，沒有實現當年的理想。朋友們都他羨慕娶到天仙似的美嬌娘，不管發生什麼事，都不會改變他們的想法。蘿絲夢不曾再犯過有損名譽的失檢行為。她只是溫婉如昔，固執己見，喜歡告誡她丈夫，也能使點手段阻撓他。隨著時間流逝，他越來越少反對她，於是蘿絲夢斷定他已經懂得欣賞她的見解。另外，她現在徹底相信他的才華，因為他收入頗豐，終於把布萊德街的恐怖鴿子籠換成滿園鮮花、金碧輝煌的住宅，正適合她這樣堪比天堂鳥的人兒。簡言之，李德蓋特算是世俗所謂的成功人士，可惜感染白喉英年早逝。之後蘿絲夢嫁給一個有錢的老醫生，那人將她的四個孩子視如己出。她跟女兒們一起乘馬車外出的時候，總是構成一幅千嬌百媚的畫面。她經常說她如今的幸福是一種「獎賞」，卻沒有說為什麼。也許她指的是過去她對特提厄斯的忍耐。特提厄斯的脾氣始終不夠完美，最後幾年偶爾還會說出尖刻話語，那些話當然比他事後的悔改更深印在她腦海。他曾經說她是他的蘿勒。她要求解釋，他說蘿勒可以從被殺的男人的大腦汲取養分，長得鮮綠茂盛[3]。對於這種言語，蘿絲夢表面冷靜，內心卻有激烈反應。那麼他當初為什麼選擇她？可惜他娶的不是多蘿席亞，因為他口口聲聲讚美她，覺得她比他的妻子好。於是對話結束，蘿絲夢占上風。我們必須公平地指出，蘿絲夢從來沒有說過任何貶低多蘿席亞的話，始終謹記她在她生命遭遇最大危機時寬厚地伸出援手。

---

2 見《聖經．創世記》第三章第二十一節。

3 典故出自英國詩人濟慈（John Keats，一七九五～一八二一）的長詩〈蘿勒花盆〉（Isabella，or The pot of basil）。故事中女主角發現愛人被殺，找到埋屍處挖出他的頭顱埋在蘿勒花盆裡日日澆水照料。濟慈這首詩取材自義大利作家薄伽丘（Giovanni Boccaccio，一三一三～一三七五）的《十日談》（*Decameron*）一則故事。

多蘿席亞本人從來不奢望別人稱讚她比其他女人更優秀。她總覺得如果她更有才能，懂得更多，就能做更多更好的事。儘管如此，她從來沒有後悔放棄財富和地位嫁給威爾。如果她後悔了，他一定會覺得那是他最大的恥辱和悲傷。他們兩個情比金堅，任何外力都無法撼動他們對彼此的愛。多蘿席亞的人生必須充滿感情，現在她的生活中還多了慈善活動。她順利找到需要她關注的對象，毫不遲疑地勇敢承擔。威爾滿腔熱血投身政治圈。在那個改革的時代，人們還相信大破即能大立。他以年輕人的樂觀心態一展長才，最後得到某個選區的經費贊助，成功進入議會為民喉舌。多蘿席亞十分欣慰，她覺得既然這世上存在不公不義，那麼她的丈夫能身先士卒奮勇對抗，那是再好不過的事，她也會當他的賢內助。很多認識她的人都感到惋惜，因為像她這麼堅強獨立又罕見的女子，竟然為另一個人奉獻自己，甚至只以人妻人母的身分存在某個特定圈子。然而，包括詹姆斯在內，沒有人能明確說出她在能力範圍內還該做些什麼。詹姆斯什麼都不願多說，始終保持他的否定看法，認為她不該嫁給威爾。

可是他的這種見解並沒有導致永久的疏遠。這一家人能破冰團圓，所有相關人員的獨特性格都發揮一點作用。布魯克無法抗拒跟威爾和多蘿席亞通信的樂趣，某天早上他的筆寫到市議會改革的前景時格外流暢，竟然岔題邀請威爾和多蘿席亞來蒂普頓做客，如果要修改，勢必損失（幾乎微不足道）這一整封信的珍貴內容。布魯克跟多蘿席亞書信往來的這幾月期間，每回遇見詹姆斯，總會提起或暗示要刪除遺囑裡目前依然維持現狀的限定繼承條文。他的筆提出大膽邀請那天，他去了弗列許，明確地表示他有更強烈的意願積極採取行動，以防日後布魯克家族繼承人血統複雜又低劣。

可是那天弗列許府發生一點風波。西莉亞收到一封信，讀著默默垂流。詹姆斯很少看到她哭泣，焦急地問她出了什麼事，她竟然破天荒地在他面前大聲哭喊。

「多蘿席亞生了個小男孩，你不會讓我去看她。我相信她想見我。她不知道怎麼照顧孩子，一定會做錯事。他們覺得她會死掉。太可怕了！假設我生了小亞瑟，而多多被禁止來看我！詹姆斯，我真希望你別那麼殘忍！」

「我的天！西莉亞，」詹姆斯驚慌失措。「妳想怎麼做？我都答應妳。妳願意的話我明天就帶妳進城。」西莉亞確實願意。

這件事過後，布魯克來了，在庭院見到詹姆斯。他還不知道多蘿席亞產子的消息，拉著詹姆斯話家常。詹姆斯基於某種原因，也不想馬上告訴他。等到布魯克再度提起改遺囑的事，詹姆斯說：「親愛的先生，我沒資格命令你怎麼做，不過如果是我，就不會多此一舉。我會讓一切照舊。」

布魯克太驚訝，一時之間沒有察覺自己得知不需要做任何更動之後，鬆了多大一口氣。

既然這是西莉亞的心願，詹姆斯不可避免地同意跟多蘿席亞夫妻和解。當女人情誼深厚，男人只好壓抑對彼此的厭惡。詹姆斯始終不喜歡威爾，威爾也不喜歡跟詹姆斯獨處，他們的關係建立在彼此容忍的基礎上，只要有多蘿席亞或西莉亞在場，倒不算太為難。後來大家建立共識，威爾和多蘿席亞一年至少來蒂普頓做客兩回。漸漸地，弗列許多了一小群孩子，他們喜歡跟來蒂普頓做客那兩個表親玩耍，一點都不在乎那兩個表親的血統摻了什麼可疑的雜質。

布魯克壽滿天年，他的產業由多蘿席亞的兒子繼承。那孩子原本可以代表米德鎮參選，但他拒絕了，他覺得不進議會，他的意見比較有機會被聽見。

詹姆斯始終認定多蘿席亞的第二次婚姻是個錯誤，事實上整個米德鎮也都抱持這種觀點。那裡老一輩對年輕世代談到她，都說她是個好女孩，先是嫁給老得能當她爸爸的病懨懨牧師，在他死後剛滿一年，就放棄財產嫁給他的姪子，這人的年紀足以當他的兒子，沒有財產，出身也不好。那些沒有接觸過多蘿席亞的人多半認為她不可能是個「好女孩」，否則怎麼會先後選中那兩個男人。

當然，她生命中那些決定性的行動不盡完美，那是一顆年輕高尚的心在不完美的社會現狀下掙扎的結果。在那種現狀裡，偉大的情操經常被視為錯誤，崇高的信念則被判定為幻覺。因為沒有人的內在靈魂夠強大，能完全不受外在環境的干擾。就算聖女大德蘭重生，也不太有機會改革修道院的生活；正如即使安蒂岡妮[4]再世，不管多麼重視骨肉之情，也不敢為了埋葬哥哥挑戰所有人。因為容許她們熱血行為的環境已經一去不復返。可是我們這些芸芸眾生，仍然用我們日常生活中的言行舉止，造就無數多蘿席亞的人生。其中某些人做出的犧牲，可能遠比我們所知的那個多蘿席亞更慘烈。

她敏銳的心靈依然存在後世，只是未必處處可見。她的人格就像被居魯士[5]分流的那條河，最終消隱在地球上的不知名溪流裡，但她的存在對周遭人的影響卻是難以估計地普及。因為這個世界之所以越來越好，部分取決於不起眼的行為。你我的時代之所以不如想像中那麼糟糕，多半要感謝那些誠懇敦厚的小人物。他們在世時不追逐名利，死後安息在乏人問津的墳塚裡。

4 Antigone，希臘神話中底比斯（Thebes）國王伊底帕斯（Oedipus）的女兒，因違反禁令埋葬哥哥的屍體遭逮捕，被關進墓穴活葬。

5 Cyrus，波斯帝國的創建者，目睹心愛的白馬溺斃金德斯河（Gyndes），於是下令開鑿河道，將大河分成三百六十條渠道。

國家圖書館出版品預行編目資料

米德鎮的春天 / 喬治．艾略特 (George Eliot) 著 ; 陳錦慧譯 . -- 初版 . -- 臺北市 : 商周出版 : 英屬蓋曼群島商家庭傳媒股份有限公司城邦分公司發行 , 2021.05
冊 ;　公分 . -- (商周經典名著 ; 69-70)
譯自 : Middlemarch.
ISBN 978-986-0734-43-0(上冊 : 平裝). --
ISBN 978-986-0734-44-7(下冊 : 平裝). --
ISBN 978-986-0734-45-4(全套 : 平裝)

873.57　　110007318

商周經典名著070

米德鎮的春天（繁體中文首譯本｜下冊）

作　　者／喬治．艾略特George Eliot
譯　　者／陳錦慧
企劃選書／黃靖卉
責任編輯／彭子宸

版　　權／黃淑敏、吳亭儀、邱珮芸
行銷業務／周佑潔、黃崇華、張媖茜
總 編 輯／黃靖卉
總 經 理／彭之琬
事業群總經理／黃淑貞
發 行 人／何飛鵬
法律顧問／元禾法律事務所 王子文律師
出　　版／商周出版
臺北市104民生東路二段141號9樓
電話:(02) 25007008　傳眞:(02)25007759
E-mail:bwp.service@cite.com.tw
Blog:http://bwp25007008.pixnet.net/blog
發　　行／英屬蓋曼群島商家庭傳媒股份有限公司城邦分公司
臺北市中山區民生東路二段141號2樓
書虫客服服務專線:(02)25007718;(02)25007719
服務時間：週一至週五上午09:30-12:00；下午13:30-17:00
24小時傳眞專線：(02)25001990；(02)25001991
劃撥帳號：19863813；戶名：書虫股份有限公司
讀者服務信箱：service@readingclub.com.tw
城邦讀書花園：www.cite.com.tw
香港發行所／城邦(香港)出版集團有限公司
香港灣仔駱克道193號東超商業中心1樓
E-mail:hkcite@biznetvigator.com
電話:(852) 25086231 傳眞:(852) 25789337
馬新發行所／城邦(馬新)出版集團【Cite (M) Sdn. Bhd.】
41, Jalan Radin Anum, Bandar Baru Sri Petaling,
57000 Kuala Lumpur, Malaysia.
Tel: (603) 90578822 Fax: (603) 90576622
Email: cite@cite.com.my

封面設計／廖韡
排　　版／極翔企業有限公司
印　　刷／韋懋印刷事業有限公司
經 銷 商／聯合發行股份有限公司
地址:新北市231新店區寶橋路235巷6弄6號2樓
電話:(02) 2917-8022 Fax: (02) 2911-0053

■2021年5月27日一版一刷
定價450元

Printed in Taiwan

城邦讀書花園
www.cite.com.tw

 ISBN 978-986-0734-44-7